Pheromon
Sie jagen dich

Pheromon bei Planet!:

Pheromon
Bd. 1: Sie riechen dich

Pheromon
Bd. 2: Sie sehen dich

Pheromon
Bd. 3: Sie jagen dich

Mehr über unsere Bücher, Autoren und Illustratoren auf:
www.planet-verlag.de

RAINER WEKWERTH
THARIOT

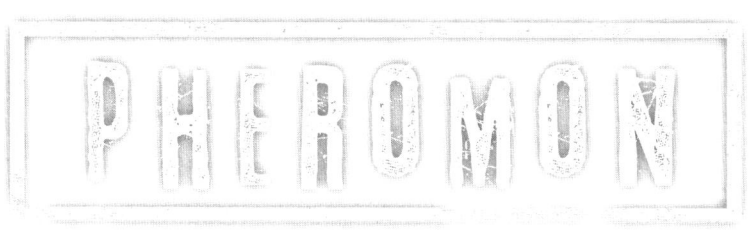

SIE
JAGEN
DICH

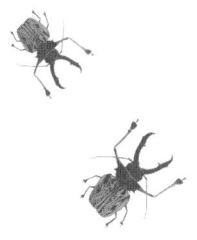

WAS SOLL ICH FÜRCHTEN?

»So, jetzt sind wir also hier. Die fünf Hunterkinder aus der Zukunft vereint. Was machen wir jetzt?«, fragte Hannah.

»Ich denke, erst einmal müssen wir uns erholen. Wir haben harte Zeiten hinter uns. Dann sollten wir Informationen austauschen und einen Plan machen, wie wir den Kampf gegen die Aliens fortführen wollen«, sagte Jake.

Skagens Gesicht wurde zu einer Maske. Madisons Pheromone verloren ihre Wirkung.

»Lass uns von Anfang an ehrlich zueinander sein. Ich mag dich nicht besonders, und niemand hat dich zu unserem Anführer gewählt. Als es hart auf hart kam, am Abend des Anschlags, und die Bullen auf uns geschossen haben, hast du nur dagestanden und nichts getan. Du hast zugesehen, wie meine Mutter erschossen wurde, und dann bist du mit deiner Freundin abgehauen. Glaubst du ernsthaft, ich mache das, was du mir sagst?«

Jake starrte ihn an.

Das hier war wichtig. Er riss sich nicht darum, die Gruppe zu führen, aber er war der wahrscheinlichste Kandidat dafür. Hannah blind, Madison manipulativ, Caleb irgendetwas und Skagen zu emotional, um sinnvolle Entscheidungen zu treffen. Er musste sich jetzt durchsetzen, oder sie konnten gleich einpacken.

»In dieser Nacht ging alles durcheinander und vieles schief, aber lass mich eines klarstellen: Ich habe mit meinen Freunden den HFP-Tower angegriffen. Wir waren es, die versucht haben zu verhindern, dass die Aliens ein Signal absetzen. Du hast wie blöde rumgeballert, riskiert, dass man dich erschießt, und bist schließlich verhaftet worden. Du würdest immer noch im Knast sitzen und die Wände anstarren, wenn ich und die anderen dich und Caleb nicht befreit hätten.« Jake trat so dicht vor Skagen, dass sich ihre Nasenspitzen fast berührten. »Ich frage mich ernsthaft, was du und Lee die letzten siebzehn Jahre gemacht habt. Ihr wusstet von den Aliens, von der bevorstehenden Invasion und welche Rolle HFP dabei einnimmt, und ihr habt nichts unternommen. Ich bin erst vor ein paar Wochen auf die Sache gestoßen, aber ich habe gehandelt. Also würde ich vorschlagen, dass ich da weitermache, wo ich in der Nacht des Anschlages aufgehört habe. Und noch etwas, zwei meiner Freunde sind bei dieser Aktion gestorben, meine Freundin musste das Land verlassen, also erzähl du mir nichts von persönlichen Verlusten. Dass Lee erschossen wurde, tut mir sehr leid, denn ohne sie wären wir heute willenlose Werkzeuge der Aliens. Durch ihre Tat haben wir ein Leben erhalten, ein Leben, für das es sich zu kämpfen lohnt, aber wir sind nicht die Einzigen auf dieser Welt. Alle Menschen sind von der Invasion bedroht, und wir müssen tun, was immer nötig ist, um zu verhindern, dass die Aliens erfolgreich sind. Also schieb dein Ego zur Seite und lass uns zusammen kämpfen.«

Jake trat einen Schritt zurück und hielt ihm die Hand hin. Skagen schaute sie lange an, dann sagte er, ohne sie zu ergreifen: »Schöne Rede, aber ich sehe die Sache anders. Lee hat mich auf das, was kommt, so gut sie konnte, vorbereitet. Ich kann mit jeder Art von Waffen und Sprengstoff umgehen, ein Auto kurzschließen oder ein Computersystem hacken. Was du kannst, hast du uns ja bereits bewiesen. Eine stümperhafte Aktion, die den Tod mehrerer Menschen zu verantworten hat. Deine Freunde, meine Mutter könnten noch leben. Die verdammten Aliens haben ihr Signal abgesetzt, und was immer da jetzt auf uns zukommt, es wird mächtig sein. Ganz sicher lasse ich mir nicht von einem Loser wie dir sagen, was ich zu tun und zu lassen habe. Wenn du das nächste Mal das Gefühl hast, eine Ansprache halten zu müssen, dann geh zum Friedhof und erzähl Michael und William, was du zu sagen hast.«

In Jake löste sich etwas in einer Explosion. All der Stress, die Aufregung und die Strapazen der letzten Wochen suchten ein Ventil und fanden es in Skagen. In seinem hochmütigen Lächeln, in seiner Selbstgefälligkeit, die ihm aus jeder Pore strömte.

Jake brüllte auf, dann warf er sich auf Skagen. Seine Faust knallte in das bleiche Gesicht. Die Haut über dem linken Wangenknochen platzte auf. Blut floss heraus. Durch den eigenen Schwung vorwärtsgetragen, fiel er in Skagen hinein, der rückwärtstaumelnd zu Boden ging und dabei sämtliche Flaschen und Gläser vom Esstisch fegte.

Glassplitter sausten durch die Luft. Hannah schrie auf, als eine der Wasserflaschen sie am Arm traf. Madison kreischte hysterisch, und Caleb schluchzte nebenan laut. Es klang, als heule ein Wolf den Mond an.

Noch während Jake versuchte, das Gleichgewicht wiederzufinden, war Skagen bei ihm. Er bewegte sich mit unglaublicher Geschwindigkeit, wurde zu einem Schemen, zu einem heranrasenden Güterzug, der ihn von den Füßen riss. Beide flogen in den Küchenschrank hinein, der gegen die Wand donnerte. In seinem Inneren ging laut hörbar Geschirr kaputt.

Skagen war nun im Vorteil und rammte Jake die Faust in den Magen. Mit einem Ächzen entwich die Luft aus Jakes Lunge. Die andere Faust jagte heran und traf ihn hart an der Schläfe. All seine Kraft verließ ihn.

Plötzlich ging der Hausalarm los. Eine ohrenbetäubende Sirene jaulte auf. Skagen ließ sofort von Jake ab und presste beide Hände auf seine Ohren. Er brüllte schmerzerfüllt, sackte auf die Knie. Sein schlanker Körper zittere wie ein Baum im Wind.

Drei Sekunden später war das akustische Inferno vorüber. Das Küchenradio stellte sich von allein an. Im Wohnzimmer nebenan änderte sich das Programm selbstständig, schaltete auf einen nicht benutzten Kanal um. Sämtliche Handys piepten, vibrierten. Die Displays erwachten zum Leben.

Und dann war da Carls Stimme. Zornig drang sie gleichzeitig aus allen Zimmern, aus allen elektronischen Geräten, die einen Lautsprecher hatten.

Es war, als spräche Gott selbst zu ihnen.

»HÖRT DAMIT AUF! SOFORT!«

Jake rappelte sich stöhnend auf. Sein Unterleib und sein Gesicht schmerzten. Er war wütend. Neben ihm kam Skagen wieder auf die Füße. Blut tropfte von seiner Wange auf den Boden. Weiteres Blut sickerte in einer dünnen Spur aus seinen Ohren.

»Das hier muss geklärt werden«, krächzte Jake.

»ES IST SCHON ALLES GEKLÄRT. LANGE SCHON.«

»Was soll das heißen?«
»DAS, WAS ICH SAGE!«
Jake gab nicht nach. »Du und deine rätselhaften Andeutungen«, schrie er. »Davon habe ich die Schnauze voll. Entweder du sagst uns jetzt, wer du bist, oder du kannst dich verpissen!«
Alle Geräte gingen gleichzeitig aus. Die Handys erloschen. Dann schaltete sich ein kleiner Fernseher auf der Fensterbank neben der Spüle ein, ein Würfel von kaum zwanzig Zentimetern Breite.
Der Bildschirm glimmte auf. Ein Gesicht erschien in Schwarz-Weiß. Makellos. Androgyn. Ohne eine sichtbare Regung blickten helle Augen auf Jake.
»Ich bin der, den du erschaffen hast.«

Alle erstarrten. Niemand rührte sich mehr. Skagen hatte die Hände von seinen Ohren genommen und glotzte ebenso wie alle anderen auf den Fernseher. Er roch genau wie Madison und Hannah nach totaler Verwirrung. Wie es Caleb ging, konnte Jake nur ahnen, aber zumindest war das Schluchzen aus dem Nebenzimmer leiser geworden.
»Was soll das heißen?«, fragte er leise.
»Es ist das, was ich sage«, erwiderte Carl.
»Geht's auch genauer?«
Carls Gesicht war ausdruckslos, als er antwortete. »Nimm dein Handy und verlass das Haus.«
»Warum?«
»Wir müssen miteinander reden.«
»Rede hier mit mir. Die anderen sollen hören, was du zu sagen hast. Es geht uns alle was an.«
»Das ist nicht möglich. Meine Worte sind nur für deine Ohren bestimmt.«

Jake zögerte. Er blickte Skagen an. Noch immer tropfte Blut aus der Platzwunde über dem linken Wangenknochen. Das schwarze Haar hing ihm wild ins Gesicht. Seine Augen glühten, aber er nickte zustimmend.

Madison verzog den Mund, schien jedoch ebenfalls einverstanden. Hannah reagierte nicht.

»Okay«, meinte Jake.

Er trat vor die Haustür und setzte sich auf die oberste Stufe der Treppe vor dem Eingang.

Seine Hände zitterten, als er die Kopfhörer in sein Handy einstöpselte und sich die Stecker in die Ohren schob.

Auf dem Handydisplay erschien eine kurze Nachricht: Bist du bereit?

Was für eine Frage? Nein, er war nicht bereit. Für nichts, was nun kommen würde. Gar nichts.

Das alles hier war kein schlechter Traum, es war schlichtweg das falsche Leben. In seinem wahren Leben würde er Football spielen, mit Alan abhängen und sich Gedanken über Mädchen machen, stattdessen wurde er als Terrorist vom Staat gejagt, kämpfte gegen eine bevorstehende Alieninvasion und führte einen Haufen Freaks durch halb Amerika, die entweder verrückt waren oder sich nicht leiden konnten. Vielleicht sogar beides.

Madison schien sich mehr für ihre Nägel und die nächste Mahlzeit zu interessieren, als sich am Kampf gegen die Außerirdischen zu beteiligen. Hannah war nett, aber blind. Ihre Fähigkeit, die Wahrheit zu erspüren, half nichts und niemandem in diesem großen Drama, denn sie mussten jeden Kontakt zu anderen Menschen vermeiden.

Skagen war eine lebende Zeitbombe, die im nächsten Moment hochgehen konnte. Jederzeit zu Gewalt bereit, gegen

Infizierte, Cops, jemanden, der ihm zufällig im Weg stand, oder gegen die Wettervorhersagerin, sogar gegen die einzigen Menschen auf der Welt, die auf seiner Seite standen.

Über Caleb musste man nicht nachdenken, der lebte auf seinem eigenen Planeten, der aus Comicsendungen und merkwürdigen Aussagen bestand. Blieb noch er selbst. Ein Loser, wie er im Buche stand. Wenn man es genau nahm, hatte er nichts hinbekommen. Im Gegenteil, alles vermasselt. Angefangen bei der Entdeckung der Invasion, bis hin zum Angriff auf den HFP-Tower, der zwei seiner Freunde und im Anschluss daran Lee das Leben gekostet hatte.

Nun befand er sich mit vier Verrückten in einem Haus und wusste nicht weiter. Sie alle waren Hunter, geschaffen durch außerirdische Technologie, Genmanipulation an menschlichen Embryos, kamen aus der Zukunft und hatten bisher einen Scheißdreck erreicht. Jeder von ihnen hatte sein normales Leben verloren, und das alles für einen Kampf, den sie sich nicht ausgesucht hatten.

Und dann war da noch Carl, der scheinbar mühelos in die Zukunft blicken konnte und seltsame Dinge sagte, die für Jake keinen Sinn ergaben.

Nein, er war definitiv nicht bereit, aber er hatte keine Wahl.

Das Handy vibrierte. Jake hob ab. Carls Stimme erklang in seinen Ohren.

»Wie geht es dir?«

Jake lachte auf. Sollte das ein Witz sein?

»Mir geht's beschissen«, knurrte er in den Hörer.

»Dachte ich mir.«

»Danke für die Aufmunterung. Und jetzt sag mir, was du damit gemeint hast, dass ich dich erschaffen hätte.«

»Ich bin kein Mensch.«

»Was?«

»Genau genommen existiere ich nicht einmal, zumindest nicht in deiner Zeit, im Jahr 2018. Es dauert noch Jahrzehnte, bis du in der Lage bist, mich zu entwerfen und zu erschaffen.«

In Jakes Kopf wirbelten die Gedanken durcheinander. Er kam da nicht mit. Carl sprach über Dinge, die er noch nicht getan hatte, erst in *Jahrzehnten* tun würde. Ihm wurde schwindelig.

»Genau genommen bin ich eine KI, eine Künstliche Intelligenz. Im Jahr 2118, das Jahr, aus dem ich zu dir spreche ...«

Jake stöhnte auf.

»... besitze ich ein humanbiologisches Chassis, aber im Moment könnte man von mir behaupten, dass ich nur ein Gedanke aus der Zukunft bin.«

Jake presste beide Hände gegen seine Schläfen. Das alles war zu viel für ihn. Sein Kopf schmerzte, und er verstand überhaupt nichts mehr. Carl eine Künstliche Intelligenz? Aus der Zukunft? Das würde einiges erklären, zumindest seine fast magischen Fähigkeiten, die Ereignisse vorauszusehen. Aber glauben konnte er es trotzdem nicht. Es widersprach schlichtweg allem, was er in seinem Leben gelernt hatte.

Carl schwieg eine Weile, dann fragte er vorsichtig: »Verstehst du es?«

»Nein«, seufzte Jake. »Wie kann ich etwas in der Zukunft tun, was hier und heute Auswirkungen hat? Sie ist ja noch nicht mal geschehen, und unter uns gesagt, ich kann nicht einmal einfache Windowsbefehle programmieren, von so etwas wie dir ganz zu schweigen.«

»Du wirst es lernen. Du hast viel Zeit.«

»Wenn es stimmt, was du sagst, dann werden wir das hier überleben, die Aliens besiegen.«

»Das habe ich nicht gesagt. Es ist eine Möglichkeit, eine Wahrscheinlichkeit unter vielen, unter unzähligen Optionen.«

»Ich komme da nicht mehr mit«, gab Jake zu.

»Es ist ganz einfach und doch unglaublich kompliziert«, sagte Carl. »Stell dir die Zeit nicht als einen Fluss vor, der von der Gegenwart in die Zukunft fließt. Die Zeit ist vielmehr ein Baum, der in die Zukunft *wächst*. Es gibt unzählige Äste an diesem Baum, aus denen Zweige sprießen. Welchem Ast du folgst, liegt an deinen Entscheidungen und den Dingen, die du tust. Jede Entscheidung, jede Tat führt in eine andere Richtung.«

Jake ließ die Worte sacken, dann meinte er: »Also kann sich die Zukunft, wie du sie kennst, verändern?«

»Bis zu einem gewissen Grad … ja! Daher müssen im Hier und Heute die Dinge und Ereignisse so geschehen, wie sie sich im Rückblick aus der Zukunft darstellen.«

»Und wenn sich etwas ändert?«

»Ist alles möglich. Dann stirbt der Ast, dem du gefolgt bist oder er wächst ohne dich in eine Richtung weiter, die du niemals erleben wirst, denn du befindest dich auf einem anderen Weg in eine andere Zukunft.«

»Das ist … echt … zu viel für mich«, gab Jake zu.

»Ja, es ist nicht einfach zu verstehen.«

»Kannst du mir mehr über die Zukunft verraten? Was wird … was soll passieren? Werden wir die Alieninvasion aufhalten? Können wir …«

»Ich weiß es nicht«, unterbrach ihn Carl.

»Was?«

»Dieser Teil der Zukunft ist im Jahr 2118 noch nicht geschehen. In meiner Zeit existiert die Bedrohung durch die

Außerirdischen noch, aber alles ist vorbereitet, um ihr entgegenzutreten. Es ist von unglaublicher Wichtigkeit, dass wir in deiner Zeit die Voraussetzungen schaffen, die in einhundert Jahren über Sieg oder totale Vernichtung entscheiden.«

»Dann sag mir, was ich tun kann!«

»Nein.«

»Nein?«

»Viele Dinge darfst du noch nicht wissen, denn sonst könntest du die Zukunft verändern. Wissentlich oder unwissentlich.«

»Wie das denn? Du könntest mir doch die ganze Zeit sagen, was ich tun soll.«

»So funktioniert das nicht. Du hast damals, so ist es aus meiner Sicht, Entscheidungen ohne das genaue Wissen um die kommenden Ereignisse getroffen, daher muss es so bleiben.«

»Erst erzählst du mir, dass du die Zukunft kennst, aber dann willst du mir sie nicht verraten, damit ich die richtigen Entscheidungen treffen kann?«

Carl schwieg einen Moment, dann sagte er: »Angenommen ich würde dir sagen, dass Hannah in der Zukunft erschossen wird. Ich verrate dir, wann und wo es geschieht. Was würdest du tun? Würdest du nicht versuchen, sie zu retten?«

»Ja … nein … vielleicht …«

»Okay, gehen wir einmal davon aus, dass du diese Tat bewusst zulässt, obwohl ich bezwifle, dass du es übers Herz bringen würdest, was ist mit deinem unbewussten Verhalten? Da du weißt, dass sie sterben wird, ist es wahrscheinlich, dass du dich ihr gegenüber anders verhältst als ohne dieses Wissen, was wiederum von Hannah nicht unbemerkt bliebe und ihr Verhalten ändern würde. Angenommen du schickst sie in ein Haus. Das Haus ist eine Falle. Hannah spürt, dass etwas nicht stimmt, und zögert. Skagen sagt, sie brauche es nicht zu tun, wenn sie Angst habe, er gehe für sie hinein …«

»Okay, ich weiß, was du meinst. Es ist ein wenig so, wie den eigenen Todestag ohne die Todesursache zu kennen. Will man wirklich wissen, wann man stirbt? Würde man die Zeit bis dahin genießen oder in Angst verbringen?«

»Der Vergleich trifft nicht ganz zu, aber es kommt ungefähr hin, nur dass der Tod unausweichlich wäre, unsere Zukunft aber verändert werden kann. Für alles Leben auf dieser Welt.«

»Das ist zu viel für einen einzelnen Menschen«, sagte Jake.

»Ja, das ist es.«

»Was kann ich tun?«

»Mir vertrauen.«

Jake dachte darüber nach. Konnte er all das glauben, was Carl ihm erzählt hatte? Hatte er überhaupt eine Wahl? Ohne Carl waren ihre Chancen gleich null, die Invasion zu stoppen, vom eigenen Überleben einmal ganz abgesehen. Carl hatte bisher alles getan, um sie am Leben zu halten. In jeder Situation war es sein Überblick gewesen, der sie vorangebracht hatte. Er hatte sie zusammengeführt und ihnen die Möglichkeit in die Hände gelegt, etwas zu tun.

Der Rest der Menschheit wusste nichts von der Bedrohung, in der sie schwebte. Es ging schlichtweg um das Überleben der eigenen Art. Eine fremde, außerirdische Macht war dabei, die Welt zu übernehmen, machte aus freien Menschen willenlose Sklaven, und niemand wusste, was da noch kommen würde.

Nein, er hatte keine Wahl, aber es war mehr als das. Tief in sich drin spürte Jake eine innige Verbundenheit zu Carl, fühlte die Wahrheit hinter seinen Worten und die Verbindung zu den anderen Hunterkindern.

Nein, er war kein Held. Ganz sicher nicht. Aber er war eine Waffe, geschaffen in der Zukunft, und diese Waffe würde sich nun gegen ihre Erschaffer wenden.

»Ich vertraue dir«, sagte Jake.

»Gut. Dann geh jetzt zu den anderen. Ich habe euch eine Mitteilung zu machen. Euch allen.«

WIR MÜSSEN GEHEN

»Kannst du sie sehen? Beschreib sie mir bitte!«, bettelte Hannah.

Links und rechts von Giovanellas Schultern bildeten sich riesige Flügel aus Pheromonen. Jeweils über zwanzig Meter lang und mehrere Meter hoch schlug sie damit durch die Menschenmassen, die sich nur unwissend die Nasen rieben. Einige begannen zu husten.

Giovanella konnte Feuer riechen. So roch also eine Kriegerin. Ihre riesigen Flügel waren glutrot und trugen ihre ganze Leidenschaft.

»Sie sind groß! Feuerrot! Es ist unglaublich!« Sie sah damit aus wie ein Engel, der gekommen war, um alle zu befreien. Hier auf dem Times Square würde sie damit Tausende berühren. Der Kampf konnte beginnen.

»Es funktioniert«, flüsterte Hannah ergriffen, Tränen liefen aus ihren blinden Augen. »Mein Gott, danke, es funktioniert wirklich.«

»Was funktioniert?« Giovanellas Wahrnehmung überschlug sich regelrecht. Sie fühlte sich riesig, stark und unbesiegbar.

»Du ... du funktionierst, der Plan funktioniert. Ich hätte niemals erwartet, dass es so gut klappen würde.« Hannah ergriff Giovanellas Hand und zog sie weiter. Eine Berührung wie Hunderte kleine Stromschläge. Die Jugendliche lief vor Glück förmlich über.

Hannah, warte!, sagte Giovanella mit Kraft ihrer Gedanken. Es war verwirrend, so mit Hannah sprechen zu können. Links und rechts liefen unzählige Passanten auf dem Times Square an ihnen vorbei. Dem Zentrum des Universums, oder zumindest Manhattans. Sie befanden sich in New York, der Stadt, die niemals schlief. Eine Aussage, die auf keinen Platz besser passte als diesen hier. Fahrzeuge glitten in drei übereinander angeordneten Ebenen durch die Luft: Personengleiter, Busse und Trucks. Überall gab es turmhohe Displays, an denen animierte Werbung gezeigt wurde. Der Lärm war ohrenbetäubend, aber dennoch beachtete sie niemand.

Giovanella, wir haben keine Zeit. Wir müssen sofort gehen!

Wohin? Das ging Giovanella zu schnell. Bis vor ein paar Tagen war sie nur eine junge Anwältin gewesen, die nichts weiter tun sollte, als einen Jugendlichen zu finden, den die Zeit verschluckt hatte. Jake Merdon, so hieß der Vermisste.

Jake war damals das Kunststück gelungen, sich 2018 so viele Feinde zu machen, dass er deswegen jahrzehntelang die Most-Wanted-Liste des FBI angeführt hatte. Gefasst wurde er trotzdem nicht. Ihn sollte sie finden und nicht mehr. Das hatte sie getan und dabei unglaubliche Dinge erlebt. Nach dem Kontakt mit Carl, später mit Leroy und nach ihrer Verhaftung auf Malta glitt alles aus dem Ruder. Frank Rees, ein FBI-Agent, hatte sogar versucht, sie zu töten.

Meine Aufgabe ist es, dich in Sicherheit zu bringen. Ich suche dich schon seit zwei Tagen. Es ist wirklich wichtig, du musst mir folgen!

Und was ist damit? Giovanella war die Gefahr durchaus bewusst, sie zeigte auf die riesigen roten Schleier, die von ihrem

Rücken bis auf die andere Straßenseite reichten. Pheromone, die sie Leroy Matin Renier zu verdanken hatte. Andere rochen bei einer Erkältung vielleicht nach kaltem Schweiß, sie hingegen glaubte einen Berg glühende Kohlenstücke unter ihren Füßen wahrnehmen zu können.

Auch das bist du.

Es soll ein Teil von mir sein, dass ich Pheromone sehe, die ich wie Flügel ausbreiten kann?

Ja.

Kein Mensch kann so etwas!

Stimmt. Hannah lächelte mit ihrer Stimme. *Menschen können das wirklich nicht.*

Und was ... und was soll ich dann sein? Das wurde immer schlimmer. Giovanella wurde schlecht, sie meinte sich übergeben zu müssen.

Hast du nicht eben noch an Engel gedacht?, fragte Hannah, deren Inneres wie ein Ausflug in einem frühlingshaften Park wirkte. Alles in ihr machte einen frischen und ehrlichen Eindruck.

Du kannst meine Gedanken lesen?

Wie du auch meine ... Wir können das, wenn wir uns berühren. Du musst es nur zulassen, dann fühlst du, was ich denke. Aber keine Angst, niemand sonst kann in dich hineinsehen.

Hannahs Stimme und der Frieden, den sie ausstrahlte, halfen Giovanella, sich langsam zurückzunehmen. Neben dem blinden Mädchen auf den winterlichen Straßen New Yorks sah sie eine glückliche Hannah auf der Bank im Park, die ihr zuwinkte. Auf der Wiese tollte ein kleiner Hund umher.

Ich bin kein Engel ... Das zu denken, wäre vermessen gewesen. Giovanella versuchte, sich in Hannahs bunter Gedankenwelt nicht zu verlieren.

Nein, aber deine Rolle ist der eines Engels sehr ähnlich. Deswe-

gen müssen wir gehen. Wie gesagt, es ist meine Aufgabe, dich in Sicherheit zu bringen. Dann wird es dein Job sein, uns alle zu retten. Du hast sicherlich viele Fragen, die ich dir gerne beantworte, aber nicht hier.

»In Ordnung.« Giovanella benutzte wieder ihre normale Stimme, ließ aber Hannahs Hand nicht los. Ganz langsam beruhigte sie sich wieder.

»Könntest du mich bitte führen?« Hannah tippte charmant mit dem Blindenstock auf den Boden. »Immer wenn ich jemanden anremple, sehe ich für einen Moment, wer dieser Mensch wirklich ist. Glaub mir, das ist nicht immer eine schöne Erfahrung.«

»Kann ich mir vorstellen.« Giovanella lächelte, das entspannte. »Und wohin soll ich dich führen?« Eine blinde Führerin, die selbst geführt werden wollte – was für eine Ironie.

»Lass uns den Broadway in Richtung Central Park nach Norden laufen. Dort warten Freunde auf uns, die uns helfen werden.«

»Okay …« Giovanella registrierte, wie ihre riesigen Flügel stetig kleiner wurden. Es war Winter, der Atem von Hannah kondensierte und mischte sich mit dem feinen Dunst aus ihrem Nacken. Das blinde Mädchen roch zufrieden, ihr äußeres und ihr inneres Bild befanden sich im Einklang.

»Kannst du mich sehen?«, fragte Hannah.

»Ja.«

»Wirklich?«

»Dreifach sogar … deine Erscheinung, deine Seele und deine Pheromone.«

»Du siehst, ich könnte dich nicht belügen. Du würdest es merken.«

»Ja?«

Hannah nickte. Giovanella sah das junge Mädchen auf der Parkbank, die ausgelassen mit den Füßen wackelte, welche den Boden nicht berührten. Die Hannah in ihren Gedanken war noch ein Kind.

Giovanella schüttelte den Kopf, um sich zu konzentrieren. Hannahs offene Art wirkte wie ein sanftes Rauschmittel, das sich zwar angenehm anfühlte, aber nicht zur Situation passte. »Hannah, du hast eben angedeutet, dass ich kein Mensch wäre ... was hast du damit gemeint?«

»Du weißt, wer die Erde angreift?«

»Aliens ... sie sind in unseren Köpfen. Sie nutzen Pheromone, um uns zu beherrschen.« Das hatte Giovanella nach ihrer Europareise begriffen. Die Lage war ernst, die Menschheit hatte den Kampf eigentlich schon vor vielen Jahren verloren.

»Ein Teil von dir ist von ihnen. Ihre DNA ist der Grund für deine Fähigkeiten. Auch in mir steckt Alien-DNA. Wir sind Hunter.«

»Hunter?«

»Menschen, die geschaffen wurden, um Widerständler zu jagen und zur Strecke zu bringen. Aber wir wurden befreit und konnten dadurch als *normale* Menschen aufwachsen.«

»Aber meine Eltern waren keine Aliens ...« Das hätten sie nie vor ihr verheimlichen können. In dem Moment wurde Giovanella bewusst, dass sie schon seit Jahren nicht mehr mit ihnen gesprochen hatte. Es war niemals schön, im Streit auseinanderzugehen, aber sie musste ihren eigenen Weg finden.

»Sie wussten es nicht ... du wusstest es doch selbst nicht.«

»Okay ... ich wusste es wirklich nicht. Wie viele Hunter gibt es?«

»Sehr wenige ... was die Aufgabe, die wir zu erfüllen haben, nicht leichter macht.«

»Kann jeder Hunter, was ich kann?« Giovanella konnte diese Erklärungen kaum glauben, spürte aber, dass Hannah die Wahrheit sagte.

»Nein. Du bist einzigartig.«

»Und was hat Leroy mit mir gemacht?«

»Er hat die Schale entfernt ... alles, was du kannst, lag in deiner Wiege.«

»Und was von mir ist noch menschlich?« Giovanella machten diese Antworten nicht gerade Mut.

»Du musst keine Angst haben. Alles, was du fühlst, alles, was du empfindest, ist menschlich. Wir definieren uns über unsere Entscheidungen. Wenn du dich wie ein Mensch fühlst, dann gehörst du zu uns.«

»Ich weiß gar nicht, was ich sagen soll ...« Giovanella würde Tage brauchen, um diese neuen Eindrücke zu verarbeiten. Sie konnte aber spüren, dass ihr dafür keine Zeit blieb.

»Schau dich um, was siehst du?«, fragte Hannah und zeigte über die Straße. Es waren immer noch viele Passanten in der Nähe.

»Menschen.« Unmengen davon: Geschäftsleute, Jugendliche, Leute, die Tüten trugen, Mütter mit Kindern und andere in Arbeitskleidung.

»Wie sehen ihre Pheromone aus?«

Giovanella wurde eine weitere Wahrnehmungsebene bewusst. »Sie haben verschiedene Farben über ihren Köpfen. Ihre Pheromone wirken wie eine Sommerwiese. Sie scheinen grün, gelb, rot und blau.« Es gab noch unzählige Mischtöne.

»Was kannst du sonst erkennen?«, forderte Hannah sie auf. »Erzähle es mir!«

»Es ist kaum möglich, die Vielfalt der Ausdunstungen zu unterscheiden. Einige sehen sehr befremdlich aus. Irgendwie, na ja … nicht menschlich.« Das traf es am besten, es gab Passanten, bei denen die Farben nicht harmonierten. Die bunten Dunstschleier bissen sich regelrecht.

»Die sind infiziert.«

»Wissen sie es?«

»Nur wenige … die meisten habe keine Ahnung. Vermutlich würden sie es auch nicht glauben, wenn es ihnen jemand sagen würde. Sie folgen blind ihren neuen Herren. Jeder von denen wäre bereit, im Ernstfall für die Aliens zu sterben.«

»Leroy sprach davon, dass ich seine Kriegerin sei … Ich dachte eben für einen Moment, dass die Pheromone, die ich ausströme, eine Waffe sind.« Ein Irrtum, das wusste sie nun besser. Zwar hatten einigen Passanten spontan niesen oder auch husten müssen, aber umgefallen war keiner von ihnen.

»Ich denke, es ist komplizierter. Es gibt andere, die dir die Geschichte besser erzählen können. Niemand von den Menschen auf New Yorks Straßen ist wirklich unser Feind. Infizierte zu bekämpfen, würde uns nicht helfen. Wir würden uns nur selbst vernichten.«

»Es wird also niemand krank von denen?«

»Vielleicht bekommen ein paar eine Erkältung. Mehr aber nicht. Mach dir keine Sorgen, du hast niemanden mit einer außerirdischen Krankheit angesteckt.«

Hannah und Giovanella gingen weiter. Die Menschentrauben lösten sich auf, und die breiten Bürgersteige wurden leerer.

»Es ist kalt«, sagte Hannah, deren innere Kraft ihre äußere Erscheinung bei Weitem übertraf. Sie war wirklich interessant.

»Wir sind schon über eine Stunde unterwegs …« Giovanella hatte keine Ahnung, wohin das Mädchen sie bringen würde. Sie konnte die Antwort auch nicht in Hannahs Gedanken erkennen, die nur daran dachte, so schnell wie möglich die mit Menschen überfüllte Innenstadt hinter sich zu lassen. Vor ihnen lag der Central Park. »… wie lange dauert es noch?«

»Wir sind gleich da.« Hannah ging unbeirrbar weiter. Giovanella hatte dem blinden Mädchen nur geholfen, aus dem Gedränge zu kommen, danach wusste sie offensichtlich sehr genau, wohin sie wollte.

»Du meinest, dass wir Hilfe bekommen. Wer sind diese Helfer?«

»Freunde …« Hannah blieb stehen und horchte auf die Seite. Da stimmte etwas nicht. Giovanella konnte sehen, wie die zuvor glückliche Hannah in ihrer Gedankenwelt sich plötzlich hinter einem Baum versteckte. Der blaue Himmel darin färbte sich dunkelgrau. Auch die Pheromone, die sie ausströmte, veränderten sich. So roch Angst. Echte Angst!

»Was ist?« Auch Giovanella sah sich um, konnte aber in der Vielzahl von Gerüchen und Farben keine Besonderheiten erkennen.

Warte, flüsterte Hannah in Gedanken und drückte ihre Hand. *JETZT! WIR MÜSSEN RENNEN!,* schrie sie in ihren Kopf.

Giovanella sprintete los. So schnell, wie es ihr mit einem blinden Mädchen an der Hand möglich war. Auf dem Bordstein lagen Schneereste, sie rutschte, fiel aber nicht.

Was ist los?

Die haben uns entdeckt! Die haben die ganze Zeit gewusst, wo wir waren! Die wollten nur, dass wir sie zu unserem Versteck führen! Hannahs Gedanken klangen atemlos.

Wer ist hinter uns her? Giovanella versuchte immer wieder, einen Blick nach hinten zu werfen, doch sie konnte niemanden erkennen.

Die müssen dich gerochen haben!, rief Hannah und stürzte.

Giovanella konnte sie nicht auffangen. Wäre ja auch zu einfach gewesen, wenn niemand vom ihrem Coming-Out am Times Square etwas mitbekommen hätte.

Jetzt entdeckte sie jemanden, der aber nicht von hinten, sondern von vorne auf sie zukam. Ein Mann, ein riesiger Kerl, mindestens zwei Meter groß und breit wie eine Schrankwand. Er trug einen langen schwarzen Mantel, hatte einen ungepflegten Bart und riesige Hände. Die Pheromone, die er ausströmte, waren feuerrot, das war pure Wut. Dieses Monster wirkte zu allem entschlossen. Wenn ihre Gegner alle so aussahen, hatten sie ziemlich schlechte Karten.

»Wir müssen weiter!«, rief Hannah, die sofort wieder aufstehen wollte.

»Unten bleiben!«, rief das bärtige Ungetüm und griff an eine Waffe, die unter seinem Mantel zum Vorschein kam. Ein Gewehr, das er sofort in den Anschlag nahm.

Giovanella zitterte und legte sich schützend über Hannah. Sie konnte nichts mehr ausrichten. Sie blickte nach hinten. Einige Menschen liefen davon. Verständlich, nachdem so ein Kerl mitten in der Stadt eine Waffe zückte. Plötzlich tauchten zwei weitere Personen auf, die allerdings noch über hundert Meter entfernt waren. Sie gingen in die Hocke und eröffneten umgehend das Feuer. Direkt neben Giovanella schlug ein Projektil ein.

Der Bärtige schoss zurück. Ein dumpfer Knall. Ein Schuss, ein Treffer. Blitzschnell lud er seine Waffe nach, legte neu an und schoss. Er traf erneut. Beide Männer waren außer Gefecht gesetzt.

»Aufstehen!« Der Bärtige klang nicht wie ein Mann, der es gewohnt war, sich zu wiederholen. Giovanella zitterte immer noch, was war sie für eine erbärmliche Kriegerin. Was sollte sie auch mit Pheromonen gegen solche Typen ausrichten können?

»Los, wir müssen sofort weg hier! Da werden noch mehr kommen!«, rief der Mann und half Hannah auf die Beine, die Probleme hatte aufzustehen. »Mein Name ist Corporal Mason, ich bringe euch in unser Versteck!«

Giovanella schnappte nach Luft, der Mann hatte, ohne zu zögern, zwei Menschen erschossen. Dabei durfte sie nicht vergessen, dass die zuerst das Feuer auf sie eröffnet hatten.

»Ich habe mir den Knöchel verstaucht!«, rief Hannah, die Mason kurzerhand auf den Arm nahm. Der wiederum Giovanella ansah. Nein, seine Augen bohrten sich regelrecht durch sie hindurch.

»Kannst du laufen?«

»Ja.«

»Dann lauf!«

Zwei Straßen weiter stürmten die drei in einen Hauseingang. Giovanella war außer Atmen. Mason war selbst mit Hannah auf den Armen schneller als sie. Vor einer massiven Eisentür blieben sie stehen.

»Corporal Mason, Liam, Dienstnummer 687-12-0432, mach die Tür auf!«

»Losung«, tönte es von der anderen Seite der Stahltüre.

»Logan, du Pappnase! Mach die Tür auf! Es gab Ärger! Ich habe Hannah und die Zielperson dabei!«

Die Tür öffnete sich, und ein Soldat in dunkler Kampfkleidung sah Giovanella in die Augen. »Auf dem Foto hat sie lange Haare.«

»Sie ist es aber! Jetzt mach Platz!«, befahl Hannah, nachdem sie von Mason abgesetzt worden war. Sie drückte den Soldaten, der offenbar Logan hieß, auf die Seite. Der Mann war kleiner als Mason, sah aber ähnlich verwegen aus.

Hannah zog Giovanella hinter sich her. *Du musst keine Angst haben.*

Die hatte Giovanella aber, erst recht, als sie in dem stickigen Kellergeschoss ankam, in dem über zwanzig schwer bewaffnete Soldaten Waffen, Munition und Handgranaten überprüften.

In welchem Albtraum war sie aufgewacht? Hannah, die immer noch ihre Hand festhielt, spürte sicherlich ihre Verunsicherung. Es war ein Fehler gewesen, ihr zu folgen, und vor allem, sich mit Leroy Matin Renier einzulassen.

Alles ist gut. Hannah stand mit geschlossenen Lippen vor ihr. *Die Männer sind da, um dich zu beschützen.*

GEH MIT MIR

Als Jake das Haus betrat, erwarteten ihn die anderen im Wohnzimmer. Caleb saß noch immer auf dem Sofa. Neben ihm hatte Hannah Platz genommen. Madison fläzte in einem breiten Sessel herum, während Skagen unruhig auf und ab ging. Er unterbrach seine Wanderung, als er Jake im Türrahmen entdeckte.

»Und?«, knurrte er.

Jake ging ins Zimmer hinein, lehnte sich mit dem Rücken an die Wand gegenüber dem Fernseher und betrachtete einen nach dem anderen. Er blickte in ihre Gesichter, entdeckte Sorge, aber auch Hoffnung darin.

»Carl hat uns etwas mitzuteilen.«

Stille.

Der Fernseher schaltete sich ein. Carls androgynes Gesicht erschien auf dem Bildschirm. Seine Miene war regungslos.

»Ich bin bereit, eure Fragen zu beantworten, aber zunächst muss ich euch eine wichtige Mitteilung machen.«

Niemand sprach ein Wort. Selbst Caleb hatte aufgehört, seine Hände zu kneten, und rührte sich nicht mehr.

»Ihr könnt nicht hierbleiben«, sagte Carl. »Ihr müsst weiter.«

»Was, schon wieder?«, platzte es aus Madison heraus. »Fuck. Ich wollte mal ein bisschen Zeit für mich. Mal …«

»Die Vereinigten Staaten verlassen«, unterbrach sie Carl.

Für drei Sekunden herrschte absolute Ruhe, dann sprachen alle gleichzeitig durcheinander.

»Wie bitte …«

»Ich kann doch nicht. Mein Bruder …«

»Einen Scheißdreck werde ich tun …«

»Das wird Mrs Winter nicht gefallen …«

»Ruhe«, befahl Carl. »Ihr habt keine andere Wahl. Das Netz, das HFP um euch spannt, zieht sich zusammen, und Serena kann euch jeden Moment finden. HFP hat begonnen, die offiziellen Kanäle anzuzapfen. Verkehrsüberwachung, Kameras in sicherheitsrelevanten Gebieten. Ihr nächster Schritt wird sein, sich in die Satellitenüberwachung einzuhacken, aber vielleicht müssen sie das gar nicht. Inzwischen gibt es zahlreiche Infizierte an wichtigen Stellen der Behörden. Sie unterwandern systematisch das FBI, die CIA, die NSA und die Heimatschutzbehörde, von der Polizei ganz zu schweigen. Ihre Zuträger arbeiten mit einer neuen Form der automatischen Gesichtserkennung, die präziser und schneller, dabei gleichzeitig effizienter Aufnahmen von Personen auf öffentlichen Plätzen und im Straßenverkehr auswertet. Es ist nur eine Frage der Zeit, bis sie uns finden. Sicherheit gibt es nur noch im Ausland, wo HFP noch keinen ausreichenden Zugriff auf die Überwachungssysteme hat.«

»Wir sollen hier tatsächlich weg?«, fragte Skagen aufgebracht.

»Es ist nicht mehr sicher.«

»Und? Das war es noch nie, seit ich auf der Welt bin. Wir haben eine Mission zu erfüllen, müssen den Kampf gegen die fremde Macht weiterführen, die Invasion verhindern.«

Carl blieb ruhig. »Euer Kampf ist vorüber. Die Invasion kann nicht verhindert werden.«

»Was?«, brüllte Skagen auf.

»Woher ... woher willst du das wissen?«, stammelte Hannah. Ihr Gesicht war vollkommen bleich. Jake konnte sehen, dass ihre Lippen zitterten.

»Ich bin eine Künstliche Intelligenz und spreche aus der Zukunft zu euch. Im Jahr 2018 existiere ich nicht, sondern werde erst viele Jahrzehnte später erschaffen. Und zwar von Jake. Ich habe es ihm bereits erklärt, aber nun sage ich es auch euch.«

Jake beobachtete seine Freunde, die den Androiden wortlos anstarrten.

Schließlich ballte Skagen seine Hände zu Fäusten. »Ich hoffe, du hast eine verdammt gute Erklärung, meine Mutter hat für diesen Kampf gelebt und ist für ihn gestorben.«

»Das tut mir leid, aber es war unvermeidlich, alles andere ist es nicht.«

»Wie kannst du aus der Zukunft mit uns reden?«, fragte Madison.

»Ich nutze dabei eine ähnliche Technologie wie die Außerirdischen, indem ich eine Raum-Zeit-Brücke erschaffe. Es sind nur Daten, die ich in die Vergangenheit schicken kann. Daten im Binärcode, aus denen Worte und Bilder werden. Es ist eine Illusion, zu glauben, dass ich tatsächlich mit einer Stimme zu euch spreche. Meine Stimme wird künstlich erzeugt, ebenso wie das Bild, das ihr gerade von mir seht. Das bin nicht ich, aber zumindest sieht es mir ähnlich. Es kostet den Jahresverbrauch an Energie einer Kleinstadt, um mit euch zu kommunizieren.«

»Wenn es stimmt, was du sagst«, meinte Hannah, »und du

wirklich aus der Zukunft stammst, dann weißt du, wie die ganze Sache ausgeht.«

»Nein, ich weiß, wie die Sache in einhundert Jahren steht. Es ist noch nichts entschieden.«

»Dann sag uns doch, wie wir den Kampf hier und heute führen müssen. Damit wir die Invasion stoppen können. Jetzt haben wir die Möglichkeit dazu. Serena und ihre Leute sind noch nicht so weit, wir könnten an die Öffentlichkeit gehen, noch einmal die Zentrale von HFP angreifen oder sonst was tun.«

»Nein, das könnt ihr nicht. Rückblickend aus der Zukunft ist alles bereits geschehen, sämtliche Abläufe haben bereits stattgefunden. Für euch ging es nicht darum, einen physischen Kampf gegen die Invasoren zu führen, denn sie sind in einem offenen Kampf unbesiegbar. Die Aliens nutzen intelligente Viren, die permanent mutieren, um sich dem Zugriff des Immunsystems oder irgendwelcher Medikamente zu entziehen. Gleichzeitig stärken sie das Immunsystem für ihre Zwecke und nehmen Veränderungen am menschlichen Erbgut vor. Im Jahr 2018 gibt es keine Möglichkeit, sie aufzuhalten, einhundert Jahre später hingegen haben wir eine Chance. Dafür müssen Vorbereitungen getroffen werden. Das wichtigste Ereignis dabei war eure Zusammenführung. Nur gemeinsam könnt ihr die Voraussetzungen dafür schaffen, die Welt, so wie wir sie kennen, zu retten. Aber diese Rettung wird nicht durch Waffen herbeigeführt, Skagen. Einzig eine biologische Lösung kommt dafür infrage, aber es braucht noch Jahrzehnte, um das möglich zu machen.«

»Was bedeutet das für uns?«, fragte Madison.

»Ihr müsst die Vereinigten Staaten verlassen und nach Europa gehen. Genauer gesagt nach Malta, eine Insel im

Mittelmeer. *Human Future Project* hat keinen Zugriff auf die dortigen Überwachungssysteme, und militärische Satelliten überfliegen dieses Gebiet nicht.«

»Stopp«, unterbrach ihn Skagen. Er stellte sich breitbeinig vor dem Fernseher auf. »Noch mal zurück. Wenn du wirklich aus der Zukunft stammst, kannst du uns sagen, was genau geschehen wird und was wir tun müssen. Also, ich höre.«

»Wie ich Jake bereits erklärt habe, könnte das Wissen um die Zukunft diese Zukunft verändern. Es wäre zu gefährlich, euch zu viel darüber zu verraten, denn aus meiner Sicht hattet ihr kein Wissen über diese Zukunft.«

»Das verstehe ich nicht«, sagte Hannah. »Allein, dass wir von deiner Existenz wissen, verändert doch schon alles.«

»Aber nur insofern, dass ich darauf achte, dass genau die Ereignisse geschehen, die geschehen müssen, damit im Jahr 2118 alles so ist, wie es sein soll. So wie ihr auf Malta die Voraussetzungen dafür erschafft, dass die Aliens in einhundert Jahren besiegt werden, so sorge ich für die Voraussetzungen, die ihr braucht, genau das zu tun.«

»Oh mein Gott«, stöhnte Madison. »Da bekommt man ja Kopfschmerzen. Ich verstehe kein Wort, und mal ehrlich, Leute, glaubt ihr diesen Schwachsinn?«

»Ich weiß nicht«, meinte Hannah vorsichtig. »Carl hat viele Dinge getan, die ich mir nicht erklären kann. Mit dem neuen Wissen um seine wahre Existenz bekommt alles erst einen Sinn. Denkt mal an die Aktion, als wir Skagen und Caleb aus dem Gefangenentransporter befreit haben, Carl wusste alles darüber. Wo und wann die beiden verlegt werden sollten. Er kannte die genaue Route, und als es zum Schusswechsel kam, hat er jeden Einzelnen von uns so gesteuert, dass eine Flucht möglich wurde und wir unverletzt blieben. Er kannte praktisch die Flugbahn jedes Geschosses, das abgefeuert wurde. Er musste also gewusst haben, was geschehen würde. Daher gibt es nur zwei Möglichkeiten: Entweder kann Carl in die Zukunft sehen, oder er stammt selbst aus ihr und betrachtet alles rückblickend.«

»Hä?«, machte Madison. »Deine Erklärung klingt genauso kompliziert wie der Mist, den uns dieser Typ erzählt.«

»Du bist nicht überzeugt, Madison?«, fragte Carl.

»Ich glaube kein Wort von dem ganzen Scheiß.«

»Gut, dann lass uns darüber reden, dass du mit dem Freund deiner besten Freundin geschlafen hast«, sagte der Androide ruhig. »Nicht zu vergessen, deinen Geschichtslehrer aus der letzten Stufe. Du standst kurz davor, von der Highschool zu fliegen, und Geschichte war das entscheidende Fach, in dem du dich unbedingt verbessern musstest. Warum also nicht ein Verhältnis mit dem Mann anfangen, der dir als Einziger aus der Misere helfen konnte? Oder sollen wir lieber darüber sprechen, dass du regelmäßig deine Mutter bestiehlst, um Klamotten und Drogen zu kaufen?«

»Woher weißt du das alles?« Madisons Gesicht glühte vor Zorn. Die schönen Lippen waren zu einem weißen, blutleeren Strich zusammengepresst.

»Nun, zum Teil aus abgefangenen E-Mails, mitgehörten Telefonaten und den Schulunterlagen. Zudem habe ich deine Bankeinkünfte geprüft und das Ganze mit den Abrechnungen auf deiner Kreditkarte abgeglichen. Du gibst viel mehr Geld aus, als dir zur Verfügung steht. Bei deiner Mutter wiederum ist es genau umgekehrt. Ständig hebt sie Geld vom Bankautomaten ab, ohne dass wesentliche Einkäufe zu verzeichnen sind. Der Schluss, dass du sie beklaust, war naheliegend.«

Madison schnaubte durch die Nase, dann sprang sie auf und stürmte aus dem Zimmer.

Alle starrten ihr nach.

»War das wirklich nötig?«, fragte Jake. »Das macht die Sache nicht einfacher.«

Carl lächelte. »Jetzt glaubt sie mir zumindest.«

»Du hättest meine Mutter retten können«, sagte Skagen leise. »Du hättest Lee retten können.«

»Nein, das konnte ich nicht. Diese Option gab es nicht. Niemals. Ich konnte auch den Tod von William und Michael nicht verhindern, denn ein Kontakt mit euch war erst ab einem bestimmten Zeitpunkt möglich.«

»Wenn ich dich richtig verstehe«, fuhr Skagen fort, »hättest du es auch nicht getan, wenn du die Möglichkeit gehabt hättest. Das ganze Geschwafel von Voraussetzungen, um die Zukunft möglich zu machen. Sag ehrlich, wie viele von uns werden noch bei dieser Sache draufgehen?«

»Ich weiß es nicht.«

»Du lügst. Du kennst die Zukunft.«

»Die sich ändern kann. Nichts steht festgeschrieben«, konterte Carl.

»Ich glaube dir kein Wort. Du würdest uns alle sterben lassen, um dein Ziel zu erreichen.« Skagen drehte sich zu Jake um und deute mit der Hand auf ihn. »Alle bis auf Jake, denn so wie ich es verstehe, hat er dich erschaffen, irgendwann in der Zukunft, also muss er überleben. Wir anderen hingegen sind verzichtbar.«

»Nein!«, sagte Carl laut und deutlich. »Jeder von euch hat seine Aufgabe in diesem Kampf. Jeder von euch ist eminent wichtig, wenn wir überhaupt eine Chance haben wollen, die Außerirdischen zu besiegen. Ich werde alles dafür tun, dass ihr am Leben bleibt und die Angelegenheit möglichst unbeschadet übersteht.«

»Tut mir leid, Mann, aber ich vertraue dir nicht.« Mit diesen Worten verließ Skagen ebenfalls das Zimmer.

Jake blickte zu Hannah, die ihre Hände vors Gesicht geschlagen hatte. Ihre Schultern zuckten, wahrscheinlich weinte sie. Er wollte etwas sagen, etwas Tröstendes, aber ihm fiel nichts ein. Sein Kopf war leer gefegt. Er wusste nicht mehr weiter.

Der Bildschirm des Fernsehers erlosch. Carls Gesicht verschwand.

Plötzlich wandte sich Caleb um und schaute Jake ernst an. Sein Blick war vollkommen klar, als er sagte: »Wir sind die fünf Finger einer Hand, sorge dafür, dass wir uns zur Faust ballen.«

Da verstand Jake, was er zu tun hatte.

Skagen saß vor dem Haus auf der Treppe und starrte die Straße hinunter, als Jake hinaustrat und sich neben ihn setzte. Eine Weile sagten beide nichts, dann meine Jake: »Ohne dich schaffe ich es nicht.«

Skagen verzog lediglich den Mund.

»Wir brauchen dich. Du bist der Einzige von uns, der auf all das vorbereitet wurde. Du kannst mit Waffen umgehen und besitzt eine Fähigkeit, wie keiner sie von uns hat – und Caleb hängt an dir. Ohne dich kommt er nicht zurecht.«

»Ich werde draufgehen.«

Jake schwieg.

»Aber das war mir schon immer klar. Meine Mom hat da keine Fragen offengelassen. Ich wusste, wie gefährlich die Sache ist.«

»Hat sie dir echt schon als Kind von der Invasion erzählt?«
Skagen grinste bitter. »Tja, hat sie. In manchen Nächten habe ich kein Auge zubekommen. Wenn es irgendwie gegangen wäre, hätte ich mich vor dem ganzen Scheiß versteckt, den man leichtfertig Schicksal nennt. Aber wie will man vor seinen Genen davonlaufen?« Er zuckte mit den Schultern. »Ich bin ein verdammter Mutant mit einer Fähigkeit, die mich zum Außenseiter macht.«

»Und jetzt hast du vier weitere Freaks kennengelernt, die ebenso merkwürdige Sachen draufhaben und auf der Flucht sind. Wir alle würden uns am liebsten verkriechen, in unser altes Leben zurückkehren und so tun, als wäre da nichts, aber leider ist das nicht drin. Wie du so schön gesagt hast: Da draußen wartet ein Schicksal auf uns.«

»Du spielst gern den Held, richtig?«

»Ich? Da liegst du so was von falsch. Niemand wäre weniger geeignet für den Job als ich, aber mir bleibt keine Wahl. Die Welt weiß nicht, was auf sie zukommt. Und auch wenn wir vielleicht nicht viel ausrichten können, müssen wir zumindest versuchen, die Aliens aufzuhalten.«

»Was ist mit den anderen?«, fragte Skagen. »Meinst du, sie sind bereit?«

»Blöde Frage. Niemand ist das, wenn man die Situation betrachtet. Fünf Jugendliche gegen eine außerirdische Macht, die über Tausende von Helfern und grenzenlose finanzielle Mittel verfügt und dann noch megakrasse Technologie besitzt …«

»Na, dann sind wir uns ja einig.«

»Wir haben Carl.«

»Ja, den haben wir. Ich traue diesem künstlichen Typ nur nicht.«

»Was sollen wir sonst tun? Er ist der Einzige, der uns einen Vorteil gegenüber unseren Feinden verschafft.«

»Vielleicht gehört er ja zu ihnen?«

»Das ist doch Blödsinn, und das weißt du auch.«

»Okay, ich weiß es tatsächlich, aber ich kann diesen kaltarschigen Typ nicht leiden.«

»Musst du nicht.«

»Dich mag ich auch nicht besonders.«

»Das wird schon«, grinste Jake. Er streckte Skagen die Hand hin. »Bist du dabei?«

Skagen blickte ihn an. »Wenn ich nicht dabei bin, baut ihr eh bloß Mist.«

»So sieht's aus.«

Skagen schlug ein. »Ich bin mir sicher, dass ich das bereuen werde.«

Madison kam aus dem Badezimmer, als Jake das Haus wieder betrat. Ihre Mundwinkel hingen verärgert nach unten, der Blick abweisend. Sie wollte sich an ihm vorbeidrängen, aber Jake legte ihr die Hand auf den Arm.

»Können wir kurz miteinander reden?«

»Was willst du?«

»Es tut mir leid, was vorhin abgelaufen ist. Ich wollte dir sagen, dass es keine Rolle für mich spielt, was du früher gemacht oder nicht gemacht hast.«

»Ach ja? Du vergisst es einfach? Tust so, als hättest du es nie gehört?«

»Es spielt keine Rolle. Wir müssen zusammenhalten, wenn wir etwas erreichen wollen.«

Madison verzog den Mund. »Wer sagt dir, dass ich das will? Etwas erreichen? Verdammte Scheiße! Ihr habt mich in diese Sache reingezogen … und komm mir nicht mit Schicksal. Ich kann's echt nicht mehr hören.«

»Madison, versteh doch. Wir haben keine Wahl. In den Staaten gibt es keinen sicheren Ort mehr für uns, und wir können hier nichts ausrichten.«

»Das können wir sowieso nicht. Jake, sieh es doch mal so, wie es ist. Wir sind fünf Teenager, ohne Verbündete und ohne Geld. Wenn das alles stimmt, was uns dieser künstliche Spinner erzählt, dann stehen wir vor einer Bedrohung durch eine außerirdische Macht, die uns weit überlegen ist. Und was hast du dagegen aufzubieten?« Sie hob die Hand und begann die Finger abzuzählen. »Ein blindes Mädchen. Eine verwöhnte Tussi – moi! Einen Verrückten, der überall Farben sieht. Einen durchgeknallten Waffenfreak, bei dem man aufpassen muss, dass er nicht die eigenen Freunde abknallt, und einen Typ, der gut riechen kann. Toll! Die Aliens werden vor uns erzittern.«

»Madison …«

»Hör auf, immer meinen Namen zu sagen. Ich weiß, wie ich heiße.«

»Bist du dabei?«

»Ich überlege noch.«

»Was denn?«

»Alternativen?«

»Wenn du welche findest, sag mir Bescheid.«

Madison zwängte sich an ihm vorbei. »Wo ist die Nummer vom Pizzaservice? Scheiße, ich bekomme noch Gürtelrose von dem Zeug.«

»Dann bestell halt was anderes«, sagte Jake.

»Ach ja? Nee, die Diskussion erspare ich mir. Glutenfrei, vegan, aus biologischem Anbau, ohne Geschmacksverstärker. Wenn wir uns schon nicht bei der Rettung der Welt einig werden, dann versuche ich erst gar nicht, etwas anderes als Pizza zu bestellen. Die isst wenigstens jeder, und für fünf beschissene Minuten herrscht mal Ruhe.«

DER LAUF
DER DINGE

Auch wenn sein Plan bisher funktioniert hatte, wusste er, dass der letzte Abschnitt seines Weges gerade erst begann. Es spielte dabei auch keine Rolle, wie gut er seine Schachzüge vorgeplant hatte, es würde hundertprozentig Schwierigkeiten geben. Schmerzliche Rückschläge waren einkalkuliert. Ab einem gewissen Punkt blieb nur noch der Glaube an seine Freunde, um nicht den Mut zu verlieren.

»Leroy Matin Renier!«, brüllte eine Frau charmant wie ein verrosteter Hammer in einem Blecheimer durch den Zellentrakt des maltesischen Untersuchungsgefängnisses. An diesem Ort waren augenscheinlich die Uhren stehen geblieben. Die Wände und der Boden bestanden aus massivem Kalkstein. Für einen Moment befürchtete er, den Schweiß Hunderter Gefangener riechen zu können, die in der Vergangenheit auf dieser Pritsche gelegen hatten.

»Ja.« Er stand auf. Leroy Matin Renier, so wurde er genannt. Er vermutete, dass es losging. Seine Gegner hatten ihn einige Tage in der Untersuchungshaft schmoren lassen. Niemand hatte mit ihm gesprochen. Ob sie ihn damit weichkochen wollten? Das reichte nicht, um ihn zu brechen. Er hatte nicht vor, an seinem Plan etwas zu ändern.

»Sie werden heute in die Staaten ausgeliefert«, erklärte eine Wärterin, die zwar einen Kopf kleiner war, aber trotzdem Oberarme wie ein Sumoringer hatte. Sie roch wie ein Olivenbaum, eine seltene Wahrnehmung, da ihm die Bedeutung nicht völlig klar war. Sie war nicht infiziert, was ihn ebenfalls überraschte. Er hatte mit der Zeit immer wieder interessante Menschen getroffen, die anders als alle anderen rochen. »Renier, haben Sie mich verstanden?«

Er nickte, mit der Auslieferung hatte er gerechnet, er hatte sogar mit ihr geplant. In Malta hätte er seinen Kampf nicht fortführen können. Das Endspiel würde an einem anderen Ort stattfinden. Viele Jahre der Vorbereitung hatte er für diesen Tag verwendet.

Die Tür der Zelle war komplett aus armdickem Sicherheitsglas gefertigt. Zugegeben, die Sicherheitstechnik in dem Inselknast wirkte hochmodern. Die hatten an nichts gespart. Er konnte auch die Unterschenkel der Wärterin sehen, die gut beraten gewesen wäre, sich entweder die Beine zu rasieren oder lange Hosen anzuziehen.

»Ich würde gerne meinen Anwalt sprechen …« Den er übrigens noch nicht gesehen hatte. Die maltesische Polizei hatte ihn nach der Verhaftung auf seiner Jacht in eine Zelle gesperrt und ihm jeglichen Kontakt mit Dritten verwehrt. In einer intakten Welt würde ihn auch nur jeder mäßig begabte Jurist in weniger als einer Stunde freibekommen. Leider war in diesem Irrenhaus nichts mehr so, wie es sein sollte. Keiner seiner gut bezahlten Firmenanwälte wusste überhaupt, dass man ihn verhaftet hatte.

»Einen Anwalt?« Sie lachte. Wie gesagt, auch die Reaktion überraschte nicht.

»Finden Sie das lustig?«

»Nein, Sie sind es.« Die Wärterin amüsierte sich anscheinend prächtig. »Aber ich bin mir sicher, dass Sie noch begreifen werden, wie es hier läuft.«

»Der Kontakt zu einem Anwalt steht mir zu«, erklärte er aufgebracht. Wobei er übertrieb, auf seinem Weg würde ihm kein Anwalt der Welt helfen können. Seine ganze Aufregung war nur gespielt.

»Wenn Sie meinen ... vortreten. Ich aktiviere jetzt die Transportsicherung.«

Seine Halskrause fing an zu summen und motivierte ihn, sich, ohne zu zögern, aufrecht an die Tür zu stellen. Mit dem Ding würde es ihm noch nicht einmal gelingen, einen Nasenflügel bedrohlich anzuheben.

»Bleiben Sie locker und passen Sie Ihre Bewegungen der Transportsicherung an«, erklärte die Wärterin mit erheitertem Unterton. Mit der Technik im Rücken tanzte sicherlich jeder nach ihrer Pfeife. Eine Frau, deren schroffes Äußeres nicht zu ihrem ruhigen Wesen passte. Sie war eine Mitläuferin. Er erwartete nicht, von ihr schlechter als notwendig behandelt zu werden.

»Ja«, krächzte er. Schritt für Schritt, er bewegte sich ganz langsam. Es bereitete ihm Mühe, von dem verfluchten Würgeband nicht erdrosselt zu werden.

Sie gingen los. Zuerst aus der Zelle heraus, durch den Korridor und dann die Treppe hinauf. Jeder Schritt war eine Tortur. Er wusste nicht, wer von den Amerikanern ihn in Empfang nehmen würde.

»Guten Tag«, sagte Laszlo. Major Elvira Laszlo, auch sie war nicht infiziert. Er kannte sie. Sie war ein Hunter, das konnte er riechen. Ihr Geruch glich in seinen Gedanken einer Schlange, die sich gerade durch die Eingeweide ihrer besiegten Feinde fraß.

»Irgendwie kann ich mir nicht vorstellen, dass wir einen guten Tag haben werden.« Eigentlich hatte er gehofft, diesem Biest nicht begegnen zu müssen. Aber das war wohl zu schön gewesen, um wahr zu sein.

»Ja … da bin ich mir sogar sicher.« Laszlo war eine große, schlanke Frau mit schulterlangen blonden Haaren, stechenden Augen und dem aschfahlen Gesicht einer Leiche. Sie trug dunkle militärische Kleidung und eine Waffe im Holster. Genüsslich biss sie in einen Apfel. So kannte man sie, die Apfel-Lady, die Travis Jelen und Lee Hastings schwer zugesetzt hatte. »Ich habe sehr lange auf diesen Tag gewartet.«

»Ja?«

»Oh ja.«

»Ich nicht.« Er hatte nicht vorgehabt, bereits auf Malta mit Laszlo zu sprechen. Sie sollte eigentlich in New York sein. Diese Frau war gefährlich, jeder andere Polizist wäre besser für ihn gewesen. Aber er würde sich ihr stellen und allen, die ihr folgten.

»Leroy Matin Renier … ein berühmter Name für einen Mann, den niemand wirklich kennt. Ich dachte, dass Sie erheblich älter wären.«

»Das bin ich, glauben Sie mir.« Auch wenn er vielleicht wie ein Mann um die Vierzig aussah, wusste er genau, wie alt er wirklich war.

»Sie haben sich gut gehalten.«

»Was wollen Sie von mir?« Das war alles nur leeres Gerede. Sie wussten beide, um was es ging.

»Informationen.«

»Rufen Sie die Auskunft an.«

»Glauben Sie, sich Ihre Überheblichkeit noch leisten zu können?«

»Sie langweilen mich.« Das Gespräch führte in die erwartete Richtung. Er ließ es passieren.

»Nun, Ihr Plan ist gescheitert.«

»Ähm ... welcher?«

»Sie wissen, wovon ich spreche.«

»Also, ich wollte am Wochenende in Rom essen gehen. Da kenne ich ein wunderbares Restaurant. Jetzt sagen Sie mir nicht, dass meine Reservierung gecancelt wurde.« Er wusste es besser, Laszlo fischte im Trüben. Die Aliens und ihre Helfer hatten keine Ahnung, was er vorhatte. »Das wäre wirklich eine Katastrophe.«

»Ihnen wird das Lachen schon noch vergehen.«

»Na ja, wenn Sie meinen.« Ihre Hilflosigkeit unterhielt ihn prächtig. Laszlo standen keine Mittel zur Verfügung, um ihn aus der Reserve zu locken.

»Hochmut kommt vor dem Fall.«

»Das stimmt.« Und genau dieser Hochmut würde den Aliens den Hals brechen. Dafür würde er sorgen, und wenn es seine letzte Tat auf Erden wäre.

»Wir haben Giovanella Muscat gefasst«, ergänzte sie mit einem süffisanten Grinsen.

»Ach ja?«

»Ja!«

»Major, ich war dabei.« Die Polizei hatte Giovanella und ihn nur fassen können, weil er es zugelassen hatte. Das sollte dieser verdammte Alien-Klon nicht vergessen!

»Was wollten Sie von ihr?« Eine Frage, bei der Laszlo ihr ganzes Unwissen zeigte.

»Sie ist eine meiner Anwälte. Es gibt einige Juristen, die für mich arbeiten. Sie hat mir bei der Recherche in einer Erbsache geholfen. Eine talentierte junge Frau. Sie hat nichts mit der Sache zu tun. Ich hoffe, dass sie wegen mir keine Schwierigkeiten bekommt.«

Laszlo schmunzelte. »Warum sollte sie denn?«

»Na ja … weil Sie doch eben sagten, sie gefasst zu haben. Ich meine, Giovanella Muscat ist eine Juristin mit bestem Ruf und amerikanische Staatsbürgerin.«

Laszlo verschränkte die Arme. »Sie ist sogar hübsch. Sorgen Sie sich um sie?«

»Sollte ich?«

»Schlafen Sie auch mit ihr?« Ihr Ton wurde schärfer.

»Eifersüchtig?«

»Renier, das ist kein Spiel!«, schrie Laszlo ihn an. Er saß auf einem Holzstuhl, und die eigenwillige Halskrause sorgte dafür, dass es auch so blieb. In dem kargen Vernehmungsraum stand ansonsten nur ein Tisch.

»Ich spiele nicht!« *Jedenfalls nicht mit dir.* Das war ein Kampf auf Leben und Tod, und er gab sich nicht der Illusion hin, ihn zu überleben. Wenn es so weit war, wusste er aber genau, wie er gehen wollte. So wie er gekommen war. Stehend.

»Dann hören Sie auf, mir so einen Mist zu erzählen!« Laszlo kam näher an ihn heran.

»Warum so nervös? Angst, einen Fehler gemacht zu haben?« Er provozierte sie weiter.

»Den Fehler haben Sie begangen! Genau heute Morgen, als Sie aufgestanden sind und glaubten, gegen uns in den Krieg ziehen zu können! Jetzt reden Sie schon! Was haben Sie mit Giovanella Muscat gemacht?«

»Sie wissen es nicht, oder?« Laszlos Frage bescherte ihm neuen Mut. Die Täuschung funktionierte, die Aliens und ihre

Helfer hatten es nicht verstanden. Sie liefen immer noch blind den Schemen nach, die er sie sehen lassen wollte.

Laszlo schlug ihn mit dem Handrücken ins Gesicht. Seine Lippe platzte auf. Blut tropfte auf den Boden. Den Geruch des eigenen Blutes würde er immer wiedererkennen.

Sie befanden sich alleine im Raum. Da entstand plötzlich eine Innigkeit, auf die er bei ihrem Gestank gerne verzichtet hätte. Mit jeder Bewegung schleuderte sie die Pheromone ihrer Niedertracht aus den Poren umher. Sie stand für alles Schlechte, die Gier und die Skrupellosigkeit, die die Aliens auf die Erde brachten.

»Wir haben Sie! Sie haben verloren! Sie sind besiegt! Und es spielt auch keine Rolle, dass sich noch einige Ihrer Freunde verstecken!« Ihre Stimme überschlug sich heiser vor Erregung. »Wir können euch riechen, und wir werden euch zu Tode hetzen!«

Er schluckte. Seine Freunde waren seine Achillesferse. Genau deswegen war Laszlo gefährlich. Wenn sie in die Enge getrieben wurde, würde sie höchstwahrscheinlich jeden Menschen töten, der sich in ihrer Nähe befand.

»Sprachlos?« Sie kam ihm näher. Sehr nahe. Während das Würgeband ihn fixierte und er noch nicht einmal den kleinen Finger bewegen konnte, ohne dafür bestraft zu werden, glitt sie mit der Nase an seinem Hals vorbei. »Sie riechen … ich kann die Zweifel spüren, die Sie bewegen. Dabei schmecke ich auch die Angst, versagt zu haben … oh ja, genau das haben Sie getan! Sie haben versagt!«

»Nein.« Das sah er anders.

»Renier, Sie gehören zu den Verlierern. Es ist unverständlich, wieso Sie uns so lange auf der Nase herumtanzen konnten. Aber damit ist jetzt Schluss!«

Er sah sie nur an, hielt aber den Mund. In seinem Plan spielte nicht er die Hauptrolle. Das tat Giovanella, sie würde tun, wozu er nicht in der Lage war. Sie war seine Kriegerin. Nur auf sie kam es an.

Man konnte die Vergangenheit nicht verändern, sie war bereits geschehen. Das hatte er der jungen Anwältin auf der Jacht erklärt. Ein Satz, der so nicht stimmte. In die Vergangenheit einzugreifen war nur sehr kompliziert. Er hatte es getan und Carl durch die Zeit geschickt.

»Ich denke, ich verschwende meine Zeit mit Ihnen … Sie sind kein Gegner!« Laszlo verzog angewidert die Mundwinkel und ließ von ihm ab.

Es gab keinen Grund, ihr darauf zu antworten. Wozu auch? Wegen seinem verletzten Ego? Über solche Dinge war er bereits lange Zeit hinweg.

»Wenn es nach mir ginge, wären Sie bereits tot. Aber es gibt noch andere, die mit Ihnen sprechen wollen.«

Doch es ging nicht nach ihr. Laszlo war kein Spieler wie er, sie war nur eine Spielfigur. Auch mit dieser Entwicklung hatte er gerechnet.

Laszlo schlug gegen die Tür. »Wir sind fertig! Los! Wir nehmen ihn mit.«

Umgehend kamen zwei maskierte Männer in den Raum und zerrten ihn auf die Beine. Die hastige Bewegung harmonierte nicht mit dem Würgeband, das sich sofort zuzog. Er rang nach Luft, ging zu Boden und krampfte.

Laszlo lachte. »Langsam, Jungs, ihr erwürgt ihn, wir brauchen ihn noch.«

»Ma'am«, sagte einer der Männer, der die gleiche schwarze Kampfkleidung trug wie sie. Auch er war mit einer Pistole bewaffnet. Auf seiner Brust befand sich ein FBI-Symbol. »Los! Aufstehen! Folgen Sie uns!«

Das Würgeband lockerte sich und ließ ihn langsam auf die Beine kommen. Sehr langsam wohlgemerkt.

Laszlo ging vorneweg. Die beiden Männer und er folgten ihr. Sie schlichen regelrecht durch die Flure. Auf dem Dach des Polizeigebäudes wartete ein Gleiter des FBI auf sie. An dem milden Januartag in Malta waren am Himmel keine Wolken zu erkennen. Zu dieser Jahreszeit konnte es im westlichen Mittelmeer auch beachtliche Stürme geben. Man verfrachtete ihn auf einen Sitz, schnallte ihn an und entfernte das Würgeband. Endlich, er konnte wieder frei atmen.

»Er gehört Ihnen«, sagte ein maltesischer Polizeioffizier und ließ sich von Major Laszlo die Übergabe auf einem Pad-System bestätigen.

»Danke sehr. Sehr gute Arbeit. Chief, richten Sie Ihren Leuten meinen Dank aus. Wir werden das nicht vergessen.« Sie gab ihm zum Abschied die Hand.

»Ich habe zu danken. Für unsere Sache.«

»Für unsere Sache, Sir!« Laszlo verbeugte sich und stieg in den Gleiter. Im Gegensatz zu der stämmigen Wärterin, die ihn unsanft aus der Zelle geholt hatte, war der maltesische Polizeioffizier infiziert. Er stank wie ein Frettchen und gehörte zu den Aliens, die nicht jeden auf ihre Seite ziehen mussten, um die Welt in den Würgegriff zu nehmen. Es reichte, Schlüsselpositionen zu besetzen. »Türen schließen! Wir starten!«

Im Gleiter saßen weitere Soldaten, die ihn wie ein Stück Fleisch nach einer erfolgreichen Jagd musterten. Er war ihre Beute, ihre Trophäe, die sie nach Hause schleifen durften. Jedem der Männer war die Genugtuung darüber anzusehen, ihn gefasst zu haben. Nur Laszlo war ein Hunter, ihre Leute waren lediglich infiziert.

»Und das soll der schlimmste Feind sein, den wir noch zu fürchten haben?«, fragte einer der Männer, der sich nicht die Mühe machte, seine Missachtung zu verbergen. Er roch nach Spott und Überheblichkeit. Zudem schien er ganz genau zu wissen, wer die Aliens waren.

»Leroy Matin Renier … ich habe Bilder gesehen, auf denen er älter aussah«, fügte dem ein anderer hinzu. »Wir haben ihn überschätzt.«

Der Gleiter erhob sich in die Luft, der Flug in die Staaten dürfte bei dieser Gesellschaft nicht angenehm werden. Durch das Seitenfenster konnte er sehen, wie die Insel in der Ferne verschwand.

»Jungs, diesem Mann ist es gelungen, uns über Jahre hinweg zu täuschen. Leroy Matin Renier, er hat Einfluss, Geld und verfügt über mehrere geheime Forschungseinrichtungen, die er unter allen Umständen vor uns verbergen wollte. Wir wissen noch nicht, was er dort getrieben hat, aber wir werden es herausfinden«, erklärte Major Laszlo, die ihm selbstsicher gegenübersaß. »Zudem ist er ein Spieler, der gerne seine Bauern opfert.«

»Das weiß er gut zu verbergen«, erklärte einer der Männer und sah ihn abfällig an.

»Oh, ja.« Laszlo vollständig zu täuschen, war nicht möglich, auch sie konnte ihn riechen.

»Habe heute schlechte Karten …« In diesem Gleiter musste er niemanden mit starken Worten beeindrucken. »Ich passe. Sie haben gewonnen.«

»Und warum grinst er dann so selbstgefällig?«, fragte einer der Männer.

»Sieh genauer hin. Der grinst nicht, nein, der hat Angst«, sagte ein anderer. Beide lagen richtig. Nur Idioten kannten keine Furcht.

»Gute Frage.« Laszlo musterte ihn scharf. »Er glaubt vermutlich, noch ein Ass im Ärmel zu haben.«

»Hat er denn eines?«

»Nein.« Laszlo ließ ihn keinen Moment aus den Augen. Auf sie musste er während der nächsten Stunden aufpassen. »Er weiß es nur noch nicht.«

WARUM KÄMPFT IHR?

Mitten in der Nacht hielt ein schwarzer Van vor dem Haus. Jake hatte ihn erwartet. Es war der Mietwagen, den Carl für sie geordert hatte. Ein Sechssitzer mit getönten Scheiben, damit die Verkehrsüberwachungskameras sie nicht erfassen konnten.

Der Fahrer stieg aus, ging die Stufen der Treppe hinauf, dann klapperte der Briefkastendeckel in der Tür, und der Fahrzeugschlüssel plumpste auf den Boden.

Jake hatte ein regelrechtes Déjà-vu, als er beobachtete, wie der Mitarbeiter der Leihwagenfirma die Straße hinunterging und in ein wartendes Fahrzeug stieg. Die Szene hatte er genau so schon einmal erlebt. Wo war das gewesen? Irgendwie verschwammen die Erinnerungen der letzten Tage und Wochen miteinander, und bald konnte man nicht mehr sagen, was wo geschehen war. Sie waren auf der Flucht, und Jake kam es so vor, als wäre das schon immer so gewesen.

»Ist das Auto da?«, fragte Skagen hinter ihm.

Seine Gestalt war im von der Straße hereinfallenden Licht kaum auszumachen. Das Gesicht blieb vollständig im Dunkel verborgen.

»Ja«, sagte Jake.

»Was ist es für einer?«, fragte Madison.

»Ist das wichtig?«, fragte Jake zurück.

»Für mich schon. Ich hab's gern bequem.«

»Sieht nach einem japanischen Wagen aus, kann aber auch ein Ford sein.«

»Hoffentlich ein Ford. Japaner sind kleine Menschen, in einem amerikanischen Auto hat man mehr Platz.«

»Woher hast du eigentlich deine umwerfende Allgemeinbildung?«, fragte Skagen bissig. »Japaner sind klein, und deshalb sind ihre Autos winzig?«

»So habe ich das nicht gesagt, aber mal ehrlich, Skagen, was mischst du dich schon wieder ein? Ich spreche mit Big Jake.«

Jake stöhnte auf. »Können wir das lassen? Es ist schon spät, und wir haben noch eine lange Strecke vor uns.«

»Kanada, wir kommen«, schnaubte Madison.

»Madison, wir haben darüber gesprochen. Es ist der sicherste Weg aus den USA heraus. Zu unserem nördlichen Nachbarn gibt es im Gegensatz zu Mexiko keinen Grenzzaun, der illegale Einwanderer abhalten soll.«

»Yeah, diesmal sind wir die Illegalen«, meinte Madison. »Wer will schon ins langweilige Kanada einwandern, die haben ja nicht einmal richtige Shopping Malls.«

»Was du alles weißt«, sagte Skagen.

»Du siehst es nicht, aber ich zeige dir gerade den Mittelfinger.«

»Den ich jetzt gern in den Mund …«

»Leute«, ging Jake dazwischen. »Muss das sein?« Er wandte sich an Hannah, die neben ihm stand und ihre Hand auf seine Schulter gelegt hatte. »Bist du so weit?«

»Ja.«

»Wo ist Caleb?«

»Hier bei mir. Ich halte ihn fest, damit er uns auf der Straße nicht davonläuft.«

»Caleb?«, rief Jake in die Dunkelheit.

»Ja?«, kam es vorsichtig zurück.

»Warst du … na, du weißt schon, noch mal auf dem Klo?«

»Ja.«

»Mich hast du das nicht gefragt«, lachte Skagen.

»Oh Mann …«

»Ich würde jetzt gern los«, meinte Hannah. »Sonst muss *ich* bald wieder aufs Klo.«

»Okay«, sagte Skagen. »Wir lassen das Licht aus, damit niemand mitbekommt, dass wir das Haus verlassen. Ich habe keine Lust, dass hier die Cops oder sonst wer auftaucht … oder irgendjemand, der gerade mit seinem Hund Gassi geht, sich zufällig die Autonummer gemerkt hat.«

»Du bist ein gottverdammtes Genie«, murrte Madison. »Wenn ich mir etwas breche oder mir auch nur den großen Zeh verstauche, kannst du was erleben.«

Jake seufzte stumm auf. Das waren genau die Menschen, die man sich im Kampf gegen eine Alieninvasion wünschte.

»Ich mache jetzt dir Tür auf. Hannah, gib mir deine Hand, denk an die Treppenstufen vor dem Haus. Der Rest folgt mir kurz hintereinander. Ich schließe die Karre auf, öffne die hinteren Türen, und ihr wartet nicht lange oder streitet euch über die Sitzplätze. Ist das klar, Madison?«

»Nerv mich nicht!«

»Also, los geht's.«

Drei Minuten später rollten sie die Straße Richtung Highway hinunter. Jake saß am Steuer, neben ihm Skagen, der in die

Nacht hinausstarrte. Hinter ihm war Caleb anscheinend gerade dabei, seine Finger zu zählen, denn er murmelte die ganze Zeit die Zahlen eins bis zehn vor sich hin.

Hannah hatte den Kopf an die Fensterscheibe gelehnt und war offensichtlich eingeschlafen. Als Jake in den Rückspiegel blickte, sah er, dass Madison ihn beobachtete. Sie wirkte wie eine Spinne, die auf eine Fliege in ihrem Netz lauerte.

Jake versuchte zu erschnuppern, nach welchen Emotionen sie roch, aber irgendwie hatte es Madison in letzter Zeit gelernt, ihren Pheromonausstoß zu kontrollieren.

Interessant, dachte er. *Fast ist es so, als wolle Madison etwas vor uns verheimlichen.*

Seine anderen Gefährten rochen ganz normal. Hannah strömte den Duft eines Waldes aus, was zu ihrem Naturell passte. Skagens Geruch ließ auf seine unverminderte Wut schließen, die Jake immer an verbranntes Plastik erinnerte. Caleb roch … ja, nach was eigentlich? Farben? Seltsamerweise war es so, auch wenn Jake eigentlich keine Vorstellung davon hatte, wie Farben dufteten.

Und er selbst?

Mist! Nach Schweiß. Jetzt ärgerte es ihn, nicht noch schnell geduscht zu haben, aber das würde er in der nächsten Unterkunft nachholen.

Carl hatte sich beim Starten des Wagens noch einmal gemeldet und eine Zieladresse angegeben, die Skagen ins Navi eingetippt hatte. Vor ihnen lagen über sieben Stunden Fahrt, die sie nach Buffalo, der zweitgrößten Stadt im Staat New York, bringen sollte. Von dort gab es laut Carl mehrere Möglichkeiten, die kanadische Grenze zu überqueren, sei es als Touristen der Niagarafälle oder zu Fuß über die grüne Grenze. Danach würden sie bis nach Toronto fahren, um von dort aus Richtung Europa zu starten. Carl wollte für Tickets nach Rom sorgen, anschließend würde es mit dem Zug weiter nach Sizilien und dann mit der Fähre nach Malta gehen. Vor ihnen lagen anstrengende Tage und Tausende von Meilen, und eine jede von ihnen würde sie von den Menschen, die sie liebten, entfernen.

Aber einem Menschen würde er näher kommen. Amy. Carl hatte sie ebenfalls nach Malta geschickt, und Jake war sich nun sicher, dass das kein Zufall war. Wenn alles klappte, würde er bald das Mädchen, das er liebte, wieder in seinen Armen halten. Bei dem Gedanken rauschte das Blut in seinen Ohren, und sein Herz schlug wild.

Ob sie ebenfalls so viel an ihn dachte, wie er an sie? Amy hatte seit ein paar Tagen nichts mehr von ihm gehört und sorgte sich sicherlich. Vielleicht hatte sie aber auch schon jede Hoffnung aufgegeben.

Jake wusste nicht, ob Carl mit ihr in Kontakt stand, und er traute sich nicht, danach zu fragen. Die anderen vier Hunter hatten ebenfalls Menschen zurückgelassen, die sie nicht anrufen konnten. Und sich über die eigenen Anweisungen hinwegzusetzen, nur weil er es konnte, hätte er als schäbig empfunden. Nein, nur noch wenige Tage und er würde Amy wiedersehen. So lange musste er es eben aushalten.

»Kannst du mal das Radio anmachen?«, fragte Madison gelangweilt vom Rücksitz.

»Hannah schläft«, sagte Skagen. »Nimm mal ein wenig Rücksicht.«

»Die Musik wird sie nicht stören.«

»Ich werde mich daran erinnern, wenn du pennst«, knurrte Skagen.

»Arschloch«, kam es zurück.

Jake blickte in den Rückspiegel. Im Licht der entgegenkommenden Fahrzeuge konnte er erkennen, dass Madison wieder einmal beleidigt den Mund verzogen hatte. Als kleines Kind mochte das mal süß ausgesehen haben, aber jetzt ging ihm das Getue ganz schön auf die Nerven. Madison kümmerte sich nur um Madison. Andere Menschen waren ihr vollkommen egal. Manchmal hatte er sogar das Gefühl, dass selbst die Alieninvasion sie nur am Rande interessierte.

»Hör auf, mich anzuglotzen«, zischte Madison, die anscheinend mitbekommen hatte, dass er sie musterte.

»Entspann dich mal, ich habe nur geschaut, was du machst.«

»Dann schau jemand anderen an. Zum Beispiel den Spinner vor mir.«

»Wieso? Was ist mit Caleb?« Er konnte den Jungen nicht im Rückspiegel sehen, da er genau hinter ihm saß.

»Der rutscht die ganze Zeit unruhig hin und her.«

»Caleb?«, fragte Skagen.

»Ja?«

»Musst du aufs Klo?«

»Nein.«

»Ist was mit dir?«

»Nein.«

»Siehst du, alles in Ordnung. Und nenn ihn nicht Spinner, er ist nämlich keiner.«

»Wenn du es sagst«, murmelte Madison.

Die nächsten Minuten vergingen in Schweigen. Jake entspannte sich allmählich, dann herrschte plötzlich Chaos im Fahrzeug.

Alle Handys fingen gleichzeitig an zu klingeln oder eine Melodie abzuspielen. Und das auf voller Lautstärke.

Neben ihm brüllte Skagen auf und hielt sich die Hände an die Ohren. Dabei stieß er gegen Jake, der das Lenkrad verriss. Der Wagen kam ins Schleudern, brach nach links aus und raste auf die Gegenspur. Madison schrie.

Dann wurde das komplette Fahrzeuginnere in gleißendes Licht getaucht. Ein ohrenbetäubendes Tuten erklang, wie das Signal eines Hochseetankers.

Jake erkannte in all der Helligkeit einen riesigen dunklen Schatten, der auf sie zuraste. Er packte das Lenkrad und zog es mit aller Macht herum. Die Reifen des Vans kreischten auf, das Auto schlingerte wild, dann schoss es wieder zurück auf die eigene Spur, und der Schatten raste an ihnen vorbei. Der dabei entstehende Luftzug ließ den Van erneut ausbrechen, aber diesmal trat Jake die Bremse voll durch, und das Auto kam abrupt auf dem Seitenstreifen zum Stehen.

Noch immer dröhnten die Handys in allen Tönen. Jake schaltete die Innenbeleuchtung des Toyotas ein und blickte nach hinten.

Caleb rief irgendetwas, das er in dem Lärm nicht verstand. Hannah wühlte in ihrer Jacke herum, die sie sich über den Schoß gelegt hatte. Madison hatte ihr Handy bereits am Ohr.

Dann wurde es plötzlich still. Unheimlich still. Nur Calebs leises Schluchzen war noch zu hören. Neben ihm nahm Skagen die Hände von den Ohren und fischte sein Handy aus der Jeans.

Jake musste erst überlegen, wo er sein Smartphone hingelegt hatte, aber dann fiel es ihm wieder ein. In die Ablage in der Mittelkonsole. Er hatte es da abgelegt, falls Carl ihn während der Fahrt erreichen wollte. Mit zitternden Fingern nahm er es in die Hand.

Das Display blinkte wild, so als würde die Helligkeit permanent auf- und abgedreht. Eine Mobilfunknummer wurde angezeigt.

Wenn Carl diesen Zauber veranstaltet hat, bringe ich ihn um.

Er schaute noch mal in den Rückspiegel. Hannah hielt ihr Handy ebenso ans Ohr gepresst wie Madison, die ihn nun direkt anschaute. Sie war vollkommen bleich.

»Es ist Serena. Sie will mit uns sprechen.«

»Was?«, ächzte Jake und starrte sein Telefon an. Skagen lauschte nun ebenfalls in sein Handy. Einzig Caleb, der keines besaß, tat nichts dergleichen, sondern weinte und murmelte etwas von Verwirrung und der Farbe Lila.

Jake hob das Mobiltelefon an sein Ohr, und sofort erklang Serenas sinnliche, tiefe Stimme, in der stets ein heiserer Klang mitschwang.

»Hallo Jake«, sagte sie ruhig. »Hallo Skagen, Hannah, Madison und Caleb.«

Jake holte tief Luft, dann ließ er seinem Zorn freien Lauf. »Was zum Teufel willst du?«

»Begrüßt man so eine alte Freundin?«, lachte Serena leise.

»Wir sind keine Freunde. Du bist eine verfluchte Außerirdische oder sonst etwas.«

»Nein Jake, ich bin nichts dergleichen. Ich bin wie du. Ein Mensch. Allerdings eine bessere Version. SIE haben mein Immunsystem aufgerüstet, ich werde niemals wieder krank sein. Alter und Tod sind mir fern, denn SIE haben den Verfall meines Körpers verlangsamt. So sehr verlangsamt, dass ich Jahrhunderte leben werde.«

»Und dafür hast du deine Menschlichkeit geopfert.«

»Wie naiv du bist. Das war kein Deal, ich bin ein Teil von

IHNEN geworden, so wie auch du bald ein Teil des Ganzen sein wirst. Du, deine Freunde und alle Menschen. Krankheiten und Tod gehören der Vergangenheit an, ebenso persönliche Wünsche und Bedürfnisse. Wir alle sind das EINE. So wie ein Regentropfen sind wir Teil des Ozeans. Allein schwach und unbedeutend, aber gemeinsam eine unaufhaltsame Kraft. SIE kommen von weit her, um sich mit uns zu vereinen, heißen wir SIE willkommen.«

»Das bedeutet, sie sind noch nicht da?«

»Nein, nicht in dem Sinn, in dem du es verstehst. Bis jetzt ist nur IHR Geist in dieser Welt, aber sie selbst sind auf dem Weg.«

»Wann werden sie da sein?«

»Noch zu deinen Lebzeiten, Jake Merdon.«

»Serena, das kannst du nicht wollen. Du hast Familie, vielleicht sogar Freunde. Du kannst nicht wollen, dass sie sterben.«

»Niemand muss sterben. Niemals wieder.«

»Was ist mit Thomas?« Jake dachte an den Jungen aus seiner Highschool-Klasse, der nach Serenas Party spurlos verschwunden war.

»Er ist bei mir.«

»Was ist mit meinem Vater?«

»Er ist bei mir.«

»Du hast Amanda gezwungen, von der Brücke zu springen.« Nach Michaels Tod hatte er keinen Kontakt mehr zu dessen Schwester gehabt. Amanda war querschnittsgelähmt, und Serena trug seiner Meinung nach die Schuld daran.

»Habe ich das?«

»Menschen sind wegen dir und dem gestorben, was du tust.«

»Der Tod ist Illusion. Selbst ohne Körper können wir Jahrtausende leben. SIE haben es bewiesen.«

»Was wollen SIE?«, brüllte Jake ins Telefon.

»Uns. Alles. Die Vereinigung. Nichts wird bleiben, wie es war.«

»Serena, das macht mir eine Scheißangst«, sagte Jake nun leise.

»Dafür gibt es keinen Grund. Hört auf, UNS zu bekämpfen.«

»Jetzt sprichst du schon von UNS.«

»Auch das Ich ist nur eine Illusion. Staub im Universum, nur das WIR kann überleben. Vereinigt euch mit UNS. Lebt ewig in Harmonie.«

Jake versuchte, ruhig zu bleiben. »Warum hast du überhaupt angerufen? Und wie hast du das gemacht?«

»Carl ist nicht der Einzige, der über technische Möglichkeiten verfügt«, sagte Serena. »Und wie er festgestellt hat, wissen wir über ihn Bescheid.«

Tiefer Schrecken durchzuckte Jake. Serena wusste von Carl. Das bedeutete, sie würde von nun an auch aktiv gegen ihn vorgehen. Ihnen womöglich die einzige Waffe aus der Hand schlagen, die sie besaßen.

»Ich weiß nicht, wovon du sprichst.«

»Hör auf zu kämpfen, Jake.«

Jake blickte nacheinander in die Augen seiner Gefährten. Allen stand die Angst im Gesicht, dennoch wirkten sie entschlossen, bis auf Madison. Madison lächelte.

Die Entschlossenheit der anderen machte ihm Mut und drängte die Furcht vor dem eigenen Versagen in den Hintergrund. Es ging um die Zukunft der ganzen Welt, um die Zukunft eines jeden Menschen auf diesem Planeten. Die

Verantwortung drückte ihn beinahe nieder. Letztendlich musste er seine Gefährten in diesem Kampf anführen, und niemand wusste, wie dieser Kampf ausgehen würde und welche Opfer gebracht werden mussten.

Jake war so weit vom Leben eines normalen Jugendlichen entfernt wie nur möglich. Für ihn gab es keine Normalität mehr, nie wieder. Aber das Schicksal hatte ihn nicht gefragt, ob er das alles wollte, sondern ihm die Fähigkeit verliehen zu tun, was getan werden musste. Und er war bereit dafür.

»Wir werden weitermachen, Serena. Dich und deinesgleichen jagen und vernichten. Wir sind Hunter.« Er lachte bitter. »Das ist unsere Bestimmung.«

»Dann ist euer Untergang besiegelt, ebenso wie der eines jeden, der sich gegen uns stellt.«

»Große Worte, Serena. Sind es deine?«

»Spielt das eine Rolle?«

»Für mich schon. Ich spreche gern für mich selbst, und da wir gerade davon reden, ich wollte dir eine Sache schon immer sagen.«

»Dann sag es jetzt.«

»Du bist eine Bitch!«

Serenas Lachen war das Letzte, was er hörte, dann wurde die Verbindung unterbrochen.

FIEBERTRÄUME

Giovanella sollte keine Angst haben, hatte Hannah gemeint. Das war einfacher gesagt als getan, wenn man sich unerwartet an der Pforte zur Hölle wiederfand. Sie saß eingeschüchtert auf einem Stuhl neben einem Tisch voller Waffen und zitterte. Das blinde Mädchen hockte neben ihr, hielt ihre Hand und versuchte erfolglos, sie zu beruhigen.

Bei den Soldaten waren auch Frauen dabei, deren entschlossene Gesichter ihren Kameraden in nichts nachstanden. Es wurde kaum geredet, jeder überprüfte seine Waffen, steckte sie in Holster und schob unzählige fingerlange Patronen in Magazine. Es war nicht davon auszugehen, dass es irgendjemand in diesem Raum nicht ernst meinte.

Auch die Pheromone ihrer Beschützer, ein dunkelroter, beinahe tiefblauer Dunst, belegten die Stimmung, sich ein letztes Mal gegen einen übermächtigen Feind aufzulehnen. Mit der Zeit gelang es ihr immer besser, andere Menschen aus einer neuen Perspektive wahrzunehmen.

Nein, es waren sogar mehrere Blickwinkel. Die optische Erscheinung, der Geruch und die farbliche Präsenz der Pheromone. Niemand konnte sich vor ihr verstecken. Sie konnte jeden sehen, so wie er war. Mutig, entschlossen und bereit für den Kampf gegen die Aliens. Obwohl sich hin und wieder auch Furcht dazwischenmischte.

»Ich kann sie alle sehen«, flüsterte Giovanella und glaubte, den Hall ihrer Stimme in dem Schneckenhaus hören zu können, in das sie sich verkrochen hatte. Woher kam dieser Fatalismus? Warum gab es keinen Weg, mit den Aliens zu verhandeln?

»Was du siehst, kann ich fühlen. Ich habe bei der Auswahl der Soldaten für diese Mission jeden von ihnen berührt. Sie sind mutig, und sie glauben an dich, sie werden dich beschützen«, antwortete Hannah. Niemand der Soldaten beschäftigte sich mit ihnen.

»Warum?« Giovanella wollte ihre verhängnisvolle Lage nicht akzeptieren. Bis vor wenigen Tagen war sie nur eine junge Anwältin gewesen, und jetzt sollte sie eine wichtige Rolle im Kampf der Menschheit gegen einen übermächtigen Gegner spielen? Ihr war zum Heulen zumute, sie spürte aber auch eine ihr fremde Distanz, die sie in dieser Form nicht erwartet hätte. Was passierte mit ihr? Warum glaubte sie nur ein Zuschauer zu sein?

»Weil wir alle zusammen für unser Überleben kämpfen. Wenn wir versagen, wird niemand mehr da sein, um unsere Familien zu schützen.«

»Gibt es keinen anderen Weg? Keine Chance auf eine friedliche Einigung?«

»Nein.« Hannahs Gesicht wirkte ernst.

»Wurde es probiert?«

»Oh ja … mehrfach sogar. Es gab geheime Verhandlungen Nur ist niemand von solchen Gesprächen jemals wieder zurückgekehrt.«

»Aber was ist mit der Polizei? Dem Militär? Wir haben doch die fortschrittlichsten Streitkräfte der Welt!« Und bei einem Krieg gegen Aliens dürften sich auch Rivalen wie Russland und China einer Allianz anschließen.

»Unterwandert ... schon seit Jahren. Polizei, Regierungen und Militär sämtlicher großer Nationen werden von den Aliens kontrolliert.«

»Und wer ist dann noch auf unserer Seite?« Das waren verheerende Antworten. Giovanella hatte jahrelang in einer Traumwelt gelebt. Sie hoffte auf mehr Mitstreiter, als sie gerade sehen konnte.

»Nicht viele, aber es sind die Richtigen. Die Aliens haben sich seit Jahren auf diesen Tag vorbereitet. Das haben wir allerdings auch. Vertraue uns, vertraue dir ... noch sind wir in der Lage, uns zu wehren.«

Eine Asiatin kam zu ihr, eine kleine Frau, die ebenfalls eine schwarze Kampfuniform trug. Ihre großen Augen wirkten traurig, Giovanella konnte ihre Müdigkeit riechen. Sie roch aber auch ihren Willen. Die Haare trug sie hochgesteckt unter einem Headset.

»Giovanella?« Sie ging in die Hocke, um ihr in die Augen zu sehen. Sie dürfte um die fünfzig sein und damit die älteste Person im Raum.

»Ja.« Konnte sie ihr vertrauen? Ihre Farben und ihr Geruch vermittelten Aufrichtigkeit.

»Mein Name ist Yuki.« Sie legte ihre Hände auf Giovanellas Finger. »Colonel Yuki Hayake, ich führe den Einsatz an. Wir haben eine einfache Aufgabe, wir werden dich innerhalb von zweiundzwanzig Stunden an einen sicheren Ort bringen.«

»Ein sicherer Ort? Ich dachte, das hier wäre bereits einer? Ich verstehe das nicht. Wo bringen Sie mich hin?« Giovanella sah unruhig auf die Seite. Hannah nickte.

»Nein, dieser Platz diente nur als Fluchtpunkt, sobald Hannah dich finden würde.«

»Ihr habt nur sie geschickt, um mich zu suchen.« Das war

schon seltsam gewesen. Giovanella war mehrere Tage hilflos durch die Stadt gelaufen.« »Warum nicht mehr Leute?«

»Das haben wir, aber die Stadt ist groß. Hannah ist eine ganz besondere Jägerin. Sie braucht keine Augen, um ihr Ziel zu finden.«

»Oh ...«

»Der Plan stammt von Skagen Hastings und Leroy Matin Renier. Niemand hätte dich besser überzeugen können, habe ich mir sagen lassen.«

»Vermutlich ...« Von welchem Plan sprach der Colonel? Und was hatte Leroy damit zu tun? Ihr Kopf dröhnte. Sie wusste nicht, wie sie all diese Informationen verarbeiten sollte, geschweige denn wie sie zusammengehörten.

»Giovanella, du verfügst über besondere Eigenschaften. Du bist wichtig für das Überleben aller, deshalb werden wir dich begleiten.«

»Leroy ...« Giovanella verzog die Mundwinkel, sie freute sich nicht, den Namen zu hören.

»Ich kann deine Unsicherheit verstehen.«

»Ja? Können Sie mir dann auch erklären, was das alles hier soll?« Im Moment wollte sie nichts lieber, als aus der ganzen Sache aussteigen.

»Wir befinden uns im Krieg.«

»Gegen Aliens ...«

»Ja.« Der Colonel nickte.

»Aliens, die bereits die meisten Menschen mit außerirdischen Viren verseucht haben, die sie zu willenlosen Zombies mutieren lassen ...« Laut ausgesprochen klang das derart abstrus, dass sie sich zusammenreißen musste, nicht laut loszulachen.

»Auch das ist richtig.«

»Und wir kämpfen mit lausigen zwanzig Mann gegen den Rest der Welt?«

»Ein paar mehr sind wir schon, aber ich gebe dir recht, wir sind in der Minderzahl.«

»Leroy Matin Renier ist ein naiver Träumer!« Das alles war lächerlich.

»Leroy ein Träumer? Ja, das ist er wirklich, ein Mann der sich seit Jahren dagegen gewehrt hat aufzugeben. Er hat einen Impfstoff entwickelt, der zumindest einer kleinen Zahl von Menschen erlaubt, einen klaren Kopf zu behalten.«

»Und warum impfen wir nicht alle?« Das wäre der einfachste Weg gewesen.

»Das geht nicht. Das Serum kann niemanden heilen, und eine Impfung eines nicht infizierten Menschen ist sehr aufwendig. Aber das Mittel half uns, unbemerkt an unserem Plan arbeiten zu können.«

»Und wieso habt ihr so lange gewartet?« Giovanella passten die Antworten nicht. Dieser besagte Plan wirkte wie mit der heißen Nadel gestrickt.

»Heute Nacht wurde der HFP-Tower angegriffen. Der Arzt Doktor Travis Jelen und seine Freunde haben den ersten Angriff geführt.«

»Sie sind alle tot.« Das hatte Hannah gesagt. Das war doch Irrsinn!

»Ein notwendiges Opfer. Travis hat dir damit das Leben geschenkt.«

»Mir?«

»Deinem Großvater.«

»Und wer soll das sein?« Giovanella glaubte, sich verhört zu haben.

»Du kennst ihn.«

»Wer?«

»Leroy Matin Renier.«

»Das ist doch Blödsinn!« Giovanellas Großeltern waren schon lange tot. Sie wollte sich erinnern, sah aber bei dem Versuch nur dunkle Spielkarten, die langsam umfielen. Was stimmte nicht mir ihr?

»Du kennst ihn besser, als du denkst. Du hast ihn in der Zeit gesucht … und hast ihn gefunden. Carl, die KI, hat dir dabei geholfen.«

»Bitte?« Giovanella wurde schwindelig. Die Geschichte nahm immer verrücktere Formen an. Sie glaubte, nicht mehr die zu sein, für die sie sich immer gehalten hatte. Ihr Kopf war kurz davor zu platzen.

»Er ist Jake Merdon.«

Giovanella schüttelte nur den Kopf, weil sie nicht den blassesten Schimmer hatte, was sie darauf antworten sollte. Ein paar Sekunden vergingen, bis sie schließlich ein »Das kann nicht sein!« hervorpresste. In ihrem Kopf überschlugen sich die Gedanken. »Dann … dann wäre Jake inzwischen ein alter Mann.« Das war er aber nicht. Sie hatte ihn sogar geküsst. Und dabei ein seltsam vertrautes Gefühl wahrgenommen. Ein eiskalter Schauer biss sich ihren Rücken herauf.

»Er ist hundertsiebzehn Jahre alt. Jake altert nicht wie normale Menschen, seine DNA wurde von den Aliens manipuliert. Er ist ein Hunter, der geschaffen wurde, um den letzten Widerstand der Menschen zu brechen.«

»Giovanella, sieh in unsere Herzen. Du kannst spüren, dass wir die Wahrheit sagen«, sagte Hannah.

Das sah sie wirklich. Weder der Colonel noch Hannah logen sie an. Beide waren aufrichtig. Jake Merdon war ihr Großvater. So viele Dinge ergaben jetzt einen Sinn. Obwohl sie die Informationen aufwühlten, blieb sie ruhig. Warum eigentlich? War das nicht Grund genug, laut zu schreien? Natürlich war es das! Sie tat es dennoch nicht. Was passierte gerade mit ihr? »Leroy, ich meine Jake, nannte mich seine Kriegerin.«

»Womit er nicht danebenliegt«, antwortete Hayake. »Wir brauchen deine Hilfe.«

»Colonel ...«

»Du kannst mich Yuki nennen.«

»Okay ... Yuki ... also ich kann mich noch nicht einmal selbst beschützen. Ein FBI Agent, Frank Rees, hätte mich um ein Haar getötet.« Das hatte sie nicht vergessen. Nur mit viel Glück hatte sie den Flug überstanden.

»Er hat es nicht geschafft.«

»Aber ...«

»Giovanella, nicht aber ... er hat es nicht geschafft. Hat dir Hannah am Times Square nicht gezeigt, zu was du in der Lage bist?«

»Doch ...«

»Und?«, forderte Yuki.

»Ich höre sehr gut ... zu gut. Viele Geräusche tun sogar weh. Ich rieche Emotionen und kann die Pheromone auch sehen, die dafür verantwortlich sind. Wenn ich Hannah, wenn ich dich berühre, kann ich in Seelen sehen, und ich bekomme das Kunststück hin, mir aus Pheromonen engelsgleiche Flügel wachsen zu lassen.«

»Hat dich das etwa noch nicht überzeugt, eine Kriegerin zu sein?«, fragte Yuki. Giovanella konnte sehen, dass sie es ehrlich meinte. Sie wollte ihr Mut machen. Mut, den sie gut gebrauchen konnte.

»Um gegen wen zu kämpfen? Infizierte Menschen, die auf mich schießen? Wäre Corporal Mason nicht gewesen, hätten es Hannah und ich noch nicht einmal bis hierher geschafft.« Giovanella war sich darüber im Klaren, dass sie ihre zirkusreifen Talente nicht zu überschätzen brauchte. In einer Welt mit modernen Waffen reichten diese nicht aus.

»Das ist mein Job.« Yuki drückte ihre Hand. Giovanella konnte in ihrem Inneren Kinder wahrnehmen, sie hatte sogar schon Enkel. Yuki würde diese wie eine Löwenmutter verteidigen. »Meine Soldaten und ich werden alles für dich geben. Wir werden dich an einen sicheren Ort bringen, und dann wirst du deinen Teil leisten.«

Giovanella begann zu schwitzen, obwohl sie sich sicher war, dass der Keller nicht beheizt wurde. Man sah deutlich den Atem beim Sprechen. »Und was soll das sein? Was erwartet ihr von mir?«

»Du wirst es verstehen. Genau wie Hannah dir heute eine Tür geöffnet hat, wirst auch du die nächste Pforte durchschreiten. Hannah hat mir gesagt, dass dich kein Mensch belügen kann. Ich sage die Wahrheit, so wahr mir Gott helfe. Wir haben zudem wenig Zeit und sollten uns so schnell wie möglich auf den Weg machen.«

Giovanella nickte. Sie hatte nicht mal ansatzweise alles verstanden, aber die beiden meinten es ehrlich.

»Bist du dabei?«

Sie zögerte einen kurzen Moment, bis sich schließlich ein Wort zwischen ihren Lippen formte, von dem sie selbst überrascht war. »Ja«, drängte es aus Giovanella heraus. Obwohl ein Nein die klügere Antwort gewesen wäre. Ziemlich sicher sogar. Aber wo Angst ihre Gedanken hätte bestimmen sollen, fühlte sie plötzlich Entschlossenheit. Der Weg vor ihr würde unbequem werden. Daran bestand kein Zweifel. Trotzdem würde sie es tun.

»Danke.« Yuki stand wieder auf und wandte sich den Soldaten zu, von denen sie jeder um zwei Köpfe überragte. »Kann bitte jemand den Stream anwerfen?«

Auf einem großen Display an der Wand erschien ein Nachrichtensprecher, der über den Anschlag auf den HFP-Tower berichtete.

»... *heute Abend hat in New York eine Gruppe Terroristen, angeführt von dem verurteilten Mörder Travis Jelen, im HFP-Tower eine Explosion herbeigeführt. Dabei wurden sämtliche Angreifer getötet und zwei Sicherheitskräfte verletzt. Eine sinnlose Tat, die von den Behörden mit großer Sicherheit dem Ironheart-Netzwerk zugerechnet wird.*«

»*Wurde nicht erst vor wenigen Tagen Dr. Glen Ravero, der Anführer von Ironheart, verhaftet?*«, fragte eine Kollegin des Nachrichtensprechers. Beide lächelten, als ob sie dafür bezahlt wurden.

»*Das ist richtig. Die Behörden teilten mit, dass Ravero und Jelen gemeinsam studiert haben. Ist es nicht traurig, zu welchen Taten Terroristen fähig sind?*«

Yuki hob die Hand, alle Blicke richteten sich auf die kleine Frau. Ein Soldat stellte den Ton des Displays ab.

»Ich möchte, dass allen im Raum eine Sache klar ist. Jeder von euch kennt das Briefing. Wir haben heute Nacht gute Freunde verloren. Wir haben sie sogar sterben lassen, obwohl wir von ihnen wussten. Sie aber nicht von uns. Ich hoffe, dass damit auch die letzten Zweifel beseitigt sind.« Yuki ließ die Worte wirken. »Travis Jelen hat sein Leben geopfert, um uns eine Botschaft zukommen zu lassen. Es liegt an uns, diesen Vorteil zu nutzen. Seid ihr dabei?«

»JA!«, tönte es durch den Raum. Giovanella drehte wegen der Lautstärke schmerzverzerrt den Kopf weg. Dieses ungewohnte Kampfgebrüll jagte ihr einen Schauder über den Rücken. Sie fühlte sich fehl am Platze.

»Ich gehe nicht davon aus, dass alle von uns die Nacht überleben. Ganz ehrlich … ich bin bereit, jeden von euch für unsere Sache zu opfern! Falls jemand meint, dass ich übertreibe … da ist die Tür.«

Die Stimmung heizte sich auf. Giovanella konnte die Veränderungen sehen, die Yukis Worte bei den Soldaten auslösten.

»Wir haben nur eine Aufgabe! Nur einen verdammten Job! Wir sind verantwortlich für ihre Sicherheit! Habt ihr das verstanden?« Yuki zeigte mit dem Finger auf Giovanella. Alle Blicke richteten sich auf sie, was sie zusammenzucken ließ.

»JA!«

»Wenn sie es nicht schafft, haben wir verloren. Also noch einmal, SIE IST UNSER AUFTRAG!«

»JA!«

»Mason?«, schrie sie.

»Ja, Ma'am!« Der Klotz, der sie hergebracht hatte, stand auf. Es war gar nicht aufgefallen, dass er gesessen hatte. Giovanella verspürte großen Respekt vor ihm. Der Dunst in seinem Nacken war rotschwarz. Er hatte vorhin nicht eine Sekunde gezögert zu schießen und die beiden Verfolger zu töten. Das kannte sie nur aus Filmen. Im echten Leben hätte sie so jemandem nie begegnen wollen.

»Du bist ab jetzt ihr Schatten!«

»Ja, Ma'am!« Die Meute lachte wie ein Rudel Wölfe, die sich zu einem Jagdausflug traf.

»Giovanella, Liam ist kein netter Kerl, aber er wird dir keinen Schritt von der Seite weichen. Er wird auch nicht den Kopf einziehen, wenn es knallt. Du wirst bei ihm bleiben und du wirst tun, was er dir sagt!«

»Okay«, antwortete Giovanella eingeschüchtert. Mason sah sie an wie sein zweites Frühstück.

»Wenn er sagt ›renn‹, dann rennst du! Wenn er sagt, du sollst die Klappe halten, dann bist du ruhig!«

Sie nickte. Ihre Hand zitterte. Die Temperatur stieg weiter an. Schweiß schoss aus ihren Poren, sie war die Einzige, die schwitzte. Hannah saß neben ihr, war aber dennoch unerreichbar weit entfernt.

»Hast du mich verstanden?« Yukis Präsenz in dem Kellerraum wuchs, während sie sprach. Innerlich war die Frau noch größer als Mason.

»Ja.«

»Und Mason, wenn ihr etwas zustößt, solltest du tot sein. Glaub mir, ansonsten würdest du dir wünschen, dass es so wäre! Haben wir uns ebenfalls verstanden?«

»Oh ja, Ma'am!« Der Corporal baute sich neben ihr auf. Sie konnte riechen, dass der Tod ihm bei jedem Schritt an den Fersen haftete.

»Vasquez, Heinrichs, Liverpool!« Yuki rief weitere Soldaten auf.

»Ja, Ma'am«, antworteten sie ihm Chor. Liverpool war eine Frau mit roten Haaren, ihr Rangabzeichen zeigte eine Schlange, die sich um einen Stab wand. Sie war Ärztin, so viel reimte sich Giovanella zusammen. Die beiden Männer hingegen sahen aus wie Masons unrasierte Brüder.

»Ihr seid der zweite Ring. Ihr werdet Mason beschützen. Ist das klar?«

»Ja, Ma'am!«

»Der Rest bildet die Vor- und die Nachhut.«

Auch Giovanella nickte eifrig mit. Sie hatte Angst, aber keine Zeit, diese zu zeigen. Die Entschlossenheit der Soldaten half ihr, wohnte Kampfgebrüll jagte ihr einen Schauder über den Rücken. Sie fühlte sich fehl am Platze.

»Ich gehe nicht davon aus, dass alle von uns die Nacht überleben. Ganz ehrlich … ich bin bereit, jeden von euch für unsere Sache zu opfern! Falls jemand meint, dass ich übertreibe … da ist die Tür.«

Die Stimmung heizte sich auf. Giovanella konnte die Veränderungen sehen, die Yukis Worte bei den Soldaten auslösten.

»Wir haben nur eine Aufgabe! Nur einen verdammten Job! Wir sind verantwortlich für ihre Sicherheit! Habt ihr das verstanden?« Yuki zeigte mit dem Finger auf Giovanella. Alle Blicke richteten sich auf sie, was sie zusammenzucken ließ.

»JA!«

»Wenn sie es nicht schafft, haben wir verloren. Also noch einmal, SIE IST UNSER AUFTRAG!«

»JA!«

»Mason?«, schrie sie.

»Ja, Ma'am!« Der Klotz, der sie hergebracht hatte, stand auf. Es war gar nicht aufgefallen, dass er gesessen hatte. Giovanella verspürte großen Respekt vor ihm. Der Dunst in seinem Nacken war rotschwarz. Er hatte vorhin nicht eine Sekunde gezögert zu schießen und die beiden Verfolger zu töten. Das kannte sie nur aus Filmen. Im echten Leben hätte sie so jemandem nie begegnen wollen.

»Du bist ab jetzt ihr Schatten!«

»Ja, Ma'am!« Die Meute lachte wie ein Rudel Wölfe, die sich zu einem Jagdausflug traf.

»Giovanella, Liam ist kein netter Kerl, aber er wird dir keinen Schritt von der Seite weichen. Er wird auch nicht den Kopf einziehen, wenn es knallt. Du wirst bei ihm bleiben und du wirst tun, was er dir sagt!«

»Okay«, antwortete Giovanella eingeschüchtert. Mason sah sie an wie sein zweites Frühstück.

»Wenn er sagt ›renn‹, dann rennst du! Wenn er sagt, du sollst die Klappe halten, dann bist du ruhig!«

Sie nickte. Ihre Hand zitterte. Die Temperatur stieg weiter an. Schweiß schoss aus ihren Poren, sie war die Einzige, die schwitzte. Hannah saß neben ihr, war aber dennoch unerreichbar weit entfernt.

»Hast du mich verstanden?« Yukis Präsenz in dem Kellerraum wuchs, während sie sprach. Innerlich war die Frau noch größer als Mason.

»Ja.«

»Und Mason, wenn ihr etwas zustößt, solltest du tot sein. Glaub mir, ansonsten würdest du dir wünschen, dass es so wäre! Haben wir uns ebenfalls verstanden?«

»Oh ja, Ma'am!« Der Corporal baute sich neben ihr auf. Sie konnte riechen, dass der Tod ihm bei jedem Schritt an den Fersen haftete.

»Vasquez, Heinrichs, Liverpool!« Yuki rief weitere Soldaten auf.

»Ja, Ma'am«, antworteten sie ihm Chor. Liverpool war eine Frau mit roten Haaren, ihr Rangabzeichen zeigte eine Schlange, die sich um einen Stab wand. Sie war Ärztin, so viel reimte sich Giovanella zusammen. Die beiden Männer hingegen sahen aus wie Masons unrasierte Brüder.

»Ihr seid der zweite Ring. Ihr werdet Mason beschützen. Ist das klar?«

»Ja, Ma'am!«

»Der Rest bildet die Vor- und die Nachhut.«

Auch Giovanella nickte eifrig mit. Sie hatte Angst, aber keine Zeit, diese zu zeigen. Die Entschlossenheit der Soldaten half ihr, sich zusammenzureißen. Sie wollte nicht darüber nachdenken, wie sie kämpfen würde. Sie gegen die Aliens, das war lächerlich. Zunächst galt es, die nächsten zweiundzwanzig Stunden zu überleben.

»Colonel, wir haben neue Informationen von der Abwehr. Sie sollten sich die Nachrichten anhören!«, rief eine Soldatin, die an einem Computer arbeitete.

Mit einer Geste zeigte Yuki an, die Lautstärke an dem Display lauter zu stellen.

»*Eine Nacht voller Wunder!*«, erklärte die glücklich aussehende Moderatorin einer Sondersendung. Im Hintergrund war das festlich beleuchtete Weiße Haus zu erkennen. »*Eine zentrale Frage der Menschheit wurde heute beantwortet: Wir sind nicht allein! Sie haben mich richtig verstanden, wir sind nicht allein im Universum!*«

Im Kellerraum wurde es ruhig. Giovanella hätte eine Stecknadel auf den Fußboden fallen hören können. Alle lauschten dem Livebericht.

»*Vor zehn Minuten hat der Präsident bekannt gegeben, dass die Regierung sich im Kontakt mit einer außerirdischen Kultur befindet. Die Aliens folgen einer Einladung des Präsidenten und werden in Kürze eintreffen. Der Präsident versicherte zudem, dass der Kontakt bereits seit Monaten vorbereitet und mit den alliierten Partnern abgestimmt wurde.*«

»Ihr habt es gehört«, rief Yuki und zeigte an, die Nachrichten abzuschalten. »Phase zwei hat begonnen. Das ist nicht gut für uns, da die Polizei oder infizierte Teile des Militärs jetzt offen gegen uns vorgehen werden. An unserem Auftrag ändert sich deswegen aber nichts. Vor uns liegt eine Strecke von dreißig Meilen. In Hicksville werden wir in einer geheimen Bunkeranlage der Air Force erwartet. Dreißig Meilen, ich weiß, das hört sich nicht schwierig an, aber auf dieser Strecke kann viel passieren.«

»Ma'am, wir haben einen Timer: einundzwanzig Stunden und sechsunddreißig Minuten, dann schließt sich das Fluchtfenster«, meldete die gleiche Soldatin am Computer wie zuvor.

Giovanella hustete, ihr Hals kratzte wie eine alte Drahtbürste. Nicht dass sie jetzt krank wurde.

»Wie geht es dir?«, fragte Hannah, die immer noch ihre Hand hielt.

»Ich weiß nicht, ich fühle mich gerade nicht so gut ...« Sie hatte Kopfschmerzen und schwitzte immer stärker.

Mason, der neben ihr stand, sah Liverpool an, die sofort ein Diagnosegerät aus der Tasche holte und es ihr an den Hals hielt. Zwei Sekunden später piepte es.

»Habe ich Fieber?«, fragte Giovanella. Im Moment wünschte sie sich nichts mehr als eine heiße Dusche und ein Bett.

»Nein«, antwortete Liverpool und zeigte Hannah das Display des Diagnosegerätes. »Nur leicht erhöhte Temperatur.«

»Es geht los, oder?«, fragte Mason.

»Ja«, antwortete Hannah. »Wir sollten Colonel Hayake sagen, dass wir keine zwanzig Stunden mehr haben.«

AD 2018

DIE WELT INTERESSIERT MICH NICHT

Fast acht Stunden später parkten sie vor einem Motel am Stadtrand von Buffalo. Madison starrte aus dem Fenster auf das einstöckige Gebäude, das im einsetzenden Regen trostlos wirkte. Sie selbst fühlte sich ähnlich. Innerlich leer. Da war überhaupt keine Freude mehr. Die ganze Sache hatte am Anfang nach einem großen Abenteuer geklungen, von dem man seinen Freundinnen erzählen konnte, aber inzwischen war die Aufregung verflogen und alles nur noch öde.

Immer der gleiche Fraß. Stundenlang durch die Nacht fahren. Miese Unterkünfte und Leute, mit denen sie nicht abhängen wollte.

Jake war ja ganz süß, aber langweilig. Skagen und dieser Caleb zwei Verrückte, und was bitte sollte sie mit einem blinden Mädchen anfangen? Ehrlich gesagt hatte sie es noch nie so mit Behinderten gehabt. Sie wusste nicht, wie man mit ihnen umgehen sollte, und Madison hatte das Gefühl, dass Behinderte glaubten, besondere Rechte zu haben und sich benehmen zu können, wie sie wollten. Alle sagten dann immer: »Lasst die armen Menschen, sie haben es schwer genug.« Und das bedeutete, sie durften beim Anstehen drängeln oder sich schlecht beim Essen aufführen. Aber nicht mit ihr. Nicht mit Madison Adams. Das hier war Amerika. Hier waren alle gleich. Und das nicht nur, wenn es einem in den Kram passte.

Als Skagen die Tür des Vans öffnete, zwängte sich Madison grob an Hannah vorbei, die gerade nach einen Griff zum Festhalten suchte.

»Aua«, meinte die Blinde.

Wehleidig ist sie auch noch.

»Sorry«, sagte Madison.

»Pass mal ein bisschen auf«, knurrte der langhaarige Freak.

Madison setzte ihr Joker-Grinsen auf. »Du könntest mal duschen, Skagen. Du riechst wie ein toter Waschbär.«

»Leck mich.«

»Das hättest du gern, Baby, aber daraus wird nichts.«

Sie hauchte ihm einen Luftkuss zu und ging zu Jake auf die andere Seite des Wagens hinüber.

»Ich komme mit rein.«

Sie blickte zur erleuchteten Rezeption. Madison erkannte einen alten kahlköpfigen Mann hinter dem Empfangstresen.

»Du bleibst hier. Je weniger Leute uns sehen, umso besser«, erwiderte Jake.

»Aber ich will schauen, ob es da Zeitungen oder Magazine gibt. Caleb belegt ja andauernd den Fernseher mit seinen Comicsendungen.«

»Außerdem, was sollte das eben schon wieder?«

Aha, Daddy hat die Hannah-Aktion mitbekommen und macht jetzt einen auf Gespräch.

»Was meinst du?«, säuselte Madison.

»Du weißt genau, was ich meine.«

»Ich hatte es eilig.«

»Kannst du dich ein wenig zusammenreißen? Hannah hat es schwer genug. Sie vermisst ihren Bruder.«

»Ach, Hannah hat es schwer, aber …«

»Vergiss es.«

»Eben, vergessen wir den Scheiß, den du mir gerade servieren wolltest. Wir müssen ja zusammenhalten und die Welt retten. Richtig?«

Jake schüttelte den Kopf.

Wenn du nicht so langweilig wärst, könnte was aus uns werden. Dann würde ich auch dein andauerndes Geschwafel hinnehmen.

Aber es war, wie es war, und aus einem Mops wurde kein Windhund. Auch nicht, wenn man ihn küsste.

»Lass uns reingehen. Und lass uns herausfinden, ob es in diesem Kaff einen guten Chinesen gibt. Pizza hängt mir zum Hals raus.«

Obwohl Jake wollte, dass sie hierblieb, heftete sie sich an seine Fersen. War ihr doch egal, was er davon hielt. Sie marschierten über den Parkplatz und betraten die Rezeption. Hinter Madison schwang die Glastür mit einem Quietschen zurück, das an das Krächzen eines Raben erinnerte. Das Geräusch fuhr ihr durch Mark und Bein und hatte etwas von einem Omen.

»Guten Morgen«, sagte der Alte hinter der Theke und beäugte sie misstrauisch. »Was kann ich für euch tun?«

»Wir brauchen zwei Zimmer«, sagte Jake.

»Für wie lange?«

»Nur bis morgen. Wir wollen nach Kanada, die Niagarafälle ansehen. Ist ein Ausflug zum Highschool-Abschluss, den unsere Eltern finanzieren. Wir sind die Nacht durchgefahren.«

Mein Gott, erzähl ihm doch gleich deine ganze Lebensgeschichte …

»Wo kommt ihr her?«

»New York.«

Und wie bescheuert war er eigentlich, ihm zu verraten, woher sie kamen? Na ja, irgendeinen Plan würde er schon haben …

»Du klingst nicht nach New York, Junge.«

»Nicht?«

»Nein.«

»Wie klingt man denn, wenn man aus dem Big Apple kommt?«, fragte Madison belustigt.

»So wie du, Lady.«

Der Mann bekam einen heftigen Hustenanfall, der seinen ausgemergelten Körper regelrecht durchschüttelte. Jake, der ihm direkt gegenüberstand, verzog angewidert das Gesicht.

Als sich der Alte wieder beruhigt hatte, blickte er auf den Parkplatz hinaus. »Wie viele seid ihr?«

»Fünf«, sagte Jake. »Drei Jungs und zwei Mädchen, deswegen die getrennten Zimmer.«

»Habt ihr Drogen oder Alkohol dabei?«

»Nein, Sir.«

»Würdet ihr auch nicht zugeben, wenn es so wäre.«

Der Alte wandte sich um und nahm zwei Zimmerschlüssel vom Brett an der Wand und legte sie vor sich auf den Tresen.

»Zimmer eins und Zimmer zwanzig. Schön weit voneinander entfernt. Ich sehe also, wer nachts in welches Zimmer geht oder herumschleicht, und kommt erst gar nicht darauf, auf dem Parkplatz herumzuhängen.«

»Ist hier irgendetwas in der Nähe?«, fragte Madison.

»Was meinst du?«

»Restaurant zum Beispiel.«

»Die Straße runter ist das ›Red Rock Cafe‹, ein Diner. Da

kann man ordentlich essen. Machen gute Steaks und Burger. Daneben gibt's eine Bar, ›Hazel 8‹«, aber da kommt ihr nicht rein. Ihr seht nicht aus wie einundzwanzig.«

»Das haben wir auch nicht vor, Sir«, sagte Jake hastig.

»Liefert hier in der Gegend auch irgendwer Essen?«

»Pizza?«

»Bloß nicht«, meinte Madison.

»Einen Mexikaner, aber ich glaube, auch das ›Red Rock‹ liefert aus, wobei … die paar Meter …«

»Danke schön.« Jake nickte freundlich.

»Sechzig Dollar pro Zimmer.« Der Alte schnaubte. »Im Voraus. Nicht dass ihr vor lauter Vorfreude auf die Niagarafälle morgen früh verpasst zu zahlen.«

»Kein Problem, Sir.«

Jake griff in seine Hosentasche und zog Geldscheine hervor, die er vor dem Alten abzählte, bis die Summe zusammen war.

»Bar hat hier schon lange keiner mehr gezahlt«, meinte der. »Ich hab euch im Auge.«

Jake nahm die Schlüssel vom Tresen und wandte sich um.

»Einen schönen Tag noch.«

Der Fraß vom Mexikaner war noch schlimmer als all die Pizzas zuvor, und mal ehrlich, wer mochte schon lauwarme Burritos?

Am Morgen hatte Jake im Diner Frühstück für alle organisiert und liefern lassen. Madison hatte das Essen angenommen und bezahlt. Rühreier, verbrannter Speck, Toast und Marmelade, aber wenigstens war es essbar gewesen.

Nach dem späten Frühstück hatten sich alle im Zimmer der Jungs vor die Glotze gesetzt – Hausregeln hin oder her – und *Prison Break* angeschaut, was an sich schon ein Witz war, wenn man bedachte, wo sich Skagen und Caleb vor Kurzem noch befunden hatten. Jake hatte vorgeschlagen, sich eine Runde aufs Ohr zu hauen, aber am helllichten Tag war da nicht daran zu denken.

Jake wollte um zwei Uhr nachts aufbrechen, wenn alles schlief und es ruhig auf den Straßen war, und zu Fuß die Grenze überqueren. Man hatte sich geeinigt, abends zu pennen und bis dahin unsichtbar zu bleiben. Niemand durfte das Zimmer verlassen.

Den ganzen Tag hatte er versucht, mit Carl Kontakt aufzunehmen, aber *Mr Future* war nicht erreichbar. Madison machte sich deswegen keine Sorgen, bisher hatte er sich immer gemeldet, wenn es nötig gewesen war. Und wenn sie eines verstanden hatte, dann dass Carl alles tun würde, um sie zu schützen. Allerdings hatte er es damit auch ein wenig übertrieben und bisher nicht zugelassen, dass man ein bisschen Spaß bei der ganzen Sache hatte. Die Menschheit zu retten, war ja in Ordnung, aber musste es dabei so bierernst zugehen? Und mal ehrlich, Serena hatte sich per Handy gemeldet, wenn sie wüsste, wo sie sich befanden, hätte sie schon längst irgendwelche schwer bewaffneten Jungs losgeschickt.

Nein, nein, die Schlampe hatte keine Ahnung, wo sie sich rumtrieben. Außerdem wusste niemand in der Öffentlichkeit, dass Madison Adams mit Jake Merdon zusammen auf der Flucht war. Dass sich Skagen und er bedeckt halten mussten, war schon klar, und sicherlich wurde auch nach dem Spinner Caleb gefahndet. Selbst Hannah sollten die Behörden auf dem Schirm haben, aber Madison A.?

No way. Da bestand kein Risiko, und deswegen hatte sie auch beschlossen, einen kleinen Ausflug in die Bar am Ende der Straße zu machen. Ein Drink würde ihr guttun und war dank eines gefälschten Ausweises, den ihr ein Kumpel auf der Highschool für einhundert Dollar besorgt hatte, bestimmt kein Problem. Das Ding würde keiner ernsthaften Kontrolle standhalten, aber für einen Barbesuch oder den Eintritt in eine Disco war er gut genug. Und wenn das Licht trüb war – wie meistens in Bars der Fall –, konnte man nicht einmal den Namen auf dem Ausweis lesen. Zudem sah sie älter aus, als sie war. Bisher hatte sie den Ausweis noch nicht gebraucht, aber besser, man war vorbereitet.

»Wir sollten uns jetzt hinlegen«, sagte Jake.

Madison warf ihren halb gegessenen Burrito in den Mülleimer. »Komm, Hannah, ich bringe dich auf unser Zimmer. Bis später, Leute.«

»Wenn es so weit ist, klopfe ich bei euch an die Tür«, erklärte Jake.

Sicher tust du das!

Ein leises Schnarchen verriet Madison, dass Hannah eingeschlafen war. Vorsichtig schlug sie die Bettdecke zurück und schlüpfte in ihre Sachen, die sie die ganze Zeit im Rucksack mit sich herumgeschleppt hatte.

Das Shirt war ziemlich eng, und Madison zog es herunter, sodass ihr Dekolleté noch besser zur Geltung kam. Dann öffnete sie die Tür und schlich barfuß hinaus in die Dunkelheit. Erst draußen zog sie ihre hochhackigen Schuhe an, die sie trotz der ganzen Fluchtsache wundersamerweise nicht verloren hatte. Ein gutes Gefühl.

Noch über eine Stunde bis Mitternacht und noch drei Stunden, bevor Jake sie wecken wollte. Genug Zeit für ein paar Drinks, und ganz ehrlich, die konnte sie jetzt gebrauchen.

Madison trank schon seit ihrem dreizehnten Lebensjahr Alkohol, als sie festgestellt hatte, dass die Longdrinks ihrer Mutter nicht nur verführerisch aussahen, sondern auch absolut geil schmeckten. Natürlich war sie irgendwann von ihren Eltern beim Barplündern erwischt worden und natürlich hatte das wochenlangen Hausarrest bedeutet, aber was lernte man aus diesen Dingen: *Sauf nicht daheim, wo Mom ins Zimmer stolpern kann und feststellt, dass du gerade dabei bist, ihren teuren kubanischen Rum mit Cola zu mischen.*

Während Madison die Straße hinunterging, leise vor sich hin pfiff und sich ihre Vorfreude auf den Barbesuch stetig steigerte, kam ihr in den Sinn, dass so das Leben sein sollte.

Nix da Alieninvasion, nix da Kampf um die Welt, dafür Drinks und harte Kerle, darum ging es doch, wenn man jung war.

Mit diesem Gedanken betrat sie die Bar durch eine schwere Eingangstür, die ihr freundlicherweise von einem Typen mit dunklen Haaren und einem frechen Lächeln aufgehalten wurde. Madison schenkte ihm einen bezaubernden Augenaufschlag und beugte sich vor, damit er für seine Freundlichkeit auch etwas zu sehen bekam. Dann marschierte sie mit wiegenden Hüften zur Theke und fasste den Barkeeper ins Auge. Der Mann war in den Vierzigern, mit gestutztem Bart, durch den sich ebenso graue Strähnen zogen wie durch das kurz gehaltene schwarze Haar.

Sieht nicht schlecht aus, dachte Madison und fand, dass sie hier genau richtig war. Sie stand auf ältere Männer. Ihren Geschichtslehrer hätte sie damals auch dann vernascht, wenn sie die Klassenbeste in seinem Fach gewesen wäre. So war es natürlich besser gewesen, denn Mr Jonathan Miller, verheiratet, zwei Kinder, musste danach höllisch aufpassen, ihr nicht die Laune mit blöden Aussagen zu verderben, wie ›Wir sollten Schluss machen, du bist zu jung‹. Wenn einer Schluss machte, war es Madison und sonst niemand. Das galt auch für die vier Loser, die gerade im Motel vor sich hin schnarchten.

»Du bist einundzwanzig?«, fragte der Barkeeper.

»So was von«, lächelte Madison und wünschte sich, dass der Typ sie mochte. Jake hatte ihr erklärt, dass sie über die einzigartige Fähigkeit verfügte, starke Pheromone auszustoßen, die andere Menschen beeinflussen konnten. Es war so ähnlich wie bei der Schlampe Serena – wünsch dir was, und dann passiert es.

»Was darf es sein?«

Aha, es funktionierte.

»Caipirinha.«

»Kommt sofort.«

Und los ging die Show. Während der Barkeeper den Drink mixte, schaute sich Madison um. Der Laden war gut besucht. Alles in Rot und Schwarz gehalten. Es gab sogar Ledersessel und eine breite Couch, über der das Panoramabild einer rötlichen Felsenlandschaft im Sonnenuntergang hing.

Aus verborgenen Boxen trällerten aktuelle Songs. Ed Sheeran sang gerade über Liebe oder das, was er dafür hielt. Überall standen kleine Gruppen herum. Junge Leute, wahrscheinlich aus dem Kaff, aber alle älter als sie. Vereinzelt an Tischen hockten Trucker, die hier wahrscheinlich Rast machten, bevor sie am nächsten Morgen die kanadische Grenze überquerten und Richtung Toronto fuhren.

Der Barkeeper stellte den Drink vor ihr ab. »Cheers«, sagte er.

Netter Laden, fand Madison. Es wurde noch netter, als der

Mann, der ihr eben die Tür aufgehalten hatte, plötzlich neben ihr auftauchte und meinte: »Den Drink übernehme ich.«

Madison drehte sich zu ihm, sah ihm tief in die Augen.

»Was wird das denn hier?«, fragte sie mit rauer Stimme.

»Sag du es mir.«

Er grinste und sah dabei unverschämt gut aus. Dunkle verstrubbelte Haare. Glattes Gesicht mit markanten Zügen. Grübchen an den Mundwinkeln. Der durchtrainierte Körper steckte in einem engen weißen Shirt, das keinen Zweifel an der Sportlichkeit seines Trägers ließ. Dazu ausgebleichte Jeans und Sneakers.

»Ich bin Madison.« Sie hielt ihm die Hand hin.

»Joe.«

»Echt jetzt?«

»Tatsächlich war meine Mom in ihren jungen Jahren in einen Kerl namens Joe Hanson verliebt. Die Sache wurde nichts, aber sie hat ihn nie vergessen.«

»Was sagt dein Dad dazu?«

»Er wusste davon nichts, meine Mutter hat mir erst nach seinem Tod davon erzählt. Kurz bevor sie selbst starb.«

»Dann bist du ein Waisenkind, armer Joe.«

»So sieht es aus.«

»Was trinkst du?«

»Bier.« Er winkte dem Barkeeper.

»Bestell mir auch eins.«

»Zum Drink?«

»Warum nicht?«

»Okay.«

Der Barkeeper kam, nahm die Bestellung auf und schob zwei Flaschen über den Tresen. Eiskalt. Kondenswasser lief am Flaschenhals herunter. Sie und Joe stießen an, dann nahm sie einen tiefen Zug, der die Flasche zur Hälfte leerte. Joe blickte sie an.

»Trinken kannst du.«

»Ich kann noch ganz andere Dinge.«

»Erzähl mir davon.«

Madison lachte keck. »Noch nicht, vielleicht später. Jetzt trinken wir. Scheiße, es tut so gut, mal rauszukommen.«

»Wie meinst du das?«

»Ist nicht so wichtig, Joe.«

Als Madison eine Stunde später die Tür des Chevys öffnete, auf dessen Rücksitz sie sich gerade mit Joe Wer-auch-immer vergnügt hatte, ging es ihr gut, aber sie hatte miese Laune. Das lag nicht an Joe, der hinten lag und pennte. Nein, Joe hatte seine Sache gut gemacht. Er wusste, welche Knöpfe man wo drücken musste, und ganz sicher war das nicht seine erste Nummer auf dem Rücksitz seines Wagens gewesen. Wahrscheinlich war die Bar sein Jagdrevier und der Chevy sein Schlafzimmer, aber das war okay so, solange man Spaß dabei hatte.

Spaß, den sie ansonsten schon länger vermisste. Genauer gesagt seit sie auf Jake und Hannah getroffen war und den ganzen Mist von der Alieninvasion gehört hatte, der sie eigentlich nichts anging.

War doch eh alles scheißegal. Republikaner, Demokraten, Aliens, wo war da der verfickte Unterschied? Sie schienen nicht in mörderischer Absicht hier zu sein. Ganz im Gegenteil, sie sprachen von Frieden, Vereinigung, versprachen die Befreiung von Krankheiten und Tod, und mal ehrlich, soooo schlecht war das ja auch nicht.

Wenn man es genau nahm, waren alle Personen, die wegen

dieser Sache gestorben waren, von Menschen getötet worden. Von Polizeibeamten, auf die geschossen worden war. Und wer hatte auf sie geschossen? Na, dreimal durfte man raten! Jake und seine selbst ernannte Befreiungsfront. Auf den Mist hatte sie einfach keinen Bock mehr.

Madison warf einen letzten Blick auf Sweetheart-Joe, dann stelzte sie auf ihren hohen Hacken zurück in die Bar und orderte Whiskey pur.

Drei Drinks später kam ihr die Erleuchtung.

YEAH!

Sie war bereit für das, was getan werden musste, zog sich aber vorsichtshalber noch zwei Whiskey rein, damit sie der Mut nicht verlassen würde.

Sie kramte ihr Handy aus der Jackentasche, schaltete es ein, rief die Anruferliste auf und wählte Serenas Nummer.

WIR GEHEN SCHNELL
UND LEISE

So ein Elend! Giovanella wollte sterben. Sie hatte den Keller noch nicht einmal verlassen und übergab sich bereits in einen Mülleimer. Keine Ahnung, wie sie die bevorstehende Reise überstehen sollte. Hicksville lag westlich von Manhattan im Nassau County auf Long Island.

Liverpool befand sich an ihrer Seite, die eine Kartusche in einen Injektor legte. Lieutenant Dr. Marianne Liverpool, das stand zumindest auf ihrem Namensschild, eine rothaarige Frau mit durchtrainierten Unterarmen, die viele Männer hätten neidisch werden lassen.

»Lass es einfach raus«, empfahl Liverpool. Hannah stützte sie, damit sie nicht umkippte. Wie peinlich. Giovanella, die Kriegerin, die im Keller bleiben musste, weil sie nicht mehr stehen konnte.

»Wir rücken ab. Soll ich sie tragen?«, fragte Mason, der seine bratpfannengroße Hand an ihren Rücken legte.

»Gib mir eine Sekunde.« Liverpool setzte den Injektor an ihren Hals. *Klick.* Wie eine brennende Nadel schoss die Injektion durch ihre Sinne. Giovanella riss die Augen auf. Jede Muskelfaser brannte jetzt. Sie war wieder da.

»Kannst du gehen?«, fragte Hannah.

»Ja.« Giovanella hatte zwar das Gefühl, dass ihre Beine sich bereits ohne sie auf den Weg machten, aber sie ging. Langsam. Schritt für Schritt. Die Kopfschmerzen ließen für einen Moment nach.

»Wir kommen jetzt!«, rief Mason, der Giovanella unnachgiebig die Treppe hinaufschob. Vasquez war der Letzte, der mit einer Waffe im Anschlag den Keller verließ.

Giovanella schwankte, schaffte es aber, auf eigenen Beinen zu gehen. Oben angekommen war es auf der Straße immer noch dunkel. Sie hatte ihr Zeitgefühl verloren. Die Nacht roch kalt und fremd. Vor dem Haus warteten zwei militärische Gleiter. Zwei weitere befanden sich bereits in der Luft. Alles um sie herum lief wie in einem Film an ihr vorbei. Die Luft surrte und ließ bereits den Sturm erahnen, der unausweichlich folgen würde.

»Los! Los! Los!«, rief Vasquez, dessen Vorname Giovanella noch nicht in Erfahrung gebracht hatte. Er trieb die Gruppe an. Sie wurde als Erste in den Zugang des Gleiters gedrückt. Überall waren Hände. Sie verlor die Übersicht. Egal was Liverpool ihr gespritzt hatte, das Zeug hatte es in sich. Sie war bereits high, während die anderen sich noch anschnallten. Das Blut in ihrem Kopf pochte gegen ihre Stirn. Das Licht von Taschenlampen blendete, sie schwitzte wie in der prallen Sonne im Hochsommer.

»Ich bin bei dir«, sagte Hannah, die sich direkt neben sie setzte. Liverpool überprüfte erneut mit dem Diagnosegerät ihre Vitalwerte. Giovanella hatte sich noch nie besser gefühlt. Die Türen schlossen sich, und der Gleiter stieg in die Höhe. Sie schnappte nach Luft.

»Delta drei gestartet, ordnen uns in Formation ein. Deaktiviere Positionslichter. Erwarte Order«, meldete der Pilot, der drei Reihen vor Giovanella saß. Das Vibrieren der Triebwerke wurde stärker. Es roch nach Metall, kaltem Schweiß und heißem Öl. Durch das vordere Fenster konnte sie zwei der vier Gleiter sehen, die mit hoher Geschwindigkeit im Tiefflug unbeleuchtet durch den Central Park flogen. *Das ist verboten*, dachte Giovanella beiläufig, sparte sich aber einen Kommentar.

»Verstanden, Delta eins, verringere Geschwindigkeit und aktiviere Stealth-Mode. In drei, zwei, eins, jetzt! Verlasse Formation und suche Deckung.« Der Pilot löste sich von den anderen und blieb zwischen einigen hohen Baumwipfeln in der Luft stehen. »Ich bringe die Drohnen aus, um unsere Position zu sichern. Starte die Einheiten jetzt!«

»Was machen wir hier?«, fragte Giovanella, die nicht verstand, von was der Pilot die ganze Zeit faselte. Ihr Kreislauf beruhigte sich langsam wieder.

»Wir warten«, antwortete Mason, der hinter ihr saß. Seinen markanten Körpergeruch würde sie inzwischen auch aus drei Kilometer Entfernung wiedererkennen. »Die anderen überprüfen, ob die Route sicher ist.«

»Ist das nicht gefährlich?« Giovanella fühlte sich hilflos.

»Oh ja.« Er lächelte. »Alles, was wir heute Nacht tun, ist gefährlich.«

Giovanella verzog den Mund. Hätte sie doch lieber nicht gefragt, sie wollte das gar nicht hören. Und auch nicht sehen, wie sehr sich Mason auf das Bevorstehende freute. Das war doch nicht normal!

»Möchtest du die Nachrichten sehen?«, fragte Liverpool und reichte ihr ein handflächengroßes Display und einen kabellosen Einsteckkopfhörer.

Sie nickte und startete den Stream. Hannah lehnte den Kopf gegen ihre Schulter. Ihre Wärme zu spüren, half ihr, sich zu beruhigen. Liverpools Injektion hatte mittlerweile den Großteil der berauschenden Wirkung verloren. Ihr Kopf fing wieder an zu dröhnen. Egal was für eine fiese Erkältung sie sich eingefangen hatte, es arbeitete in ihr. Warum hatte Hannah vorhin gesagt, dass sie keine zwanzig Stunden mehr hätten?

Das blinde Mädchen lachte und zeigte auf einen lustigen Werbespot, der gerade im Stream übertragen wurde, in dem ein kleiner Hund putzig von einem Kissen rollte. Sie sah offenbar durch Giovanellas Augen. Direkt danach ergriffen die Moderatoren das Wort.

»*Sue, ist es nicht unglaublich, was heute passiert? Ich denke immer noch, dass ich träume!*«, erklärte ein dunkelhäutiger Moderator, der überschwänglich vor einem Wanddisplay im Sendestudio herumsprang.

»*Nein, Pete! Es passiert! Wir sind Zeuge einer denkwürdigen Nacht!*«

Auf dem Display wurden Aufnahmen eingespielt, die von Bord eines riesigen, über dem Wasser schwebenden Gleiterträgers der Navy aufgenommen wurden. Sie zeigten, wie im Morgengrauen ein monströses Raumschiff durch eine noch größere pechschwarze Scheibe am Himmel in den Luftraum über dem Atlantik eindrang. »*Wir haben neue Freunde, die uns besuchen kommen.*«

»Die Aliens sind keine Freunde«, sagte Hannah, die mit der Hand an Giovanellas Arm spürte, was sie auf dem Display sehen konnte.

»*Liebe Zuschauer, wir schalten live nach Berlin! Sofort nach Sonnenaufgang haben sich dort Zehntausende Menschen am Brandenburger Tor eingefunden, um die Außerirdischen mit selbst gemalten Bannern und Plakaten zu begrüßen. Es ist ein unvergleichliches Fest, das zeitgleich in Moskau, Hongkong, Melbourne und weiteren Städten stattfindet. Eine völlig neue Begegnung der*

Zivilisationen, die so noch niemand erlebt hat. Die Demonstranten zeigen sich friedlich, aufgeschlossen und neugierig.«

»Pete, gibt es auch Schwierigkeiten?«, fragte die Moderatorin.

»Nein, es ist ein wunderbares Fest. Überall auf der Welt feiern die Menschen friedlich die Ankunft unserer neuen Freunde. Uns liegen seitens der Polizei keinerlei Berichte zu ernsthaften Zwischenfällen vor. Auch aus Russland, Deutschland und Australien werden keine Probleme gemeldet.«

»Und was ist in New York passiert?«

»Sue, dort gab es gestern Abend in der Tat einen Anschlag auf die HFP-Zentrale. Die Behörden vermuten terroristische Motive hinter den Angriffen, die mit äußerster Brutalität ausgeführt wurden, wobei die Ermittlungen am Tatort nicht abgeschlossen sind.«

»Pete, welcher Unmensch greift eine weltweit agierende Kinderhilfsorganisation wie das Human Future Project an? Das ist Wahnsinn! Die setzen sich doch für unsere Kinder ein. Haben die Terroristen den Verstand verloren?«

»Travis Jelen, ein verurteilter Mörder, der bei dem Anschlag sein Leben verlor, und Glen Ravero, der als Rädelsführer des Ironheart-Netzwerkes in Haft sitzt, werden hinter diesem Anschlag auf unsere Freiheit vermutet.«

Der Moderator, den Giovanella von Sportübertragungen kannte, verurteilte die Tat am HFP-Tower bereits, ohne die Fakten zu kennen. Sie zog sich den Ohrstecker heraus. Die Medien berichteten, was die Menschen hören wollten. Nach jedem Verbrechen musste schnell ein Schuldiger an den Pranger gestellt werden.

»Hannah, wie kann Travis Jelen mit dem Angriff auf den HFP-Tower Jake das Leben schenken?« Auf diese Frage hatte Giovanella noch immer keine Antwort bekommen.

»Ähnlich wie das Raumschiff der Aliens auf die Erde gelangt ist. Durch ein Wurmloch.« Bei Hannah hörte sich das sehr einfach an.

»Wie kann ich mir das vorstellen?« Giovanella schloss kurz die Augen, um das schmerzende Pochen an der Stirn zu ignorieren. Es klappte nicht. Zudem wurden ihre Beine unruhig.

»Du weißt, was ein Wurmloch ist?«

»Ja.« Das war eine Verbindung von zwei sehr weit entfernten Punkten, die durch eine Krümmung des Raums miteinander verbunden wurden. Physik, elfte Klasse.

»Der Rest ist einfach. Während das große Wurmloch über dem Atlantik mit sehr viel Energie von den Aliens geöffnet wurde, gab es im HFP-Tower eine kleinere Version, die von der Erde aus aufgebaut wurde.«

»Und?«

»Travis hat die Anlage gesprengt. Dabei ist das Wurmloch kollabiert, und die freigesetzte Energie hat für eine temporäre und äußerst instabile Zeitbrücke in die Vergangenheit gesorgt. Ein Glückstreffer. Lee Hastings, die Travis bei dem Angriff begleitet hatte, konnte so fünf Hunterbabys und sich selbst in die Vergangenheit bringen.«

»Jake, Skagen, Madison, Caleb und dich.«

»Und mich.« Hannah lächelte. »Und dann war es Jake, der für ein Zeitparadoxon gesorgt hat. Als Leroy Matin Renier hat er die Voraussetzung geschaffen, um einen Gegenangriff zu starten. An diesem Plan hat er hundert Jahre gearbeitet, um dann mit Carl und deiner Hilfe in die Vergangenheit einzugreifen. Er hat damit seinem jüngeren Ich geholfen, die richtigen Entscheidungen zu treffen, um zu überleben.«

»Das ist doch unlogisch.« Giovanella schwirrte aus der Schulzeit das Henne-Ei-Problem im Kopf herum. Was war zuerst da, die Henne oder das Ei? Beides gehörte zusammen, widersprach sich aber auch irgendwie.

»Ja.«

»Wie ja?«

»Du siehst, es funktioniert. Jake hat in diesem Spiel alles auf eine Karte gesetzt. Deshalb ist es mir völlig egal, ob wegen dem Zeitparadoxon ein paar Schlauberger Kopfschmerzen bekommen.«

»Delta drei auf Stand-by«, meldete der Pilot. Giovanella hörte jemanden schnarchen, drehte sich herum und sah Mason, der mit dem Kopf im Nacken eingenickt war. »Bei uns ist alles in Ordnung. Corporal Mason zersägt nur gerade die Bäume, hinter denen wir uns verstecken.«

Einige im Gleiter lachten.

»Ich werde ihn sicherlich nicht wecken. Der wird schon aufwachen, wenn es knallt.«

»Was machen wir jetzt?«, fragte Giovanella, auch ihre Hände fingen an zu zittern.

»Wir warten«, antwortete der Pilot.

»Ich fühle mich nicht gut.« Und das war noch untertrieben. Giovanella fing an, mit den Beinen zu tippeln.

»Liverpool, mach was … das ist dein Job«, schnaubte Mason von hinten, der nicht so tief schlief, wie es sich vielleicht einige gewünscht hätten. Neben dem Piloten, dem Copiloten, Hannah und Giovanella befanden sich noch Mason, Liverpool, Vasquez und Heinrichs im Gleiter.

»Ja.« Die Ärztin überprüfte abermals ihre Vitalwerte, verzog den Mund und machte eine zweite Messung.

»Habe ich Fieber?«, fragte Giovanella. Sie hätte schwören können, dass es so war. In der Vergangenheit hatte sie jede Erkältung gespürt, die im Anflug war.

»Nein, nein, das ist nur der Stress. Wir haben alle Angst, richtig Mason?«

Er nickte.

»Gib ihr was!«, knurrte er.

»Nicht in so kurzen Abständen.« Die Ärztin war augenscheinlich nicht seiner Meinung. Sie legte das Diagnosegerät ab, um den Injektor aus einer Schutzhülle zu ziehen.

»Nella, sieh mich an!«, sagte Hannah von der anderen Seite und legte die Hand an ihre Wange. Was war nur los? Was passierte hier?

Im Herumschwenken erhaschte Giovanella zufällig einen Blick auf das Display des Diagnosegerätes. 43,4 Grad Celsius. *Klick.* Das Letzte, was sie spürte, war etwas Kühles an ihrem Hals. Dann fiel sie in ein warmes, weiches Loch.

»Geht es Ihnen gut?« Giovanella wankte, Jake griff ihr unter den Arm, um sie nicht stürzen zu lassen.

»Ja … es ist nur …« In dem Moment setzte auch das letzte bisschen Anstand in ihr aus, und sie fiel ihm um den Hals. Die gelben Rosen landeten auf dem Boden der Jacht. Sie küsste ihn. Nein, sie verschlang ihn. Fuhr ihm mit der Zunge über die Lippen und wollte ihn verzehren.

»Es sind Pheromone.« Mit diesen Worten war die Magie vorbei. Erst jetzt bemerkte sie, dass er ihre stürmischen Avancen nicht erwidert hatte. Zurückgewiesen hatte er sie allerdings auch nicht.

»Ich … Bitte entschuldigen Sie.« Oh Gott, war das peinlich. Am liebsten wäre sie in die Bucht gesprungen und am Meeresgrund sitzen geblieben. »Das bin ich nicht … nein, nein … so bin ich nicht.«

»Pheromone sind natürliche Botenstoffe. Tiere, Pflanzen und

Menschen nutzen sie, um zu kommunizieren.« Jake wirkte maximal cool. »Die Aussage, sich gut riechen zu können, kommt nicht von ungefähr.«

»Aber … ich …« Giovanella bemerkte, dass sich bei dem Zwischenfall drei Knöpfe ihrer ohnehin knappen Bluse gelöst hatten. Mit einer Hand versuchte sie, den BH zu verdecken, die andere hielt sie vor den Mund. Ihr Kopf fühlte sich an wie ein brennender Heißluftballon.

»Giovanella, Sie haben nicht die Beherrschung verloren. Ich habe Sie mithilfe von genetisch manipulierten Pheromonen dazu angestiftet, mich zu küssen. Es tut mir leid … aber wie sollte ich es Ihnen anders zeigen?«

»Was zeigen?«

»Zeigen, wer Sie sind.«

»Giovanella!«

Sie sagte nichts.

»Giovanella, du musst aufwachen!« Das war Hannahs Stimme, die sich in ihren Traum mischte.

Sie öffnete die Augen, um sofort wieder von den Kopfschmerzen ins Gesicht geschlagen zu werden.

»Bis du wieder bei uns?«, fragte Hannah.

»Ja.« Das hoffte sie zumindest. Auch die Beine taten ihr weh, als ob sie hundert Kilometer am Stück gerannt wäre.

»Sehen Sie mich an!« Das war Liverpool, die ihr mit einer Lampe in die Augen leuchtete. »Sie ist wach.«

Nella, wir haben Probleme! Hannah, die ihre Hand nicht losließ, nutzte wieder die Gedankensprache. *Du musst dich konzentrieren! Ich weiß, dass du Schmerzen hast, aber die können wir dir nicht ersparen.*

Was passiert mit mir?

Du veränderst dich.

Verändern? Was soll das heißen? Und bitte in was? Die Erlebnisse forderten so viel mehr von ihr, als sie zu geben in der Lage war.

Das weiß ich nicht ... darauf hat Jake uns nicht vorbereitet. Er meinte, du könntest Fieber bekommen, aber ich habe keine Ahnung, was mit dir geschieht.

Giovanella verstand kein Wort. Sie sah Hannah an, die zu weinen begann. Auch Liverpool sparte nicht mit einem Blick voller Mitleid.

»Delta drei auf Stand-by. Colonel, ich kann Sie nur schlecht verstehen. Ja, Ma'am, habe verstanden. Bestätige Einsatzbefehl X4. Wir fliegen zum Treffpunkt G1. Gott, möge mit Ihnen sein«, hörte Giovanella den Pilot sagen. Sie versuchte, sich auf das Gesagte zu konzentrieren, um nicht komplett im Fieberwahn zu versinken.

»Was ist?«, fragte der Copilot.

»Wir werden durchbrechen! Die anderen können uns nicht mehr helfen!«

»Verstanden!«

»Mason?« Der Pilot drehte sich um.

»Ja.«

»Hayake hat uns den Einsatz der Bordwaffen freigegeben! Wir werden uns den Weg freischießen!«

»Dann lass uns loslegen, bevor mir die Füße einschlafen. Liverpool, du hast nur eine Aufgabe, an der hat sich nichts geändert. Haben wir uns verstanden?«, rief Mason. Giovanella war heilfroh, diesen Kerl nicht als Gegner zu haben. Sie sah auf ihre Hände. Was war mit ihren Händen? Verdammt! Was war mit ihren Händen!!!

Giovanella fing an zu schreien. Sie schrie. Das war nicht zu ertragen. Sie schrie lauter.

»Liverpool! Du musst sie ruhig halten!«, brüllte Mason und packte Giovanella an der Schulter.

»WAFFENSYSTEM FERTIG MACHEN!«, rief der Pilot.

»Giovanella bitte, sieh mich an! Du musst mich ansehen! Hast du mich verstanden! Sieh mich an!«, rief Hannah, die sich über sie lehnte.

»ICH BIN BEREIT!«, rief der Copilot.

»ICH LADE DIE FRONTALDEFLEKTOREN AUF! ICH BRAUCHE EINE ORTUNG! GEBT MIR EINE ORTUNG!«

»SIEBEN POLIZEI-GLEITER IN REICHWEITE! NOCH SIND WIR UNSICHTBAR!«

Giovanella schrie weiter, so etwas hatte sie noch nie gesehen. Das waren nicht ihre Hände. So etwas wollte sie niemals sehen!

»WIR STARTEN IN DREI, ZWEI, EINS …«

ANDROIDEN
TRÄUMEN NICHT

Jake träumte. Er träumte von Amy. Sah sich selbst mit ihr Hand in Hand einen endlosen weißen Strand entlanggehen, als plötzlich ein schriller Ton die Idylle zerstörte. Amy und der Strand verblassten, als Jake die Augen öffnete und versuchte, sich zu orientieren. Es dauerte einen Moment, bis er verstand, dass sein Handy klingelte.

»Was ist?«, brummte Skagen von der anderen Seite des Zimmers. »Was soll der Krach? Müssen wir los?«

Jake warf einen Blick auf das Handydisplay. Erst ein Uhr nachts. Er schaltete die Nachttischlampe ein. Wer rief ihn jetzt an? Dann durchzuckte ihn die Erkenntnis, dass das Handy abgeschaltet gewesen war. Das konnte nur eines bedeuten.

Mit zitternden Fingern griff er nach seinem Smartphone und drückte die Hörertaste. Carls weiche Stimme erklang.

»Jake.«

»Ja?«

»Weck die anderen.«

»Wieso? Was ist? Und wo warst du? Ich habe den ganzen Tag versucht, dich zu erreichen? Serena hat …«

»Ich weiß, was Serena getan hat. Sie hat euch angerufen.

Zu diesem Zeitpunkt habe ich mich in das HFP-Netzwerk eingehackt, um an wichtige Informationen heranzukommen, die wir für unsere Arbeit in Malta brauchen, aber das Ganze war eine Falle. Das Tor in ihr Netzwerk war nur für mich angelegt worden. Als ich mich im System befand, haben sie mich sehr schnell aufgespürt. Serena hat verschiedene Trackerprogramme auf mich angesetzt, denen konnte ich mich über Stunden hinweg erfolgreich widersetzen, aber auch das war nur ein Trick. Bei meinem Abwehrversuch wurde meine Verteidigung für einen Moment durchlässig. Ein von HFP entwickelter Virus hat diese Situation genutzt, um in mein System einzudringen. Zwar konnte ich den Virus isolieren, sodass er keinen direkten Schaden anrichten kann, aber da ich weder Aufgabe noch Ziel dieser Schadsoftware kenne, weiß ich nicht, zu was sie in der Lage ist. Sammelt sie nur Informationen oder kann sie mich komplett stilllegen? Ehrlich gesagt, ich habe so etwas noch nicht gesehen. Der Code des Virus ist von atemberaubender Schönheit, aber für mich absolut unlesbar. Es ist, als würdest du ein reich verziertes Buch betrachten, dessen Bilder dich berühren, aber dessen Sprache du nicht verstehst.«

»Carl, was willst du mir sagen?«

»Einen Moment. Noch haben wir etwas Zeit, und es ist von eminenter Bedeutung, dass du verstehst, was jetzt getan werden muss.«

»Da ist ja das Problem«, entgegnete Jake. »Ich verstehe überhaupt nichts.«

»Okay. Noch mal. Ich wurde von einer Schadsoftware infiziert, deren Auswirkungen ich nicht kenne. Es ist mir gelungen, den Virus zu isolieren, aber er schläft nur. Ich vermute, wenn ich mich im Internet bewege, wird er irgendwann erwachen, seine Fesseln sprengen und einer Armee seinesgleichen die Tür öffnen, um mich zu vernichten.

Stell dir eine kleine Burg vor, die von Tausenden von Barbaren attackiert und deren Zugbrücke zerstört wird. Am Schluss fällt die Burg, und die Eroberer brennen alles nieder. Es wäre schlicht das Ende meiner Existenz in dieser Zeit. In der Zukunft, aus der ich stamme, bin ich für HFP unerreichbar, aber hier und heute können sie mich vernichten, und das bedeutet, ich kann dir nicht mehr bei dem helfen, was vor dir liegt. Dabei musst du wissen: Nur wir beide gemeinsam können die Voraussetzungen schaffen, die es uns ermöglichen, die Invasion im Jahr 2118 aufzuhalten. Lass es mich ganz deutlich sagen: ICH DARF NICHT STERBEN!«

»Verdammt, Carl, du machst mir eine Scheißangst. Sag mir endlich, was du vorhast und warum ich die anderen wecken soll.«

»Es gibt nur eine Möglichkeit, meine Existenz zu sichern und trotzdem mit dir in Kontakt zu bleiben. Ich muss mich auf dein Handy downloaden. Ich habe es bereits geprüft, du hast ausreichend Speicherplatz, um meinen Programmcode komplett aufzunehmen. Sobald ich mich downgeloaded habe, musst du offline gehen. Dadurch werde ich für Serena und HFP unerreichbar. Der eingeschleppte Virus wird zwar ebenfalls heruntergeladen, aber allein und isoliert ist er absolut ungefährlich.«

»Dann tu es«, verlangte Jake. Er blickte zu Skagen, der mit weit aufgerissenen Augen der Unterhaltung folgte. Zwar konnte er nur seine Worte hören, aber Jake war sich sicher, dass Skagen wusste, dass etwas vorgefallen war.

»Gleich«, sagte Carl. »Dir muss klar sein, dass ich danach nicht wieder online gehen kann und von allen Informationen abgeschnitten sein werde. Ich habe alles so weit organisiert. Da ich die Vergangenheit kenne, konnte ich Mittel und Wege für uns vorbereiten. Aber die Zukunft steht nicht fest, und wenn die Vergangenheit sich ändert, ändert auch sie sich, aber ich habe getan, was ich konnte.«

»Was meinst du?«

»Dazu später mehr. Jetzt wecke die anderen auf, denn ihr müsst sofort aufbrechen. Als ich im HFP-System war, habe ich einen Anruf von Madison mitgehört, die Serena euren Aufenthaltsort verraten hat. Serena ist bereits auf dem Weg hierher. Sie ist mit einem bewaffneten Team in einen Hubschrauber gestiegen. Das war vor exakt zweiundsechzig Minuten. Es tut mir leid, aber es war mir vorher nicht möglich, dass HFP-System wieder zu verlassen. Aber ich konnte die direkte Route bei höchstmöglicher Geschwindigkeit berechnen. Ergebnis: Bei den derzeitigen Windverhältnissen wird Serena in weniger als achtundzwanzig Minuten hier eintreffen. Als Landeplatz vermute ich ein altes Sportstadion in einer Meile Entfernung. Serena kommt. Sie kommt schnell, und sie wird unbarmherzig zuschlagen.«

»Madison hat Serena angerufen?« Jakes Verstand taumelte umher. Hatte er eben richtig gehört?

»Was?«, brüllte Skagen und weckte damit Caleb, der sich ruckartig im Bett aufsetzte und Jake anstarrte.

»Warum hat sie das getan?«, fragte Jake entsetzt. Sein Magen war in Aufruhr. Ihm war schlecht wie nie zuvor in seinem Leben, und seine Hand mit dem Handy zitterte, als leide er an Schüttelfrost. Jake verstand überhaupt nichts mehr. Erst die Sache mit Carl, und jetzt sollte Madison sie an den Feind verraten haben?

Warum? Warum? Warum?

»Ich weiß es nicht«, sagte Carl. »Aber das spielt auch keine Rolle. Ihr müsst sofort aufbrechen und die Grenze nach Kanada überqueren.«

»Wie …?«

»Jake, du musst dich jetzt zusammenreißen«, forderte Carl.

»Ich versuch's ja, aber … irgendwie ist das alles zu viel. Das Denken fällt mir schwer. Was soll ich tun?«

»Ihr könnt nicht den Wagen nehmen. Ihr schafft es in der kurzen Zeit nicht bis zur Grenze. Serenas Helikopter wäre es ein Leichtes, euch einzuholen und aus der Luft zu eliminieren. Ihr müsst zu Fuß los. Ich habe dir die Route auf dein Smartphone heruntergeladen. Sie steht dir offline zur Verfügung.«

»Okay …«

»Ich beginne jetzt mit meinem Download auf dein Handy. Bitte nicht abschalten, bevor ich dir ein Zeichen gebe. Der Download dauert exakt sieben Minuten und dreiundfünfzig Sekunden, in dieser Zeit nutzen wir das WLAN des Motels. Über eine mobile Verbindung benötigt der Download mehr als eine Stunde, und sie wäre zu instabil, um sicherzugehen, dass alles ohne Fehler klappt. Du musst also noch fast acht Minuten hier aushalten. Hast du das verstanden?«

»Ja …«

»Download beginnt jetzt!«

»Was ist los?«, brüllte Skagen, obwohl er damit Caleb verängstigte, der leise zu schluchzen begonnen hatte. Jake ging zu dem Jungen hinüber und legte ihm die Hand auf die Schulter.

»Es ist alles gut«, versuchte er Caleb zu beruhigen.

»Madison hat etwas Böses getan.«

»Ja, das hat sie, aber das ist jetzt nicht wichtig. Wir müssen nur von hier fortgehen, damit Serena uns nicht findet. Meinst du, du kannst das?«

Caleb nickte eifrig. »Mrs Winter hat immer gesagt, ich wäre ein zäher Bastard, den nicht mal der Teufel holen will.« Er lächelte stolz. Ganz offensichtlich verstand er nicht, dass dies kein Kompliment gewesen war.

»Das bist du, Caleb. Zieh dich jetzt an.«

Während Caleb in seine Klamotten schlüpfte, ging Jake zu Skagen hinüber.

»Du darfst ihn nicht so sehr aufregen. Wir können es nicht gebrauchen, dass er durchdreht und das ganze Motel weckt.«

»Tut mir leid.«

»Okay.«

»Stimmt es wirklich, dass Madison diese Bitch angerufen hat?«

»Ja, sie hat ihr verraten, wo wir uns befinden. Serena ist mit einem bewaffneten Team in einen Hubschrauber gestiegen und auf dem Weg hierher. Laut Carl wird sie in den nächsten zwanzig Minuten eintreffen. Wir müssen also zusehen, dass wir wegkommen. Allerdings rät uns Carl, den Wagen stehen zu lassen, die Sache wird also nicht ganz einfach. Nachts zu Fuß durch eine unbekannte Gegend und dann die Grenze eines fremden Landes illegal überqueren. Sobald Serena merkt, dass wir nicht mehr da sind, wird sie sich an die Verfolgung machen. Die werden uns jagen und in jedem Fall versuchen, uns zu erledigen, bevor wir Kanada erreichen.«

»Ich bringe die Schlampe um.«

»Dazu wirst du kaum Gelegenheit haben.«

»Ich rede nicht von Serena, sondern von Madison. Ich schwöre es dir, ich mach sie kalt.«

Jake sah die Entschlossenheit in seinen Augen. »Das hilft uns jetzt auch nicht weiter. Madison ist abgehauen, da bin ich mir sicher, und wir haben keine Ahnung wohin.«

»Jake!« Er legte beide Hände auf Jakes Schultern. »Kümmere du dich um Caleb und Hannah. Ich gehe Madison suchen. Sie kann nicht weit sein.«

»Du kannst mich nicht mit einem blinden Mädchen und einem verrückten Jungen allein lassen. Wir schaffen das nicht ohne dich.«

Eine Weile schwieg Skagen. Dann nickte er. »Okay, ich helfe dir, die beiden in Sicherheit zu bringen, aber dann komme ich zurück und dreh ihr den Hals um.«

»Skagen ...«

»Versuch erst gar nicht, sie zu verteidigen.«

»Und was ist, wenn Serena uns reinlegen will, um über Madison an uns ranzukommen?«

»Sie hat Serena von sich allein aus angerufen und ihr unseren Standort verraten, richtig? Das hat Carl doch gesagt, oder? Madison ist jetzt unser Feind, kapier's einfach!«

»Du wirst Serena geradewegs in die Arme laufen.«

»Das werde ich nicht. Lee hat mich gut ausgebildet. Glaub mir, Jake, ich weiß, was ich tue. Sobald ich Madison erledigt habe, komme ich zu euch.«

Als Jake sah, dass er Skagen nicht umstimmen konnte, wandte er sich um. »Ich hole Hannah. Wir treffen uns am Ende des Parkplatzes bei den Müllcontainern.«

Sie waren noch keine fünfzehn Minuten unterwegs, als sie das Geräusch eines näher kommenden Helikopters ausmachten. Jake zog Hannah hinter einen großen Busch, neben ihm kniete Skagen mit Caleb an der Hand. Trotz der

Dunkelheit machten sich alle so klein wie möglich und drückten sich in die Zweige hinein.

Das Flappen wurde immer lauter, dann schoss ein schwarzer Schatten tief über sie hinweg. Im bleichen Licht des Mondes schaute Jake die anderen an.

»Das war Serena«, sagte er.

Sie hatten den Stadtrand von Buffalo bereits hinter sich. Vor ihnen lag ein Wald, dessen Ausmaß Jake nicht abschätzen konnte. Laut Internet führte er zu einer Landstraße, der sie eine Weile folgen mussten, bevor es in ein weitaus größeres Waldgebiet ging, das sie direkt zur kanadischen Grenze bringen würde. Bis Serena merkte, dass sie sich nicht mehr im Motel befanden, würde es weitere Minuten dauern. Zunächst müssten ihre Leute wohl die direkte Umgebung absuchen. Bestimmt ahnte sie, dass Jake und die anderen zur Grenze unterwegs waren. Vielleicht hatte es Madison ihr auch verraten, aber Serena würde wahrscheinlich auf Nummer sicher gehen, bevor sie sich an die Verfolgung machte. Skagen schien ähnliche Überlegungen angestellt zu haben.

»Ich gehe jetzt zurück. Du folgst weiter dem Weg, ich hole euch dann schon ein.«

»Skagen …« Er meinte es wirklich ernst.

»Nein, Jake!«

»Okay, dann komme ich mit«, sagte er entschlossen. Lieber begleitete er ihn, bevor Skagen etwas Dummes machte und es später bereute.

»Was willst du tun? Mich daran hindern, dass ich diese Verräterin umlege?«

»Ja und dafür sorgen, dass du wieder sicher zurückkommst. Wie ich dich kenne, drehst du durch, wenn du Serena siehst, und versuchst auch gleich, sie abzuknallen.«

»Könnte sein«, grinste Skagen. Sein schmales Gesicht wirkte wie eine Todesmaske im fahlen Licht des Mondes.

Jake wandte sich an Hannah. »Kommst du klar, Hannah?«

»Das kannst du nicht machen, Jake. Du kannst uns hier nicht allein zurücklassen«, sagte das Mädchen mit bebender Stimme.

»Es geht nicht anders. Jemand muss auf Skagen aufpassen. Wir haben bereits Madison verloren.«

»Alles wird gut gehen, Hannah«, sagte Caleb unerwartet. »Ich spüre es. Geh nur, Jake, wir warten hier.«

»Na, dann ist ja alles klar«, meinte Skagen lakonisch.

Caleb sah ihn eindringlich an. »Du bist kein Mörder.«

»Was du nicht sagst.«

»Und du wirst niemals einer sein. Die Farben sagen es.«

»Ach, kannst du neuerdings auch hellsehen?«

»Ja.«

»Spinner!«

»Nein, das bin ich nicht.«

»Also«, sagte Jake. »Bringen wir es hinter uns.«

Skagen lag neben ihm in der Dunkelheit. Verdeckt durch einen breiten Holzzaun konnten sie das Treiben vor dem Motel beobachten. Sie hatten sich über ein verlassenes Grundstück angeschlichen und befanden sich im feuchten Gras. Der Geruch stieg Jake in die Nase und kitzelte ihn.

Jetzt bloß nicht niesen.

Für einen Moment dachte er an den Heuschnupfen, der ihn jahrelang geplagt hatte, aber das war seit dem Zeitpunkt vorbei, als seine Hunterfähigkeit erwacht war.

Jake starrte auf den Parkplatz des Motels, wo Serena sich mit einer Gruppe von sechs bewaffneten Männern in dunkler

Montur beriet. Die Typen sahen aus wie die Mitglieder eines Sondereinsatzkommandos. Schwarze Cargohosen. Kugelsichere Westen. Helme mit aufmontierten Nachtsichtgeräten. In den Händen Sturmgewehre, Pistolen an die Oberschenkel geschnallt. Serena war ähnlich martialisch gekleidet. Neben ihr zitterte der alte Mann vom Empfang in einem hastig übergeworfenen Morgenmantel, unter dem ein schlottriger Pyjama hervorschaute. Die nackten Füße steckten in Badeschlappen. Ganz offensichtlich hatten ihn Serenas Männer aus dem Bett gezerrt.

»Siehst du Madison irgendwo?«, fragte Skagen.

»Keine Spur. Wie ist es mit dir? Was hörst du?«

»Die Männer haben Serena gerade berichtet, dass unsere Zimmer leer sind. Einer meinte, wir wären ausgeflogen. Serena will von dem Alten wissen, ob er etwas mitbekommen hat, als wir uns davongeschlichen haben.«

»Und, hat er was gesehen?«

»Nein, er hat gepennt. Serena berät jetzt ihre nächsten Schritte mit dem Anführer des Trupps.« Skagen lauschte konzentriert und legte kurz darauf die Stirn in Falten. »Er schlägt vor, die Umgebung abzusuchen.«

»Das war klar, wir müssen hier weg.«

»Nicht ohne Madison«, zischte Skagen.

»Sie ist nicht hier. Das habe ich mir schon gedacht. Wahrscheinlich hat sie sich nach ihrem Anruf bei Serena sofort aus dem Staub gemacht. Was weiß ich, wie … Vielleicht hat sie sich von einem Trucker mitnehmen lassen, so wie sie aussieht, hat das bestimmt nicht länger als fünf Minuten gedauert.«

»Das glaube ich nicht. Es ergibt keinen Sinn«, meinte Skagen. »Nein, Madison hat mit der Schlampe einen Deal gemacht. Ich gebe dir meine Freunde und du gibst mir, was auch immer. Geld, Freiheit, Schutz. Egal, sie wird auftauchen. Ich spüre, dass sie in der Nähe ist.« Plötzlich ruckte Skagens Kopf herum. »Ich höre was. Da kommt jemand. Hochhackige Schuhe auf Asphalt. Das ist Madison. Klingt, als wäre sie total besoffen.«

Das würde so einiges erklären und die Sache wenigstens ein bisschen verständlich machen.

Jake sah, wie Madison aus dem Schatten eines gegenüberliegenden Gebäudes trat und mit unsicheren Schritten auf Serena und die Männer des Kommandos zuhielt. Neben ihm zog Skagen seine Automatik aus dem Hosenbund und lud sie durch.

»Skagen, lass den Scheiß. Du bringst uns beide um, wenn du jetzt auf Madison schießt. Viel wichtiger ist, dass wir herausfinden, was Madison Serena verraten hat oder gleich verraten wird. Weiß Serena, dass wir nach Europa wollen? Dass wir auf dem Weg nach Kanada sind, kann sie sich denken, aber weiß sie von Malta? Du musst genau zuhören und mir berichten, über was sie reden.«

Skagen ließ die Waffe sinken. Jake hatte keine Ahnung, ob er von seinem Vorhaben, Madison zu erschießen, abgekommen war, aber zumindest im Augenblick schien er zu verstehen, dass es wichtig war, was dort besprochen wurde.

»Fest steht, dass Madison dicht bis obenhin ist. Sie lallt total.«
»Und was sagt sie?«
»*Du bis' also die Schlampe, die uns jagt.*«
»*Die bin ich.*«
»*Hast du mal 'ne Zigarette? Meine sind mir ausgegangen.*«
»*Wo sind Jake und die anderen? Du hast gesagt, sie schlafen und ahnen nichts.*«
»*Keine Ahnung. Sin' sie nicht da drin?*«

»*Nein. Also, wo sind sie?*«

»*Weiß ich nich.*«

Plötzlich holte Serena aus und schlug Madison ins Gesicht. Madison konnte auf ihren wackeligen Beinen das Gleichgewicht nicht halten und stürzte zu Boden. Ihre nackten Knie schrammten über den Asphalt. Skagen berichtete weiter.

»*Hey, das hat wehgetan!*«

»*Halt's Maul. Wo sind sie?*«

»*Sag mal, has' du was an den Ohren? Ich weiß es nich'.*«

Serena rammte ihr den Stiefel in die Seite. Madison brüllte so laut auf, dass selbst Jake es hören konnte.

»*Wo wollen sie hin? Kanada? Warum?*«

»*Ich sage dir gar nichts mehr, du blöde Bitch. Du has' mir versprochen, dass du mich in mein altes Leben zurücklässt und dass mir nichts geschieht.*«

Es klang, als wäre Madison schlagartig nüchtern geworden und als ob sie nun erkannte, in welcher miserablen Lage sie sich befand.

»*Du wirst mir jetzt sofort sagen, was Jake vorhat! Auf der Stelle!*«

Skagen wandte sich an Jake. »Einer der Typen hat den Polizeifunk abgehört. Er meldet Serena gerade, dass der örtliche Sheriff auf dem Weg zum Motel ist. Anscheinend gab es eine Meldung über nächtliche Ruhestörung.«

»Was ist mit Serena?«

»*Packt die dämliche Kuh in den Hubschrauber. Ich bringe sie in die Zentrale, dort werden wir schon aus ihr herausbekommen, was wir wissen wollen. Ihr sechs macht euch an die Verfolgung von Jake und seinen Freunden. Sie sind auf dem Weg zur kanadischen Grenze. So viele Möglichkeiten gibt es da nicht. Findet sie und legt sie um.*«

»Wir müssen hier weg, Skagen. Sofort!«

Skagen hob seine Waffe an, versuchte, Madison ins Ziel zu bekommen, aber sie lag noch immer auf der Straße. Dann wurde sie an den Haaren gepackt und von einem der Männer davongeschleift. Ein weiterer Typ folgte. Kein freies Schussfeld. Sie warfen Madison wie einen Sack Reis in den Hubschrauber. Serena stieg ein, und der Heli hob ab, schoss davon in die Dunkelheit. Sechs Männer blieben zurück, die sich auf die Jagd nach ihnen machen sollten.

»Verdammt«, fluchte Skagen. »Ich hätte nicht warten dürfen.«

»Komm jetzt, Skagen. Wir müssen zu den anderen.«

Beide wandten sich ab und krochen davon.

FEHLER

Jake spürte, wie der Gleiter stetig stieg. Die übliche Flughöhe für Atlantiküberquerungen lag zwischen 30.000 und 43.000 Fuß. Maximal waren solche Gleiter in der Lage, auf bis zu 55.000 Fuß zu steigen. Wo wollte Laszlo mit ihm hin? Nach New York? Er wusste es nicht. Durch das Fenster konnte er den Ozean aus immer größerer Höhe bewundern. Die Erde von hier zu sehen, machte den Planeten eindrucksvoller.

»Gefällt es Ihnen?«, fragte Laszlo, die sich den nächsten Apfel schmecken ließ.

»Wo bringen Sie mich hin?« Eine wohlschmeckende Frucht in den Händen einer hässlichen Person. Und damit dachte Jake nicht an ihre äußere Erscheinung.

»Lassen Sie sich überraschen.« Mit einer anderen Antwort hatte er gar nicht gerechnet.

»Sie machen einen Fehler.« Jake wollte nicht schweigen. Zu reden half ihm, sich abzulenken. Sein toller Plan hing im Moment von sehr wenigen Leuten ab, die schwierige Aufgaben zu erfüllen hatten. Aufgaben, bei denen er sie nicht unterstützen konnte.

»Ach ja?« Laszlo lächelte ihn mitleidig an.

»Sie sollten verhandeln.«

»Mit Ihnen?«

»Ja.«

»Warum?«

»Weil sie sonst sterben werden.« Jake hatte nicht vor, die Aliens am Leben zu lassen. Das war eine einfache Du-oder-ich-Geschichte.

»Glaube ich nicht ...« Sie biss genüsslich in den Apfel, während sich zwei ihrer Männer amüsiert einen kleinen Ball zuwarfen.

»Sie sind überheblich.«

»Und Sie überschätzen sich. Oder sagen Sie mir, was wollen Sie in die Verhandlung einbringen? Ein Gnadengesuch?«

»Gerechtigkeit.«

»Oh, wir sind sehr gerecht. Es wird alle Menschen treffen, wir machen da keine Ausnahme.«

»Wie gesagt, ich denke, sie machen einen großen Fehler.« Mit ihrer ablehnenden Haltung hatte er gerechnet. Sein Plan, so wie er heute umgesetzt wurde, war nicht sein erster gewesen. Vier andere waren zuvor gescheitert. Vier Versuche, in denen er mithilfe von Politikern, Militärs und Geheimdiensten in den letzten hundert Jahren mit den Invasoren verhandeln wollte, waren ins Leere gelaufen. Er hatte die Verhandlungsführer nach den Gesprächen nicht wiedererkannt. Die Aliens hatten jeden, den sie schickten, umgedreht. Erst als Giovanella auf die Welt kam, bot sich eine neue Chance. Die beste und inzwischen auch die letzte Gelegenheit, das drohende Schicksal eines Untergangs abzuwenden.

»Renier, Sie sind nicht der, für den wir Sie gehalten haben. Sie sind ein Witz!«

Eine halbe Stunde später befand sich der Gleiter im Anflug auf ein riesiges Raumschiff, das sich durch ein gigantisches Wurmloch schob. Laszlo und ihre Männer folgten aufmerksam der

Live-Berichterstattung der Medien, die auf einem Display angezeigt wurde.

»Ist das nicht unglaublich?« Die Stimme der Reporterin überschlug sich beim Sprechen. Die Medien filmten das Ereignis von Bord der USS Solarian, die als Pförtner der Menschheit einer Bestie die Tür aufhielt. »*Über uns befindet sich die größte Maschine, die wir je gesehen haben! Das kreisrunde Raumschiff der Besucher hat einen Durchmesser von sieben Kilometern!*«

Eine fliegende Untertasse, nicht sehr originell, wenn auch durch die schiere Größe ziemlich eindrucksvoll. Als er noch ein Teenager war, gab es einen Kinofilm, bei dem ein ähnliches Raumschiff über dem Atlantik aufgetaucht war. Nur waren die Aliens im Film im Vergleich zu den realen dumm wie Stroh gewesen. Die echten würde kein Computervirus abstürzen lassen.

Hatte Jake sich die Ankunft der Aliens so vorgestellt? Sie öffneten ein zweites Wurmloch und schwupp, waren sie da? Er wusste es nicht genau. Um ehrlich zu sein, hatte er sich darüber nie Gedanken gemacht. Bei seiner Karriere als Leroy Matin Renier gab es genug andere Dinge, die ihm den Schlaf geraubt hatten.

»Sieht wirklich irre aus!«, sagte einer von Laszlos Männern, der ebenfalls abwechselnd auf das Display und durch das Fenster starrte.

»Wir werden jetzt anlegen«, rief der Pilot, während der Schatten des Raumschiffs die Sonne verdeckte. Draußen wurde es dunkler. Ein metallisches Klacken beendete den abschließenden Andockvorgang. An der Tür zischte es. In dieser Höhe würde ihnen ohne einen Druckausgleich in der Schleuse die Luft wegbleiben. »Wir sind da. Major Laszlo, Sie können die Luke öffnen.«

»Danke.« Die Apfel-Lady ging zur Tür und öffnete diese. Ein warmer Luftzug wehte in den Gleiter. Jake versuchte, den Geruch aufzunehmen, aber da war keiner. Nicht den Hauch eines Lebewesens konnte er wahrnehmen. Den Gestank von Laszlo und ihren Handlangern kannte er bereits. »Macht ihn los!«

Zwei Männer lösten seine Fesseln am Sitz und halfen ihm auf die Beine. In seinem betagten Alter eine nette Geste. Jake ging auf die Tür zu. Der dahinterliegende Korridor des Alien-Raumschiffs war schneeweiß.

»Gehen Sie!«, forderte Laszlo ihn auf. Er war verwirrt. Es war niemand zu sehen, der ihn in Empfang nahm. »Sie werden erwartet.«

»Und Sie?«

»Ich habe noch zu tun.« Einer von ihren Männern warf ihr einen neuen Apfel zu. »Es gibt Ärger in New York. Da treiben sich noch ein paar Helden herum, die nicht verstanden haben, wie der Hase inzwischen läuft.«

»Viel Spaß dabei.« Jake wusste ganz genau, von wem sie sprach. Und sie hatte recht, jeder von Yuki Hayakes Soldaten war ein Held. Damit ihr Schicksal nicht in einer Sackgasse endete, wie einige mutige Seelen zuvor, hatte Jake sie impfen lassen. Die Soldaten waren immun gegen die von den Aliens eingesetzten Viren.

»Es sind Ihre Leute, oder?«

»Ja.« Es lohnte sich nicht, das abzustreiten.

»Sie werden sterben.«

»Möglicherweise ...« Jake hatte niemandem seiner Verbündeten falsche Hoffnungen gemacht.

»Na ja, Sie können denen ein warmes Plätzchen in der Hölle freihalten.« Laszlo zeigte Jake an, dass er nun den Gleiter verlassen solle.

Er ging weiter. Der erste Schritt in das fremde Raumschiff jagte ihm einen Schauer über den Rücken. Das Licht wirkte warm, und er konnte absolut nichts riechen.

»Nur Mut ... wir beißen nicht«, sagte Laszlo. Dann schloss sich die Schleuse, und Jake stand alleine in dem weißen Korridor. Weiße Wände, weißer Boden, weißes Licht, farbenfroh sah anders aus.

Jake, wenn du das nächste Mal eine Idee hast, wie du die Erde retten willst, schreib einfach einen Brief und lass es wen anders erledigen, dachte er und ging weiter. Er hatte keine Ahnung, wer oder was ihn hier erwarten würde. Aliens, die wie zwei Meter große Küchenschaben aussahen, jedenfalls nicht. Eine Zivilisation, die es schaffte, andere Sterne zu bereisen, benötigte ein Verständnis für Handwerk, Mathematik und Astronomie. Sehen, riechen, hören und fühlen dürften daher Sinneswahrnehmungen sein, über die die Spezies verfügte. Auch war eine Zivilisation, die auf organischem Leben basierte, ohne Hände nur schwer vorstellbar. Bevor eine Kultur einen Computer und vielleicht auch einen Roboter erschaffen würde, brauchte es Hände, um ein Feuer zu machen oder aus einem Stein das erste Rad zu meißeln.

»Hallo?«

Keine Antwort. Er ging weiter. Das Weiß der runden Wände verschmolz in einiger Entfernung mit dem Weiß des Bodens. Egal ob er nach hinten oder nach vorne sah, da war kein Unterschied festzustellen.

Nach einigen Minuten blieb er stehen. Der Korridor fand kein Ende. Jake setzte sich auf den Boden und lehnte sich an die Wand. Immerhin trug er kein Würgehalsband mehr, auf das er gerne verzichtete.

»Sagt einfach Bescheid, wenn ihr mit mir reden wollt.« Er legte die Hände in den Nacken und schloss die Augen. Der Korridor erinnerte an einen Testparcours für Laborratten. Darauf hatte er keine Lust.

»Hallo Jake«, sagte auf einmal eine weibliche Stimme, die er überraschenderweise kannte. Ganz ehrlich, sie hatte er an Bord des Raumschiffs als Letztes erwartet.

Jake öffnete die Augen und sah eine junge Frau mit langen dunklen Haaren, die sich vor ihn auf den Boden setzte und an die gegenüberliegende Wand lehnte. Der weiße Korridor hatte vielleicht einen Durchmesser von drei Metern. Sie trug eine Jeans, eine enge graue Bluse und keine Schuhe, sie sah umwerfend aus. »Hallo Serena.«

»Lang nicht gesehen.«

Serena Naden war um keinen Tag gealtert. Ihre leicht gebräunte Haut und ihre weißen Zähne waren immer noch makellos. Sie war vor hundert Jahren das Mädchen auf der Schule gewesen, das jeder Junge gerne zur Freundin gehabt hätte. Auch er, bis er sie besser kannte. Danach hatte seine Sympathie für ihre Hammer-Kurven deutlich gelitten.

»Jake, jetzt schau uns doch nicht so an …«, kokettierte sie. »Du kennst uns doch, wir sind Serena, deine alte Freundin von der Highschool.«

»Serena, wir waren nie Freunde.« Nicht in einem einzigen der hundert Jahre, die seitdem vergangen waren.

»Wir wären gerne deine Freundin gewesen … früher haben wir immer gedacht, dass du uns magst.« Sie knöpfte sich langsam ihre Bluse auf. »Möchtest du mit uns schlafen?«

»Nein.«

»Bist du sicher …« Sie fuhr sich lasziv mit der Zunge über die Lippen.

»Ganz sicher.« Es gab mehrere Probleme mit Serana Naden, das wichtigste zuerst: Sie war tot. Die Frau starb im Alter von neunundachtzig Jahren an Herzversagen. Das war 2089 gewesen. Die Aliens hatten Serena damals zwar infiziert, aber sie alterte wie jeder andere Mensch auch. Nur Hunter alterten seines Wissens nach stark verlangsamt. Das andere Problem war, dass die Person vor ihm keinen Geruch hatte. Nicht ein Duftmolekül drang aus ihren Poren. »Serena, wer oder was bist du?«

»Eine Botin.« Sie hörte auf, ihn verführen zu wollen, und sprach normal weiter. »Wir dachten, dass Sex dich zugänglicher machen würde.«

»Bist du eine von denen?« Im Moment dachte er an alles andere als Sex.

»Ein Alien? So nennst du uns doch, oder?«

»Ja.« Genau das meinte er.

»Nein, wir sind Serena.«

»Serena Naden ist vor neunundzwanzig Jahren gestorben. Erklär mir, wie das funktioniert?« Jake hatte bereits eine Ahnung, wollte es aber von diesem außerirdischen Wesen selbst hören. Und warum zur Hölle sprach das schwarzhaarige Monster von sich selbst in der Mehrzahl?

»Es ist einfach, eure Körper herzustellen. Wir haben ihn neu gezüchtet und ihm Serenas Erinnerungen gegeben. Es sollte dir helfen, dich zurechtzufinden. Wir haben dich gekannt. Es war immer unser Ziel, dich in die Hände zu bekommen.«

Er schüttelte den Kopf, es fiel ihm schwer, ihr zuzuhören. »Wer ist *wir*?«

»Du wirst verstehen, wer wir sind. Aber wenn es dir lieber ist, werden wir mit dir sprechen, wie es Serena getan hätte ... Jake, du hast dich viel zu lange meinem Zugriff entzogen. Ich habe immer gewusst, dass Leroy Matin Renier nur eine Fassade ist. Jetzt habe ich dich endlich!«

»Du warst immer zu schlau für mich.« Jake nickte. Das war die Bitch, die ihm früher auf den Sack gegangen war. Einen Körper neu zu züchten und ihm dessen Erinnerungen zurückgeben, die Vorstellung ließ ihn erschauern. Die Erde würde sich bei ihren neuen Gästen vermutlich noch auf einige andere unschöne Tischmanieren gefasst machen dürfen. Das war erst der Anfang. Den Rest würde er nicht zulassen. »Gibt es auf dem Raumschiff noch mehr als weiße Flure?«

»Komm mit.« Serena erhob sich und reichte ihm die Hand. Er stand ohne ihre Hilfe auf. »Ich zeige dir eine nette Aussicht.«

Im nächsten Moment öffnete sich seitlich von ihnen eine Tür und führte in eine riesige hellgraue Halle, deren kompletter Boden verglast war. Jake hoffte zumindest, dass es Glas war, da er ansonsten in den Atlantischen Ozean fallen würde.

In Ordnung, Serena, die vorging, fiel nicht in die Tiefe. Das war ein gutes Zeichen.

»Beeindruckend ...« Er folgte ihr und glaubte, auf Wolken gehen zu können, die er unter seinen Füßen sehen konnte. An der Decke hingegen befanden sich unzählige Apparaturen, deren Funktion er nicht mal erahnte.

»Ja, oder?« Sie drehte sich zu ihm. »Vielleicht hilft es dir, den Planeten zu sehen, wie er ist.«

Jake antwortete nicht, selten kam ihm die Erde so zerbrechlich vor. Sein Plan würde funktionieren, daran klammerte er sich weiterhin.

»Jake, du bist genauso wenig ein Mensch wie ich. Wir sind besser.«

Er schüttelte den Kopf.

»Du bist ein Hunter. Ein Jäger, der dazu geschaffen wurde,

rebellische Menschen aufzuspüren, die über eine natürliche oder künstlich herbeigeleitete Immunität gegenüber unseren Viren verfügen.«

»Das war ich vielleicht mal …« Jake hatte viele Jahre über diese Frage nachgedacht, er war sich seiner fremden DNA durchaus bewusst. »Heute bin ich ein Mensch.«

»Meinst du wirklich, die würden dich akzeptieren, wenn sie wüssten, was du bist?« Serena bohrte weiter mit dem Finger in der Wunde. »Menschen sind Opportunisten. Sie sind leicht zu gewinnen. Für einen vollen Magen, ein Dach über dem Kopf oder Sex tun sie fast alles. Sobald sie dich nicht mehr brauchen, sperren sie dich in eine Zelle und werfen den Schlüssel weg.«

»Das ändert nichts an meiner Entscheidung.« Auch Jake hatte Schwächen, allerdings gehörte Opportunismus nicht dazu. Er würde weiterkämpfen.

»Jake, du gehörst zu uns, warum begreifst du das nicht? Ich bin deine Schwester, alle hier sind deine Brüder, wir gehören zusammen.«

»Serena, lass dir etwas Besseres einfallen!«

»Du könntest der Herr über die Erde werden, du verstehst, wie Menschen denken. Auch wenn das bald nicht mehr wichtig ist. Du wärst ein guter Stadthalter für den Schwarm.«

»Den Schwarm?«

»Das Uns … du müsstest es doch spüren. Wir gehören zusammen.«

»Oh … ein neues Jobangebot.« Jake dachte nach. Er erwartete nicht viel, aber wenn sich ein Ansatz für Verhandlungen ergab, würde er ihn nutzen. Im schlechtesten Fall würde er Zeit gewinnen. »Und was soll ich dafür tun?«

»Wo sind Hannah, Skagen und Caleb? Sag uns, wo sie sich verstecken.«

»Kein Ahnung.«

»Jake, ich kenne dich. Ich kann spüren, wenn du lügst. Du weißt genau, wo sie sind.«

»Hab's vergessen …« Als ob Jake dem Serena-Alien-Klon das erzählen würde.

»Du weißt meine Gastfreundschaft nicht zu schätzen. Mir liegt viel an dir. Ich würde dafür sorgen, dass auch deine Freunde gut behandelt werden.«

»Sorry, ich vermute, dass ich das Bewerbungsgespräch versaut habe. Mein Fehler. Also echt, ich wäre gerne Herrscher der Welt geworden.«

Wer wollte das nicht. Jake lachte innerlich, für so einen Blödsinn war er definitiv zu alt.

»Du kannst dir deinen Spott nicht leisten.« Serena gab ein Handzeichen, und ein Mädchen wurde in die Halle gebracht. Sie war blind und kämpfte mit einem Würgehalsband – Hannah. In der Nähe von Jake ging sie zu Boden. Das konnte nicht sein. Die hatten sie niemals in die Finger bekommen können. Giovanella hätte dann bei ihr sein müssen, nein, das war nicht echt.

»Was soll das?« Jake versuchte, etwas zu riechen, aber in der gesamten Halle konnte er noch nicht einmal einen verfluchten Schweißtropfen wahrnehmen. Sie hatten ihn seiner wichtigsten Sinne beraubt.

»Jake! Ich kann dich hören! Jake, bist du es? Bitte sag etwas, ich habe einen Fehler gemacht. Bitte sei mir nicht böse, dass sie mich gefangen haben … ich hab denen kein Wort gesagt! Glaub mir, die haben nichts von mir erfahren!« Hannah kämpfte mit dem zu engen Würgeband und ihrer Stimme.

»Hab keine Angst.« Ob Fake oder nicht, Jake ging auf sie zu. Er wollte sie berühren. Serena hatte plötzlich eine Waffe in der Hand und schoss Hannah in den Kopf.

»NEIN!«, schrie er und hielt sich die Hände vor den Mund. Hannah sackte blutüberströmt zusammen und blieb leblos auf dem Boden liegen. Er konnte nichts mehr für sie tun. Jakes Hände verkrampften sich zu Fäusten, Wut strömte durch seine Adern.

»Du hast Hannah gemocht, oder?«

Serena legte die Waffe auf einen Tisch, den er zuvor nicht gesehen hatte. Die Schlange stand über zehn Meter von ihm entfernt und zeigte keinerlei Mitgefühl.

»Du Monster!«

Jake versuchte, zu Hannah zu gelangen, aber eine unsichtbare Glaswand ließ es nicht zu. Dann ging er auf Serena los. Mit einem ähnlichen Ergebnis. Er stellte fest, in einer gläsernen Zelle zu stehen, ohne bemerkt zu haben, wie er hereingekommen war.

»Wolltest du mir etwas zu Skagen und Caleb sagen?«, fragte Serena charmant.

»Nein.« Er hasste dieses Wesen.

»Ich gebe dir noch eine Chance.«

»Nein!«

»Deine letzte.«

»NEIN!«

»War nicht Skagen immer dein Rivale?« Serenas Lächeln war so falsch wie ihre Worte. »Ich kann mich noch daran erinnern, ihr wart nie gute Freunde.«

»Wir sind Brüder!«

»Na ja, genetisch jedenfalls nicht. Wusstest du eigentlich, dass nur du als erfolgreiche Zucht gegolten hast? Skagen, Hannah, Madison und Caleb waren als Zuchtabfall markiert und sollten beseitigt werden. Leider entsprechen nur wenige Hunterbabys den strengen Vorgaben.«

»Ich sage dir nichts über ihn! Kein Wort!«

Jake glaubte an Skagen, der, auch wenn er ein Arschloch war, seinen Job hinbekommen würde.

»Und wie wäre es mit Giovanella Muscat?«

Er horchte auf. »Was ist mit ihr?«

»Oh … ist sie wichtiger als Hannah?«, fragte Serena. Jakes Plan drohte zu zerbersten. »Ich kann es spüren, sie ist es. Du liebst sie, oder?« Die Worte brannten wie Feuer. »Seine Kinder liebt man immer mehr als alles andere. Sag mir, wie es ist, wenn man weiß, dass man sein eigenes Enkelkind in den Tod getrieben hat.«

Jake presste die Lippen zusammen. Giovanellas Verbindung zu ihm war offensichtlich kein Geheimnis mehr. Aber die Aliens wussten noch nicht, was seine Kleine draufhatte. Ihm war von Anfang an klar, dass sein Weg nicht einfach werden würde. Das war eine Prüfung, die er bestehen musste.

»Jake, an was klammerst du dich noch? Merkst du nicht, bereits verloren zu haben? Befreie dich von deiner Last und sage mir, wo Skagen ist.«

»Nein …« Jake weinte. Scheiße, er war hundertsiebzehn Jahre alt und weinte wie ein kleiner Junge. Die ganzen Jahre über hatte er seine Familie damit beschützt, ihre Identität zu verheimlichen. Sein Sohn und seine Enkelkinder hatten deswegen in Malta und Italien sicher aufwachsen können. Das war eine schöne Zeit gewesen, von der er jeden einzelnen Tag genossen hatte. Interessanterweise hatte Jakes Sohn nicht seine Gene geerbt, sie aber dennoch an Giovanella weitergegeben. Nur an sie, ihre älteren Geschwister blieben davor verschont.

»Jake!« Als Nächstes trieben sie Giovanella in die Halle. Sie war so wunderschön. Lockige braune Haare, die großen Augen, er konnte Amy in ihr wiedererkennen. Das Mädchen gehörte zu den wenigen guten Dingen, die er hinterlassen hatte. *Bitte verzeih mir,* flehte er. Hoffentlich würde Giovanella verstehen, warum er es getan hatte.

FARBEN
IN DER NACHT

Skagen ging voraus, Caleb hatte seine Hand auf dessen Schulter gelegt, um nicht zu stolpern. Hinter ihm marschierte Jake mit Hannah am Arm.

Der Wald war dunkel und finster. Einzig Skagens Handylampe schnitt einen schmalen Streifen aus Licht hinein, aber sie mussten vorsichtig sein, daher schaltete Skagen bei jedem Geräusch die Lampe aus. Dann verharrten alle regungslos und lauschten in die Nacht.

Jake fühlte sich miserabel. Von Minute zu Minute ging es ihm schlechter. Ihm war schwindelig, und er taumelte mehr, als dass er ging.

In seiner Nase brannten die Gerüche der Pflanzen und Tiere, aber auch die Hautausdünstungen seiner drei Gefährten. Es fühlte sich an wie der schlimmste Heuschnupfen seines Lebens.

Mit jedem Schritt glaubte er, sein Kopf müsse explodieren, und inzwischen bekam er nur noch wenig Luft. Wenn er mal einen klaren Gedanken fassen konnte, war der gleich wieder weg, und so konnte er kaum darüber grübeln, was mit ihm geschah.

Aus brennenden Augen starrte er auf den Weg, setzte

mühsam einen Schritt vor den anderen und versuchte, nicht hinzufallen.

»Jake? Was ist mir dir?«

Offensichtlich war er stehen geblieben, denn Hannah stolperte in seinen Rücken. Wieso hatte er angehalten? Sie mussten weiter, weg von den Männern, die Serena auf sie gehetzt hatte.

»Skagen, etwas stimmt nicht mit Jake!«

Hannahs Worte drangen dumpf an sein Ohr, aber so richtig verstand er deren Sinn nicht.

Was soll denn nicht mit mir stimmen?

Ein Rascheln. Dann Licht in seinem Gesicht. Geblendet schloss Jake seine Lider.

»Der sieht nicht gut aus.«

Das musste Skagen sein. Seit wann interessierte der sich für sein Aussehen?

»Und er ist ganz heiß. Seine Hand glüht geradezu«, sagte Hannah. »Fühl mal seine Stirn.«

Jemand legte ihm eine Hand an den Kopf. Wow, selbst diese Berührung tat weh. Jake stöhnte.

»Er hat Fieber. Hohes Fieber.« Wieder Skagen. »Er ist krank, muss sich irgendwie angesteckt haben. Weißt du was darüber? Hat er was zu dir gesagt?«

»Nein.«

Jake merkte, wie er wankte, und kippte in Skagens Arme, der unter seinem Gewicht aufächzte. Dann wurde er zu Boden gelassen. Gut, endlich ein wenig ausruhen. Sein Oberkörper sackte in sich zusammen, und er fiel nach links auf den erdigen Waldboden.

»Die Sache ist ernst«, sagte Skagen. »Was machen wir jetzt?«

»Jake kann nicht weitergehen, er braucht einen Arzt«, meinte Hannah.

»Das ist mir klar, aber wo willst du den herbekommen? Bis an die Zähne bewaffnete Männer sind hinter uns her, wir müssen weiter. Über die Grenze.«

»Das schafft er nicht ... ich fühle es.«

»Sag das nicht, Hannah. Ich kann das jetzt nicht gebrauchen. Verdammte Scheiße.«

»Dein Fluchen macht es auch nicht besser.«

»Ich weiß. Sorry.«

Plötzlich spürte Jake die Anwesenheit von Caleb, der sich neben ihn kniete, seinen Kopf anhob und ihn in seinen Schoß legte.

»Rot«, sagte er. »So rot. Ein feuriges Rad.«

»Was zum Henker soll das bedeuten?«, fragte Skagen aufgebracht.

»Er zieht zum Himmel.«

»Verstehst du, was er meint, Hannah?«

»Ich glaube, er will uns sagen, dass es ernst um Jake steht, dass er ... stirbt.«

»Sterben? Oh nein, das ist keine Option. Wir brauchen ihn, nur er weiß, was zu tun ist. Nur er kennt den Plan. Er muss leben, um die Dinge zu tun, die getan werden müssen, und außerdem muss er Carl in der Zukunft programmieren!«

»Carl«, wiederholte Hannah leise. »Jake hat mir gesagt, dass sich Carl auf sein Handy downgeloaded hat. Vielleicht weiß er, was mit Jake passiert und was wir tun können.«

Skagen seufzte laut auf. »Das ist eine gute Idee.«

Jake bemerkte, wie er abgetastet wurde, dann lauschte er wieder Skagens Worten, die wie durch dicke Watte zu ihm drangen.

»Durch Pin gesichert.«

»2118«, krächzte Jake heiser.

»Das ist mal eine ausgefallene Pin-Nummer. Warum hast du nicht gleich 1234 genommen?«

»Wollte ich zuerst, konnte mir die Zahlen aber so schwer merken.«

»Na, seinen Humor hat er noch«, brummte Skagen. Einen Moment herrschte Stille. »Und was jetzt? Wie nehme ich Kontakt mit Carl auf?«

»Ich bin hier«, drang es leise aus dem Smartphone. »Was ist los?«

»Jake ist krank.« Er berichtete dem Androiden die Symptome.

»Hat er Fieber?«, hakte Carl nach.

»Sehr hohes. Er glüht regelrecht.«

»Das war Serena, besser gesagt HFP.«

»Wie meinst du das?«, fragte Hannah.

»Als ich mich in deren Netzwerk geschlichen habe, habe ich herausgefunden, dass HFP in seinen Laboren mit außerirdischem Wissen dabei ist, Viren zu konstruieren, die in der Lage sind, Hunter anzugreifen und zu vernichten. Normale Menschen erleiden nur eine Erkältung, aber für Hunter soll diese Erkrankung tödlich sein. Allerdings dachte ich nicht, dass HFP schon so weit ist. Ich habe über einen Prototyp gelesen, wusste aber nicht, dass Serena den Virus bereits freigesetzt hat. Jake muss sich irgendwo mit ihm infiziert haben. Der Virus kann überall sein.«

»Hat Jake nicht erzählt, der alte Mann an der Rezeption hätte ihn angeniest?«, fragte Hannah.

»Keine Ahnung«, sagte Skagen. »Da habe ich nicht zugehört.«

»Das spielt jetzt keine Rolle«, erklärte Carl. »Das hohe Fieber wird ihn innerlich verbrennen, wir müssen etwas dagegen tun.«

»Toller Vorschlag, Carl«, ätzte Skagen. »Aber wir befinden uns mitten im Wald, auf der Flucht, meilenweit von der nächsten Apotheke entfernt, und außer einer Blisterpackung Kopfschmerztabletten haben wir verdammt noch mal nichts dabei.« Zur Erklärung fügte er hinzu: »Von eurem ganzen Gelaber bekomme ich nämlich Kopfschmerzen, weil ich jedes einzelne Wort verstehen kann!«

»Welcher Wirkstoff?«, hakte Carl nach.

»Paracetamol.«

»Ein schmerzstillender und fiebersenkender Arzneistoff aus der Gruppe der Nichtopioid-Analgetika. Das ist gut, aber das allein wird nicht ausreichen.«

»Was können wir tun?«

»Sein Körper muss heruntergekühlt werden. Gibt es hier irgendwo ein Gewässer?«

»Keine Ahnung.«

»Schau auf Jakes Handy, ich habe eine Karte geöffnet. Siehst du etwas darauf?«

»Moment … ja, gar nicht so weit von hier ist ein kleiner Fluss.«

»Tragt ihn dahin. So schnell ihr könnt.«

Jake spürte, wie ihn Caleb und Skagen voranschleppten. Jeder von den beiden hatte sich einen seiner Arme um die Schulter gelegt, hielt ihn fest und schleifte ihn mit sich. Jake hing wie ein Sack Kartoffeln dazwischen und stolperte mit, so gut es eben ging.

Immer wieder fielen ihm die Augenlider zu, und er hatte

Mühe, sich zu konzentrieren. Sein Gesicht glühte, fühlte sich so heiß an wie die Oberfläche der Sonne. Jake hatte das Gefühl zu verbrennen.

Skagen hatte ihm vor einer Weile Tabletten in den Mund gestopft und ihn gezwungen, sie mit etwas Mineralwasser herunterzuschlucken. Er war kurz davor, sich zu übergeben. Als er aufstoßen musste, blieb Skagen stehen.

»Ist dir schlecht?«

»Ja«, krächzte Jake.

»Kotz bloß die Tabletten nicht aus. Wir haben keine mehr.«

»Werde mir Mühe geben. Wo bringt ihr mich hin?«

»Haben wir dir doch gesagt. Zum Wasser. Wir müssen deinen Körper abkühlen.«

»Wasser? Ich soll schwimmen? Skagen, ich kann nicht …«

»Du musst nicht schwimmen, und jetzt halt die Klappe, wir sind gleich da.«

Das Geräusch eines gurgelnden Baches oder Flusses drang an Jakes Ohren. Er wollte schauen, wo es hinging, aber er bekam die Lider nicht auf. Fast war es, als hätte sie jemand zugeklebt.

Dann spürte Jake, dass es bergab ging.

»Pass auf, Caleb«, sagte Skagen. »Die Böschung ist rutschig.«

»Mrs Winter hat immer gesagt, ich könne klettern wie ein Affe, und an mir sehe man, dass Darwin mit seiner Abstammungslehre vielleicht doch recht hatte.«

»Weißt du, wer Charles Darwin war?«

»Ein Forscher.«

»Richtig. Hast du mir nicht erzählt, deine Adoptiveltern wären gottesfürchtige Menschen gewesen?«

»Das stimmt. Halleluja. Gott ist mit den Seinen.«
»Kennst du die Bibel?«
»Oh ja.«
»Auch die Stelle mit Adam und Eva? Die Erschaffung des Menschen?«
»Ich habe die Stelle zweimal gelesen, aber Mrs Winter meinte immer, das gelte nur für normale Menschen wie sie, ihren Mann und die anderen Kinder im Haus. Leute wie ich wären nicht von Gott erschaffen worden, denn Gott kann nicht weniger als das Perfekte erschaffen.«
»Von was redet ihr da?«, fragte Jake.
»Unwichtig … wir haben es gleich geschafft.«
»Wo ist Hannah?«
»Ich bin hier, Jake. Halte mich an Skagens Gürtel fest.«
»Kommst du klar?«
»Mach dir keine Sorgen.«
»Bin ich krank?«
»Ja, Jake.«
»Wieso ist mir so heiß?«
»Weil du krank bist.«
»Ach so.«
»Er ist im Delirium«, sagte Skagen.
»Im was?«, fragte Jake. »Ich bin doch hier bei euch.«
»Ja, das bist du.« Hannahs Stimme klang merkwürdig.
»Wo ist Madison?«
»Sie ist nicht mehr bei uns.«
»Warum? Wo ist sie?«
»Weißt du es nicht mehr?«

Jake wollte den Kopf schütteln, aber der war zu schwer. Dann fiel ihm ein, dass er Hannah nach Madison fragen wollte.

»Wo ist Madison?«

»Lass ihn quatschen, Hannah. Caleb und ich bringen ihn jetzt zum Wasser.«

»Wie sieht es aus?«

»Ein kleiner Fluss, fließt ruhig dahin. Alles okay.«

»Zieht ihm die Klamotten aus, damit sie trocken bleiben, sonst friert er später vielleicht.«

»Machen wir. Dreh dich um.«

»Hahaha, du bist echt witzig, Skagen.«

Jake spürte Hände an seinem Körper. Was passierte jetzt? Dann wurde er hochgehoben, ein paar Schritte getragen und in flüssiges Eis gelegt. Er schrie laut auf.

»Skagen, das hört man im ganzen Wald«, zischte Hannah.

Eine Hand legte sich über seinen Mund. Dann flüsterte Skagen: »Du musst leise sein. Verstehst du das?«

Ja, das verstand er.

»Wie fühlst du dich?«

»Mir ist kalt.«

»Das ist gut.«

»So kalt …«

Jake versuchte aufzustehen, aber er wurde sofort wieder ins Wasser gedrückt.

»Du musst im Fluss bleiben«, sagte Skagen. »Das Fieber muss runter.«

Ja, richtig. Er war ja krank. Warum war er krank? Das Denken fiel ihm schwer. Sein Kopf schmerzte noch immer.

»Wo ist Madison?«

»Nicht hier, Jake.«

»Hannah?«

»Ich bin bei dir.«

Er spürte ihre Hand.

»Geh aus dem Wasser raus, Hannah«, sagte Skagen. »Es reicht, wenn Caleb und ich nass werden.«

»Nein, ich bleibe bei ihm.«

Jake drehte den Kopf in ihre Richtung. »Schade, dass du Amy nicht kennst. Du würdest sie mögen.«

»Ja, da bin ich mir sicher.«

»Hast du eigentlich einen Freund?«

»Nein, Jake.«

»Was ist mit dir, Skagen? Gibt es da jemanden?«

»Kannst du nicht ein Mal mit dem Quatschen aufhören und einfach still daliegen?«

»Nein, das interessiert mich.«

»Da ist niemand.«

»Oh, das ist schade.«

»Caleb?«

»Ja?«

»Wie schaut es bei dir aus?«

Stille. Dann ein schüchternes Kichern. »Emily Keppler hat mich mal auf den Mund geküsst. Da war ich in der dritten Klasse. Sie meinte, ich wäre süß.«

»Das bist du«, sagte Hannah.

»Woher willst du das wissen, du kannst doch nicht sehen?«

»Ich sehe mehr, als du denkst.«

»Du bist sehr klug.«

»Du meine Güte«, stöhnte Skagen. »Können wir mit dem Mist mal aufhören?«

Die Geräusche entfernten sich immer mehr von Jake. Skagens Stimme wurde leiser, schwebte davon. Wohin?

Hat er mich allein gelassen? Nein, das würde er nicht tun ...

Wo waren die anderen? Hannah, Caleb und Madison?

Warum war er allein?

Warum konnte er nichts mehr hören?

Nichts riechen?

Was geschieht mit mir?

Plötzlich spürte Jake, wie etwas in ihm wegsackte. Dann verlor er das Bewusstsein.

NUR EIN KRATZER

Giovanella glaubte, dass ihr gleich der Kopf explodieren würde. Jeder Herzschlag glich einer Spitzhacke, mit der jemand versuchte, von innen ihre Stirn zu durchschlagen. Alle um sie herum schrien. Nein, sie war es, die schrie. Sie schrie vor Schmerzen und vor Angst. Angst vor ihren Händen, die sie nicht mehr wiedererkannte. Das waren die Hände eines Monsters, nicht ihre, nein, diese Hände gehörten ihr nicht. Mit diesen Pranken wollte sie nichts zu tun haben. Völlig verschorft und übersät mit Pusteln *konnten* diese Hände niemals etwas mit ihr zu tun haben.

Klick. Wärme schoss in ihren Hals. Für einen kurzen Moment schien die Zeit stillzustehen. Sie konnte nun ganz genau erkennen, was gerade passierte. Eine surreale Wahrnehmung, als ob alles um sie herum stark verlangsamt geschah. In extremer Zeitlupe, wobei sie die Einzige war, deren Sinne normal funktionierten.

Liverpool hatte ihr eine weitere Injektion gesetzt. Dieses Medikament wirkte anders, nicht so berauschend wie zuvor, diesmal beruhigte es sie sogar. Alles würde gut werden. Giovanella wollte schlafen. Sich einfach hinlegen, die Augen schließen und sich ausruhen. Eine schöne Vorstellung, sie konnte Ruhe gebrauchen. Leider hatte sie dafür keine Zeit, von ihr wurde verlangt, wach zu bleiben.

Während Liverpool ihr die Medikation verabreichte, rief sie auch irgendetwas. Ihre Gesichtszüge waren verzerrt, angespannt, augenscheinlich war sie ziemlich gestresst. Mit dem Knie fixierte sie Giovanella und drückte mit der Hand ihr linkes Handgelenk gegen den Sitz.

Hannah war ebenfalls in heller Aufruhr. Alles passierte so langsam, dass Giovanella jedes Detail studieren konnte. Auch Hannah rief etwas. Vermutlich ähnlich laut wie Liverpool. Verstehen konnte das während der Zeitlupe niemand. Die Töne waren tief und behäbig. Sie benötigten Sekunden, um eine Silbe zu formulieren, bei der man dann trotzdem raten musste, zu welchem Wort sie später gehören würde. Auch Hannah hielt sie fest. Mit beiden Händen zog sie Giovanellas Handgelenk nach außen.

Hatte der Pilot nicht einen Moment zuvor erklärt, dass er starten wollte? Ob das eine gute Idee war, wusste Giovanella nicht. Sie hatte verstanden, dass der Gleiter gut versteckt zwischen Baumwipfeln im Central Park schwebte und zudem durch die Dunkelheit geschützt wurde. Giovanella versuchte, einen Blick durch die vorderen Scheiben zu erhaschen. Das war einfacher gedacht als getan. Während ihre Gedanken sich flüssig entwickelten, tat ihr Körper das nicht. Auch sie bewegte sich sehr stark verlangsamt.

Das war unbefriedigend, da Giovanella, ohne den Kopf bewegen zu können, kaum etwas sehen konnte. Sie sah Liverpool, der Speichel aus dem Mund tropfte. Sie konnte den Speichelfaden bedrohlich in der Luft verharren sehen, der gleich unappetitlicherweise auf ihrer Stirn landen würde.

Auch der Pilot schrie irgendwas, der Copilot tat es ihm gleich, weswegen sich beide Stimmen zu einem unheilvollen Brummen vermischten. Es kam aus allen Richtungen. Mason war ebenfalls nicht still, der von hinten zurückbrüllte. Vermutlich wäre auch ohne die extreme Verlangsamung aller Ereignisse im Gleiter kein Wort zu verstehen gewesen. Alle brüllten durcheinander.

Der Pilot hatte seine Ankündigung in die Tat umgesetzt und den Schubhebel bis zum Anschlag durchgedrückt. Deswegen waren alle einer starken Beschleunigung ausgesetzt. Das war nicht zu übersehen, so wie Liverpool und Hannah auf ihr beziehungsweise neben ihr in den Sitzen hingen. Auch Masons Gesichtszüge drifteten dynamisch in Richtung Ohren ab. Na ja, der Kerl sah ohnehin aus wie ein Waldschrat. Da machte es keinen Unterschied.

Während der Pilot kreischend durchstartete, schoss der Copilot auf etwas. Dabei schoss er nicht nur, sondern traf auch. Und zwar einen Polizeigleiter, den es inmitten eines Feuerballs in tausend Stücke zerriss. Der Tod von Menschen war nie Grund zur Freude, selbst wenn es keinen anderen Weg gab. Wäre sie in diesem Moment bereit gewesen zu töten? Eine schwierige Frage, die sie emotional nicht beantworten wollte. Rational fiel ihr schneller eine Antwort ein: die Aliens oder wir, es herrschte Krieg, also im Zweifelsfall die.

Alles, was Giovanella in ihren Gedanken klar reflektieren konnte, passierte im Bruchteil einer Sekunde gleichzeitig. Konnte es sein, dass die anderen sich nicht stark verlangsamt bewegten, sondern sie plötzlich sehr, sehr schnell denken konnte?

Ihre Hände, sie dachte wieder an ihre Hände, die sich gerade glücklicherweise nicht in ihrem Blickfeld befanden. Aus den Augen, aus dem Sinn funktionierte nicht. Jedenfalls nicht dabei. Es waren immer noch ihre Hände, sie hatte nur zwei und würde sich auch keine neuen beschaffen können. Was war nur mit ihren Händen passiert?

Giovanella versuchte, ihre Wahrnehmung zu sortieren. In ihrer Erinnerung sahen sie aus, als ob sie sie in eine heiße Fritteuse getaucht hätte. Nein, schlimmer, da sich sogar die Länge ihrer Fingernägel verdoppelt hatte. Das Bild hatte sie nicht vergessen.

Sie erinnerten sie irgendwie an die Hände eines Schauspielers, dem man am Set präparierte Gummihandschuhe angezogen hatte, um in der nächsten Szene das Ding-aus-dem-Sumpf zu spielen. Das war grotesk. Das hier war keine Show, das war echt. Was sie sah, war genau so passiert. Oder passierte gerade in diesem Moment. Niemand im Gleiter würde gleich ›Cut‹ rufen.

Warum? Sie überlegte. Warum hatte sie Erkältungsbeschwerden, über dreiundvierzig Grad Fieber und Hände wie ein Monster? Warum war Jake – ihr Großvater – das Resultat von genetischen Versuchen am Menschen? Wieso hatte sie auf dem Rückflug nach New York völlig neue Sinne entwickelt? Warum stammte ein Teil ihrer DNA nicht von der Erde?

Ich bin ein Alien, dachte sie. Müsste sie deswegen nicht ausrasten? Ja, eigentlich schon. Sie tat es aber nicht. Giovanella fühlte sich wie eine Buchhalterin, die Gefühle, Ängste, Wünsche, Notwendigkeiten, Realität und Logik ihrer Erfahrungen auf einzelnen Konten verbuchte, diese abschloss und in einer Bilanz zusammenführte. War das der Schlussstrich ihres Daseins als Mensch? Die Folgerung, keiner zu sein?

Mit jeder Frage bewegte sie sich weiter von allen Gedanken weg, die sie jemals in ihrem Leben durchlebt hatte. Jede Idee, jeder Einfall, jedes Lächeln und jede Träne entfernte sich von ihr. Ähnlich wie der Kampf, in dem sie immer noch feststeckte. Es ging nicht vorwärts. Alles bewegte sich unendlich langsam. Sie hätte genug Zeit, alles um sie herum ein weiteres Mal zu analysieren.

Würde sie diesen Tag überhaupt überleben? Diese Frage hatte sich Giovanella noch nicht gestellt, obwohl sie alles andere als abwegig war. Es war nicht davon auszugehen, dass das NYPD sich ohne Gegenwehr vom Himmel schießen lassen würde. Die würden zurückschießen. Ja, mit Sicherheit würden sie das tun.

Die Dinge entwickelten sich, wenn auch sehr langsam. Während Giovanellas Körper sich immer noch aufbäumte, war sie mit den Gedanken schon erheblich weiter. Zu sterben war niemals ein überraschendes Ereignis, zu sterben folgte der Logik, gelebt zu haben.

Da war ihr Herz, das sie wieder schlagen spüren konnte. *Bum.* Hatten sich ihre gesamten Überlegungen zwischen zwei Schlägen ihres Herzens abgespielt?

Bum. Das Leben drängte sich erneut an die Oberfläche ihrer Sinne. *Bum. Bum.* Alles schnellte an ihr vorbei. Alles war wieder wie zuvor.

»Ich kann sie nicht halten!«, rief Liverpool und drückte Giovanella mit dem Knie in den Sitz. Dabei wehrte sie sich doch nur, weil sie sich nicht das Brustbein brechen lassen wollte.

»Ich helfe dir!« Hannah machte es nicht besser. Ob sie das irrwitzige Tempo von Giovanellas Gedanken spüren konnte? Vermutlich nicht.

»ZIEL GETROFFEN! NEUE ZIELERFASSUNG LÄUFT! GEGENMASSNAHMEN ERGREIFEN! TÄUSCHKÖRPER AUSSTOSSEN!«, rief der Bordschütze, der gerade den zweiten Polizeigleiter abgeschossen hatte. Die Überraschung war ihnen gelungen, sie hatten die Cops kalt erwischt.

»WIR BLEIBEN IM TIEFFLUG. ICH MÖCHTE NICHT VON LENKWAFFEN ERFASST WERDEN!«

Der Pilot leistete seinen Teil der nahenden Katastrophe. Sie jagten durch die Explosionswolken der zerschossenen Einheiten davon.

Links und rechts flogen die Häuserfluchten an ihnen vorbei. Alles ging rasend schnell. Die Glasfronten der Hochhäuser zerbarsten. Es regnete Splitter. Trümmer schlugen gegen den Gleiter. Die rechte Frontscheibe zeigte einen Riss. Das würde nicht gut ausgehen.

Giovanella gewann sukzessive wieder die Kontrolle über ihren Körper. Und die über ihre Hände. Sie wollte sich nicht vorstellen, wie der Rest von ihr aussah. Warum hätten diese sonderbaren Veränderungen nur ihre Hände betreffen sollen?

»ABSCHUSS EINER LENKWAFFE ERFASST!«, rief der Bordschütze.

»SCHEISSE! DAS WOLLTE ICH VERHINDERN!« Der Pilot zog den Gleiter steil nach oben. Hinter ihnen explodierte etwas. Flammen schlugen an den Seiten vorbei.

»TÄUSCHKÖRPER AKTIV! LENKWAFFE ABGEWEHRT!«

Giovanella hatte nicht den blassesten Schimmer, was der Bordschütze von sich gab, aber offenbar hatte er gerade einen Treffer verhindert. Der Gleiter stieg nun fast senkrecht an einem Wolkenkratzer in die Höhe. Die Beschleunigung und Gravitation ließen Liverpool über die Sitzreihen nach hinten stürzen. In Masons Arme, der mit ihr an die hintere Bordwand knallte. Hannah gelang es ebenfalls nicht, sich zu halten, jetzt war es Giovanella, die sie davor bewahrte, nach hinten gerissen zu werden.

»ICH FLIEGE EINE KEHRE! FESTHALTEN!«

Der Pilot hatte gut reden. Er war angeschnallt. Giovanella, Vasquez und Heinrichs ebenfalls. Mason, Liverpool und Hannah waren es nicht.

Für einen Moment schwebte Hannah schwerelos in der Luft.

Dann gab der Pilot wieder vollen Schub. Der Gleiter rollte über die Seite und stürzte in die Tiefe. Hannah zog es nach vorne. Wenn Giovanella sie nicht festgehalten hätte, wäre sie dem Piloten auf den Nacken gefallen. Mason gelang es, sich mit einer Hand festzuklammern, mit der anderen hielt er Liverpool an einem Haltegurt ihrer Ausrüstung. Mehrere Schläge trommelten gegen den Rumpf. Das hörte sich nicht gut an.

»DIE SCHIESSEN AUF UNS!«, rief Heinrichs, der bisher noch nicht viel gesagt hatte.

»WIR VERLIEREN SCHUB! KORRIEGIERE TRIMMUNG«, ergänzte der Pilot.

Was bitte sollte das schon wieder bedeuten? Waren sie etwa doch getroffen worden? Augenblicklich spürte Giovanella Schläge am Boden. Unter ihren Füßen hatte sich eine Beule gebildet. Sie hoffte, dass der Gleiter den Strapazen standhielt.

»WIR HABEN DREI NYPD-EINHEITEN AM ARSCH! DIE SCHIESSEN AUF UNS!«

Der Bordschütze rief keine Neuigkeiten durch den Gleiter, der sich für einen kurzen Moment wieder stabilisierte. Zu kurz, um sich anzuschnallen, zumindest für Hannah. Giovanella stöhnte und zog sie an sich heran. Sie war dünn und nicht besonders groß, aber unter diesen Umständen tonnenschwer.

»LEITE ENERGIE AUF HECKDEFLEKTOREN UM!«

»VERLIERE DAS STEUERBORDTRIEBWERK! WIR WERDEN LANGSAMSAMER!«

Der Pilot verstand es, für Stimmung zu sorgen. Hicksville lag gerade Lichtjahre von ihnen entfernt. Ihnen war es noch nicht einmal gelungen, Manhattan zu verlassen, ohne am Central Park einen Krieg zu beginnen.

»HECKDEFLEKTOREN UNTER ACHTZEHN PROZENT! DIE NÄCHSTEN SALVEN WERDEN UNS TREFFEN!«

»BACKBORDTRIEBWERK VERLIERT LEISTUNG! WIR GEHEN RUNTER! WIR GEHEN RUNTER! FERTIG MACHEN FÜR NOTLANDUNG!«

Als Giovanella wieder die Augen öffnete, sah sie als Erstes auf ihre Hände, die zwar ähnlich hässlich wie zuvor, aber noch an ihr dran waren. *Gott sei Dank ...*

Es stank nach Qualm, der im abgestürzten Gleiter nicht weiter als eine Armlänge blicken ließ. Die Ruhe war gespenstisch. Keiner der Piloten, die zuvor laut gesprochen hatten, sagte noch einen Ton. Wo war Hannah? Der Platz neben ihr war leer.

Giovanella löste den Sicherheitsgurt und wollte aufstehen. Ein spitzer Schrei beendete das Vorhaben. Höllischer Schmerz durchzuckte sie. Als sie langsam an ihrem Körper nach unten blickte, machte sie eine grausige Entdeckung. In ihrem Oberschenkel steckte ein Stück Metall. Damit würde sie nicht weit kommen. Ohne darüber nachzudenken, zog sie den Splitter heraus. Sie schrie. Dann verstummte der Schmerz sofort. Die ganze Sache wurde immer merkwürdiger. Aber wunderte sie das? Nein, inzwischen nicht mehr. Sie versuchte, das Bein zu belasten, und rechnete schon damit, gleich wieder in sich zusammenzusacken. Aber es funktionierte. Sie stand wieder auf den Beinen. Unglaublich!

»Hallo?«

Niemand antwortete. Die Decke des Gleiters befand sich nun erheblich tiefer über den Sitzen. Sie krabbelte nach vorne, um nach den Piloten zu sehen. Oder sonst irgendjemandem ... Die Piloten fand sie, die anderen nicht. Die beiden Männer hatten den Absturz nicht überlebt. Angewidert blickte sie weg, um sich nicht übergeben zu müssen.

»Hört mich jemand?«

Stille.

Wieso redete niemand mit ihr? Sie machte sich auf zum hinteren Teil des Gleiters, auch dort ließ der Qualm keine klare Sicht zu. Zudem flackerte das Licht, bevor es ganz ausfiel. Sie wollte unbedingt Hannah finden, und in diesem Moment vermisste sie sogar Liverpool und Mason.

Ein kalter Schauder durchfuhr sie, als sie einen Körper ertastete – und Blut, das sie riechen konnte. Der Mann war noch angeschnallt und tot. Der Position im Gleiter nach musste es Vasquez sein.

Als Nächstes fühlte sie lange Haare, die zu Liverpool gehörten. Sie stöhnte. Giovanella erkannte sie am Geruch und zog sie in Richtung der Luke. Sie mussten den zerstörten Gleiter sofort verlassen, in dem stetig weitere Kurzschlüsse zu hören waren. Die Kiste könnte jeden Moment anfangen zu brennen. Auf dem Weg blieb sie an einem massiven Körper hängen, Mason, der sich ebenfalls noch bewegte.

»Mason«, sagte Giovanella.

Er stöhnte.

»Corporal Mason! Beweg dich!«, schrie sie.

Mason schreckte auf. Soldaten funktionierten offenbar anders als normale Menschen, so viel hatte sie inzwischen verstanden. »Raus hier!«

Wie ein Roboter machte Mason sich an der zerstörten Luke zu schaffen und brach sie auf. Obwohl es noch dunkel war, gelang nun mehr Licht ins innere des Wracks.

»Mason! Bring Liverpool sofort nach draußen!«, befahl Giovanella. Er grummelte etwas Unverständliches, gehorchte aber. Zwei von ihnen waren zumindest annährend in Sicherheit. Jetzt sah sie auch Heinrichs, der von einem Wrackteil erschlagen worden war – und daneben lag Hannah, deren Brustkorb sich langsam hob und wieder senkte. Giovanella war in diesem Moment über nichts glücklicher als diese minimale Bewegung. Sie brachte das Mädchen schnellstmöglich nach draußen.

Mason schüttelte sich. Er hinkte, ließ sich aber nicht davon abbringen, seine Waffe aus dem Wrack zu holen. Seine Platzwunde an der Stirn hatte Liverpool versorgt, die bis auf eine Beule am Hinterkopf und blaue Flecken keine weiteren Verletzungen zeigte.

»Hannah hat sich den Arm gebrochen und die Schulter ausgerenkt. Ich fixiere sie und gebe ihr etwas gegen die Schmerzen«, erklärte Liverpool und sah besorgt auf Giovanellas blutiges Hosenbein. »Soll ich mir das ansehen?«

»Nein, ist nur ein Kratzer.«

Liverpool lächelte, offensichtlich trug sie ihr Herz am rechten Fleck. Sie stand auf. Hannah und Giovanella saßen auf einem Wrackteil. Das war besser als der eiskalte Boden, über den der Wind einige Schneeflocken tanzen ließ.

Auf einmal krachte ein einzelner Schuss los.

Giovanella fuhr mit dem Kopf herum, konnte aber keinen Schützen sehen. Mason kniete mit seiner Waffe im Anschlag in ihrer Nähe. Er hatte nicht geschossen, so viel stand fest. Seinen viel zu großen Körperpanzer trug mittlerweile sie. Er hatte ihn ihr eben gegeben, und zwar ohne Widerrede.

»Runter!« Er ließ sich flach auf den Boden fallen. Was sollte das?

»Wer war das?« Giovanella hörte, wie Liverpool auf die Knie sackte. Sie sah sie an, Blut lief aus ihrem Mund und drang aus einer Wunde am Hals. Der Treffer hatte sie bereits getötet, bevor sie am Boden aufschlug.

Entsetzt stellte Giovanella in der nächsten Sekunde fest, dass

Hannahs Gesicht voller Blutspritzer war. Als diese sich übers Gesicht wischte und an sich hinunterschaute, fing sie schlagartig an zu schreien.

Giovanella nahm sie schützend in den Arm. Jeder hatte ein Limit, und Hannah hatte ihres offenbar gerade erreicht. *Und meines ist ebenfalls zum Greifen nah,* war alles, was Giovanella denken konnte. Obwohl sie sich gleichzeitig wunderte, wie klar und rational sie im Moment denken konnte.

»Sofort runter!«, schrie Mason, der aufstand, um sie mit seinem Körper abzuschirmen.

Keine Sekunde später durchdrang ein weiterer Schuss die Stille. Giovanella wurde weggerissen. Der Schlag vor die Brust glich einem Rammbock.

»Runter!«, wiederholte Mason, deutlich leiser als zuvor. Ihr war nichts passiert. Das Geschoss hatte sie dank der Uniform nicht verletzt. Dafür sackte Mason vor ihr auf die Knie. Voller Entsetzen entdeckte Giovanella, dass Blut aus seinem Rücken quoll. Die Kugel, die sie niedergerissen hatte, hatte offenbar seinen Bauch durchschlagen. Die Kevlar-Rüstung, die ihm das Leben gerettet hätte, trug sie.

Obwohl sie Mason nicht berührte, konnte sie glasklar seine letzten Gedanken wahrnehmen. *Runter, du musst überleben,* dachte er, *du musst für uns kämpfen.* Dann brach er zusammen.

Giovanella war jetzt auf sich allein gestellt. Egal was Jake geplant hatte, der Plan war gescheitert. Sie hatte keine Kraft mehr, sich zu verstecken. In ihr verspürte sie nur noch eine riesige Leere.

Da kamen bewaffnete Männer auf sie zu. Sie zählte drei. Es hätten auch Frauen sein können, so genau konnte man das nicht sagen. Das Geschlecht ihrer Gegner spielte keine Rolle.

Giovanella fiel es schwer, einen klaren Gedanken zu fassen. Alles verschwamm. Sie stand auf und ging auf die Angreifer zu. Aufgeben wollte sie nicht.

DIE FARBE WEISS

Vor ihm lag ein langer weißer Gang, der sich scheinbar unendlich in die Ferne ausdehnte. Er war gebogen und hatte abgerundete Wände. Das Ganze sah aus, als würde es einen gigantischen Kreis bilden, den er aber nicht sehen, sondern nur aufgrund der Krümmung des Ganges erahnen konnte.

Jake stand da und schaute an sich herab. Er war nackt. Ein Umstand, der ihn keineswegs beunruhigte. Ihn beunruhigte vielmehr der Gedanke, warum ihm das nichts ausmachte. Aber im Moment war er zu desorientiert, um sich damit zu beschäftigen.

Wo bin ich?

Jake schnupperte. Sein sonst so zuverlässiger Geruchssinn hatte ihn scheinbar verlassen, oder aber es gab schlichtweg nichts zu riechen.

Jake blickte sich um. Das angenehme Licht, das den Gang ausleuchtete, kam aus verborgenen Quellen, die nicht auszumachen waren. Auch sonst war niemand da.

»Hallo«, rief Jake in den Gang hinein, aber er erhielt keine Antwort.

Langsam schritt er voran. Er war noch nicht weit gekommen, als eine Erschütterung den Boden durchlief. Ein heiseres Brüllen erklang, das gleich darauf zu einem tiefen Brummen wurde. Jake schwankte und stützte sich gegen die

Wand zu seiner Rechten, die daraufhin durchsichtig wurde. Verblüfft hielt er inne. Plötzlich gab es zu dem Drinnen ein Draußen, das er sehen konnte.

Was er wahrnahm, verstörte ihn zutiefst.

Die Welt außerhalb des Ganges schien nur aus grauen und schwarzen Farben zu bestehen. Unablässig fiel dunkler Regen von einem trüben Himmel, den tief hängende Wolken herabdrückten.

Unter diesem Himmel herrschte das Chaos. Jake blickte aus erhöhter Position auf das Geschehen nach unten. Fremdartige Gestalten liefen dort scheinbar ziellos umher. Bizarre Fahrzeuge transportierten weitere dieser seltsamen zweibeinigen Wesen durch die Gegend. Es war ein geschäftiges Treiben, aber die Muster der Bewegungen wirkten wie ein Tanz zu Musik, die er nicht hören konnte.

Obwohl er nicht verstand, was er sah, spürte Jake doch, dass da draußen die blanke Angst vorherrschte. Das Ganze schien kein geordnetes Vorhaben zu sein, sondern machte den Eindruck einer Reaktion auf ein Ereignis, das er nicht miterlebt hatte.

Und dann …

… verstand er plötzlich.

Vor seinen Augen spielte sich eine Tragödie ab. Irgendeine Katastrophe hatte die fremden Wesen in Panik versetzt, und nun strömten sie in Heerscharen – ja, wohin eigentlich – zu ihm. Vielmehr zu dem Ort, an dem er sich befand.

Es musste ein Haus sein. Ein riesiges Gebäude. Nur ein gigantisches Bauwerk konnte diesen scheinbar endlosen langen Gang beherbergen, den nun eine weitere Erschütterung erzittern ließ. Wieder erklang das Brüllen, und wieder ertönte daraufhin das Brummen.

Wo war er?

Jake nahm seinen Marsch wieder auf und ging den gebogenen Gang entlang. Die durchsichtigen Wände an seiner rechten Seite folgten ihm, aber das war natürlich Unsinn, das Gegenteil war richtig. Während Jake an den Wänden vorbeischritt, wurden sie durchlässig, aber er achtete nur noch darauf, wenn draußen ein Blitz den grauen Himmel zerriss. Ein Sturm war aufgezogen, und der Wind trieb nun unablässig Regen gegen die durchsichtigen Wände, auf denen sich Schlieren bildeten, die das Geschehen außerhalb des Ganges verschwimmen ließen.

Er war ungefähr vierhundert Meter gegangen, als er auf eine Abzweigung traf. Nun stand er vor der Wahl, dem Gang weiter zu folgen oder in den neuen Gang abzubiegen, von dem er nicht wusste, wohin er ihn führen würde – aber das wusste er ja sowieso nicht.

Da Jake noch immer vermutete, dass der alte Gang einen vollständigen Kreis bildete, würde er früher oder später wieder an dieser Stelle ankommen, daher entschied er sich, den neuen Weg einzuschlagen.

Jake schritt voran. Die Wände dieses Ganges wurden nicht durchsichtig, während er sie passierte, dafür liefen fremdartige Zeichen darüber. Er blieb stehen und versuchte, eines der Zeichen zu berühren, das an eine Zahl oder einen Buchstaben erinnerte. Kurz verharrte das Signet unter seinem Finger, dann wanderte es ungerührt weiter und verblasste kurz darauf. Nun erweckte das Ganze den Eindruck eines riesigen Bildschirms, über den Teile eines Programmcodes liefen. Aber damit hatte er sich noch nie ausgekannt, und so konnte er nichts mit dieser neuen Erkenntnis anfangen.

Auf einmal erklang eine tiefe, eindeutig künstlich erzeugte Stimme. Sie kam nicht aus irgendwelchen Lautsprechern, sondern ertönte direkt in seinem Kopf. Auf wundersame Weise verstand er sogar, was gesagt wurde.

Schwarm, sammle dich. Kehre ins Nest der weiten Reise. Kehre an den Ort, der dir bestimmt ist. Vollziehe die Wandlung. Werde eins mit dem Nest. Werde eins mit dem Schwarm.

Das hier sollte ein Nest sein? Kaum vorstellbar. Alles war nackt und kahl. Wer sollte sich wo verwandeln? Und in was?

Ungefähr dreißig Meter weiter erreichte Jake einen kreisrunden Raum, an dessen Wänden unzählige kleine Lichter blinkten. Auch hier liefen Buchstabenfolgen und wahrscheinlich Zahlen darüber. Nun sah das Ganze aber aus wie ein gigantischer Serverraum. Ein blaues Leuchten strahlte von der Decke. Es war kühl hier drin, aber vor allem …

… war er nicht allein.

Um ihn herum drängten die fremden zweibeinigen Wesen heran, stellten sich vor die Wände, die Mulden bildeten und an Schlafkammern erinnerten. Unablässig gingen die Wesen darauf zu. Waren sie an der Reihe, traten sie in die senkrechte Mulde und wurden von ihr verschluckt, sobald sich eine trübe Membrane darüberlegte. Wenn sich die Mulde nach einer Sekunde wieder öffnete, war das entsprechende Wesen verschwunden. Dafür leuchtete ein Buchstabengewirr auf, das Jake für eine Bezeichnung oder einen Namen hielt.

Dein Körper ist Vergangenheit, dein Geist lebt weiter, du gehst auf eine lange Reise, bis du wieder aus der Welt des Absoluten befreit wirst und in die Relativität der Dualität einkehrst.

Irgendwie ergab das plötzlich Sinn für Jake. Dies war ein Raumschiff. Gigantisch groß, gedacht für eine weite Reise. Für das Brüllen und Brummen sowie das Erzittern des Bodens sorgten die Triebwerke. Die Bewohner der Welt außerhalb gaben ihre Heimat auf, da sie offensichtlich nicht mehr bewohnbar war oder von einer Katastrophe heimgesucht wurde, die keine Hoffnung ließ.

Da die Anzahl der Wesen, die gerettet werden sollten, zu groß war, um jedem Körper einen Platz auf dem Raumschiff zu bieten, hatten die Fremden einen anderen Weg gefunden: Sie speicherten den Geist eines jeden Bewohners in einer Datenbank ab und konnten somit unbegrenzt Mitglieder des Volkes aufnehmen.

Ganz schön clever, dachte Jake. *So brauchen sie die Körper nicht über einen langen Zeitraum am Leben zu erhalten, und es spielt keine Rolle, wie lange die Reise dauert.*

Ein Umstand beunruhigte ihn aber. Obwohl er hier nur ein unbeteiligter Beobachter zu sein schien und ihn offensichtlich keiner der Fremden wahrnehmen konnte, verstand er doch, dass dies mehr als nur ein Traum war.

Es musste Teil einer Erinnerung sein, die nicht zu ihm gehörte, sondern auf irgendeinem Weg in sein Bewusstsein gekommen war. Jake vermutete, dass bei der genetischen Veränderung seiner DNA eine ungewollte Übertragung stattgefunden hatte. Erinnerungen, die jetzt erst hochkochten.

Das klang logisch, aber warum kam er während eines Traumes auf all das?

Warum weiß ich, dass ich schlafe, und warum kann ich trotzdem so klar denken?

Es musste mit dem Fieber zu tun haben, das noch immer in seinem Körper tobte.

Jake hatte verstanden, was Carl über den Designervirus der Aliens gesagt hatte, dass er dafür geschaffen worden war, Hunter zu vernichten. Aber den Sinn dieser Aussage begriff er erst jetzt, während er schlief und träumte.

Bizarr.

Verrückt.

Noch immer strömten die fremden Wesen in die Mulden, nur um kurz darauf spurlos zu verschwinden.

Noch immer beachtete ihn niemand.

Der Fluss der Herankommenden schien keine Ende zu nehmen.

Jake entschied, dass er genug gesehen hatte.

Und erwachte.

Als Erstes spürte er die Kälte des Wassers, das seinen Körper umfloss, dann Skagens Hände, die auf seiner Brust lagen und ihn herabdrückten. Da er die Augen noch geschlossen hielt, wusste er nicht, wo sich Caleb und Hannah in diesem Moment befanden.

Sein Geist war vollkommen klar. Er fühlte sich gut, auch wenn er fror, aber noch wollte er nicht zu erkennen geben, dass er wach war. Nein, zuerst musste er einen Gedanken zu Ende denken, der ihm im Traum gekommen war.

Die Außerirdischen waren vor langer Zeit zu einer Reise aufgebrochen. Ob sie jemals ein Ziel gehabt hatten, wusste Jake nicht, er vermutete aber, dass dem nicht so war. Stattdessen haben sie Meteoriten dazu benutzt, intelligente Viren ins All zu schicken. Unzählige hatten das Universum durchwandert, in der Hoffnung, auf eine bewohnbare Welt zu stoßen, die ähnliche Lebensbedingungen wie ihr Heimatplanet besaß.

Dort angekommen infizierten die Viren die vorherrschende Lebensform. Die Vorteile dafür lagen auf der Hand: Zum einen wurde der größte Gegner, auf den man bei der Inbesitznahme der Welt stoßen würde, unterworfen und zu einem Sklaven gemacht, zum anderen benötigten die Außerirdischen schlichtweg Körper, in die sie das Bewusstsein der Mitglieder ihres Volkes transferieren konnten. Der Körper war dabei nicht mehr als ein Kleidungsstück, das man seinem ursprünglichen Träger abnahm und selbst anlegte. Was mit dessen Bewusstsein nach der Übernahme geschah, mochte sich Jake gar nicht vorstellen.

Die Viren hatten aber auch die Aufgabe, ein Signal ins All zu senden und von der frohen Botschaft der Entdeckung eines Lebensraumes zu künden. Während sich nun das Raumschiff der Aliens auf den Weg zur neuen Welt machte, sorgten die Viren dafür, dass Vorbereitungen für die Ankunft getroffen wurden.

Machtstellen, Behörden, Kontrollsysteme wurden durch Infizierte unterwandert, sodass die Außerirdischen bei ihrer Ankunft auf ein zur Aussaat bereites Feld trafen.

Eines war Jake im Traum, in der fremden Erinnerung, ebenfalls klar geworden: Die Anzahl der Aliens überstieg die Zahl der Menschen bei Weitem. Es würde also nicht genug Körper geben, die derartig modifiziert waren, damit jeder der ankommenden Rasse eine Hülle vorfinden würde.

Es wird ihnen nichts übrig bleiben, als weitere Körper zu züchten. Sie werden unser Erbgut verändern, bis wir jede Menschlichkeit verlieren und nichts mehr auf dieser Welt daran erinnert, dass es den »Weisen Menschen«, den Homo sapiens jemals gegeben hat.

Seine Art stand vor der kompletten Auslöschung!

Der Gedanke war so unglaublich, dass er ihn erzittern ließ.

»Ich glaube, er wacht auf«, hörte er Skagen flüstern.

Jake schlug die Augen auf und sah ihn an. Skagens Gesicht wurde vom bleichen Licht des Mondes beschienen, und er entdeckte die Sorgen darin, die sich Skagen um ihn gemacht hatte.

»Du kannst mich loslassen«, sagte er.

Skagen zog seine Hände zurück, und Jake richtete sich auf. Hannah saß nur wenige Meter entfernt am Ufer und hatte den Kopf so gedreht, dass sie hören konnte, was geschah.

»Jake, wie geht es dir?«

»Ich glaube gut. In jedem Fall viel besser.«

»Skagen, fühl seine Stirn. Ist sie noch heiß?«

»Ich habe eiskalte Hände. Ich kann sie nicht mal spüren.«

»Okay, dann bring ihn zu mir.«

»Das schaffe ich allein.«

Er erhob sich und bemerkte erst jetzt, dass er nackt war.

»Deine Sachen liegen neben Hannah«, erklärte Skagen. »Wir haben sie dir ausgezogen, damit sie trocken bleiben.«

»Im Gegensatz zu deiner Hose und deinen Ärmeln ... Ist dir nicht kalt?«

»Ein wenig, macht aber nichts. Hauptsache, du fühlst dich besser.«

Jake ging zu Hannah hinüber. Nun entdeckte er auch Caleb, der seinen Kopf in den Schoß des Mädchens gelegt hatte und schlief.

»Ist alles okay mit ihm?«, fragte Jake, während er in seine Klamotten schlüpfte.

Hannah nickte. »Ja. Und du? Lass mich deine Stirn fühlen.«

Jake nahm ihre Hand und legte sie an seinen Kopf.

»Du bist nicht mehr heiß, das ist ein gutes Zeichen. Das Fieber scheint weg zu sein.«

»Wie lange habe ich geschlafen?«

»Ich weiß nicht, ob man das *Schlaf* nennen kann. Es war mehr eine Ohnmacht.«

»Okay, wie lange war ich weg?«

»Ungefähr eine Stunde«, sagte Skagen, der ebenfalls aus dem Fluss gestiegen war und nun die Arme um seinen Körper schlug. »Weißt du, was mit dir passiert ist?«

»Ich habe mitbekommen, wie Carl erzählt hat, dass ich von einem konstruierten Virus infiziert wurde, den HFP auf Hunter ansetzt. Wieso seid ihr eigentlich nicht krank geworden?«

»Keine Ahnung. Wir hatten keinen direkten Kontakt zu dem Überträger. Wir vermuten, es war der alte Mann von der Motelrezeption.«

»Könnte hinkommen, er war erkältet, aber warum habe ich euch nicht angesteckt?«

»Das kommt vielleicht noch«, meinte Skagen. »Vielleicht ist aber auch eine Übertragung von Hunter zu Hunter nicht möglich, da unser Körper den Virus isoliert. Wir können Carl fragen, ob er etwas darüber weiß.«

»Im Augenblick spielt das keine Rolle«, stelle Jake fest. »Was ist mit unseren Verfolgern? Es ist fast ein Wunder, dass sie uns nicht aufgespürt haben.«

»Wir haben nichts von ihnen gehört oder gesehen«, sagte Skagen. »Vielleicht suchen sie in der falschen Gegend. Vielleicht liegt es aber auch daran, dass wir uns nicht vom Fleck bewegt haben. Möglicherweise sind sie im Dunklen an uns vorbeigezogen, ohne uns zu bemerken. Wir haben uns so leise wie möglich verhalten. Niemand hat sich in der letzten Stunde gerührt.«

»Okay, das ist eine gute Nachricht, aber wir müssen weiter, und das birgt die Gefahr, dass wir unseren Jägern direkt in die Arme laufen.«

»Wir müssen vorsichtig sein. Ich gehe voraus. Ich höre sie, lange bevor sie uns sehen können.«

»Okay, mach das. Wie wird sich Caleb verhalten?«

»Ich sage ihm, dass er ruhig sein muss.«

»Dann weck ihn jetzt auf. Wir müssen vor Sonnenaufgang über die Grenze sein.«

Während Skagen leise auf Caleb einflüsterte, dachte Jake noch einmal darüber nach, was er während seines Traumes gesehen hatte. Er kannte nun das gesamte Ausmaß der Bedrohung, die von den Aliens ausging. Er beschloss, Hannah, Caleb und Skagen nichts davon zu erzählen. Carl hatte einen Plan, der um jeden Preis umgesetzt werden musste – auch wenn das bedeutete, dass er vielleicht die einzigen Menschen, denen er noch vertraute, in Gefahr brachte.

Zwei Stunden später erreichten sie einen Rastplatz für Trucker, der im Licht der aufgehenden Sonne wie ein Versprechen aus einer besseren Zeit wirkte. Da drin gab es Kaffee und etwas zu essen, aber noch blieben sie am Rand des Platzes hinter einer Reihe von Müllcontainern verborgen und spähten die Lage aus.

Irgendwann mussten sie in der Nacht die kanadische Grenze überschritten haben, denn ein großes Straßenschild kündigte an, dass es nur noch wenige Meilen bis Toronto waren.

Skagen hatte sie die beiden Stunden angeführt. Wann immer er ein Geräusch wahrnahm, hatte er sie in einem weiten Bogen um die Quelle herumgelotst. Er hatte jedes Risiko gemieden und war selbst dann ausgewichen, wenn er sich sicher war, dass das Rascheln von einem Tier stammte. Zum ersten Mal, seit Jake ihn kannte, hatte sich Skagen vorsichtig und rücksichtsvoll verhalten. Anscheinend tat es ihm gut, Verantwortung zu übernehmen.

»Siehst du was, Skagen?«, fragte Jake.

»Nein.«

Der Parkplatz lag verlassen vor ihnen. Zwei große Trucks waren am Rand abgestellt. Einige wenige Pkw standen darauf, sahen aber alle wie normale Familienfahrzeuge aus. Nirgendwo war einer der so beliebten schwarzen Vans mit getönten Scheiben zu sehen. Trotzdem war es besser, auf Nummer sicher zu gehen.

»Caleb?«

»Sind da irgendwelche Farben?« Wenn es dort den Ausstoß von Pheromonen gab, würde es dem Jungen nicht verborgen bleiben.

»Nein.«

»Okay, ich denke, es ist sicher«, sagte Jake.

»Ich habe Hunger«, meinte Caleb.

»Ich auch«, gab Hannah zu.

Die beiden sprachen ihm aus der Seele. Er war noch immer geschwächt von der heftigen Grippeattacke, und sein Magen knurrte wie ein Löwe. Aber in ihrer Situation gab es weitaus Schlimmeres als Hunger.

Jake schaute sie an. »Ja, ich weiß, aber wir können da nicht reingehen. Wir müssen so schnell wie möglich weg von hier.«

»Was hast du vor?«, fragte Skagen.

»Wir schnappen uns einen Truck.«

Hannahs Kopf ruckte zu ihm herum. »Wieso einen Truck? Wäre ein normales Auto nicht besser?«

»Ja und auffälliger. Wir wissen nicht, ob die Behörden nach uns fahnden. Möglicherweise gibt es einen internationalen Haftbefehl. Vier Jugendliche in einem Auto sind an sich schon verdächtig, aber wenn auch noch vier Jugendliche in einem Auto *gesucht* werden, ist das für die Behörden ein Kinderspiel. Wahrscheinlich fahren in dieser Gegend nicht allzu viele Fahrzeuge herum, in denen sich genau diese Anzahl Jugendlicher befindet. Ich schätze mal, dass sie nicht mit einem Truck rechnen …«

»Okay, das hat was«, meinte Skagen.

»Mein Plan ist, dass du zu den Trucks rübergehst und schaust, ob in einem der Fahrer schläft. Du bedrohst ihn mit deiner Knarre und zwingst ihn, an diese Stelle des Parkplatzes zu fahren. Wir steigen dann hinten auf die Transportfläche. So sieht uns niemand. Du sorgst dafür, dass der Fahrer uns nach Toronto bringt und keine Mätzchen unterwegs macht.«

»Warum klauen wir nicht einfach einen Truck und fahren ihn selbst?«, wollte Skagen wissen.

»Gleiches Problem. Ein Siebzehnjähriger, der einen riesigen Truck fährt, ist in jedem Fall auffällig.«

»Darf ich auch mal vorne sitzen?«, fragte Caleb.

Jake sah ihn an und lächelte. »Tut mir leid, Kumpel. Daraus wird heute nichts.«

ICH GEHE JETZT

Die Nacht war vorbei. Die ersten Sonnenstrahlen, die zwischen den tiefen Häuserschluchten zu sehen waren, läuteten den nächsten Tag an. Ein kalter Januarmorgen, dessen Temperaturen weit unter dem Gefrierpunkt lagen.

Giovanella ging auf ihre Gegner zu, die Mason und Liverpool ohne Vorwarnung erschossen hatten. Würden sie mir ihr das Gleiche machen? Ja, davon ging sie aus. Einen Treffer hatten sie schon gelandet. Mitten auf ihre Brust. Nur Masons Mut und seine Schutzweste hatten ihr Leben gerettet. Beim nächsten Mal hätte sie nicht so viel Glück.

Oder standen Aliens über dem Leben? Waren sie unsterblich? Nicht zu zerstören? Nein, das waren sie sicherlich nicht. Wer einen organischen Körper benutzte, konnte auch umgebracht werden. Die Projektile aus den Waffen ihrer Gegner würden ihr Leben beenden.

Giovanella kämpfte mit ihren morbiden Gedanken. Die Dinge hatten sich schlecht entwickelt, sogar schlimmer, als sie es sich in ihren wildesten Träumen hätte ausmalen können. Sie war nach der Bruchlandung des Gleiters auf sich alleine gestellt. Von den vier Soldaten, die sie hätten eskortieren sollen, ihre Bodyguards, wie auch den beiden Piloten lebte niemand mehr, und von Major Yuki Hayake gab es keine Spur. Sie war nicht zurückgekehrt. Angeblich wollten sie überprüfen, ob die

Route sicher war. Von Hannah, die schwer verletzt worden war, konnte sie keine Hilfe erwarten. Das Mädchen brauchte selbst welche, die sie an diesem Morgen kaum bekommen würde.

Giovanella ging weiter. Weg von Hannah. Das war das Einzige, das ihr im Moment wichtig erschien. Die einzige Möglichkeit, Hannah zu retten. Wenigstens eine von ihnen sollte überleben.

Aus drei Silhouetten wurden vier, zwei Personen in dunklen Uniformen kamen auf sie zu und zwei weitere hielten sie kniend mit ihren Waffen im Visier. Warum schossen sie nicht? Wegen der noch zu großen Entfernung? Nein, nein, das konnte nicht der Grund sein, sie hatten zuvor schon aus größerer Distanz getroffen. Sie mussten einen anderen Grund haben.

Nicht mehr als sechzig Meter. Das Leben, das sie bisher in New York geführt hatte, gab es nicht mehr. Nie wieder würde sie morgens ins Büro gehen und sich um die juristischen Belange der Mandanten kümmern. Oder sich über dämliche Jobs ärgern, die man ihr als Anfänger gab. Sie würde nie wieder mit Freunden in einem guten Restaurant sitzen. Gemeinsam einen edlen Wein trinken, lachen und das Leben als das nehmen, was er war: eine lange und anstrengende Reise, bei der man durchaus Spaß haben konnte.

Vierzig Meter. Sie würde nicht umkehren. Es gab keinen Weg zurück. Das war eine Reise ohne Rückfahrkarte. Der Knall, auf den sie wartete, ertönte nicht. Sie hatte nicht angenommen, so weit zu kommen. Wie hätte sie es denn ihren Gegnern noch einfacher machen können? Sich nackt ausziehen, damit alle sahen, dass sie unbewaffnet war? Nein, das würde sie nicht tun, sie wollte ihre Würde behalten.

Dreißig Meter. Die Situation nahm surreale Züge an. Sie wollte doch nicht mehr, als den Polizisten, die zuvor nicht gezögert hatten, einen sicheren Schuss zu bieten. Es war gleich, wo sie die Kugel treffen würde. Jakes Plan war gescheitert. Er hatte ihre Fähigkeiten überschätzt. Maßlos sogar. Mit den kleinen Pheromon-Kunststücken hätte sie höchstens im Zirkus auftreten können.

Giovanella spürte, nicht ehrlich zu sein. Nicht ehrlich zu sich selbst. Da war etwas anderes, das in ihr erwachte. Etwas, was sie noch nicht kannte. Dieser fremde Gedanke wurde immer deutlicher. Sie wollte ihr Leben nicht aufgeben. Sie wusste nicht warum, aber sie würde nicht sterben.

Zwanzig Meter. Als ob sie alles hinter sich lassen würde, das jemals in ihrem Leben bedeutsam gewesen wäre. In ihrem Herzen brannte die Furcht vor dem Tod. Das war die Sehnsucht danach zu leben, die ihr Verstand unterdrückte. Sie sah auf ihre Hände, von denen sich kleine Partikel der Haut lösten. Ähnlich, als ob sie in einen Eimer kalter Asche gegriffen hätte und der Wind diese nun von ihr wegtrug. Eine Vorstellung, die ihr gefiel, sie würde nach ihrem Tod gerne zu einem Teil des Windes werden. Dabei würde nicht sie heute sterben. Das wusste sie, ohne den Grund dafür zu kennen. Sie war gekommen, um zu kämpfen.

Zehn Meter. Ob es ihre Gegner in den dunklen Uniformen auch bereits spürten? Sie hatte kein Interesse, es weiter hinauszuzögern. Der Kerl, der zuvor auf sie zuging, stand bereits seit einigen Sekunden stocksteif auf der Stelle. Oder war sie inzwischen so hässlich, dass er ihren Anblick nicht mehr ertragen konnte? Seine Hände zitterten.

Die Waffe, die er auf sie richten wollte, fiel zu Boden. Das war ein Scherz, oder? Sie hätte gerne sein Gesicht gesehen, doch der geschlossene Helm der Kampfrüstung verhinderte das. Er griff panisch zu seiner Pistole. Mehrfach sogar, da es ihm nicht gelang, mit seinen fahrigen Fingern die Schnalle zu lösen, die die Pistole sicherte. War der Mann betrunken? Er war nicht in der Lage, seine Waffe zu ziehen? Der Mann ging zu Boden und fing unkontrollierbar an zu zucken. Aus dem Helm drang weißer Schaum.

Giovanella sah jetzt zu den anderen, denen es nicht besser erging. Alle lagen auf dem Asphalt, krampften und hatten denselben weißen Schaum auf der Brust, der ihnen aus dem Helm quoll. Was war das für ein seltsames Zeug?

Und auf einmal wurde ihr der Grund für diese Wendung klar. Die Pheromone, die als Dunst über den am Boden liegenden Personen schwebten, waren pechschwarz wie Kohlenstaub. So roch nur der Tod. Es war also auch möglich, Pheromone als Waffe zu benutzen.

Seitlich von ihr wurde es lauter, ein gepanzertes Polizeifahrzeug steuerte mit hoher Geschwindigkeit auf sie zu. Die wollten sie überfahren. Der Motor lief auf Hochtouren. Fünfzig Meter vor ihr verlor der Fahrer die Kontrolle, schlingerte kurz, blieb mit einem Rad am Bordstein hängen, verkantete und überschlug sich. Teile der Aufbauten flogen durch die Luft, eines sogar dicht an Giovanellas Kopf vorbei.

Der Panzer rutschte auf dem Dach liegend an ihr vorbei, drehte sich einmal um die eigene Achse und riss den Straßenbelag auf. Das Geräusch ähnelte Fingernägeln, die tiefe Kratzer auf einer Schiefertafel hinterließen. Noch nicht einmal so schafften es die Aliens, sie aus dem Weg zu räumen.

»So kriegt ihr mich nicht!«, brüllte Giovanella, dass man es drei Blocks weiter hätte hören können. Ihre Stimme klang fremd, viel dunkler als zuvor. Sie wusste nicht, ob sie sich freuen sollte, überlebt zu haben. Sie ging auf das Panzerfahrzeug zu, das an den hinteren Rädern zu brennen anfing.

»Scheißkerle!« Sie war wütend. Sehr wütend sogar.

Da fiel ihr Hannah wieder ein. Giovanella wollte zurück zu ihr, um mit ihr zu flüchten. Egal wohin, Hauptsache weg von hier! Sie kam allerdings nicht weit. Sie hatte Probleme, sich auf den Beinen zu halten, und ging wenige Meter später zu Boden. Was war mit ihr? Sie konnte sich nicht mehr konzentrieren. Eines war ihr mittlerweile klar. Ihre Hände waren nur der kleinere Teil ihrer Verwandlung. Du bist meine Kriegerin, hatte Jake auf der Jacht gesagt. Jetzt verstand sie, was er damit gemeint hatte. Dann verlor sie das Bewusstsein.

Giovanella hatte geschlafen. Zumindest hatte es sich so angefühlt. Die Unruhe in ihren Gliedern war verschwunden. Wo war sie? Sie musste sich wieder an Bord eines Gleiters befinden, in der Luft, das konnte sie spüren. Nur wer hatte sie gefunden?

»Du bist eine äußerst bemerkenswerte Person«, sagte Yuki. Major Yuki Hayake, die zierliche Asiatin, trug eine Gasmaske. Es wirkte, als würde sie sich über das Wiedersehen freuen.

»Wo bin ich?« Giovanella ging es ähnlich. Ein Teil der Last fiel von ihren Schultern. Für einen kurzen Moment glaubte sie, wieder die Alte zu sein.

»Auf dem Weg nach Hicksville.« Yuki nahm ihre Hand. Giovanella lag angeschnallt auf einer Bahre. Hannah befand sich neben ihr, sie schlief.

»Wie geht es ihr?«

»Besser als dir ...«

»Ist es wirklich so schlimm?«

Giovanella wusste nach einem Blick auf ihre Hände sofort, was Yuki meinte. Die Haut einer Leiche, die zwei Jahre in der Wüste gelegen hatte, hätte besser ausgesehen.

»Ich weiß es nicht ... niemand von uns weiß genau, was mit dir passiert.«

»Können wir mit Jake, ich meine mit Leroy sprechen?« Sie hätte da einige Fragen.

»Wir haben keinen Kontakt. Die Aliens haben ihn geschnappt.« Yuki streichelte Giovanella über die Stirn. Die Offizierin zeigte keinerlei Scheu. »Wir werden versuchen, uns weiterhin an den Plan zu halten.«

»Welchen Plan?«

»Dich nach Hicksville zu bringen.«

»Und dann?«

»Lass uns dort erst mal ankommen.« Yuki lächelte. »Dann sehen wir weiter.«

»Warum trägst du eine Maske?«

Giovanella befürchtete, dass die Veränderungen an ihr, die für den Tod der Polizisten verantwortlich waren, auch ihren Freunden gefährlich werden konnten.

»Dein Körper sondert aggressive Botenstoffe ab, die bei Menschen zu einer Überlastung des zentralen Nervensystems führen können.«

»Ma'am, so etwas habe ich noch nicht gesehen. Die Signatur der Botenstoffe ändert sich ... Die für uns bedrohlichen Elemente sind flüchtig und lösen sich auf. Sie können die Gasmaske abnehmen ... wenn Sie wollen«, erklärte einer von ihren Männern, der seitlich an einem mobilen holografischen Analysesystem arbeitete.

»Das verstehe ich nicht ...« Wie viele andere Dinge auch nicht. Giovanella schüttelte hilflos den Kopf.

»Das tut niemand von uns. Fakt ist, dass die von dir abgesonderten Pheromone ähnlich wie chemische Kampfstoffe wirken. Giovanella, bitte hör mir zu, du musst lernen, deine Emotionen zu kontrollieren!« Yuki nahm die Gasmaske ab.

»Warum?«

»Weil du eine chemisch-biologische Massenvernichtungswaffe bist. Je nach deiner Stimmung ändert sich die Signatur deiner Pheromone. So etwas gibt es auf der Erde nicht. Und glaub mir, das hat auch gute Gründe.«

»Bin ich eine Gefahr?«

»Ja.«

»Warum beschützt ihr mich dann?«

»Weil wir den Krieg gegen die Aliens bereits vor Jahren verloren haben. Du bist unsere letzte Chance, ihnen jemanden auf Augenhöhe entgegenzusetzen.«

»Ist das Leroys Meinung oder deine?«

»Ich glaube an dich.«

Giovanella nickte. »Aber ich weiß doch gar nicht, wie ich das tun soll ... also mich mit den Aliens messen.«

Das mit den Polizisten war nur Glück gewesen. Bei der nächsten Begegnung würden sie ebenfalls Gasmasken tragen und sich nicht nochmals die Seele aus dem Leib kotzen.

»Ich würde dir gerne eine Antwort geben, aber ich kann es nicht. Hättest du vor einer Stunde gewusst, wie du ohne Waffe mehrere Polizisten ausschalten kannst?«

»Nein.« Wie auch. Sie wusste ja noch nicht einmal mehr, wie sie überhaupt in diesen ganzen Wahnsinn hineingerutscht war.

»Du hast es einfach getan, oder?«

Giovanella nickte erneut.

»Also, tu es einfach wieder. Ich denke, du wirst intuitiv den besten Weg finden.«

»Um die Aliens mit meinen Pheromonen zu bekämpfen?« Das war nur schwer vorstellbar.

»Vielleicht ja ... vielleicht findest du einen anderen Weg.«

»Und wenn nicht?« Das war sehr viel Verantwortung für ihre schmalen Schultern. Man konnte doch nicht das Schicksal der ganzen Menschheit von den emotionalen Ausbrüchen einer jungen Frau abhängig machen, die noch nicht einmal wusste, was oder wer sie war!

»Giovanella! Wir befinden uns bereits am Boden. An diesem Niedergang trifft dich keine Schuld. Wenn du scheiterst, wird dir niemand einen Vorwurf machen. Sieh es als Versuch. Wir können nur gewinnen.«

»Ich habe Kopfschmerzen«, sagte Hannah, die gerade die Augen öffnete.

»Hi ...« Giovanella freute sich, ihre Stimme zu hören. Jemand hatte ihr den gesamten linken Arm mit Verbänden am Körper fixiert.

»Wo ist Liverpool?« Hannah sah verwundert den Sanitäter an, der mit drei weiteren Soldaten eine Reihe hinter ihnen saß.

»Es tut mir leid, Hannah, aber sie hat es nicht geschafft.« Yuki antwortete als Erste mit der reinen Wahrheit.

Tränen traten in Hannahs Augen. »Ich mochte sie ...«

»... aber dafür ihr beide!« Yuki bemühte sich, die Stimmung nicht noch weiter abfallen zu lassen.

»Major, wir befinden uns im Anflug auf Hicksville. Eine Landung vor dem Bunker ist nicht möglich. Die Army hält sämtliche Zugänge besetzt, wie auch alle Freifläche. Ich wüsste nicht, wie ...«

»Lieutenant!« Yuki ließ ihn nicht ausreden. Giovanella spürte, dass der Absturz des Gleiters nur der Anfang war. Was ihnen jetzt bevorstand, würde schlimmer werden. »Hören Sie mir gut zu! Sie haben ein Zeitfenster und Sie haben einen Landeplatz, richtig?«

»Ja, Ma'am ... Ich wollte nur anmerken, dass sich in der Landezone mehrere Panzer befinden, die ...«

Yuki stand auf und ging zu ihm. »Sie werden genau das tun, was wir besprochen haben! Und wenn wir auf den Panzern landen!«

»Ja, Ma'am!« Der Pilot änderte die Beleuchtung des Gleiters. Alles wurde rot. »Wir landen in neunzig Sekunden. Gott steh uns bei!«

»Giovanella! Wir sind wenige, aber wir sind nicht alleine! Hast du das verstanden?«

»Ja ...« Nein, sie verstand überhaupt nichts.

»Als wir euch vorhin zurückließen, haben wir den Weg nach Hicksville ausgekundschaftet. Dabei haben auch wir einen Gleiter verloren. Und Kameraden, die ich sehr geschätzt habe. Die Aliens hetzen das Militär unseres eigenen Landes auf uns. Und glaub mir, die werden keinerlei Rücksicht nehmen. Wir werden gleich Hilfe bekommen. Das sollte uns ein kurzes Landefenster ermöglichen. Diese Chance werden wir nutzen. *Du* wirst sie nutzen! Es ist dabei völlig egal, was um uns herum passiert. Wir werden landen, du wirst aussteigen, die Bunkertüre wird sich öffnen, und du wirst hineingehen. Hast du mich verstanden?«

Yuki entsicherte die Manschetten an den Hüften, mit denen Giovanella und Hannah auf den Bahren für den Flug gesichert waren.

»Ja.«

»An die anderen, Atemschutzmasken anziehen, es wird gleich ungemütlich!«

Yuki gab Giovanella eine Maske. Hannah hielt bereits eine in der Hand.

»Sechzig Sekunden«, rief der Pilot.

Giovanella konnte durch die Fenster sehen, wie tief der Gleiter über die Häuser flog.

»Der Stealth-Mode wird uns nicht mehr lange schützen … Ich rechne damit, dass wir gleich durch das Radar der Lenkwaffen erfasst werden.«

»Lieutenant, Sie bleiben auf Kurs!« Yuki hielt an ihrer Linie fest.

»Ja, Ma'am! Wir sind erfasst worden! Die werden auf uns feuern! Ich erhöhe die Geschwindigkeit. Wir liegen zwei Sekunden hinter dem Plan!«

»Dreißig Sekunden! Wir wurden von drei Abwehrstellungen der Army ins Ziel genommen! Die haben mit dem Anflug von Gleitern gerechnet! Die Distanz ist sehr kurz! Drei Lenkwaffen wurden auf uns abgefeuert! Einschlag in sieben Sekunden! Starte aktive Täuschkörper!«

»Major, die zwei anderen Raketen übernehmen wir!«, meldete der Pilot des zweiten Gleiters, der keine zehn Meter vor ihnen herflog. »Starte aktive Täuschkörper!«

»Die aktiven Täuschkörper haben die erste und die zweite Lenkwaffe erfasst. Lenkwaffen erfolgreich neutralisiert. Einschlag der dritten Lenkwaffe in vier Sekunden auf der rechten Flanke!«

»Starte Opferung!«

»Danke!«, sagte Yuki über Funk. Giovanella wusste nicht, was das zu bedeuten hatte. Sie sah nur, dass der zweite Gleiter aus der Formation ausbrach und sich an der rechten Flanke schützend neben sie schob.

Die Explosion, die Giovanella kurz darauf an genau der Stelle erkennen konnte, ließ sie zusammenzucken und die grausame Wahrheit erkennen. Der Pilot des anderen Gleiters hatte sich und seine Crew, ohne ein weiteres Wort zu verlieren, für sie geopfert. Warum hatte er das gemacht? Da waren keine Zweifel, kein Bedauern und keine Furcht zu hören gewesen. Nur taktische Logik, die nicht zynischer sein konnte.

»Fünfzehn Sekunden. Sichtkontakt. Werden vom Boden aus mit leichten Waffen beschossen!«, rief der Pilot.

Durch das Fenster konnte Giovanella Gebäude erkennen. Wahrscheinlich war das die Militärbasis, auf die sie geradewegs zusteuerten – die aber von angriffslustigem Militär umgeben war. An denen sollten sie vorbeikommen? Das war doch unmöglich! Aber so wie es aussah, setzten sie sich selbst ordentlich zur Wehr.

Im Sekundentakt gab es Explosionen, deren Feuersäulen in die Höhe stiegen. Weitere Raketen schossen an ihnen vorbei und legten den Stützpunkt in Schutt und Asche. Feuer, egal wo Giovanella hinsah, überall brannte es.

Das wäre der richtige Moment gewesen, um wie ein Stück Elend in der Ecke zu sitzen. Da draußen starben Menschen, versuchte sie sich in Erinnerung zu rufen. Doch irgendwie verspürte sie eine erschreckende emotionale Distanz zu den Ereignissen. Sie veränderte sich schneller, als sie es nachvollziehen konnte.

»Wir setzen auf in drei, zwei, eins. Jetzt! Raus aus dem Gleiter! Wir haben drei Sekunden, bevor uns die Kiste um die Ohren fliegt«, schrie der Pilot, der inmitten der Flammen landete.

»Aktiviere Brandschutzsystem!«

Es zischte. Die Temperatur stieg umgehend. Giovanella konnte den bunten Schweiß aller Insassen wahrnehmen, der aus dem Nacken ihrer Kleidung entwich. Jetzt wurde es ernst. Die seitlichen Türen öffneten sich, an denen bereits Soldaten warteten, die ihre Feuerlöscher sofort zum Einsatz brachten.

»Tief Luft holen! Wir rennen! Jetzt!«, schrie Yuki und drängte Giovanella aus der Tür. Sie wiederrum hatte Hannah an der Hand. Vor und hinter ihnen bekämpften jeweils zwei Soldaten die Flammen, die sie mittlerweile komplett einschlossen. Das war, als ob man durch einen heißen Backofen laufen würde. Das Atmen fiel schwer, da das Feuer kaum noch Sauerstoff zurückgelassen hatte.

»WEITER! WEITER!« Yuki trieb sie an. Einer der Soldaten stürzte. Giovanella wollte nach ihm greifen, doch Yuki ließ es nicht zu. Sie drängte weiter nach vorne. Noch zehn Meter. Da war eine vom Feuer geschwärzte Stahltüre. Glatt, es waren keinerlei Griffe zu erkennen. Geschlossen. Die Tür war zu.

»Weiter!«

Es knarrte. Hinter, neben und über ihnen waren Flammen. Nur die Feuerlöscher hielten ihnen einen begrenzten Überlebensraum frei. Die Hitze war unerträglich. Der Gleiter gab den Flammen nach und explodierte. Der Soldat, der gestolpert war, wurde als Nachzügler von einem breiten Wrackteil des Gleiters getroffen. Hätte Giovanella ihm geholfen, wären sie beide erschlagen worden.

Die Stahltüre öffnete sich. Nur einen Spalt glitt sie zur Seite. Gerade so breit, dass die Gruppe den Bunker betreten konnte. Zwei Soldaten in Feuerschutzkleidung nahmen sie in Empfang. Danach wurde die ein Meter starke Tür wieder verriegelt.

»Ich habe nicht mehr mit euch gerechnet«, erklärte ein junger Mann, den Giovanella nicht kannte.

»Skagen!« Hannah riss sich die Atemmaske ab und lief in seine Arme.

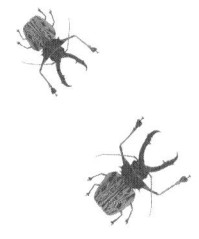

WAS IMMER DU SAGST!

Sie flogen eine gefühlte Ewigkeit mit dem Hubschrauber. Der einzige Soldat, der sich nicht mit den anderen auf die Jagd nach Jake, Hannah, Caleb und Skagen gemacht hatte, sondern bei Serena geblieben war, hatte ihr die Hände mit Plastikbändern auf den Rücken gebunden und ihr eine schwarze Haube übers Gesicht gezogen, sodass sie nichts sehen konnte.

Längst nüchtern geworden, war der Flug ein Höllenritt. Madison lag auf dem harten Metallboden des Helikopters, und die Vibrationen der Rotoren schüttelten ihren Körper schmerzhaft durch. Sie konnte sich kaum rühren, eingeklemmt zwischen den Sitzen direkt auf dem Hüftknochen liegend, der sich schon nach kurzer Zeit so anfühlte, als habe jemand einen Nagel hineingetrieben und drehe daran herum.

Schlimmer noch war die Ungewissheit, was mit ihr geschehen würde, und die Scham, Jake und die anderen verraten zu haben.

Warum hatte sie das getan?

Die Antwort war so simpel wie vernichtend: weil sie ein egoistisches Biest war, immer nur auf ihren eigenen Vorteil bedacht. Mochte doch die ganze Welt vor die Hunde gehen,

Hauptsache Madison Adams konnte weiter Party machen und shoppen gehen.

Das Ganze war keine plötzliche Erkenntnis, keine Eingebung des Himmels. Sie hatte immer gewusst, wer sie war, aber bisher hatte das keine Rolle gespielt. Alle waren auf ihren eigenen Vorteil aus, versuchten, so viel wie möglich vom Leben mitzunehmen. Und es stimmte schon, man war nur einmal jung, aber dieses Mal war sie zu weit gegangen.

Jake, Skagen, Hannah und selbst Caleb hatten ihr vertraut, und wie hatte sie es ihnen gedankt?

Sie hatte sie an ihren schlimmsten Feind verraten. Einen Feind, der sie vernichten wollte.

Okay, die Welt zu retten war nicht jedermanns Sache, und keiner hatte sie gezwungen, dabei mitzumachen.

Sei ehrlich, Madison. Am Anfang war es schlichtweg aufregend. Du hast dir vorgestellt, berühmt zu werden, ins Fernsehen zu kommen, hast dich als etwas Besonderes gefühlt. Es war cool, ein Hunter zu sein, aber als es anstrengend und unbequem wurde, war es nicht mehr cool.

Madison weinte leise hinter ihrer schwarzen Haube und verfluchte sich für das, was sie getan hatte.

Vier junge Menschen hatten sich auf sie verlassen und waren von ihr hintergangen worden. Auch sie hatten sich ihr Schicksal nicht ausgesucht, sich ihm aber tapfer gestellt.

Zum Beispiel Jake, der seine Zuhause, Amy und zwei Freunde verloren hatte. Skagen hatte es noch härter getroffen. Nach einem Leben mit ständigen Umzügen und einer kompromisslosen Vorbereitung auf den Tag X, war der einzige Mensch von Bedeutung, Lee Hastings, vor seinen Augen erschossen worden. Er hatte in diesem Moment seine Mutter verloren.

Die blinde Hannah hatte es so schon schwer im Leben. Nun kämpfte sie gegen einen Feind, den sie niemals sehen würde, schwebte permanent in höchster Gefahr und war auf die Hilfe von Jugendlichen angewiesen, die sie vor ein paar Tagen noch gar nicht gekannt hatte.

Und dann war da noch Caleb. Verwirrt, verängstigt, aus einem Leben ohne Liebe kommend, von Menschen aufgezogen, die ihn verachteten und quälten, die ihn nur bei sich aufgenommen hatten, um die finanzielle Unterstützung des Staates auszunutzen. Vielleicht verstand Caleb nicht, was um ihn herum geschah, aber er war ein fühlendes Wesen und hatte schon so vor allem Angst, trotzdem beklagte er sich nicht.

Hunter Nummer fünf, Madison Adams, hatte ein ganz anderes Leben geführt. Ein Leben im Luxus und Wohlstand, mit coolen Partys und Menschen, die sie zumindest mochten. Nur einmal hatte das Schicksal sich ihr gezeigt, nur ein einziges Mal etwas von ihr gefordert, und sie war daran gescheitert.

Was blieb ihr jetzt noch?

Madison machte sich nichts vor. Serena würde versuchen, aus ihr herauszubekommen, wohin Jake mit seiner Gruppe wollte, und sie würde alle Mittel einsetzen, die ihr dafür zur Verfügung standen. Danach? Würde sie sterben. Madison Adams würde aufhören zu existieren. Ein unbedeutendes Leben würde sein Ende finden. All die Shopping Malls und lockeren Sprüche hatten sie nicht auf das vorbereitet, was nun vor ihr lag, und sie hatte Angst. Große Angst.

Angst vor Schmerzen.

Tränen. Jammern und Flehen.

Aber am meisten Angst hatte sie davor, zu zerbrechen und die anderen erneut zu verraten.

Madison wusste nicht, ob und wie lange sie Widerstand gegen Serena aufbringen konnte, aber sie beschloss, es zumindest zu versuchen.

Madison saß auf einem harten Metallstuhl in einem kargen, leeren Raum mit nackten Betonwänden. Es war irgendein Kellerraum, und wie die meisten Kellerräume wurde er von einer einzelnen Neonlampe an der Decke beleuchtet.

In einer Ecke lag eine Matratze, darauf hatte jemand einen abgenutzten Army-Schlafsack geworfen. Gleich daneben eine Campingtoilette. So wie es aussah, würde dies ihr Zuhause für die nächste Zeit werden.

Außer ihr befand sich noch ein junger Mann, kaum älter als sie, im Raum. Er stand neben der Tür und beobachtete sie. Obwohl sie sich beide nun schon eine Weile gemeinsam hier aufhielten, hatte er noch kein Wort zu ihr gesagt. Es schien so, als warte er auf jemanden, und wer das war, konnte sich Madison denken.

Sie betrachtete ihn genauer. Sah gut aus. Etwas größer als sie, schlank, ohne dünn zu wirken, mit braunen Haaren und braunen Augen, die eigentlich sanftmütig wirkten. Und trotzdem war er so etwas wie ihr Wärter.

Madison hatte sich inzwischen ein wenig beruhigt. Sie dachte darüber nach, welche Optionen sie noch hatte. Viele waren das nicht.

Genau genommen gab es nur drei Möglichkeiten. Sie konnte Jake und die anderen verraten. Serena sagen, dass sie auf dem Weg nach Malta waren und dort etwas vorhatten, was die Zukunft beeinflussen würde. Oder sie versuchte, sich selbst umzubringen. Letzteres erschien ihr allerdings ziemlich schwierig, denn außer sich selbst zu erdrosseln, indem sie aus Stoffstreifen aus dem Schlafsack und der Matratze ein Seil bastelte, gab es nichts, womit sie ihrem elenden Leben ein Ende setzen konnte. Außerdem war sich Madison ziemlich sicher, dass der junge Mann genau aus diesem Grund mit ihr im Raum war. Er sollte verhindern, dass sie sich etwas antat.

Die dritte Chance, eigentlich die einzige, die sie wirklich hatte, war ihre Hunterfähigkeit. Laut Carl konnte sie Pheromone ausstoßen, die andere unter ihren Einfluss brachten. Serena besaß ebenfalls diese Fähigkeit, wie alle Infizierten, aber im Vergleich zu ihr waren ihre Möglichkeiten begrenzt, wie Carl gesagt hatte.

Serena übte eine starke Anziehungskraft auf nichtinfizierte Menschen aus, doch funktionierten ihre Tricks auch bei Huntern? Wohl kaum, aber vielleicht war es genau umgekehrt, vielleicht konnte sie Serena unter ihren Einfluss bringen. Es war zumindest einen Versuch wert.

Noch während sie darüber nachgrübelte, wie sie die Sache angehen konnte, öffnete sich die einzige Tür zum Raum, und Serena trat ein.

Die Bitch hatte sich umgezogen. Die Armyklamotten gegen Jeans und ein weißes T-Shirt getauscht. Die nackten Füße steckten in weißen Turnschuhen.

Serenas lange schwarze Haare fielen ihr bis weit über die Schultern, ihre Haut und ihr unglaublicher Körper waren makellos.

Madison hatte nun zum ersten Mal Gelegenheit, Serena ausführlicher zu betrachten. Sie sah volle rote Lippen, katzengrüne Augen und hohe Wangenknochen, die ihr einen aristokratischen Zug verliehen.

Sie sieht wie eine verdammte Göttin aus. Bei Männern muss

diese Schlampe nicht mal ihre Pheromone einsetzen. Welcher Kerl auf der Welt träumt nicht von so einer Tussi …

»Wie ich sehe, gefalle ich dir«, sagte Serena mit leiser Stimme, setzte sich direkt vor Madison auf den nackten Boden und kreuzte ihre Beine. Dann schaute sie zu ihr auf.

»Stehst du auf Frauen, Madison?«

Sie rekelte sich vor ihr und drückte ihren Rücken durch, sodass sich ihre perfekten Brüste deutlich unter dem Shirt abzeichneten. Ihre Lippen öffneten sich leicht, und sie leckte mit der Zungenspitze darüber.

Verflucht sexy, dachte Madison. *Also wenn ich … Halt! Stopp, was läuft hier?*

Und dann verstand sie. Serena überschüttete sie mit Pheromonen. Hier ging es nicht um Sex zwischen Frauen, hier ging es darum, wer wen beherrschte.

Kannst du haben, Bitch, dachte Madison wütend, beruhigte sich aber gleich wieder, denn sie musste sich konzentrieren. Sich etwas ganz stark wünschen, dann würde ihr Körper ebenfalls Pheromone ausstoßen, und Madison Adams bekam immer, was sie verlangte.

»Ich hätte dich gern zur Freundin«, flüsterte sie leise. »Ich habe mir immer eine Freundin wie dich gewünscht. Du bist so schön, so klug, genau wie ich. Lass und Freunde sein.«

Für ein paar Sekunden schien es zu funktionieren. Serena saß da, die Augen geschlossen, wiegte den Oberkörper hin und her, dabei summte sie eine leise Melodie – bis plötzlich ein Schauer durch ihren Körper ging. Ihr Kopf ruckte hoch. Zornige grüne Augen blitzten Madison an, und sie wusste, dass es nicht geklappt hatte.

Serena sprang in einer einzigen geschmeidigen Bewegung auf, stellte sich vor Madison und schlug ihr hart ins Gesicht.

»Versuch das nie wieder«, zischte sie.

»Das gilt auch für dich. Deine Tricks ziehen bei mir nicht, damit kannst du vielleicht kleine Jungs wie den da drüben bezirzen, aber nicht mit mir.«

»Du wirst mir jetzt alles sagen, was ich wissen will, oder das hier wird eine sehr unangenehme Erfahrung«, versprach Serena.

»Ich habe Jake und die anderen verraten. Reicht dir das nicht?«

»Wie konnten sie dann entkommen? Hast du sie etwa gewarnt?«

»Nein, ich war gar nicht dort, als sie verschwunden sind, und das weißt du auch.«

»Wo wollen sie hin?«

»Ich habe dir schon alles gesagt.«

»Verarsch mich nicht, Madison. Ich bin mir sicher, sie wollen nach Kanada. Was sonst habt ihr so weit oben im Norden verloren … Nur was hat Jake in Kanada vor?«

Madison zuckte mit den Schultern. »Er hat keinen von uns in seine Pläne eingeweiht.«

»Das soll ich dir glauben?«

»Glaub, was du willst, Serena.«

»Okay, wir wissen, dass Jake und die anderen nach Kanada wollen. Mein erster Gedanke war, sie haben den Kampf aufgegeben und fliehen. Kanada ist nicht weit weg, man spricht Englisch, und das Land ist so groß, dass Jake und seine Gruppe mühelos untertauchen könnten. Die Wildnis wird sie einfach verschlucken, und solange sie keine elektronischen Zahlungsmittel und Kreditkarten verwenden, wird es schwer sein, sie aufzuspüren …«

»Was du alles weißt.«

Wie aus dem Nichts kam Serenas Hand angeflogen und klatschte hart in ihr Gesicht.

»Unterbrich mich nicht!«

»Fuck, das hat wehgetan.«

»Auf dich kommen noch ganz andere Schmerzen zu, wenn du nicht langsam deinen Mund aufmachst und …«

»Ich …«

Erneut schlug Serena zu. »Wie war das mit dem Dazwischenquatschen? Ich dachte, wir wären uns einig.«

»Fick dich.«

Diesmal lächelte Serena nur. »Weiter im Text. Man könnte also annehmen, Jake hat eingesehen, dass der Kampf gegen uns aussichtslos ist, und nun zieht er sich wie ein verwundetes Tier in die Wildnis zurück. Aber weißt du was, Madison, ich glaube das nicht. Es passt nicht zu Jake, der so viel auf sich genommen hat, um uns aufzuhalten. Und dann ist da noch dieser ominöse Carl.« Serena stemmte die Fäuste in die Hüften. Das Thema Carl schien sie zu verärgern. »Wer ist Carl? Wo kommt er her? Wo versteckt er sich? Wir kennen nur die Datensignatur, die er bei seinem Eindringen in unser Netzwerk hinterlassen hat. Der Typ, wenn es denn ein Mann ist, verfügt über erstaunliche Fähigkeiten und ist ein brillanter Hacker, aber auch er hat seine Grenzen, wie er feststellen musste. Es wurde dafür gesorgt, dass er uns nicht mehr lange auf die Nerven geht, ebenso wenig wie Jake und seine Freunde, denn egal wohin sie sich wenden, es wurden Vorbereitungen getroffen.«

Madison war überrascht, dass Serena noch nicht herausgefunden hatte, dass Carl eine KI war, die von Jake in der Zukunft programmiert worden war, um die Aliens in einhundert Jahren besiegen zu können. Gleichzeitig machten ihr Serenas Bemerkungen Sorgen. Was hatte sie gegen Carl vor? Und von was für Vorbereitungen sprach sie?

»Was meinst du damit?«, fragte Madison.

»Das möchtest du gern wissen, da bin ich mir sicher. Also noch mal zurück zu Jake und warum er nach Kanada gegangen ist. Wie gesagt, Flucht und Verstecken passen nicht zu ihm, außerdem muss ihm klar sein, dass Kanada früher oder später unter unseren vollständigen Einfluss gerät, er also nicht auf Dauer sicher ist. Nein, ich denke, Jake will nach Toronto. Zum Flughafen. Irgendwohin fliegen und von dort den Kampf aus dem Untergrund gegen uns fortführen.«

Madison zuckte ungewollt zusammen.

»Ah«, machte Serena. »Deine Reaktion zeigt mir, dass ich recht habe. Da wir nun schon so weit sind, kannst du mir ja verraten, wohin er und die anderen unterwegs sind. Komm schon, Baby, welches Land ist es?«

Madison presste die Lippen zusammen.

»Du willst also weiter bockig sein? Die Heldin spielen? Die Rolle steht dir nicht, Madison. Darf ich dich daran erinnern, dass du deine Freunde verraten hast? Sie wissen das, sonst wären sie zurückgekommen, um dich zu befreien. Jetzt hast du keine Freunde mehr, daher kannst du mir auch den Rest erzählen, bevor du stirbst.«

Madison riss die Augen auf.

»Hast du gedacht, wir lassen dich gehen, wenn du brav bist?« Serena lachte schallend. »Gott, wie naiv du bist. Diese Option stand nie zur Debatte. Nein, es geht nur noch darum, wann und wie du diese Welt verlässt. Friedlich einschlafen und davongleiten oder unter furchtbaren Schmerzen.«

»Weißt du was, Serena?«

»Ja?«

»Leck mich!«

Serena wandte sich zu dem jungen Mann um, der die ganze Zeit ungerührt dem Gespräch gefolgt war. »David, du bewegst dich nicht von der Stelle.« Dann beugte sich Serena tief zu Madison herab und flüsterte: »Wir zwei werden noch eine Menge Spaß miteinander haben.«

DER SCHWARM

Jake litt, die Aliens kannten seinen wunden Punkt. Fake oder nicht, es war eine Qual, Hannah zu Boden gehen zu sehen. Sie lag nur einige Meter neben ihm, blutüberströmt und leblos. Sinnlos getötet, um ihm zu zeigen, wer an diesem Tag die Situation kontrollierte. Warum sonst hätte Serena das blinde Mädchen erschießen sollen?

»Wo ist Skagen?« Serena ließ nicht von ihm ab, sie würde alles tun, um zu erfahren, wo er sich versteckt hielt. An sich sollte die Frage Jake Mut machen, da sie zeigte, dass die Aliens es nicht wussten. Sie wussten weder, wo Skagen sich aufhielt, noch wer bei ihm war, und am allerwenigsten, was er sehr bald tun würde. Genau auf diese Frage kam es an, das war die zentrale Unbekannte in der Gleichung der außerirdischen Eroberer.

»Nein ...« Jake schüttelte den Kopf, er würde eher sterben, als zu reden. Es gab viele, die bereit waren, in diesem Kampf alles zu geben. Er gehörte dazu.

»Möchtest du dein Enkelkind wirklich vor deinen Augen sterben sehen? Möchtest du mit diesen Bildern im Kopf weitermachen?«

»Nein.« Was für eine dämliche Frage, natürlich wollte er das nicht. Jake erachtete es als Sieg, Amy, seinem Sohn und auch anderen Mitgliedern seiner Familie ein friedliches Leben ermöglicht zu haben.

»Dann rede!« Serena richtete die Waffe auf Giovanella, die auf den Knien hockend am Glasboden saß. Zehntausend Meter unter ihr befand sich der Atlantische Ozean. Sie schwieg und sah Jake mit verheulten Augen an. Kraftlos und ohne jede Hoffnung, das wollte kein Großvater jemals erleben.

»Nein …« Jakes Stimme zitterte, die Glasscheibe trennte ihn von Giovanella. Das war nicht echt, redete er sich immer wieder ein. Das durfte nicht echt sein! Da gab es einen wahnwitzigen Plan, bei dem Hunderte Dinge schieflaufen konnten, den wollte er nicht hinter sich lassen. Er klammerte sich regelrecht daran.

»Es ist deine Entscheidung.« Serena schoss auf Giovanella in schneller Folge, die mehrfach getroffen wurde. Ihr Körper wurde wie eine Puppe zurückgeschleudert und blieb regungslos liegen. Überall war Blut.

Jake legte das Gesicht in seine Hände. Mit der Entscheidung, gegen die Aliens in den Krieg zu ziehen, waren ihm solche Opfer bewusst gewesen. Alles, was jetzt kam, würde vermutlich noch schmerzlicher werden.

»Dein Mut ist bedeutungslos. Niemand wird jemals von deinem Leid erfahren. Nichts von dem, was du tust, ist von irgendeiner Relevanz. Die Menschen werden dich vergessen. Sie gehören jetzt uns, daran werden weder du noch Skagen etwas ändern können.« Serena kam auf ihn zu und stellte sich direkt vor die Glasscheibe, die ihm offenbar jedes beliebige Szenario vorgaukeln konnte.

»Das ändert nichts!« Jake spannte seine Fäuste an und stand wieder auf. Was er gesehen hatte, war nicht echt. Er weigerte sich, Serena den Tod von Hannah und Giovanella abzukaufen.

»Wir haben dich analysiert. Du bist ein Hunter, nicht mehr und nicht weniger. Du hast eine gute Nase, die dir aber hier nicht hilft. Alles andere an dir stinkt wie ein gewöhnlicher Mensch.«

»Was du nicht sagst ...« Jake war sich darüber sehr wohl im Klaren. Bis auf seinen ungewöhnlichen Geruchssinn und seine für sein Alter noch recht faltenfreie Haut war er ein Mensch. Mensch, das Wort, das Serena benutzt hatte, um ihn zu beleidigen, empfand er als Kompliment. Er wollte nie etwas anderes sein. Er sah sich als Teil einer großen Gemeinschaft, für die er sich entschieden hatte.

»Du bist zu stolz, um es zu verstehen.«

»Ja.« Amy hätte an dieser Stelle noch ergänzt, dass er auch stur sei. Amy, er hatte sie geliebt wie keine andere, bald wären sie wieder zusammen.

»Ich hatte vorgeschlagen, dich bereits in Malta töten zu lassen«, erklärte Serena, während sich die Leichen von Giovanella und Hannah in Luft auflösten.

»Das wäre besser für euch gewesen.« In Jake wurde der Wunsch nach Rache immer stärker. Serena hätte er gerne getötet.

»Oh, du gibst immer noch nicht auf? Dieser Starrsinn ist nur noch mit Dummheit zu erklären.« Serena lachte gehässig. »Der einzige Grund, warum du noch lebst, ist, dass du vor deinem Tod noch jemanden kennenlernen sollst.«

»Noch mehr Aliens?«, fragte Jake abfällig.

»Eine großzügige Geste, die du offensichtlich nicht verdient hast. Du bist es nicht wert. Du wirst niemals Teil des Schwarms sein!«

Jake verdrehte die Augen. Geräusche lenkten seine Blicke unter die Decke, aus der sich eine zwei Meter breite Apparatur aus Glas und dunklem Metall zu Boden neigte. Unten angekommen füllte sich der Zylinder mit einer transparenten Flüssigkeit. Was zur Hölle sollte das? Die Aliens würden ihm kaum ein Fußbad spendieren.

»Du bist Zeuge der Wiedergeburt von Aurora«, sagte Serena mit bedeutungsschwangerer Stimme. In der Flüssigkeit bewegte sich etwas, das einen Moment später wie ein Embryo aussah. Dieses Wesen wuchs schnell, sehr schnell sogar. Jake konnte sehen, wie sich kleine Arme nach oben streckten.

»Als Mensch?« Jake zweifelte daran, dass das die natürliche Form der Aliens war.

»Das Leben im Universum hat viele Formen, die sich stets an dem Planeten orientieren, der es beherbergt. In den früheren Körpern unserer Zivilisation könnte keiner des Schwarms auf der Erde überleben. Die Atmosphäre der Erde wäre zu toxisch für uns.«

»Die Viren haben als eure Vorboten die Reise zur Erde leider überlebt.« Und im Weltall herrschten noch viel schlechtere Bedingungen.

»Jake, Zynismus steht dir nicht, sieh genau hin.« Serena blickte selbst auf den Glaszylinder, in dem wie im Zeitraffer ein Kind heranwuchs. »Das Leben ist in jeder Zivilisation im Universum ein Wunder.«

Ein Baby, ein kleines Mädchen, eine junge Frau. Ein Lebensjahr von Auroras Entwicklung dauerte kaum länger als eine Sekunde. In weniger als einer Minute schwebte eine schlanke, junge Frau mit langen dunklen Haaren in der Flüssigkeit, die durch das schnelle Wachstum trübe wurde.

Makellos, böse und wunderschön. Jake verabscheute dieses Wesen, konnte aber nicht anders, als es anzustarren. Aurora hatte es nicht verdient, wie ein Mensch auszusehen. Dieser Körper stand ihr nicht zu.

Lichtblitze erhellten den Glaszylinder, der Alien zuckte, als ob er Stromschläge bekommen würde. Vermutlich wurden gerade Informationen in das Gehirn übertragen. Mit dem ultramodernen Equipment war alles möglich.

»Aurora ist aufgewacht«, sagte Serena wie eine Hohepriesterin, während die Flüssigkeit abgelassen wurde. Noch waren die Augen des Aliens geschlossen. Jake weigerte sich, dieses fremdartige Ding als Mensch zu betrachten. »Sie ist die erste des Schwarms. Sie wurde im Kreis der drei Sonnen geboren und kehrt heute ins Leben zurück.«

Die Tür des Zylinders öffnete sich, und eine nackte Frau setzte ihren Fuß auf den Glasboden. Ihr erster Blick galt Jake, den sie mit inhaltslosen Augen begutachtete, dann sah sie zu Serena, die ihr eine kleine runde Kugel brachte. Sie zerbrach wie ein Ei, und von Auroras Handgelenk aus legte sich eine lederartige Kleidung über ihre Haut. Nur die Hände, der Hals und der Kopf blieben frei.

Jake hatte auf eine Begegnung dieser Art spekuliert, sie sogar in seinem Plan berücksichtigt, aber hatte er diesen Auftritt erwartet? Die Züchtung eines erwachsenen Menschen in weniger als einer Minute? Nein, das ging über jegliche Technologie hinaus, die auf der Erde im Jahr 2118 bekannt war.

»Wer bist du?«, fragte Aurora. Die Stimme klang weich und warm. Jake musste sich umgehend ins Gedächtnis rufen, mit wem er es hier zu tun hatte. Es roch nach Rosen, Sonne und frischen Kräutern. Wieso beherrschte sie überhaupt seine Sprache?

»Serena, wir dienen dem Schwarm.«

»Und er?«

»Ein Hunter, der zu einem Menschen wurde. Er verweigert den Gehorsam«, antwortete Serena unterwürfig. Sie hätte Auroras kleine Schwester sein können.

Jake wollte etwas sagen. Er starrte dieses Wesen aber nur mit offenem Mund an. Zudem spürte er ein starkes Bedürfnis, sie zu berühren, zu streicheln und zu küssen. *Nein*, schrie er sich in Gedanken zu. Diese Gefühle waren nicht real! Das waren nur Pheromone, die ihn dazu brachten, dieses Alien mit dem perfekten Körper anzuschmachten. Er hatte noch nie in seinem Leben eine so begehrenswerte Frau gesehen.

»Wir haben Hunger«, sagte Aurora. *Zack*. Wie nach einer Ohrfeige, die Jake verdient hätte, war der ganze Spuk wieder vorbei. Der Geruch, das Verlangen, weg, alles war wieder so klinisch steril wie zuvor.

Jake schüttelte sich. Er kannte Madisons Fähigkeiten, ihre Pheromone zu steuern, und auch Giovanella sollte dazu in der Lage sein. Zumindest wenn alles so funktionierte, wie er es geplant hatte. Aber in dieser Intensität hatte er selbst noch keinen Pheromonausstoß wahrgenommen. Auroras Aura hatte ihn regelrecht umgehauen. Ihr Name war Programm.

Serena ging an eine Lade, holte eine fingernagelgroße Kugel hervor und reichte sie Aurora. Die Kugel in ihrer Hand wurde immer heller. Ein seltsames Ritual, das er noch nicht verstand.

Dann nahm Aurora die kleine Sonne in den Mund, wodurch ihre Wangen zu leuchten begannen. Sie verschluckte die Kugel, und ihr Hals und abschließend ihr Bauch wurden heller. Das Licht schien durch ihren Körper und durch die Kleidung hindurch. Ein Schauspiel, dem Jake sich nicht entziehen konnte.

»Jake Merdon ...« Aurora lächelte und kam auf ihn zu. Obwohl sie mit derselben Stimme sprach, klang sie jetzt anders. Als ob sie ihn kennen würde. »Oder gefällt dir der Name Leroy Matin Renier besser?«

»Nein.« Jake war immer er selbst geblieben, weder das Geld noch Leroys Name hatten ihn verändert. Er hatte sein ganzes

Leben nur ein einziges Ziel verfolgt und nach Amys Tod alles getan, um den Aliens die Stirn zu bieten. »Jake ist schon in Ordnung.«

»Wir wissen alles über dich.« Aurora kam ihm näher, die Glasplatten verschwanden im Boden. Ihr Gesicht war nur noch wenige Zentimeter von seinem entfernt, und er konnte absolut nichts riechen. Dieser Alien würde nicht ein zufälliges Duftmolekül hinterlassen, das nicht einen Zweck zu erfüllen hatte. »Wir können dich sehen. Wir riechen dich, und wir spüren deinen Verrat. Du hast den Schwarm verraten.«

»Wir?« Jake war schon bei der Neuausgabe von Serena über diese Bezeichnung gestolpert. Warum immer diese Fokussierung auf das Kollektiv?

»Wir sind der Schwarm.« Aurora strich ihm mit den Fingern über die Lippen, die sie sich dann genüsslich in den Mund steckte. Es wurde immer verstörender. »Wir können es riechen. Du wolltest dich mit uns paaren. Du begehrst den Schwarm. Warum wehrst du dich dagegen?«

»Menschen begehren schöne Körper ... keine Sorge, das hat nichts mit dem Schwarm zu tun.« Die Außerirdischen hatten offenbar noch einiges zu lernen. »Erzähle mir von dem Schwarm. Ich würde gerne mehr darüber erfahren.« Da es auf der Erde bisher nur von den Aliens infizierte Menschen und genetisch manipulierte Hunter gab, war das die erste Chance, mit den Fremden persönlich zu sprechen.

»Der Schwarm muss überleben, und wir werden überleben. Wir sind die erste Stimme, wir denken, wir fühlen und führen den Schwarm durch die Wirren der Zeit.«

Jake merkte schnell, dass das Individuum bei den Aliens keinen großen Stellenwert hatte. Na ja, vielleicht hätten ein paar Altkommunisten an der kollektiven Utopie ihren Spaß gehabt,

Menschen im Jahr 2118 jedenfalls nicht. Der liberale Geist der Neuzeit definierte sich durch Respekt vor dem Individuum. Mensch zu sein, bedeutete, verschieden zu sein. Farbig, bunt, laut und leise, intelligent, gebildet oder dumm wie Stroh. Sogar die Idioten, von denen es viele gab, gehörten mit dazu.

»Und die Menschen?«

»Werden ein Teil des Schwarms.« Eine überraschend offene Antwort. »Wir kümmern uns um alle.«

»Um sie zum Wir zu machen?« Jetzt hatte Jake es verstanden.

»Wir sind größer …«

Jake schüttelte den Kopf. »Nein.«

Aurora schlug, ohne die Hand zu erheben, mit etwas Peitschenartigem nach ihm. Zu schnell, um es zu erkennen. Sengend heiß schnitt sich die Wahrnehmung aus Feuer und Angst durch seine Sinne. Jake glaubte für einen Moment, von Hunderten Leichen umgeben zu sein. Opfer, die sein eitler Kampf fordern würde. Davor hatte er Angst. Angst, unschuldiges Leben zu zerstören. Leben von Menschen, die er zu beschützen versprochen hatte. Er sollte nicht nur an sich denken, jetzt galt es, Verantwortung zu übernehmen. Nur gemeinsam konnten sie überleben.

Nein, schrie er in seinem Kopf. *Jake! Reiß dich zusammen!* Diese Gedanken waren nicht von ihm. Diese Ängste waren ihm fremd. Aurora manipulierte ihn. Sie war in der Lage, seine Ängste gegen ihn einzusetzen. Die Pheromone waren weit mehr als simple Lockstoffe, um Menschen in Stimmung zu bringen, für die nächste Generation zu sorgen.

Aurora nutzte Pheromone wie eine Sprache, um komplexe Bilder und Emotionen mit einer unglaublichen Intensität zu vermitteln. Eine Sprache, die Menschen zwar verstehen, aber selbst nur wie ein Neandertaler unbeholfen grunzend wiedergeben konnten. Jeden Tag und überall warfen Menschen mit Pheromonen um sich, ohne sich ihrer Bedeutung bewusst zu sein.

»Wir sind stärker ...« Aurora war noch nicht fertig mit dem Kurs *Pheromonisch für Einsteiger*.

»NEIN!« Und Jake war noch nicht fertig damit, Widerstand zu leisten. Deshalb war er hier. Deshalb hatte er sich gefangen nehmen lassen. Er wollte nicht mehr, als seinen Gegnern Sand in die Augen zu streuen.

Auroras nächster Hieb schmeckte wie eine tote Katze, die ihm jemand in den Rachen gestopft hatte. Jake sah Dunkelheit, Einsamkeit, Kälte und den Tod. Den Geschichten der Aliens fehlte der Humor. Nichts davon war real. Es lag an ihm zu unterscheiden. Er war ein Mensch. Menschen konnten so etwas. Erkennen, vergleichen, beurteilen und entscheiden, wegen dieser Fähigkeiten herrschten Menschen über die Erde. Wegen dieser Fähigkeiten würde Jake nicht den Verstand verlieren. Er hatte einen Plan, einen ganz einfachen sogar. Er war der Hofnarr, der der Königin der Invasoren lustige Lieder vorsang, um seinen Kameraden einen Hinterhalt zu ermöglichen. Genau, das war sein Plan!

»Wir sind besser!« Auroras kollektives Ego hätte problemlos den ganzen Raum füllen können.

»Ich werde nicht ...« Jake kam nicht dazu, den Satz zu beenden. Er fiel. Er stürzte in die Tiefe. Der Ozean unter ihm war ein Meer aus Flammen, dessen Hitze seine Haut verbrannte. Nichts davon war real. Das waren *seine* Gedanken, *seine* Wahrnehmung, *sein* Verstand. Niemand außer ihm hatte hier etwas zu melden. Er weigerte sich, die Panik zu akzeptieren, die sich in seinem Bauch ausbreitete. Angst war eine Entscheidung, Gefahr war es nicht. Ihm würde nichts passieren. Er sah, wie die Hitze seine Hände versengte, er schrie.

Im nächsten Moment fand er sich am Glasboden über dem Atlantischen Ozean wieder. Am ganzen Körper zitternd, aufgebracht und nach Luft ringend. Die Realität folgte der Logik von kausalen Abläufen. Aurora hätte ihn leicht töten können, selbst für Serena wäre das kein Problem gewesen. Sie wollten ihn nicht tot sehen. Jedenfalls noch nicht. Es ging um die Kontrolle seines Verstandes. Sie wollten ihn brechen, und genau das wollte er verhindern.

»Der Schwarm benötigt kein Ich … wir sind mehr. Immer und zu jeder Zeit. Wir sind das Leben, die Gemeinschaft, wir geben Wärme und bieten Geborgenheit.« Aurora kniete über ihm. Viel zu nah. Sie griff tief in seine Seele. Dagegen konnte er nicht ankämpfen. »Wir sind die Vergangenheit, die Gegenwart und die Zukunft.«

Jakes Sinne verschwammen. Da waren ihre Lippen. Sie küsste ihn. Oder er sie? Der Kuss riss ihn in eine Fantasie herab. Da waren Hände, seine Hände, die sie berührten. Überall anfassten. Aurora schmiegte sich an seinen Körper. Nackt, er fühlte ihren Herzschlag. Auch er trug keine Kleidung. Das wollte er nicht, konnte es aber nicht verhindern. Hände, Lippen, Brüste, alles um ihn herum vermischte sich in einem Sog aus Wollust, Erregung und Leidenschaft.

»Nein«, wimmerte er, während Aurora ihn verschlang. Jake konnte ihrer fordernden Körperlichkeit nichts entgegensetzen. Er gab sich ihr hin. Ließ es geschehen. Ließ sie nehmen, was sie von ihm wollte. Nichts davon war real, und trotzdem hätte diese Erfahrung nicht näher am Leben sein können.

Jake kam atemlos auf dem Glasboden über dem Atlantik wieder zu sich. Er verstand jetzt, wer oder was der Schwarm war. Das hatte nichts mit Liebe zu tun. Auch nichts mit Sex. Alles, was er erlebt hatte, die Ekstase, die Erlösung und der Frieden, waren Lügen. Auroras Lügen. Sie log, um zu herrschen. Sie herrschte über den Schwarm wie eine Bienenkönigin.

A. D. 2018

FLIEG VÖGELEIN, FLIEG

Sie erreichten den Stadtrand von Toronto im strömenden Regen, Jake konnte ihn auf die Transportkabine trommeln hören. Er, Hannah und Caleb waren während der Fahrt ordentlich durchgerüttelt worden, weil der Truck keine Fracht hatte und es nichts zum Festhalten gab. Besonders Hannah hatte ihre Probleme damit, nicht in jeder Kurve von der einen zur anderen Seite der Transportfläche zu rutschen.

Caleb hatte sich neben sie gesetzt und hielt sie fest, so gut es ging. Jake fühlte sich nach der überstandenen Infektion noch schwach, auch wenn er das vor den anderen nicht zeigte. Er versuchte, durch entschlossenes Handeln seine Kraftlosigkeit zu verbergen.

Mit der körperlichen Schwäche ging auch eine gewisse Mutlosigkeit einher. Jake konnte sich nicht darüber freuen, dass er den biologischen Angriff der Aliens überstanden hatte, denn die Erkrankung hatte ihm deutlich gezeigt, über welche Möglichkeiten HFP verfügte.

Was immer er tat, HFP hatte eine Antwort darauf, und diese Antwort kam stets überraschend und mit voller Härte. Wie sollten sie diesen übermächtigen Feind besiegen?

Vier Jugendliche, davon zwei mehr oder wenig behindert,

wollten eine Invasion stoppen, die auf so vielen Ebenen vollzogen wurde, dass es einem schwindlig werden konnte.

Nun hatte der Feind ihnen auch noch ihre einzige Waffe aus der Hand geschlagen: Carl. Die KI aus der Zukunft war der Trumpf gewesen, auf den Jake gesetzt hatte. Aber HFP hatte einen Weg gefunden, ihn anzugreifen und zum Rückzug zu zwingen.

Zwar war Carl noch an ihrer Seite, aber er konnte nicht mehr online gehen und seine einzigartigen Fähigkeiten nutzen. Im Augenblick war er nicht viel mehr als ein Berater, der ihm Ratschläge geben und von seinen Vorbereitungen berichten konnte. Jeder andere Vorteil war nicht mehr vorhanden. Sollte etwas Unerwartetes geschehen, waren Jake und die anderen auf sich selbst angewiesen. Jake hoffte, dass er die richtigen Entscheidungen traf, wenn es so weit war.

Er dachte an Madison und das, was sie getan hatte. Irgendwie glaubte er, ihr Verhalten verstehen zu können. Madison war auf all das noch weniger vorbereitet gewesen als er, Skagen, Hannah oder Caleb. Sie kam aus einem Leben voller Luxus, wo andere Menschen die Probleme für sie lösten. Einem Leben, in dem jeden Tag die Sonne schien. Wo Schmerz und Verzweiflung, Angst und Tod Fremdwörter waren.

Und dann hatte das Schicksal sie mit ihm und den anderen zusammengeführt. Madison hatte nie die Welt retten wollen. Ganz im Gegenteil, sie lebte auf ihrem eigenen Planeten, dem Madison-Planeten, auf dem es Shopping Malls, aber keine Aliens gab.

Sei ehrlich, Jake. Am liebsten würdest du doch auch alles hinschmeißen, dich irgendwo unter einem Stein verkriechen und so tun, als wäre nichts von dem ganzen Scheiß echt.

Eigentlich wollte er nur jung sein, seine Zeit mit Amy verbringen. Mit seinem besten Kumpel Alan Football spielen oder im Diner abhängen. Moms Brathähnchen und ihren unvergleichlichen Kartoffelsalat genießen. Sich den Kopf darüber zerbrechen, auf welches College er gehen konnte.

Und nun? Saß er im Frachtraum eines Trucks, während es draußen aus Eimern schüttete, und hätte am liebsten geflennt.

Unvermittelt bremste der Lastwagen ab, der Motor wurde ausgestellt. Kurz darauf öffnete sich die Hecktür, und graues Licht fiel herein.

Draußen stand Skagen. Seine schwarzen Haare klebten ihm klatschnass an der Stirn und den Wangen. Neben ihm trat ein dicklicher Mann in kariertem Hemd, Turnschuhen und Jeans ängstlich von einem Fuß auf den anderen, während Skagen ihn mit der Pistole in Schach hielt.

Die feisten Backen des Mannes glänzten wie ein reifer Apfel über einem Schnauzbart, der das letzte Mal in den Siebzigern modern gewesen war. Kleine zusammengekniffene Augen starrten Jake Hilfe suchend an.

Jake sprang vom Fahrzeug, dann half er Hannah und Caleb.

»Wo sind wir?«

»Mississauga, sagt der Fahrer. Am südwestlichen Stadtrand von Toronto.«

Jake schaute sich um. Sie hatten in einer ruhigen Seitenstraße angehalten. Der Verkehr war gleich null. Menschen waren auch keine zu sehen.

»Was machen wir mit ihm?«, fragte Skagen und deutete auf den Trucker, der erschrocken die Schultern hochzog.

»Wir fesseln und knebeln ihn, dann sperren wir ihn im Frachtraum ein. Es dauert Stunden, bis ihn jemand findet oder er sich selbst befreit. Genug Zeit für uns, nach Ottawa zu kommen.«

Jake blinzelte Skagen so zu, dass der Truckfahrer es nicht mitbekam. Skagen ging gleich darauf ein und fragte: »Warum nehmen wir nicht den Truck?«

»Irgendwann in der nächsten Zeit muss dieser Truck an einem bestimmten Punkt sein und Fracht aufnehmen, richtig?«, wandte er sich an den Fahrer. »Wann und wo ist das?«

»Markham. In einer Stunde.« Die Stimme des Mannes zitterte.

»Und wenn Sie da nicht pünktlich auftauchen, werden Sie angefunkt?«

»Ja.«

»Da hast du deine Antwort. Wenn der Typ sich nicht meldet, ist der Truck im Nullkommanichts zur Fahndung ausgeschrieben. Das können wir nicht riskieren. Wir müssen von hier aus mit anderen Mittel weiter.« Jakes Augen fixierten den Fahrer. »Ich will Ihnen nichts Böses, für uns war es nur wichtig hierherzukommen. Wir werden Sie jetzt fesseln und einsperren. Am besten, Sie machen einfach mit.« Jake blickte zu Skagen, um seinen nächsten Worten noch mehr Ausdruck zu verleihen. »Wenn nicht, wird Sie mein Freund erschießen. Das will keiner hier von uns, aber es wäre ebenfalls eine Lösung, Sie zum Schweigen zu bringen und uns unseren Vorsprung zu sichern. Verstanden?«

Der Fahrer nickte so heftig, dass Jake einen Moment glaubte, ihm würde der Kopf vom Hals fallen.

»Steigen Sie auf die Ladefläche.« An Skagen gewandt sagte er: »Behalte ihn genau im Auge. Eine falsche Bewegung und du knallst ihn ab.«

»Geht klar.«

»Ich … ich …«, setzte der Trucker an.

»Rauf da!«, befahl Jake und sprang selbst hoch. Als der Mann oben war, sagte er als Nächstes: »Ausziehen!«

»Bitte, ich …«

»Ausziehen«, wiederholte Jake seine Aufforderung in scharfem Ton.

Mit zitternden Händen begann der Mann, sich zu entkleiden, bis er schlotternd und in Unterhose vor ihm stand. Jake nahm sein Hemd und sein Unterhemd und zerriss es in Streifen, dann zwang er den Trucker, sich hinzusetzen. Er fesselte ihm die Hände auf den Rücken, knebelte ihn und band ihm mit seinem eigenen Gürtel die Füße zusammen. Als der Mann festgeschnürt wie ein Paket vor ihm lag, nickte er zufrieden, sprang aus dem Truck und schlug die Hecktüren zu, die er sorgfältig abschloss, nachdem ihm Skagen den Schlüssel gegeben hatte.

»Erschießen wäre sicherer«, sagte dieser.

Jake sah ihn traurig an. Gab es denn für Skagen immer nur den einen Weg? »Er ist unschuldig, hat mit der Sache nichts zu tun. Es ist unser Kampf, nicht seiner.«

»Trotzdem.«

»Da gibt es kein *Trotzdem*. Wir sind keine Mörder. Der Typ wird Stunden brauchen, sich zu befreien und die Sache zu melden. Er kennt unsere Namen nicht, glaubt, wir sind auf dem Weg nach Ottawa. Bis der sich befreit hat, sind wir längst in der Luft.«

»Was uns zum nächsten Problem bringt«, meinte Skagen knurrend. »Wir haben keine Papiere und keine Tickets.«

»Carl hat gesagt, dass er alles vorbereitet hat.«

»Carl ist offline.«

»Ja, aber diese Dinge hat er erledigt, bevor er entdeckt wurde. Bleib du mit den anderen hier, ich gehe in die Fahrerkabine und rede mit Carl.«

»Es regnet, falls dir das noch nicht aufgefallen ist«, beschwerte sich Skagen.

Jake sah ihn an. »Das ist Wasser, keine Salzsäure. Du wirst es überleben. Und jetzt hör auf, mich zu nerven.«

Mit diesen Worten wandte er sich ab, ging um den Truck herum und öffnete die Fahrertür. Als er auf den Sitz gerutscht war, zog er sein Handy aus der Hosentasche.

»Carl?«, sagte er ins eingebaute Mikrofon.

»Ja, Jake?«, kam es augenblicklich aus dem Lautsprecher zurück.

»Wir sind jetzt in Kanada, in der Nähe von Toronto.« Er berichtete knapp, wie sie es bis dorthin geschafft hatten.

»Es ist kurz vor elf Uhr vormittags. Der Flug nach Rom geht in exakt drei Stunden und zweiundvierzig Minuten. Schafft ihr es bis dahin zum Flughafen Toronto-Pearson?«, fragte Carl.

»Wie weit ist das von hier?«

»Fünfundzwanzig Meilen. Am besten, ihr nehmt ein Taxi. Die Fahrt dauert ungefähr dreißig Minuten.«

»Ist das nicht zu auffällig? Wenn uns der Taxifahrer identifiziert und unser Fahrziel nennt, sind wir am Arsch.«

»Vorausgesetzt der Trucker meldet die Entführung der Polizei, vielleicht will er ja keinen Ärger. Und selbst wenn er das tut, seid ihr bis dahin längst weg. Niemand kennt eure Namen, und solange ihr nicht gemeinsam an Bord geht, fällt ihr auch nicht auf. Hat der Fahrer mitbekommen, dass Hannah blind ist?«

»Nein, sie und Caleb haben sich weggedreht.«

»Okay, den Hinweis kann er also auch nicht geben.«

»Was ist, wenn wir bei der Landung in Rom von der Polizei in Empfang genommen werden?«

»Das wird hoffentlich nicht geschehen«, sagte Carl. »In den nächsten Stunden gehen über einhundert Flüge vom Pearson ab, das bedeutet, Tausende Passagiere sind unterwegs. Euch dabei herauszufiltern, dürfte extrem schwierig sein, zumal ihr ja mit erstklassigen Papieren ausgestattet seid.«

»Wann und wo kommen wir an diese Papiere? Und was ist mit den Flugtickets?«

»Im Flughafen gibt es Schließfächer. Ich habe eines in Terminal drei angemietet und alles darin einschließen lassen. Es ist durch einen Zahlencode gesichert, den ich dir dann sage. Wenn du alles hast, verteile die Papiere und Tickets. Ich habe Tickets für jeden Flug gebucht, der in den nächsten achtundvierzig Stunden nach Rom abhebt. Da ich nicht wusste, wann ihr in Toronto eintrefft, war das nötig. Sucht die entsprechenden Tickets raus und werft die anderen weg. Ihr seid bereits eingecheckt, sodass ihr nach der Aufforderung sofort an Bord gehen könnt. Natürlich müsst ihr erst durch die Passkontrolle. Ihr habt Pässe aus zwei unterschiedlichen europäischen Ländern. Du und Hannah, ihr seid jetzt Engländer. Skagen und Caleb Iren.«

»Warum nicht Kanadier?«, wollte Jake wissen.

»So könnt ihr die Pässe auch in Europa verwenden. In Europa gibt es für Mitgliedstaaten keine Reisebeschränkungen und Visumspflicht, ihr könnt euch also frei bewegen. Ich habe englischsprachige Nationalitäten ausgewählt, da keiner von euch eine andere europäische Sprache spricht. Du musst Hannah führen und mit ihr reisen. Skagen soll sich um Caleb kümmern. Lasst euch beim Einsteigen Zeit und haltet Abstand zueinander. Eure Plätze befinden sich im vorderen und hinteren Teil des Flugzeugs. Nehmt während des Fluges keinen Kontakt miteinander auf, sondern trefft euch erst am Taxistand am Flughafen in Rom wieder. Von dort aus geht die Reise dann weiter.«

»Okay.«

»Hast du alles verstanden?«

»Ja. Was ist, wenn etwas schiefgeht?«

»Dann musst du improvisieren, und jetzt schalte ich das Handy ab, wir müssen den Akku schonen.«

Der Bildschirm wurde schwarz.

»Das sind die Pässe und die Tickets«, sagte Jake und verteilte alles an die anderen. »Es war auch Bargeld im Schließfach. Sowohl kanadische Dollar als auch Euro. »Hier, nimm!«, sagte er zu Skagen, der neben seinen Papieren auch die von Caleb in Empfang genommen hatte.

Sie befanden sich in Terminal drei des Flughafens von Toronto, in einem von Menschen überfluteten Teil, wo es nicht auffiel, dass sie zusammenstanden und Dinge austauschten. Vor allem hoffte Jake, dass sie hier nicht von den Überwachungskameras erfasst wurden. Unzählige Passagiere aller Herkunftsländer strömten um sie herum, und sie selbst sahen nicht anders aus als unzählige kleine Gruppen, die sich überall bildeten.

»Wir trennen uns jetzt. Geht unabhängig voneinander zum Flugsteig, dort warten wir, bis wir zum Boarding aufgerufen werden. Alles klar?«, fragte Jake.

»Viele Farben«, sagte Caleb unvermittelt. »Und Farben, die keine Farben sind.«

»Was meint er damit?«, wandte sich Jake an Skagen.

Der schwarzhaarige Junge betrachtete Caleb ganz genau.

»Er hat mir davon im Gefängnis erzählt. Du weißt ja, dass er Pheromone und Gefühle als Farben sehen kann. Wenn er von Farben spricht, die keine Farben und alle Farben sind«, Skagens Blick verfinsterte sich, »dann meint er Infizierte.«

»Du denkst, was ich denke?«

»Möglicherweise hat HFP Leute ausgesandt, die uns aufspüren sollen, sie überwachen jetzt alle Flughäfen. Es kann aber auch Zufall sein, und es sind Infizierte, die mit Serena und HFP nichts zu tun haben.«

Jake trat zu Caleb und sagte leise: »Wie viele von denen siehst du?«

»Farblose Farben?«, fragte Caleb zurück. Er schien zu begreifen, worauf Jake hinauswollte.

»Ja, genau die. Kannst du erkennen, wer sie sind und wo sie sind?«

Caleb machte eine Vierteldrehung und schaute zu einem Check-in-Schalter. »Der Mann, die Frau und die zwei Kinder dort drüben.«

»Wer noch?«

»Das junge Paar auf der Sitzbank.«

»Weitere?«

Caleb nickte. »In der Reihe vor dem Schalter stehen ein alter Mann, ein Schwarzer und eine weiße Frau. Sie alle haben keine Farben.«

»Sonst noch jemand?«

»Nein.«

»Gut.« Jake atmete erleichtert auf. Skagens Vermutung schien richtig zu sein, und es handelte sich nur um Infizierte und nicht Serenas Jäger. Alle Personen, die Caleb entdeckt hatte, machten einen harmlosen Eindruck und schienen auch nicht untereinander in Verbindung zu stehen, aber das konnte man nie wissen. Es war besser, auf Nummer sicher zu gehen. »Verschwinden wir von hier«, sagte er zu den anderen.

Jake war heilfroh, als sie alle ohne Zwischenfall an Bord des Fluges nach Rom waren. Er und Hannah saßen im vorderen Teil des Flugzeugs, Caleb und Skagen hinten. Sie waren nun schon seit zwei Stunden in der Luft, und langsam begann Jake, sich zu entspannen.

»Wie fühlst du dich?«, fragte Hannah neben ihm.

»Ganz okay, vielleicht ein wenig müde.«

»Dann schlaf doch.«

»Ich glaube, ich bin zu aufgeregt. Bist du schon mal geflogen?«

Hannah schüttelte den Kopf. »Nein, und ehrlich gesagt bin ich ziemlich nervös. Als wir gestartet sind, hat es in meinem Magen gekribbelt. Und du?«

»Auch noch nie. Aber so richtig kann ich das Ganze nicht genießen.«

»Was siehst du, wenn du rausschaust?«

Jake, der den Fensterplatz hatte, beugte sich nach vorn und blickte durch das kleine Fenster.

»Wir sind über den Wolken, die unter uns wie ein weißer Teppich liegen. Die Sonne scheint strahlend vom blauen Himmel.«

»Ich würde so gern einmal den Himmel sehen«, sagte Hannah und fügte hinzu: »Irgendwer hat mir mal erklärt, dass die Farbe Blau kühl und vergleichbar mit einem kalten Windhauch ist.«

»Das kommt hin.«

»Und Rot ist heiß wie Feuer.«

»Ja.«

»Es ist schon komisch, Caleb sieht überall Farben, selbst da, wo keine sind. Ich sehe keine einzige.«
»Dafür siehst du die Wahrheit.«
»Super, darauf würde ich gern verzichten.«
»Kann ich verstehen. Mir geht es mit dem Riechen genauso. Ich sag dir, von den ganzen Gerüchen und Gefühlen hier drin bekomm ich Kopfschmerzen.«
»Wie gehst du damit um?«
»Eigentlich überhaupt nicht, ich kann nichts dagegen tun, aber ein bisschen habe ich mich inzwischen daran gewöhnt. Wenn es zu schlimm wird, versuche ich, mich abzulenken.«
»Dann denkst du an Amy, stimmt's?«
»Ja«, gab er zu. »Ich vermisse sie wie verrückt.«
»Vielleicht trefft ihr euch in Malta wieder?«
»Vielleicht. Das hängt von Carls Plänen ab.«
»Ich wünsche dir ...«
Hannah wurde von Unruhe im hinteren Teil des Flugzeugs unterbrochen. Irgendjemand ließ da Musik laufen. Eine Stewardess hastete eilig an ihnen vorbei. Jake wandte den Kopf. Mehrere Personen hinter ihnen im Flugzeug waren aufgestanden und blickten zum Heck. Er konnte dadurch nichts sehen. Was war los?

Kurz darauf herrschte wieder Ruhe, und die Fluggäste nahmen ihre Plätze ein. Als die Stewardess aus dem hinteren Teil zurückkam, erhob sich Jake und fragte: »Entschuldigung, ist etwas passiert?«

Sie lächelte ihn an. »Wie man es nimmt. Da hinten sitzt ein junger Mann, der noch nie geflogen ist, aber er hat riesigen Spaß daran und singt die ganze Zeit ein deutsches Kinderlied. Meine Großmutter ist Deutsche, daher verstehe ich den Text.«

Sie grinste breit. Jake hob fragend die Augenbrauen.
»Flieg Vögelein, flieg.«
»Ich verstehe nicht.«
»Fly little Bird.«
Caleb!

DER LETZTE WIDERSTAND

Giovanella stand in dem Bunkerzugang und freute sich für Hannah, die offensichtlich jemanden wiedergefunden hatte, den sie sehr mochte. Sein Name war Skagen, in seinen Augen konnte sie einen merkwürdigen goldenen Schimmer erkennen, ähnlich wie bei Jake. Ob Skagen auch ein Hunter war?

Die beiden Jugendlichen lagen sich in den Armen, als ob sie sich ewig nicht gesehen hätten. Die überschwängliche Freude war ansteckend. Einige Soldaten lächelten, Giovanella ebenfalls. In dieser Welt sollte man jeden schönen Augenblick festhalten, solange man dazu noch in der Lage war – davon war sie mehr denn je überzeugt. Der Geruch aller Beteiligten war gelöst, sie war unter Menschen, die es ehrlich mit ihr meinten. Ein gutes Gefühl.

Giovanella wunderte sich dennoch darüber, weshalb Hannah aussah wie vor hundert Jahren, als sie mit Jake und Madison aus New York geflohen war und es geschickt verstanden hatte, ein Jahrhundert für das FBI unsichtbar zu bleiben. Also, was stimmte an dieser Geschichte nicht?

»Wir müssen sofort nach unten«, rief Yuki, deren verrußte Kampfkleidung den Ernst der Lage belegte. Jeder tat, was sie sagte. Die Kraft, die ihr innewohnte, stellte niemand infrage,

auch Giovanella nicht. Yuki war für sie durchs Feuer gegangen. Sogar durch dieses Monstrum einer Stahltüre hindurch waren die dumpfen Schläge der Explosionen zu hören. Draußen herrschte Krieg. Die Aliens versuchten, den Bunker zu stürmen.
»Wir bringen Giovanella ins medizinische Zentrum.«

Einen Aufzugschacht, eine weitere Bunkertüre, zwei Treppen und einen langen Korridor später lag Giovanella auf einem Behandlungstisch. Ohne Klamotten, was keine Rolle spielte, da man ohnehin nicht erkennen konnte, dass sie eine Frau war. Ihre zerrissene Kleidung war hinüber. Zwei Ärzte sahen sich die Veränderungen ihrer Haut an. Beim Versuch, ihr Blut abzunehmen, brach die Nadel der Spritze ab.

»Ich denke, das bringt nichts ...« Giovanella verabscheute das Wesen, zu dem sie geworden war. Ihr fehlten nur noch Zacken am Rücken, um als Godzilla durch die Stadt zu laufen und in Häuserkanten zu beißen.

»Das glaube ich auch«, antwortete der ältere der beiden Ärzte, grauhaarig, mit Vollbart und Brille, bevor er die kaputte Spritze weglegte.

»Was passiert mit mir?« Giovanella fürchtete sich vor der Antwort. Vielleicht wäre es besser gewesen, sich von den Polizisten erschießen zu lassen.

»Ich habe so etwas noch nie gesehen ... Ihre Haut ist anders als alles, was ich kenne. Das ist definitiv ...«

»... nicht menschlich?«

»Ähm ja ... das kann man so sagen.« Der Arzt tastete sie ab. Giovanella konnte seine Hände durch die fortschreitende Verschorfung kaum noch spüren. Sie sah aus, als ob sie jemand zuerst in verrottenden Matsch getaucht und dann in staubigem Dreck gewälzt hätte. Ihr ganzes Gesicht versteinerte, es fiel ihr immer schwerer zu sprechen. Jede tote Kanalratte roch zudem besser als sie.

»Sterbe ich?«

»Das ist das kuriose an dem Krankheitsbild. Ihr mutiertes Hautgewebe ist nicht abgestorben, es sieht nur anders aus und verändert sich stetig weiter.« Der Arzt wirkte hilflos. »Haben Sie Schmerzen?«

»Ja.« Die hatte sie. »Knie, Hüfte, Schulter, ich fühle mich wie eine alte Frau. Ich habe auch hämmernde Kopfschmerzen, die regelmäßig wiederkommen.«

»Ich könnte Ihnen starke Tabletten geben«, erklärte der zweite Arzt, der nicht älter war als sie, allerdings nicht wie ein frisch gegarter Zombie aussah.

»Nein. Keine Medikamente«, sagte Yuki, die schnellen Schrittes in den Raum kam. Erst jetzt sah Giovanella, dass die Flammen ihr beim Verlassen des Gleiters das rechte Ohr, Teile der Wange und den Hals verbrannt hatten. Niemand kam bei der Geschichte ohne Kratzer weg. »Giovanella, es ist wichtig, dass du bei klarem Verstand bleibst.«

Giovanella nickte. Was hätte sie auch anderes sagen sollen, sie vertraute Yuki.

»Colonel Hayake, die junge Frau kann unmöglich …«

»Doktor!« Yuki unterbrach ihn.

»Ähm ja … ich wollte nur sagen, dass es meiner Meinung nach notwendig …«

»Doktor! Ich respektiere Sie, nur leider sind wir nicht in der Lage, ihr die medizinische Behandlung zukommen zu lassen, die sie benötigt. Uns steht ein schwerer Kampf bevor. Giovanella, kannst du laufen?«

»Ja.«

»Doktor, bringen Sie ihr etwas zum Anziehen.«

Giovanella folgte Yuki. Jeder Schritt, den sie machte, schmerzte. Sie konnte ihre eigenen Knie knacken hören. Zwei bewaffnete Soldaten folgten ihnen. Die Ärzte hatten ihr einen grauen Overall gegeben.

»Entschuldigung«, sagte Yuki und berührte ihren Arm. »Es läuft gerade nicht gut für uns.«

»Du musst dich nicht entschuldigen.« Giovanella sah in Yuki eine Löwenmutter, die zu allem bereit war, um ihre Jungen zu beschützen.

»Na ja, wenn nicht für die Dinge, die du bereits über dich ergehen lassen musstest, dann für den Scheiß, der dir noch bevorsteht.«

»Okay … angenommen.« Auch wenn Giovanella nicht genau wusste, was das zu bedeuten hatte. Im Grunde wollte sie es gar nicht wissen. Sie tat, was man ihr auftrug, in der Hoffnung, dass alles vielleicht wieder so werden würde wie zuvor. Obwohl das unmöglich war, nach allem, was sie erlebt hatte.

»Bitte, hier herein.« Yuki öffnete die Tür zu einem Kommandozentrum, in dem zwei Dutzend Soldaten an Bildschirmen arbeiteten. Es roch nach Schweiß, Stress und kaltem Kaffee. Über allem schwebte ein gräulicher Dunst der Resignation.

»Colonel Hayake!«, rief eine junge Frau in Kampfuniform. »Ich habe General McMaster für Sie! Sein Kommando ist angegriffen worden.«

»Durchstellen …«

Stille.

Alle warteten darauf, dass der General etwas sagte, was er allerdings nicht tat.

»Steht die Leitung?«, fragte Yuki.

»Ja, Ma'am … aber die Gegenseite ist stumm … da muss etwas passiert sein.«

»Mein Name ist Major Elvira Laszlo«, tönte auf einmal eine Frauenstimme durch die Lautsprecher. »General McMaster ist gerade indisponiert. Ich möchte mit dem ranghöchsten Offizier in Hicksville sprechen.«

Yuki ließ den Kopf hängen. »Das bin ich, Colonel Yuki Hayake, Special Forces, was ist mit dem General geschehen?« Sie richtete sich wieder auf.

»Das ist nicht relevant. Ich befehle Ihnen, sofort den Bunker zu öffnen. Der Präsident hat mich ermächtigt, Ihnen diesen Befehl zu erteilen.«

»Das kann ich nicht tun.« Yuki legte die Hände hinter dem Rücken zusammen und stellte sich breitbeinig mitten in das Kommandozentrum.

»Colonel, ich bin befugt, jegliche militärische Maßnahmen gegen Sie und andere Verräter einzusetzen.«

»Das ist mir bewusst.«

»Wollen Sie für eine fixe Idee sterben?«

»Nein.«

»Dann geben Sie auf.«

»Nein.«

»Colonel, Ihr Plan ist gescheitert. Der General hat versucht, die Kontrolle über das nukleare Waffenarsenal unseres Landes zu übernehmen. Dabei sind zahlreiche tapfere und vor allem unbeteiligte Soldaten gestorben. Das war unnötig und hat zudem nicht funktioniert.«

»Meinen Sie?« Yuki ging zu einem Koffer aus grauem Kunststoff, öffnete ihn und aktivierte eine Konsole. Giovanella sah auf dem Display, wie irgendeine Art von System startete.

»Auch wenn der General und die Verräter, die wir mit ihm getötet haben, den Nuclear Football, das persönliche Zugriffssystem des Präsidenten auf die Atomwaffen, kurzzeitig erbeuten konnten, werden Sie daraus keinen Vorteil ziehen. Colonel, es hätte noch nicht einmal funktioniert, wenn dem General die Flucht gelungen wäre!«

»Major Laszlo, unter anderen Umständen würde ich Ihnen recht geben, aber die Erde wird gerade von einer aggressiven extraterrestrischen Spezies angegriffen. Daher sehe ich mich nicht in der Lage zu kapitulieren.«

»Colonel Hayake, es gibt keinen Grund für Feindseligkeiten. Die Besucher werden die Menschheit als Freunde in die Zukunft begleiten.«

»Na ... wer braucht schon Feinde, wenn er solche Freunde hat. Major Laszlo, mir ist die Situation sehr wohl bewusst. Sagen Sie mir, sind Sie infiziert oder nur dämlich?«

»Bisher war Ihre militärische Karriere makellos, deshalb habe ich es im Guten versucht, aber das ist jetzt vorbei. Wie lange glauben Sie, sich in Hicksville verstecken zu können?«

»Ein paar Tage.«

»Und dann?«

»Dann wird die Bedrohung durch Ihre neuen Freunde nicht mehr existieren.«

»Sie sind diejenige, die naiv ist.«

»Major Laszlo, hören Sie mir jetzt ganz genau zu. Dieser Angriff auf die Erde wurde von langer Hand geplant. Die Aliens haben Menschen mit Viren infiziert, die sie zu willenlosen Dienern machen. Infizierte Agenten haben weltweit dafür gesorgt, sämtliche militärische Strukturen zu lähmen. Sie haben zudem atomare Teilstreitkräfte unseres Landes aus den üblichen Befehlsstrukturen gelöst und durch automatische und zentral gesteuerte Systeme ersetzt. Damit wollten Ihre neuen Freunde sicherstellen, dass ihrem schönen Raumschiff niemand eine Atomrakete auf den Pelz brennt.«

»Sie sind verrückt ...« Laszlos Überheblichkeit zeigte hörbar Risse. Giovanella bekam langsam ein Gefühl dafür, welchen Plan Jake mit einem kleinen Teil loyaler Militärs ausgeheckt hatte. Allerdings fehlte ihr die Fantasie, wie sie damit erfolgreich sein sollten. Auch ihre neuen Fähigkeiten wirkten im Vergleich zu dem Arsenal der Welt lächerlich unbedeutend.

»Deshalb hatten der General und alle, die mit ihm gekämpft haben, niemals vorgehabt, den Nuclear Football zu stehlen.« Yuki legte ihre Hand auf einen Scanner der mobilen Konsole und drückte danach einen Knopf.

»Und was wollten sie dann?« Im Hintergrund Laszlos war eine gedämpfte Explosion zu hören.

»Ihn zerstören!«

»Was ... was haben Sie getan?«

»Ich übernehme Verantwortung.« Im Moment der Explosion leuchteten in dem Koffer Dutzende kleine Lampen auf. Das musste etwas zu bedeuten haben. »Dank Ihrer Unterstützung. Major, das Kontrollsystem des Präsidenten über die Atomwaffen wurde gerade zerstört. In diesem Fall wird automatisch ein Back-up-System aktiviert.«

»Woher wollen Sie das wissen?«

»Weil das Back-up-System vor mir steht und sich erfolgreich aktiviert hat. Wissen Sie, das ist der Sinn dahinter. Wenn meine Kiste zu leuchten beginnt, muss Ihre im Arsch sein. Logisch, oder?«

»Haben Sie den Verstand verloren? Wollen Sie die Erde in den Abgrund reißen?«

»Ich verfüge nun über die vollständige Kontrolle von hundertzweiundzwanzig unterirdischen Atomraketensilos der USA, die dank Hilfe der Aliens in den letzten dreißig Jahren vollständig automatisiert wurden. In den Bunkern gibt es also keinen einzigen infizierten Menschen mehr, der meinen Befehl verweigern könnte.« Yuki klang zu allem entschlossen. Giovanella wollte gerne an sie glauben. Hoffnung war so unendlich wichtig, um nicht den Verstand zu verlieren.

»Was wollen Sie?«

»Stellen Sie den Beschuss auf Hicksville ein. Wir wollen einen zivilen Gleiter starten, der an Bord des Raumschiffs empfangen wird, um über die Zukunft der Menschheit zu verhandeln.«

»Werden Sie an Bord sein?«

»Ja.« Yukis Blick verfinsterte sich. »Ich und zwei meiner Offiziere.«

»Einverstanden.«

Yuki machte ein Zeichen, die Verbindung mit Major Laszlo zu beenden.

»Ich möchte, dass allen Beteiligten eine Sache klar ist: Wir werden das hier nicht überleben. Hicksville fällt in weniger als zwölf Stunden. Gemäß unseren Informationen sind wir der letzte nicht infizierte Stützpunkt der USA. Der Präsident und der gesamte Senat heißen gerade bei einer großen Veranstaltung in Washington die Aliens in aller Freundschaft willkommen.«

Jeder im Raum hörte Colonel Yuki Hayake zu. Die Anspannung war allen anzusehen. In den Gesichtern, am Geruch ihrer Körper und dem dunkelblauen Dunst über den Köpfen.

»Wir, die noch kämpfen und an eine selbstbestimmte Gesellschaft glauben, werden öffentlich als Verbrecher, Geisteskranke und Terroristen gebrandmarkt. Die restliche Bevölkerung verhält sich wie paralysiert. Kaum jemand wehrt sich. Und die wenigen, die es tun, werden überrannt. Uns liegen Berichte aus Europa über unzählige Tote vor. Wer nicht für sie ist, wer über eine natürliche Resistenz gegenüber ihren Viren verfügt, wird getötet!« Stille. »Aber noch haben wir nicht verloren. Wir sind sehr wohl in der Lage, uns zu wehren!« Yuki hob die Arme und versuchte damit offenbar, die Stimmung nach oben zu ziehen. Sie erhielt dafür zahlreiche Zustimmungsbekundungen im Raum. »Wir sind gefährlich. Die hätten sich nicht mit uns anlegen dürfen. Wir verfügen über genug Feuerkraft, um die Aliens über dem Atlantik vom Himmel zu holen. Corporal, geben Sie mir einen Status der Waffensysteme.«

Ein Soldat, der an einer Konsole arbeitete, erzählte irgendetwas über Waffen und Raketen, mit dem Giovanella nur sehr wenig anfangen konnte. Aber zumindest verstand sie, dass Yuki nicht ohne Gegenwehr aufgeben würde, was ihr gleichzeitig eine Heidenangst einjagte.

Zahlreiche Zuhörer nickten. Giovanella, auf die viele Blicke gerichtet waren, verstand die Rolle nicht, die ihr bei dem Kampf zukommen sollte.

»Giovanella?«

»Ja.«

»Du wirst mit dem Gleiter zum Raumschiff fliegen. Das ist deine Aufgabe.«

»Ähm …« Giovanella wurde heiß und kalt. Hatte sie das eben richtig verstanden? Sie sollte zu den Aliens in den Schlund der Hölle fliegen? Sie hatte keine Ahnung, was sie dort tun sollte. Hannah kam zu ihr und nahm ihre Hand.

»Ich werde sie begleiten. Colonel, Sie können sich auf uns verlassen«, sagte Hannah und fügte nur für Giovanella wahrnehmbar hinzu: *Keine Sorge, das bekommen wir hin. Nur wir sind in der Lage, Jakes Plan zu erfüllen.*

»Danke, Hannah. Leroy Matin Renier hat uns geholfen, Hicksville als Stützpunkt zu halten. Er hat auch dafür gesorgt, dass General McMaster den Nuclear Football vernichten konnte. Wir haben Leroy viel zu verdanken. Niemand von uns wäre ansonsten in der Lage gewesen, den Viren der Aliens zu widerstehen. Unser Plan A ist deshalb einfach: Giovanella, Hannah und ich werden mit den Aliens verhandeln. Ein Gespräch mit ungewissem Ausgang. Scheitern wir, werden wir das Raumschiff der Aliens in sechs Stunden mit Raketen beschießen. Das wäre dann unser Plan B, bei dem ich hoffe, dass wir ihn nicht beschreiten müssen.«

Giovanella fühlte sich von den Ereignissen überrollt. Jeder hier sah etwas in ihr, das sie nicht war. Auch wenn sie gerne geholfen hätte, wie sollte sie das tun? Allem Anschein nach und so, wie sie sich fühlte, war sie für die anderen höchstens eine Belastung. Inzwischen glaubte sie bei jedem Schritt, dass ihre Beine durchbrechen würden.

»Nella, ich möchte dir gerne meinen Bruder vorstellen«, erklärte Hannah einige Minuten später. Sie befanden sich in einem Nebenraum der Kommandozentrale. Giovanella saß auf einer Bank und ruhte sich aus. Die Schmerzen in ihren Beinen waren kaum noch auszuhalten. Das blinde Mädchen wirkte ungewöhnlich zuversichtlich.

»Hey, ich bin Skagen«, sagte der Junge, dem Hannah bei ihrer Ankunft in die Arme gefallen war. Er war um die siebzehn, und seine strubbligen Haare gaben ihm zudem etwas Lausbubenhaftes. Und auch dieses Mal entging ihr der goldene Schimmer in seinen Augen nicht. »Schön, dich kennenzulernen.« Er gab ihr die Hand.

»Bist du ein Hunter?«

»Ja.« Er zeigte auf seine Ohren. »Dafür ist riechen nicht unbedingt meine Spezialität.«

»Du kennst Jake?«

»Oh ja ...«

»Skagen hat eine besondere Aufgabe in unserem Team.«

»Ja, die habe ich ... Caleb, jetzt komm schon her, sie tut dir nichts.«

»Nein«, ertönte es durch die geschlossene Tür, Giovanella roch, dass dort jemand stand.

»Caleb ist auch unser Bruder, er ist etwas – na ja, wie soll ich das ausdrücken – eigen«, erklärte Hannah. »Aber er ist der Wichtigste von uns. Caleb, bitte komme zu mir.«

Die Tür öffnete sich, und ein zierlicher Junge mit tief hängenden Schultern kam zu ihnen. Er sah auf den Boden und setzte sich wortlos neben Skagen, der schützend die Hand auf seine Schulter legte.

»Ich passe auf dich auf, oder, Kumpel?«, sagte Skagen und fuhr Caleb durch die Haare. Das waren Kinder, dachte Giovanella. Hannah, Skagen und Caleb, keiner von denen sollte je einen Krieg erleben müssen.

»Caleb kann Pheromone sehen. Er ist der Einzige, der einen infizierten Menschen sofort erkennen kann«, fuhr Hannah mit den Erklärungen fort.

»Deshalb ist Caleb das Frühwarnsystem im Bunker. Mein Job ist es nur, ihn bei Laune zu halten.« Skagen wirkte gelöst, seine Fürsorge war nicht gespielt.

»Hallo Caleb ... ich weiß, ich bin hässlich, aber du musst dich nicht vor mir fürchten.«

Und plötzlich verstand Giovanella, was Jake mit ihr getan hatte: Er hatte ihr seinen Geruchssinn, Skagens Gehör, Calebs Augen und Hannahs Hände geschenkt. Halt, da fehlte jemand, wo war Madison?

»Du bist nicht hässlich«, sagte Caleb überraschend. Er sah nicht zu ihr auf.

»Danke, du bist ein charmanter Lügner.« Giovanella schätzte seine nette Antwort, auch wenn sie es besser wusste.

»Du bist wunderschön, deine Haut glänzt golden, so etwas habe ich noch nie gesehen … bist du ein Engel?« Caleb schaffte es, Giovanella verlegen zu machen.

»Er sieht die Welt anders als wir, bunter«, sagte Skagen, der dafür von Hannah sofort einen Boxhieb gegen den Arm bekam. »Aber er hat recht … Giovanella, du bist sicherlich ein Engel.«

VERSUCHEN WIR ES NOCH EINMAL

»Versuchen wir es noch einmal«, sagte Serena und lächelte ihr unvergleichliches Lächeln.

Madison hob erschöpft den Kopf an, der ihr auf die Brust gesackt war. Sie wusste nicht, wie lange und wie oft Serena sie schon befragt hatte und wie viel Zeit inzwischen vergangen war. Hier in der Zelle gab es keine Möglichkeit, das festzustellen. Die Zeit dehnte sich bis ins Unermessliche oder verstrich hastig mit einem Wimpernschlag.

Madison saß gefesselt auf dem Stuhl. Ein Gefühl, als hätte es in ihrem ganzen Leben nie etwas anderes gegeben. Serena hatte sie ununterbrochen mit Pheromonen bearbeitet, denen Madison allmählich durch den Schlafmangel und die Erschöpfung nur noch wenig entgegenzusetzen hatte. Madison musste zugeben, dass ihre Widerstandskraft zusehends sank.

Zwar hielt sie der Schlampe noch stand, aber es wurde tatsächlich schwieriger zu unterscheiden, was ihre eigenen Gedanken und Wünsche waren und welche ihr Serena einpflanzte.

Permanent flüsterte dieses schwarzhaarige Biest mit sanfter Stimme auf sie ein, versprach ihr alles und jeden, redete von den goldenen Zeiten, die auf die Menschheit warteten und von denen Madison ein Teil sein konnte.

Bei all den Worten sackte ihr Geist immer wieder weg, verlor sich in Tagträume, und bald wusste Madison nicht mehr, was sie wann gesagt oder nur gedacht hatte.

Aber ein Teil von ihr, ein Teil ihres Geistes war wach, beobachtete das Geschehen und schützte sie vor dem Verrat – doch wenn dieser Teil bezwungen war, würde ihr das Wort »Malta« über die Lippen kommen. Wenn diese letzte Mauer gestürmt war, würde sie Jake verraten.

»Schau mich an, Süße.«

Serenas Stimme war wie Honig, der durch ihr Bewusstsein floss, sie umströmte, einfing und ihre Gedanken klebrig machte. Madison hob den Kopf an. Für einen Moment war ihr klar, dass sie sicherlich einen furchtbaren Anblick bot. Ungewaschen, nach Schweiß und Angst stinkend, mit verheultem Gesicht und zerzausten Haaren. Nichts an ihr war süß. Nicht mehr. Diese Madison war gegangen, durch irgendein Tor, das sich in einer Bar an einem Highway mit dem ersten Drink geöffnet hatte.

»Was willst du noch?«, krächzte Madison.

»Sag es mir.«

»Einen Scheiß werde ich.«

»Du willst es.«

Was will ich?

Da war es wieder, das Gefühl, jemand schleiche sich in ihren Kopf, wühle darin herum, bis alles durcheinander war und sie keinen klaren Gedanken mehr fassen konnte.

»Du willst Erlösung. Ich kann sie dir geben. Das große Vergessen. Glück. Drogen. Sex. Was immer du willst.«

Will ich diese Dinge?

Neben Serenas Stimme, die direkt in ihrem Geist zu wispern schien, war da plötzlich noch eine andere, die eindringlich zu ihr sprach.

Sie versucht, dich durch ihre Pheromone zu beeinflussen. Lass das nicht zu. Du musst innerlich wach bleiben. Gib dich nicht ihren Worten hin. Mach ihre Gedanken nicht zu deinen.
Was kann ich tun?
Atme durch den Mund.
Ich probiere es.
Madison begann, wie ein Hund zu hecheln.

»Oh, das ist geil«, sagte Serena und lachte meckernd. Es klang, als ziehe jemand eine Eisenfeile über eine Käsereibe.

»Jetzt klingst du so, wie du bist. Verrottet.«

»Madison. Madison. Madison. Warum machst du es dir so schwer? Gib deinen Widerstand auf, du stehst das nicht durch.«

»Wir werden sehen.«

Madison fasste Serena ins Auge. Deren Schönheit verblasste, als sie verärgert das Gesicht verzog. Es war, als glitten Wolken über ein stürmisches Meer. Offensichtlich hatte sie nicht geglaubt, dass Madison so lange durchhalten würde. Dann beruhigten sich ihre Gesichtszüge wieder.

Beide sagten eine Weile nichts. Madison war sich der Anwesenheit des Jungen bewusst, den Serena David genannt hatte. Der Typ stand neben der Kellertür und starrte stur geradeaus. Sie hatte ihn aus dem Augenwinkel beobachtet, während Serena ihr immer wieder die gleichen Fragen gestellt hatte. Ganz offensichtlich ließ ihn die Folter nicht unberührt. Denn mehr als einmal hatte David entsetzt das Gesicht verzogen, wenn auch nur kurz.

Madison hatte versucht, mit ihm zu sprechen, sobald Serena nicht im Raum war, leider erfolglos. Der Junge sagte kein Wort, egal was sie ihm an den Kopf warf oder mit welcher Inbrunst sie ihn auch anflehte. Entweder war er stumm oder Serena hatte ihn total unter Kontrolle. Trotzdem stellte er den letzten Hoffnungsschimmer dar, den Madison noch hatte. Wenn sie hier lebend rauskommen wollte, war er die einzige Möglichkeit dazu.

Madison hatte gesehen, dass er einen Schlüssel hatte, mit dem er ihre Zelle abschloss, sobald Serena hinausging. Sie musste jedes Mal anklopfen, damit der Junge sie wieder einließ. An diesen Schlüssel musste sie rankommen. Irgendwie. Und dann abhauen.

Allerdings kam es nicht infrage, den Typ anzugreifen. In ihrem Zustand hätte sie sich nicht einmal mit einem neunzigjährigen Greis anlegen können. Aber sie hatte inzwischen einen Plan. Doch zunächst musste sie mit Serena fertigwerden.

»Möchtest du meine Freundin sein?«, fragte sie leise und legte all ihre verbliebene Kraft in diesen Wunsch.

Es klappte nicht. Dafür klatschte Serenas flache Hand abermals in ihr Gesicht.

»Hatte ich dir nicht gesagt, du sollst das lassen?«

»Du plapperst so viel, wie der Tag lang ist.«

Madison grinste sie an. Das linke Augenlid von Serena begann daraufhin zu zucken. Eine weitere Ohrfeige folgte. Madison spürte, dass ihre Lippe bei dem Schlag aufplatzte. Kurz darauf schmeckte sie den metallischen Geschmack ihres eigenen Blutes im Mund.

»Ist das alles, was du draufhast?«, krächzte Madison. »Mehr ist das nicht? Haben dir deine großen Meister nichts anderes mitgegeben als ein paar Pheromone und schlechte Manieren?«

»Reiz mich nicht.«

»Ach was, laber hier nicht rum. Mach mich von diesem verdammten Stuhl los, und ich zeige dir, was wirklich Sache ist. Du bist nur eine kleine Sklavin, beherrscht von einem außerirdischen Virus, der dich als Wirt missbraucht. Ich hingegen bin ein Hunter, mit Fähigkeiten, von denen du nur träumen kannst.«

Diesmal blieb die Ohrfeige aus, aber Serenas finsterer Gesichtsausdruck versprach nichts Gutes. Vielleicht hätte sie die Klappe doch nicht so weit aufreißen sollen.

»Bald komme ich wieder«, sagte Serena hasserfüllt. »Dann werden wir sehen, was oder wer du bist.«

Als Serena den Raum verlassen hatte, nahm Madison den Jungen an der Tür in den Blick.

»Hast du es dir so vorgestellt? Ist das die neue Welt, von der du träumst?«

Er reagierte nicht.

»Serena benutzt Menschen nur. Und mach dir nichts vor, wenn sie dich nicht mehr braucht oder du etwas tust, das ihr nicht gefällt, dann sitzt *du* auf diesem Stuhl.«

So wird das nichts. Umgarne ihn mit deinen Pheromonen. Was Serena kann, kannst du schon lange …

»David«, sagte sie leise. Und dann noch einmal etwas eindringlicher: »David.«

Keine Reaktion.

»Ich mag dich. Du bist nett. Magst du mich auch?«

Nichts.

»Wenn du willst, kannst du mein Freund sein. Und noch viel mehr. Wir könnten zusammen sein. Wir könnten uns lieben. Magst du mich?«

Noch immer rührte er sich nicht, aber ein Augenlid begann zu zucken.

»Findest du mich hübsch? Schau mich an. Bin ich das, wovon du träumst?«

Madison wusste, welch erbärmlichen Anblick sie bot, aber sie hoffte, dass ihre Pheromone alles überlagerten, was der Junge dachte und fühlte.

»David.«

»David.«

»David.«

Madison begann, leise zu singen. Erst noch krächzend, da ihre Kehle völlig ausgetrocknet war – sie hatte seit Stunden nichts getrunken –, aber dann wurde es immer besser. Sie sang ein Kinderlied über Sonnenschein und eine grüne Wiese unter dem blauen Himmelszelt.

Noch während sie sang, sah sie, dass die Augen des Jungen in den Höhlen rollten. Nach links und rechts, nach oben und unten.

»David.«

»David.«

»David.«

Plötzlich wandte er ihr den Kopf zu und sah sie an. Tränen standen in seinen Augen. Gleichzeitig wirkte er verwirrt, so als wäre er aus einem Traum erwacht.

»Es … es … tut mir leid.«

»Alles ist gut.«

»Serena hätte dich nicht schlagen sollen.«

»Vergiss Serena. Schau mich an. Ich bin Madison aus New York. Ich habe einen langen Weg hinter mir.«

Der Junge fing zu weinen an. Obwohl er ein Jugendlicher in ihrem Alter war, wirkte er verloren wie ein Kind. Madison verstand, was mit ihm geschah. Es war, als hätte man ihm seine Drogen weggenommen, und nun war er aus seinem Rausch erwacht. Einem fantastischen Rausch, der schwarze Haare und lange Beine hatte.

»Ich möchte wieder nach Hause«, sagte Madison. »Kommst du mit mir?«

Verwirrt schaute er sie an. »Wohin?«

»Mit mir.«

»Ich kann … nicht. Ich muss zu Amy. Ihr sagen, dass sie in Gefahr ist.«

Amy?

Den Namen hatte sie schon einmal gehört. Moment … hatte ihr nicht Jake erzählt, dass seine Freundin so hieß, und war da nicht auch die Rede von ihrem Bruder David gewesen?

Noch immer fiel ihr das Denken schwer, und sie musste darauf achten, den Jungen im Blick zu behalten, damit er nicht wieder in seine Teilnahmslosigkeit versackte. Aber gleichzeitig bot sich ihr gerade eine einzigartige Möglichkeit, hier rauszukommen.

»Wo wohnst du?«, fragte sie sanft.

»Vernon Hill.«

Das war er! Er musste es einfach sein! Jake stammte aus Vernon Hill, und zwei Typen mit Namen David aus der gleichen Stadt, die Serena verfallen waren, waren zwar denkbar, aber doch recht unwahrscheinlich. Unglaublich!

»Ich kenne Amy«, sagte sie.

Der Junge riss die Augen auf. »Du kennst sie?«

Er war wie ein Echo, das aus einem fernen Raum hallte.

»Ja, das tue ich. Ich kenne sie gut, auch ihren Freund Jake Merdon.«

Plötzlich ging ein Ruck durch seinen Körper. Irgendetwas hatte sie falsch gemacht.

»Amy hat keinen Freund.«

Fuck. Er weiß nichts von Jake.

»So habe ich das nicht gemeint. Jake ist ein Freund von mir«, erklärte sie hastig. »Aber er kennt Amy. Das wollte ich eigentlich damit sagen.«

»Ach so.«

Davids Kopf wanderte von links nach rechts. »Mir tun die Füße weh.«

Klar, wenn man stundenlang rumsteht und zuschaut, wie jemand gefoltert wird, dann können einem schon mal die Füße schmerzen.

»Dann beweg dich. Dadurch wird es besser.«

»Serena hat gesagt, ich muss hier stehen bleiben.«

»Und ich sage dir, David, dass es okay ist.« Madison legte all ihre Kraft in diesen einen Satz. Sie spürte, dass ein entscheidender Moment in der Kontrolle über David gekommen war. Würde er sich einem direkten Befehl von Serena widersetzen?

Davids Körper erzitterte.

Dann … machte er einen Schritt nach vorn, und Madison lächelte.

»Komm zu mir«, sagte Madison.

Sofort stoppte David. Es war, als habe ein Roboter einen Befehl bekommen.

»Das darf ich nicht. Serena hat es verboten.«

»Schau mich an. Alles ist gut. Serena ist nicht da. Ich bin es, und ich sage dir, komm her zu mir.«

Erneut lief ein Schauer durch seinen Körper, aber dann kam er langsam näher.

»Binde mich los.«

»Oh …«

»Tu es!«

»Oh!«

»Ich wünsche mir so sehr, dich in die Arme zu nehmen. Ich will bei dir sein. Dich spüren.«

Unschlüssig hielt er inne.

Sein Kopf wandte sich abrupt nach links, so als empfange er eine unhörbare Botschaft. Drei Sekunden später schaute er Madison direkt an.

Sein verklärter Blick änderte sich. Sie sah, wie seine Pupillen sich weiteten. David schüttelte den Kopf. Dann wurden seine Augen vollkommen klar. Es war, als wäre er aus großer Tiefe aufgetaucht. Ein harter Zug legte sich um seine Mundwinkel, und plötzlich wirkte er gar nicht mehr wie ein verwirrter Junge.

Vor ihr stand nun ein Mann, der verärgert die Lippen zusammenpresste.

Mist, ich habe ihn verloren.

Am liebsten hätte sie angefangen zu heulen. Alles war aus. Alles war vorbei.

Sie würde in diesem verdammten Loch verrotten, außer Serena zeigte sich irgendwann gnädig und jagte ihr eine Kugel in den Schädel.

»Hör damit auf!«, befahl David hart. »Versuch nicht mehr, mich zu manipulieren.«

Ich bin so nah dran gewesen.

Verzweiflung überrollte sie mit der Kraft eines Tsunami. Madison wollte nur noch sterben. Ihr Kopf sackte auf die Brust.

Sie schloss die Augen.

Dann spürte sie auf einmal Davids Hände, die ihre Fesseln lösten.

»Lass uns gehen«, sagte er. »Serena kann jeden Moment zurück sein.«

GEGENANGRIFF

Giovanella bekam kaum noch Luft. Sie atmete flach und schnell. Ihre Beine, die Arme, ihre Glieder versteiften sich immer weiter. Sie fühlte sich, als ob jemand sie in eine Bronzeform gegossen hätte und der tonnenschwere Gussmantel noch auf ihrer Brust ruhte. Zweimal hatte sie in der letzten halben Stunde bereits das Bewusstsein verloren, um dann einen Moment später hochzuschrecken. Eine Tortur, deren baldiges Ende sie herbeisehnte. Egal was passierte, es sollte endlich aufhören.

Hannah war bei ihr, Skagen auch, Caleb sah sie die ganze Zeit nur fasziniert an. Keine Ahnung, was er in ihr erblickte. Es war auf jeden Fall etwas, das nur er wahrnehmen konnte. Es gefiel ihm offensichtlich, und das machte Giovanella Angst. Als ob ihre äußerliche Entwicklung nicht schon ausreichend Grund zur Sorge geliefert hätte.

»Wie soll das funktionieren?«, flüsterte Hannah, die mit Yuki sprach. Sie befanden sich im Kommandozentrum des Bunkers. Die Soldaten waren damit beschäftigt, den Start des Gleiters vorzubereiten, der sie zum Raumschiff der Aliens bringen sollte.

»Ich weiß es nicht ...«

»Hast du sie dir mal angesehen?«

»Ja.« Yukis Mimik sprach Bände, und auch wenn sie ihren Namen nicht erwähnten und auf der anderen Seite des Raumes standen, konnte Giovanella alles verstehen. Ihr extrem gutes Gehör hatte sie Skagen zu verdanken. Herausragende Sinne waren nicht immer ein Segen.

»Ich bin kein Wissenschaftler, aber Jakes Plan ist gescheitert. Er hat uns versprochen, dass sie uns helfen würde. Ich weiß es noch ganz genau. Er hat gesagt, dass er die DNA der Aliens entschlüsselt hat, sie angeblich lesen konnte wie ein offenes Buch. Und dass es genügen würde, ihrer DNA einen winzigen Schubs zu geben. Ja, ich kann mich noch sehr gut an seine Worte erinnern.«

Die mausgrauen Pheromone über Hannah, die Giovanella als Dunst erkennen konnte, zeigten ihre Verzweiflung.

»Ich weiß, ich war dabei. Ich habe mit Jake diesen Plan entwickelt. Wir müssen ihm vertrauen. Er hat uns auch gesagt, dass es Schwierigkeiten geben könnte. Bitte, Hannah, ich brauche dich.«

»Ich werde dich sicherlich nicht im Stich lassen. Aber schau sie dir doch einmal an! Nur kurz! Sag mir bitte, was du siehst?«

»Jemanden, der Angst hat …«

»Angst?«

»Selbst ich habe Angst, dann wird es ihr nicht besser ergehen. Oder hast du keine?« Yuki zeigte einen ungewöhnlichen Moment der Schwäche. Giovanella würde ihr, Hannah und auch allen anderen gerne helfen. Aber wie sollte sie etwas tun, zu dem sie nicht einmal ansatzweise in der Lage war? Wenn die Beine versagten, genügte der Wille nicht, um zu gehen. Hannah hatte recht, sie war am Ende.

»Doch, die habe ich. Aber Yuki … sie stirbt! Vor unseren Augen, und wir können nichts dagegen tun!«

»Doch, wir können kämpfen.«

»Um was zu erreichen?«

»Möchtest du mit dem Wissen weiterleben, es nicht probiert zu haben?«

»Nein.«

»Dann bleib an meiner Seite.« Inzwischen hatte jeder im Raum mitbekommen, worüber sich die beiden unterhielten, aber keiner mischte sich ein. »Dann lass uns kämpfen! Hannah, ich möchte nicht meinen freien Willen verlieren. Und ich denke, die anderen im Bunker genauso wenig.« Yuki, die zu Beginn des Gesprächs geflüstert hatte, ließ nun alle mithören.

Hannah lächelte. »Okay, wir werden kämpfen.«

»Danke.« Yuki nahm Hannahs Hände. »An alle: Wir machen weiter. Ich möchte in dreißig Minuten in der Luft sein!«

Giovanella saß in einem Rollstuhl und folgte dem Treiben. Alle Soldaten im Kommandozentrum sprachen durcheinander, einige von ihnen leiser, die anderen lauter. Es gab Bildschirme, auf denen verschiedene Nachrichtenkanäle übertragen wurden. Als ob sie alle gleichzeitig mit ihr redeten. Gut zu hören war aber nur ein Teil von Skagens Fähigkeiten. Sie verstand es immer besser, gewisse Dinge nicht zu hören. Sie aus ihrer Wahrnehmung auszublenden, als ob man einen Knopf drückte und die Geräuschquelle verstummte.

»... *die neuen Freunde der Menschen haben Delegationen in alle wichtigen Städte der Welt entsandt, um ihre guten Absichten zu zeigen. Meine sehr verehrten Damen und Herren, es ist unglaublich, welche Begeisterung ihnen entgegengebracht wird!*«, sagte eine Nachrichtensprecherin. Im Hintergrund waren Bilder aus London, Madrid, Tokyo und München zu sehen. Überall wurde gefeiert.

Giovanella fiel es schwer, diese Berichte zu verdauen. Der Mensch war das einzige Tier, das sogar noch die Speerspitze des Jägers ableckte, mit dem es gleich aufgespießt werden würde. Wie konnten die Aliens den Willen eines ganzen Planeten brechen?

»*Neuigkeiten aus New York. Die Behörden geben bekannt, dass der Sprengstoffanschlag auf die Zentrale von* Human Future Project *gestern Abend von Terroristen verübt wurde. Der verurteilte Mörder Dr. Travis Jelen, der bei dem Anschlag getötet wurde, galt als Kopf der Ironheart-Terrorzelle*«, erklärte ein anderer Sprecher. Giovanella hörte alles um sie herum passieren, fokussierte sich aber nur darauf, was sie hören wollte.

»*Das ist doch Wahnsinn!*«, pflichtete die Co-Moderatorin ihrem Kollegen bei.

»*Aktuell läuft die größte Mobilmachung unserer Streitkräfte der letzten Jahre. Die zehnte US Gebirgsjägerdivision aus Fort Drum rückt mit Unterstützung der vierten Panzerdivision auf Hicksville, einem Stützpunkt im Staat New York, vor. Wir haben aus einer sicheren Quelle im Pentagon erfahren, dass sich Mitglieder der Ironheart-Terrorzelle in einem Kommandobunker verschanzt haben.*«

»Alle herhören!«, rief Yuki, die in der Mitte des Raumes stand. »Ich werde gleich zum Raumschiff der Aliens aufbrechen. Ich wünsche mir, erfolgreich zu sein, aber ich verspreche mir nicht zu viel davon. Der Countdown läuft. Wir werden das Raumschiff in fünf Stunden und vier Minuten mit Atomraketen beschießen. Wir werden unseren Planeten nicht kampflos aufgeben!«

»Ja!«, »Das machen wir!«, »Colonel, Sie können sich auf uns verlassen!«, antworteten ihr mehrere Soldaten.

»Über Major Elvira Laszlo liegen uns Informationen vor. Die Frau ist kein Mensch. Sie ist ein Hunter. Von den Aliens gezüchtet, um uns zur Strecke zu bringen. Sie arbeitet schon länger mit dem FBI zusammen«, erklärte Yuki weiter und zeigte auf eine holografische Projektion ihrer Gegenspielerin. Eine blonde Frau mit blasser Haut und harschen Gesichtszügen. »Sie hat uns gestattet, einen Gleiter zu starten und damit zu ihrem Raumschiff zu fliegen. Wenn sie nicht Wort hält, wenn wir abgeschossen werden oder irgendetwas anderes schiefläuft, werden wir unverzüglich die Raketen starten. Major Neller, Sie werden den Befehl zum Angriff erteilen. Haben wir uns verstanden?«

»Ja, Ma'am.« Der Major war ein hochgewachsener Soldat in einem dunklen Kampfanzug. Ein Farbiger, mit kurzen grauen Haaren. Die Nummer zwei im Bunker. Giovanella war er schon zuvor aufgefallen. Sie konnte seine Unsicherheit erkennen, aber auch den Willen, dagegen anzukämpfen.

»Caleb und Skagen werden euch nicht von der Seite weichen. Auch das sollte allen klar sein, die Immunität, die wir vor den Viren der Aliens genießen, ist kein Freifahrtschein. Die Impfung, die alle im Bunker erhalten haben, kann uns nicht vor neuen Virenstämmen schützen. Caleb kann die Veränderungen sehen, sobald unsere Gegner einen Weg gefunden haben, unsere Phalanx zu brechen.« Yuki sah Skagen an. »Das ist deine Aufgabe, Skagen. Schütze deinen Bruder, dann wird er uns beschützen.«

»Ja.« Auch Skagen und Caleb trugen mittlerweile militärische Kleidung und Körperpanzerungen. Caleb schien von der ganzen Ansprache nicht ein Wort mitbekommen zu haben. Wie ein Kind sah er Giovanella an.

»Major Laszlo hat uns sicheres Geleit zugesagt. Leider ist nicht davon auszugehen, dass die Aliens und die Menschen, die ihnen helfen, damit aufhören werden, einen Weg zu suchen, den Zugriff auf die Raketen zurückzugewinnen. Das ist der entscheidende Punkt. Unser Glück ist, dass die stabile Kommunikation zu den Silos genau für diesen Zweck geschaffen wurde. Dafür gebaut, jeglichen unberechtigten Zugriff zu verhindern. Sie können versuchen, mit Gewalt hundertzweiundzwanzig Silos zu knacken, ein Plan, der in der kurzen Zeit nicht umsetzbar ist. Die bekommen in fünf Stunden noch nicht einmal die Bunkertüre in Hicksville auf.«

»Die kommen hier nicht rein«, fügte Major Neller hinzu. Sein Vorname war Adrian, das konnte Giovanella an seiner Brust lesen. Würde er dem Druck standhalten?

Yuki machte weiter. »Sie könnten auch versuchen, unser Netzwerk zu infiltrieren. Das halte ich für wahrscheinlicher. Ich würde es jedenfalls tun. Unser Vorteil ist, dass wir nicht von einem zentralen, sondern hundertzweiundzwanzig separaten Systemen sprechen. Hundertzweiundzwanzig Netzwerke, die voneinander unabhängig agieren. Unsere Gegner müssen also nicht nur eine mehrstufige Firewall hacken, sondern über hundert individuell abgeriegelte Firewall-Cluster in die Knie zwingen.«

Sie machte ihren Leuten Mut. Das war auch bitter nötig. Giovanella sah die Reaktion der Zuhörer auf jedes von Yukis Worten. Immer wieder mischten sich gelbe und orange Farbtupfer in das Grau der Resignation. Noch waren die hellen Farben in der Minderzahl, aber das allein half auch Giovanella, neuen Mut zu fassen.

»Wir hingegen brauchen nur eine Rakete, die ihr Ziel trifft. Nur eine, die die Aliens ins All zurückschleudert. Nur eine, und uns stehen hundertzweiundzwanzig zur Verfügung.« Yuki, die Löwenmutter, stand über den Dingen. Hoffentlich würde dieser Schritt nicht notwendig werden. »Captain Jarol, Ihre Aufgabe ist es, die Netzwerke zu überwachen. Sie werden auch, wenn es nötig ist, digitale Gegenmaßnahmen ergreifen.«

»Ja, Ma'am!« Captain Annegret Jarol war eine Frau, die nicht viel größer als Yuki war, allerdings einige Kilogramm mehr auf die Waage brachte. Sie arbeitete bereits die ganze Zeit in der Kommandozentrale.

»Das zweite Bedrohungsszenario ist unser Bunker selbst. Wenn Hicksville fällt, wenn wir die Kontrolle über die nukleare Gefechtskonsole verlieren …«, Yuki zeigte auf den dunklen Kunststoffkoffer, der geöffnet und aktiviert auf einem Tisch lag, »… dann hätten wir mit einem Schlag unser gesamtes Pulver verschossen.«

»Das wird nicht passieren«, erklärte ein stämmiger Soldat, dessen Gesicht größtenteils von einem Gefechtshelm verdeckt wurde.

Yuki nickte ihm zu. »Lieutenant Maori, nein, das wird nicht passieren, weil Sie Hicksville bis zum letzten Mann verteidigen werden.«

»Ja Ma'am!«

»Abschließend noch eine Sache: Wir werden nicht nachgeben. Wir werden nicht zögern. Völlig egal was passiert. Wir werden kämpfen!«, rief Yuki und riss die Faust in die Luft. Die Soldaten stiegen in ihr Kampfgebrüll ein. Giovanella sah eine Mischung aus Wut, Furcht, Mut und Aussichtslosigkeit über allen im Raum.

»Wir müssen los.« Hannah kam zu Giovanella. »Der Gleiter steht bereit.«

»Warte …« Sie stand auf, sie wollte gehen, auch wenn ihr jeder Schritt Höllenqualen bereitete.

»Geht's?«

»Ja.« Giovanella tat Schritt für Schritt. Zuerst einen Korridor entlang. Sie atmete hastig, wollte aber nicht aufgeben. Sie ging weiter.

»Soll ich Ihnen helfen?«, fragte der Soldat, der neben dem Gleiter stand.

»Danke, ich schaffe das schon.« Giovanella erklomm die beiden Stufen in den Gleiter ohne fremde Hilfe. Das war ihr wichtig, um den Glauben an sich selbst nicht zu verlieren. Mehrere Soldaten salutierten vor ihr.

Im Gleiter angekommen, half Yuki ihr, sich anzuschnallen. Hannah kam zu ihr. Danach setzte sich Yuki an die Steuerung und startete die Systeme des Gleiters. Die Tür schloss sich leise. Hannah nahm ihre Hand, oder das, was davon übrig geblieben war. Inzwischen konnte Giovanella die Finger nicht mehr bewegen, deren Gelenke sich versteift hatten. Sie fühlte sich wie eine lebende Mumie.

»Romeo-Foxtrott-44 für Mission Control, wir sind startbereit«, meldete Yuki über Funk.

Wie geht es dir?, fragte Hannah. Ihre Stimme klang entfernter als zuvor. Als ob sie auf der anderen Seite einer viel befahrenen Straße stand.

Ich bin müde ... sehr, sehr müde. Giovanella kämpfte bereits länger gegen das Bedürfnis zu schlafen. Sie hatte Angst, nicht mehr aufzuwachen.

»Mission Control für Romeo-Foxtrott-44, wir aktivieren jetzt das Leitsignal. Colonel Hayake, viel Glück!«, antwortete Captain Jarol über Funk.

»Danke«, bestätigte Yuki.

Die Vibrationen nahmen zu, der Gleiter stieg. Giovanella konnte durch die Seitenfenster sehen, wie sich mehrlagige Stahltüren über dem Zugang verschlossen. Alle Lichter verloschen. Die Dunkelheit währte nur kurz, dann öffneten sich über ihnen schwere horizontal gelagerte Tore, und es ging weiter nach oben.

Die Prozedur wiederholte sich zwei weitere Male, bevor sich der Himmel über ihnen zu erkennen gab.

»Mission Control für Romeo-Foxtrott-44, wir schalten einen privaten Kanal für Major Laszlo«, meldete Captain Jarol, während der Gleiter weiter an Höhe gewann. Aus der Luft ließ sich das ganze Ausmaß der Zerstörung in Hicksville erkennen. Auf dem Stützpunkt stand kein Stein mehr auf dem anderen. In einiger Entfernung waren schwere Waffensysteme der Army zu erkennen.

»Colonel Hayake, ich wollte mich persönlich davon überzeugen, dass Sie an Bord sind«, sagte Laszlo über Funk. Giovanella fiel es nicht schwer, sich dabei das hässliche Gesicht des Hunters vorzustellen.

»Wir befinden uns auf dem Weg zu Ihnen. Der Flug wird voraussichtlich siebzehn Minuten dauern.«

»Leider ist es mir nicht möglich, Sie persönlich in Empfang zu nehmen. Aber man wird Sie gebührlich begrüßen.« Laszlos offen zur Schau gestellter Unterton war alles andere als einladend. Giovanella machte es wütend, ihre niederträchtige Stimme zu hören.

»Danke.« Yuki ließ sich nicht provozieren, sie steuerte weiterhin den Gleiter.

»Mission Control für Romeo-Foxtrott-44, wir bestätigen das Leitsignal. Rendezvous mit Jet-Booster ebenfalls bestätigt. Kontakt in zehn Sekunden.«

Giovanella registrierte einen Schatten, der sich ihnen von oben näherte. Es knirschte. Sie hörte, wie sich Arretierungen mit dem Rumpf des Gleiters verbanden.

»Mission Control für Romeo-Foxtrott-44, Rendezvous mit dem Jet-Booster abgeschlossen. Übertragen die Kontrolle der Triebwerke. Gute Reise.«

»Romeo-Foxtrott-44 für Mission Control, Kontrolle der Booster-Triebwerke bestätigt.« Yuki legte einen Schubhebel nach vorne, und die enorme Beschleunigung des Gleiters drückte alle in die Sitze.

Der Gleiter verlor an Geschwindigkeit. Die löchrige Wolkendecke lag weit unter ihnen. Hier oben schien die Sonne. Die Aliens hatten das Raumschiff mitten über dem Atlantik geparkt.

»Ist nicht zu übersehen, oder?«, fragte Yuki, die sich von unten der riesigen fliegenden Untertasse näherte. Ein unglaublicher Anblick.

»Wie sieht es aus …« Hannah legte den Kopf dicht an das Seitenfenster. Giovanella bewunderte das gewaltige Raumschiff durch die Frontfenster.

»Das Raumschiff ist gigantisch … größer als die größten Schiffe der Erde. Es ist dunkel und an einigen Stellen auch grau. Tausende kleine zivile Gleiter kreisen wie ein Schwarm Hornissen um das Ding herum«, erklärte Giovanella. Sie konnte die magische Anziehungskraft der Aliens nachvollziehen. »Die bieten wirklich eine gute Show.«

»Was wollen die alle hier?«

»Bei denen hat das mit den Pheromonen zu gut geklappt«, sagte Yuki, die sich dem Raumschiff weiter näherte. »Die können gar nicht genug bekommen.«

Andere Gleiter versuchten vergebens, ihnen zu folgen. Als ob sie in der Luft festgenagelt wären, kämpften deren Triebwerke wirkungslos gegen eine unsichtbare Mauer an. Dann fielen sie wieder nach unten ab. Wahrscheinlich hatten sie als Einzige die Erlaubnis, eine Art Schutzschild der Aliens zu durchdringen.

Giovanella spürte plötzlich etwas Dunkles, das sich mit eisiger Kälte über ihre Gedanken legte. Es nahm ihr den Atem, sie schnappte vergeblich nach Luft. Sie kämpfte dagegen an, ohne zu wissen, was ihr zustieß.

»Nella! Was ist mit dir?«, rief Hannah, die sofort die Veränderungen an ihr bemerkte. »Yuki, wir haben ein Problem. Giovanella atmet nicht mehr!«

»Versuche, sie zu …«

Mehr hörte Giovanella nicht. Sie fiel, fiel in eine dunkle Öffnung, die sie verschlang. Als wurde still, dunkel und kalt.

Wo bin ich?

Sie redete nicht, sie dachte und hörte ihre eigenen Gedanken. Als ob sie singen würde. Das war eine merkwürdige Stimme, die ihr bekannt und dennoch fremd vorkam. War sie von ihr?

Wer bin ich?

Das war nicht die Welt, die sie kannte. Das war nicht mehr sie, die sie zu kennen glaubte. Sie war etwas anderes. Wurde zu etwas Neuem. Etwas ihr Unbekanntem. Größer, stärker und unbändiger als alles, was sie je für möglich gehalten hätte.

Was bin ich?

Ob sie überhaupt jemals ein Mensch gewesen war? Oder war alles, was sie erlebt hatte, nur ein Traum gewesen? Der Traum, ein Mensch zu sein, war eine ernüchternde, eine grausame Erfahrung. Nicht wert, darüber zu sprechen. Menschen gaben sich der Illusion hin, als Individuum eine Bedeutung zu haben. Ein Irrtum, der zwangsweise zu großem Leid führte. Nur das Kollektiv war in der Lage, dem Schmerz einen Sinn zu geben. Der Schwarm war die Antwort auf das Leben. Der Schwarm war der Sinn allen Daseins.

NEIN!

Etwas in ihr weigerte sich, diesen einnebelnden Gedanken zu folgen. Sie war das nicht. Es spielte keine Rolle, wo sie war. Oder wer oder was. Sie war ein Mensch! Relevant war nur, welche Entscheidungen sie traf!

ICH! LEBE!, schrie sie in Gedanken und schnellte wie ein Blitz an die Oberfläche eines dunklen Sees. Da war Hannah, sie konnte Hannah wieder erkennen!

»Sie ist wieder da! Sie atmet! Sie atmet wieder! Yuki, ich habe sie zurück!«, schrie Hannah, die mit beiden Händen auf ihre lederne Brust drückte.

ALL DIESE FARBEN

»Was siehst du?«, fragte Jake.

Caleb lächelte ihn an. »So viele Farben. All diese Farben!«

»Und was ist mit den anderen Farben? Farben, die keine Farben sind?«

»Dort. Dort. Dort.« Caleb deutete auf verschiedene Menschen im Roma Termini, dem Hauptbahnhof der italienischen Hauptstadt.

Der Flug war ohne Vorkommnisse verlaufen, und auch ihre Ankunft in Rom hatte sich einfach gestaltet. Beide Gruppen waren mit getrennten Taxis zum Bahnhof gefahren und hatten sich dort getroffen. Nun standen sie in der großen Halle, und Caleb hielt Ausschau nach Infizierten.

»Was meinst du, Skagen? Das sind doch bestimmt um die zwanzig. Zufall? Oder wird nach uns gesucht?«

Der Junge fuhr sich nachdenklich durch das schwarze Haar. »Ich weiß es nicht, glaube aber eher, dass es nichts zu bedeuten hat. Wenn Serena wüsste, dass wir in Europa sind, dann hätte sie ihre Leute zum Flughafen geschickt, um uns abzufangen.«

»Du denkst also nicht, dass Madison unser Ziel verraten hat?«

»Nein, sonst wären wir ganz anders empfangen worden.«

»Aber wieso nicht?« Jake sah ihn an. »Erst teilt sie Serena

unseren Aufenthaltsort mit, aber dann verrät sie ihr nicht, wohin wir wollen? Das ergibt keinen Sinn.«

»Hat schon mal was Sinn ergeben, was Madison gemacht hat?« Als Jake nichts darauf antwortete, fuhr Skagen fort. »Ich kenne sie nicht so lange wie du, aber ich halte sie für emotional instabil, auch wenn sie immer so selbstsicher tut. Außerdem ist sie sprunghaft.«

»Ich hätte nie gedacht, dass sie uns an unsere Feinde ausliefert.«

»Das hat keiner von uns ahnen können.«

»Aber warum? Es geht um das Schicksal der ganzen Welt, auch wenn Madison hier und heute damit ihr eigenes Leben retten kann, auf Dauer bleibt ihr nur die Unterwerfung. Ich glaube nicht, dass die Außerirdischen Nichtinfizierte neben sich dulden. Sie hat nichts zu gewinnen.«

»Vielleicht war ihr das alles zu viel«, mischte sich Hannah, die neben ihnen stand, in die Unterhaltung ein. »Wir alle würden doch am liebsten die Sache hinschmeißen und in unser eigentliches Leben zurückkehren. Ich kann mir vorstellen, dass Serena Madison genau das versprochen hat. Und Madison hat die Chance ergriffen, wieder ein ganz normales junges Mädchen zu sein. Schluss damit, gejagt zu werden. Schluss damit, das Schicksal der Welt in den Händen zu halten. Augen zu und zurück zu ihren Eltern und einem Leben in Luxus.« Hannah hob die Hand. »Ich verurteile diesen Wunsch nicht, ich kann ihn sogar sehr gut nachvollziehen. Aber uns dafür zu opfern, ist eine verdammte Sauerei.«

Und wieder einmal schaffte es Hannah, Jake zu überraschen. Das sonst so ruhige Mädchen fand in vielen Situationen die richtigen Worte.

»Genau meine Meinung«, stimmte Skagen ihr zu.

»Sie hätte auch einfach verschwinden können«, fuhr Hannah fort. »Aus dem Hotel schleichen und sich allein durchschlagen. Solange sie nicht aktiv gegen HFP vorgeht, interessieren die sich auch nicht für sie. Aber nein. Madison wollte alles. Noch einmal die Uhr zurückdrehen. Da weitermachen, wo das Leben noch schön gewesen ist.«

Jake sah, wie Hannah zornig den Mund verzog. So wütend hatte er sie noch nie erlebt, aber unter der Wut roch er ihre Erschöpfung und tiefe Verzweiflung, auch wenn Hannah sich bemühte, ihre Gefühle zu unterdrücken.

Skagen hingegen roch nach Entschlossenheit und Caleb nach Wiesenblumen.

So hat Amy immer gerochen.

Für einen kurzen Moment drohte eine Welle aus Traurigkeit ihn zu überrollen, aber dann wurde ihm bewusst, dass er Amy nahe war und sie vielleicht sogar wiedersehen würde.

»Es ist schön hier«, sagte Caleb.

Alle wandten sich nach ihm um.

»Ich mag das Fliegen, aber ich mag auch Bahnhöfe. Mrs Winter ist einmal mit mir Zug gefahren. Das war zu ihren Eltern aufs Land. Die haben eine kleine Farm außerhalb der Stadt. Und manchmal, ganz selten, hat Mrs Winter diesen Ort besucht. Ich durfte einmal mit, das war der schönste Tag in meinem Leben.« Er lächelte glücklich, verloren in Erinnerungen. »Die Sonne schien, und es war herrlich warm. Mrs Winter hat mit erlaubt, das Fenster herunterzuschieben. Es war ein alter Zug, wo das noch ging. Ich habe den Kopf rausgestreckt und den Mund weit aufgemacht, damit sich meine Backen aufblasen. Mrs Winter meinte, ich würde jetzt genauso dämlich aussehen, wie ich wäre, aber das war mir egal.

Die Luft roch nach Gras, und die Welt explodierte in Farben. Farben, die sie niemals sehen würde.«

Nach dem letzten Satz drehte sich Caleb wieder um und nahm erneut den Bahnhof in Augenschein.

»Ich habe ihn noch nie so viel sagen hören«, meinte Jake.

Skagen stöhnte. »Glaub mir, das willst du auch nicht allzu oft. Ich war mit Caleb in einer Zelle. Vierundzwanzig Stunden am Tag. Vierundzwanzig Stunden am Tag sinnloses Geplapper.«

»Das stimmt nicht, Skagen«, meldete sich Caleb. »Es waren sehr schöne Unterhaltungen. Ich habe dir von den Winters erzählt, und du … du hast eigentlich gar nichts gesagt.«

»Siehst du, es stimmt, was ich sage«, grinste Skagen. Er klopfte Caleb freundschaftlich auf die Schulter. »Wir hatten eine tolle Zeit da drin. Richtig lustig war es, als du den Pokerspielern gesagt hast, dass einer von ihnen bescheißt. Da kam Stimmung auf und wir mittendrin.«

Caleb lächelte schüchtern. »Ein bisschen Angst hat mir das schon gemacht, als alle rumgeschrien haben.«

»Okay, Leute. Zurück zum Thema«, sagte Jake. »Es scheint also keine Gefahr für uns zu bestehen. Ich würde daher vorschlagen, dass ich uns jetzt Tickets für den Zug nach Sizilien besorge.«

»Sprichst du Italienisch?«, fragte Hannah.

»Ich bin mir sicher, dass man hier Englisch versteht.«

»Was machen wir solange?«

Jake deutete auf eine kleine Sandwich-Bar. *Mr Panino* stand in weißen Buchstaben auf einem blauen Schild über der offenen Verkaufstheke.

»Besorgt uns etwas zu essen und zu trinken. Es wird eine lange Fahrt.«

»Okay, ich gehe«, sagte Skagen. »Irgendwelche Wünsche?«

»Ist mir völlig egal.«

»Wie schaut es mit dir aus, Bruder?«, wandte er sich an Caleb. »Hast du Hunger?«

»Oh ja.«

»Willst du mitkommen, wenn ich etwas kaufen gehe?«

»Nein, ich bleibe hier bei Hannah. Sie kann nicht so gut sehen.«

Jake sah, wie ein Lächeln über das Gesicht des blinden Mädchens glitt.

»Das ist lieb von dir«, sagte sie und suchte Calebs Hand, aber der schaute schon wieder in eine andere Richtung.

»Also, wir treffen uns wieder hier. Hast du genug Geld, Skagen?«

»Ich denke schon.«

Jake nickte ihm zu, dann ging er zu den Fahrkartenschaltern hinüber.

Als Jake zurückkam, saß Hannah allein auf einem Sitz im Wartesaal. Sie hielt den Kopf gesenkt und die Hände in ihrem Schoß gefaltet. Verblüfft ging er schnellen Schrittes hinüber.

»Wo ist Caleb?«, fragte er aufgeregt.

Hannah schien überrascht. »Ist er nicht hier?«

»Nein, ist er nicht.«

»Er ... er ... wollte nur ein wenig herumgehen, aber nicht weit weg.« Furcht mischte sich plötzlich in ihre Gesichtszüge.

»Verdammt, Hannah, dass hättest du ihm nicht erlauben dürfen!«

»Jake ... ich konnte doch nicht ... Siehst du ihn irgendwo?« Hannah war nun vollkommen aufgeregt. Der Ernst der

Lage hatte sie in Panik versetzt. Jake konnte riechen, dass sie sich schreckliche Sorgen machte.

»Hat er irgendwas gesagt?«, fuhr er das blinde Mädchen an.

»Nein.« Tränen liefen über ihr Gesicht. »Jake …«

»Fuck!«

»Er ist … bestimmt in der Nähe.«

»Hannah, hier laufen Hunderte von Menschen rum. Der Bahnhof ist riesengroß, wie soll ich ihn finden? Du warst dazu da, um auf ihn aufzupassen. Nicht umgekehrt!«

Er wusste, dass er ungerecht war, aber tiefe Angst hatte ihn erfasst, entlud sich in seinen Vorwürfen.

»Was ist hier los?«, fragte eine Stimme hinter ihm.

Skagen.

»Wo ist Caleb?«

»Verschwunden«, sagte Jake.

Hannah schluchzte. »Ich …«

»Was soll das heißen?«

»Er wollte herumlaufen«, erklärte er.

»Und dann stehst du hier rum und brüllst Hannah an? Warum suchst du ihn nicht?«, knurrte Skagen. Seine dunklen Augen blitzten.

»Ich wollte gerade los.«

»Arschloch.« Skagen beugte sich zu Hannah und legte ihr beruhigend die Hand auf die Schulter. »Wir finden ihn. Caleb traut sich nicht weit weg. Dafür hat er viel zu viel Angst. Wahrscheinlich hat er etwas Interessantes gesehen und läuft jetzt einem Kind mit Luftballon hinterher. Aber sobald ihm das zu langweilig wird, bleibt er stehen und wartet, dass ich ihn holen komme. Mach dir keine Sorgen.«

»Danke, Skagen«, sagte Hannah leise.

»Du bleibst bei ihr«, befahl er Jake.

»Nein, wir gehen ihn beide suchen. Wir können nicht ewig am Bahnhof rumhängen, und außerdem fährt der Zug nach Sizilien in einer Stunde ab. Wir haben also keine Zeit zu verlieren.«

»Okay«, sagte Skagen. »Kommst du klar, Hannah?«

Das Mädchen nickte schüchtern. »Bitte findet ihn.«

»Das werden wir.« Skagen wandte sich um und ging in Richtung Bahngleise.

Jake hatte den Bahnhof zwei Mal komplett durchquert und war jeden Bahnsteig abgelaufen. Keine Spur von Caleb. Danach hatte er sich die kleinen Bistros, Geschäfte und Bars vorgenommen. Nichts!

Inzwischen glaubte er, dass Caleb den Bahnhof verlassen hatte. Was sollte er jetzt tun?

Er war auch öfters zu Hannah zurückgegangen, in der Hoffnung, dass Skagen ihren Freund vielleicht gefunden hatte, aber der war noch nicht zurückgekommen. Seit dem Start der Suche war eine halbe Stunde vergangen, und so langsam wurde die Sache dringend.

Ratlos blieb Jake stehen. Dann drehte er sich einmal um die eigene Achse.

Keine Spur von Caleb.

Überall liefen Reisende durch die Halle, schoben Koffer mit quietschenden Rollen neben sich her oder hasteten mit schwarzen Aktentaschen zu den Gleisen. Alte Menschen, junge Menschen, Männer, Frauen, Kinder, aber kein Caleb.

Noch während seine Augen durch die Halle fieberten, nahm er plötzlich den Geruch von panischer Angst war. Darunter der Duft von Blumen.

Caleb!

Er war hier irgendwo und fürchtete sich, bloß wo? Jake konnte ihn nirgends entdecken.

Mach es so wie damals mit dem Feuer im Haus des alten Mannes. Geh dem Geruch nach. Finde Caleb durch deine Nase.

Es kam Jake wie eine Ewigkeit vor, als er durch Vernon Hill gefahren war, weil er glaubte, ein offenes Feuer zu riechen. Damals hatte er zum ersten Mal erkannt, zu was er in der Lage war. Wie ein Spürhund war er den Geruchsmolekülen gefolgt, und hier und jetzt war es seine einzige Chance, Caleb zu finden.

Jake drehte sich in die Richtung, aus der er den Geruch am stärksten wahrnahm. Dann ging er langsam vorwärts. Immer wieder blieb er stehen und schnupperte.

Ja, da war es!

Calebs Ausstoß an Angstgerüchen wurde stärker, doch wo zum Teufel steckte er?

Jake durchquerte die Bahnhofshalle ein weiteres Mal und stieß dabei auf einen abgelegenen Winkel, der offensichtlich zu den Toiletten führte. Ein Piktogramm, das einen stilisierten Mann und eine Frau zeigte, wies ihm den Weg, aber auch der beißende Geruch, der ihm entgegenströmte, sprach eine deutliche Sprache.

Zwischen dem penetranten Gestank nach Urin und Fäkalien konnte Jake deutlich Calebs Geruch wahrnehmen.

Er zögerte nicht, öffnete die Tür zu den Waschräumen und stand unvermittelt zwei Männern gegenüber, die seinen Freund bedrängten.

Er wusste nicht, was die Typen von ihm wollten, aber einer der zwei hatte Caleb in den Schwitzkasten genommen, während der andere versuchte, ihm die Hose herunterzureißen.

Beide Männer rochen nach Gier und Aufregung.

Diebe! Zum Glück keine Infizierten. So weit, so gut, aber was sollte er jetzt tun?

Noch während Jake darüber nachdachte, bemerkte einer von Calebs Angreifern seine Anwesenheit und wirbelte herum. Es war der Typ, der an Calebs Hose herumgezogen hatte.

Der Mann war mittelgroß, schlank, dunkelhaarig, mit blitzenden schwarzen Augen und fluchte irgendetwas auf Italienisch. Daraufhin ließ der zweite Angreifer Caleb los und stieß ihn gegen die Waschbecken. Caleb prallte hart dagegen, stöhnte auf und sank zu Boden.

Angreifer Nummer eins würdigte ihn keines Blickes, sondern fasste in seine Hose und zog ein Schnappmesser heraus, dessen Klinge mit einem zischenden Geräusch ausfuhr. Der zweite Mann nahm eine lauernde Position ein.

Ich bin voll im Arsch, dachte Jake. In dem Moment flog die Tür auf, und Skagen stürmte herein. Er zögerte keinen Augenblick, sondern trat dem Typ mit dem Messer die Waffe aus der Hand. Dann packte er den Mann im Genick und donnerte seinen Schädel auf das Waschbecken. Blut spritzte umher, als Skagen seinen Nacken anhob und ihn erneut niederkrachen ließ. Die ganze Aktion hatte nicht mehr als drei Sekunden gedauert. Und schon wirbelte Skagen herum, sprang hoch und kickte dem zweiten Mann einen Fuß ins Gesicht, der daraufhin durch eine Tür in die nächste Toilette flog, mit dem Schädel gegen die Wand knallte und lautlos zusammensackte.

Jake glotzte Skagen verblüfft an, der nicht einmal aus der Puste gekommen zu sein schien.

»Verdammt, was war das denn?«

Skagen ging nicht darauf ein, sondern bückte sich zu Caleb, der leise weinte und immer wieder »Aua« sagte.

»Wie geht es dir, Kumpel?«, fragte er sanft.

»Die haben mir wehgetan.«

»Ja, ich weiß. Jetzt tun sie es nicht mehr.«

»Wo warst du?«, fragte Caleb und zog die Nase hoch. Einmal mehr wirkte er wie ein einsames kleines Kind.

»Ich wollte uns etwas zu essen holen, das weißt du doch. Du solltest bei Hannah bleiben.«

»Ja.«

»Und warum bist du weggegangen?«

»Da war ein bunter Mensch.«

»Was meinst du?«

»Ganz viele Farben.«

»War an ihm etwas Besonderes?«

Caleb schaute ihn ungläubig an. »Habe ich doch gesagt, ganz viele Farben.«

»Was meint er?«, fragte Jake.

»Keine Ahnung. Vielleicht redet er … ach, ist auch egal. Wir müssen weg hier.«

»Sind die tot?« Jake sah zu den bewusstlosen Männern hinüber.

»Ich denke nicht«, meinte Skagen lapidar. »Aber wenn sie aufwachen, werden sie höllische Kopfschmerzen haben, und der da …«, er deutete auf den Typ, dessen Schädel er aufs Waschbecken geknallt hatte, »… muss zum Zahnarzt.«

»Wie hast du uns gefunden?«, fragte Jake.

Skagen tippte an sein Ohr. »Ich habe Caleb heulen hören.«

»Gott sei Dank bist du rechtzeitig gekommen … Wo lernt man so einen Scheiß?«

Skagen bleckte die Zähne, bevor er sagte: »Dafür braucht

es eine verrückte Mutter und ungefähr zehn Nahkampftrainer.«

»Kannst du es mir beibringen?«, fragte Jake.

»Im Leben nicht«, knurrte Skagen. »Und jetzt zurück zu Hannah, bevor die auch noch verschwindet.«

A.D. 2118

IN LIEBE FÜR AMY

Jake wurde Zeuge, wie die höllengleiche Apparatur, die Aurora eine menschenähnliche Gestalt verpasst hatte, im Minutentakt weitere Aliens ausspuckte. Deren Körper – egal ob männlich oder weiblich – alle groß, schlank und makellos wirkten. Ihnen haftete eine natürliche, nahezu unwiderstehliche Aura an. Die Menschen auf der Erde würden sie wie Götter verehren. Sie zu begehren, bedeutete Erfüllung, ihnen zu dienen, die größte vorstellbare Auszeichnung. Es war unmöglich für Jake, sich von ihnen abzuwenden.

Nein. NEIN!, schrie er sich in Gedanken an. Er wollte sich den Schemen, die seine Sinne vernebelten, nicht hingeben. Er kämpfte um seinen freien Willen, spürte aber, seinen Gegnern nicht mehr lange standhalten zu können. Er war ein Hunter, nicht mehr. Ein räudiger Mischling, der wie ein abgerichteter Wachhund seinen Herren zu gehorchen hatte. Er fiel hin. Der Kampf forderte seinen Tribut, er lag kraftlos am Boden, japste nach Luft und war kaum noch in der Lage, seinen Kopf zu heben.

»Aurora, was machen wir mit ihm?«, fragte Serena, die sich siegreich vor ihm aufbaute. Er könnte kotzen, so triumphierend wie sie dastand. Oh ja, sie war genau das Miststück, das er von früher kannte. Die, die unzählige seiner Mitschüler auf dem Gewissen hatte. Wenn man es genau nahm, war sie immer nur ein infizierter Mensch gewesen, wenn auch einer der ersten, der von den Viren der Aliens befallen wurde. »Er ist es nicht wert, Teil des Schwarms zu sein.«

Aurora, die Bienenkönigin, kam auf Jake zu, ihre Nähe erdrückte ihn förmlich. Sie griff nach ihm, packte seinen Hals mit eiskalten Fingern und zog ihn nach oben. Er hatte keine Chance, sich gegen ihren Willen zu wehren. Sie drehte seinen Kopf nach links, nach rechts, sie roch auch an ihm, schnupperte an seiner Seele. Jake glaubte zu spüren, wie sie ihre Pranke tief in seinen Rachen steckte, um ihm das Herz aus der Brust zu reißen.

»Er ist noch nicht gebrochen«, erklärte Aurora abfällig und ließ Jake in einen Abgrund blicken. Das war keine Illusion, für einen Moment öffnete sie sich und ließ ihn die eiskalte Leere in ihr erkennen. Wie ein von innen geschwärztes Tongefäß, in dem es keine Wärme und keinerlei Mitgefühl mehr gab. Aurora zeigte nur ihren bedingungslosen Willen zu überleben und zu herrschen.

»Aber er kann …«

»ER IST NOCH NICHT GEBROCHEN!«, brüllte Aurora. Sie konnte auch anders. Der Wutausbruch galt nicht ihm, nein, der war für Serena bestimmt, die sich nur ergeben verbeugte. Na ja, für ein kuscheliges Kollektiv war in Auroras Verhalten noch sehr viel Ego zu erkennen.

»Wir können ihn töten, wir können …«

»WIR WOLLEN IHN BRECHEN!«, schrie sie mit einem gefährlichen Blick in Richtung Serena. Wer nicht für sie war, war gegen sie. Zu gewinnen reichte ihr nicht. Sie warf Jake zurück auf den Boden, auf dem er wie ein nasser Sack aufschlug. »Wir wollen sehen, wie er sich danach verzehrt, ein Teil des Schwarms zu werden!«

»Wir werden ihn brechen«, wiederholte Serena mit gesenktem Haupt.

Jake war nicht so weit gekommen, weil er schnell aufgab. Aurora wollte ihn brechen. Das war schlecht, weil er ihr in einem offenen Kampf nichts entgegenzusetzen hatte. Allerdings lebte er noch, und das wiederum war gut. Sehr gut sogar!

Während seiner Lehrstunde in extraterrestrischer Sozialkunde liefen laufend weitere frisch ausgebrütete Aliens an ihm vorbei, die alle wie die blanke Versuchung rochen, ihn aber zum Glück nicht beachteten. Er konzentrierte sich auf Auroras Hände, die sich wie die einer Leiche angefühlt hatten. Auch wenn sie so aussah, sie war kein Mensch. Daran änderten selbst ihre göttlichen Kurven nichts.

»Wir haben eine Nachricht von Elvira erhalten. Sie berichtet über eine widerspenstige Einheit des US Militärs, die sich in einem Bunker in Hicksville versteckt hält.«

»Elvira?«

»Elvira Laszlo, sie war die Erste der Hunter. Nach ihr wurden alle andern Hunter erschaffen. Sie führt ...«

Aurora ließ Serena nicht aussprechen. Sie zelebrierte ihre Dominanz mit jedem Wort. »Ist das wichtig?«

»Den Menschen dieser Einheit ist es gelungen, die Kontrolle über mächtige Waffen zu erbeuten. Unsere Analyse bestätigt eine mögliche Bedrohung.«

»Was für eine Gefahr?«, fragte Aurora, deren Blick Jake zeigte, dass sie keine Ahnung von den Ereignissen auf der Erde hatte. Verständlich, da sie erst vor Kurzem wiedergeboren worden war.

»Nukleare Raketen mit ...« Während Serena antwortete, war in der Mitte des Raums die Animation einer Atomexplosion über einer Stadt zu sehen. Jake war sich nicht sicher, aber die Bilder erinnerten ihn an Hiroshima, wo 1945 die erste auf bewohntes Gebiet abgeworfene Atombombe detoniert war. Auf der Stelle wurden damals achtzigtausend Menschen getötet. Jake hatte über diesen Wahnsinn in der Schule einen Vortrag halten müssen.

»Wer ist so dumm und zündet solche Waffen auf seinem eigenem Planeten?«, fragte Aurora. In Ordnung, die Alien-Bitch hatte das Problem mit Atomwaffen und deren Folgen auf Anhieb besser verstanden als einige Generäle.

»Die Menschen …«

»Elvira soll diese Bomben sofort zerstören! Wir wollen keine verstrahlte Wüste, die Erde soll dem Schwarm als neue Heimat dienen.« Aurora verzog den Mund. »Wir möchten mit dem Hunter sprechen!«

»Natürlich.« Serena verbeugte sich. Im gleichen Augenblick stand Elvira Laszlo neben Jake. Nicht ihr Körper, aber eine lebensechte holografische Projektion. So ging also telefonieren bei den Aliens. Er erkannte die blonde Frau mit dem blassen Gesicht, die einen Apfel in der Hand hielt. Sie war während der letzten Jahre die Gegenspielerin von Leroy Matin Renier gewesen. Jahre, in denen es beiden Seiten nicht gelungen war, den jeweils anderen zu töten.

»Mein Leben für den Schwarm«, sagte Elvira, die Jake nicht beachtete. Nicht mehr als potenzielle Gefahr gesehen zu werden, hatte Vorteile. Ihm gelang es, sich aufzuraffen und wieder zu klarem Verstand zu kommen.

»Wir grüßen dich.« Aurora stand direkt vor der Projektion. Jetzt sah es Jake erneut. Die Ähnlichkeit war verblüffend, sie und Serena hätten mit ihren langen dunklen Haaren Schwestern sein können. »Berichte uns.«

»Unsere Verbündeten haben die Kontrolle über hundertzweiundzwanzig Raketen verloren, die zwar keine Gefahr für den Schwarm, aber für die Umwelt der Erde darstellen.«

»Wer ist unser Gegner?«

»Jake Merdon alias Leroy Matin Renier, ein Hunter, der gegen den Schwarm agiert.« Jetzt sah Elvira zu ihm auf den Boden. »Ihm ist es gelungen, eine kleine Anzahl von Soldaten gegen unseren Segen zu immunisieren, die sich in einem Erdloch vor uns versteckt halten. Es gibt drei weitere Hunter, die ihm helfen.«

»Wie konnten wir vier Hunter verlieren?«

»Es waren ursprünglich sogar fünf, aber das spielt keine Rolle.«

Aurora bohrte nicht weiter. »Warum haben die Menschen ihre mächtigen Waffen noch nicht abgefeuert?« Sie verstand es, die richtigen Fragen zu stellen.

»Sie wollen verhandeln. Ich habe ihnen erlaubt, dass ein Gleiter New York verlassen darf.«

»Was sollen sie uns bieten, was wir uns nicht bereits genommen haben?«

»Sie drohen damit, den Schwarm anzugreifen. Sie glauben, ein Druckmittel zu besitzen.« Elvira spielte eine Animation in der Luft ein, in der die Karte der Staaten und die Standorte der Raketensilos abgebildet waren.

»Und sich dabei selbst auszulöschen?« Aurora schüttelte den Kopf.

»Es sind Menschen.« In Laszlos Animation war zu erkennen, wie die Raketen starteten und kurze Zeit später über dem Atlantik explodierten. Das Raumschiff der Aliens wurde durch ein Kraftfeld geschützt, der Rest der Erde leider nicht. Die Zerstörung in großer Höhe hätte binnen kurzer Zeit Europa, Afrika und Amerika Tausende Jahre lang für jegliches Leben unbewohnbar gemacht. Jake wusste nur zu gut, dass es eine Sache war, mit den Raketen zu drohen, aber eine andere, sie zu benutzen. Ein atomarer Erstschlag gegen die Aliens wäre Wahnsinn, trotzdem gehörte die Abschreckung zu seinem Plan.

Aber was bedeutete das alles? McMaster war also mit der Zerstörung des Atomkoffers des Präsidenten erfolgreich gewesen, Giovanella hatte es in den Bunker geschafft, und Yuki Hayake saß jetzt mit ihr im Gleiter auf dem Weg zu ihm? Er schöpfte neuen Mut, auch wenn er den Ausgang des Kampfes nicht kannte.

»Sie sind dumm!«, rief Aurora und schritt an Jake vorbei. Ihre Aura traf ihn wie ein Schlag ins Gesicht. Alles, zu was die Hunter mit Pheromonen in der Lage waren, war ein Witz verglichen mit ihren Fähigkeiten.

»Ja.« Elvira nickte. *Mutter*, dachte Jake.

Die Vorstellung, genetisch von ihr abzustammen, schürte den Wunsch in ihm, alles Fremde aus sich herauszuschneiden und es ihr wieder in den Mund zu stopfen. Am besten zusammen mit einem Apfel, an dem sie ersticken sollte!

»Wir dulden keinen Widerstand«, erklärte Aurora, drehte sich herum und ging erneut an Jake vorbei. Der unsichtbare Schweif ihrer Pheromone traf ihn eher zufällig wie ein Schlag mit einem Baseballschläger. »Jeder, der sich uns widersetzt, wird bestraft!«

»Wir werden alle Widerständler in Hicksville ausräuchern. Ich melde mich, sobald der Sturm auf den Bunker erfolgt ist. Es wird nicht lange dauern«, antwortete Laszlo. »Der Schwarm wird siegen!«

Jake dachte an Skagen und Caleb. Er wünschte ihnen alles Glück der Welt, das sie jetzt bitter nötig hatten. Sie waren auf sich gestellt, hoffentlich trafen sie die richtige Entscheidung. Hoffentlich reichte ihr Mut, um diese Prüfung zu bestehen.

»Der Gleiter, den Elvira erwähnt hat, befindet sich im Anflug auf den Schwarm«, erklärte Serena, deren gesamter Kopf leuchtete. Nein, das traf es nicht. Es sah aus wie ein helmartiges Hologramm, das direkt vor ihr Gesicht projiziert wurde.

»Wir wollen nicht mit den Menschen reden. Mit niemandem von denen. Sie stinken gewöhnlich, und sie sind einfältig«, rief Aurora. Nette Worte waren aus ihrem Mund heute nicht zu erwarten.

»Aurora, du solltest mit uns verhandeln«, rief Jake.

Das war der Moment. Dieser eine Moment, auf den alles zulief und weswegen er diese ganze Tortur auf sich genommen hatte. Es ging um nicht weniger als die Existenz der gesamten Menschheit. Wenn es dumm lief, wären die nächsten allerdings seine letzten Worte. »Das ist deine einzige Chance!«

»Nein!« Sie verpasste ihm, ohne zu zögern, einen weiteren Schlag mit der Duftkeule, der ihn meterweit über dem Glasboden nach hinten schleuderte. Auf normale Art und Weise verprügelt zu werden, wäre ihm lieber gewesen. Alles an ihm roch fremd, die Aura der Aliens haftete wie eine Zecke an ihm.

Serena zeigte auf eine Stelle im Raum, an der der vom Feuer verrußte Air Force-Gleiter animiert zu sehen war. Yuki, Hannah und Giovanella ließen die anderen Gleiter hinter sich und durchquerten gerade die Energiebarriere der Aliens. »Wir registrieren drei humanoide Lebensformen an Bord.«

»Tötet sie. Alle. Niemand soll überleben.« Aurora wand sich Jake zu: »War das etwa dein lächerlicher Plan? Wolltest du uns damit herausfordern? Wir haben in dich hineingesehen. Dich durchschaut. Du kannst nichts vor uns verbergen. Wir sehen dich.«

»Wirklich?«

»Jake Merdon, sag uns: Ist das alles, was die Menschen ihrem Ende entgegenzusetzen haben? Hast du nicht noch mehr zu bieten?«

»Waffensysteme ausgerichtet. Abschuss des Gleiters vorbereitet. Feuer in ...«

»IN LIEBE FÜR AMY!«, schrie Jake. Er spielte die letzte Karte, die er hatte. Giovanella durfte unter keinen Umständen abgeschossen werden.

Das Licht flackerte. Die Gravitation in der Halle mit dem Glasboden setzte aus, weswegen Serena, Aurora und Jake sowie einige andere frisch geschlüpfte Alien-Menschen plötzlich über dem Glasboden schwebten. Die Sicht auf den Atlantik unter ihnen war immer noch atemberaubend.

»Was ist passiert?«, brüllte Aurora. Jake lachte innerlich. Auch der Teil seines Plans hatte funktioniert. *Carl* war passiert. Unglaublich, aber die KI hatte geschafft, was sie versprochen hatte.

»Wir haben einen Teilausfall unserer Computer! Die Antriebssteuerung und die Waffensystemkontrolle sind ausgefallen! Wir können den Gleiter der Menschen nicht erfassen! Ein Abschuss ist aktuell nicht möglich!«, rief Serena, deutlich uncooler als zuvor. Der Gegenschlag hatte gesessen!

»Sofort Analyse einleiten!« Aurora klang jetzt richtig angepisst.

»Analyse gestartet. Eindringling festgestellt. Das war ein Angriff!« Serena reagierte sofort. »Wir haben eine unbekannte digitale Signatur registriert, die Teile unserer Infrastruktur infiltriert hat. Der schadhafte Code wurde mit Elvira Laszlos Übertragung in unsere Systeme eingeschleppt. Gegenmaßnahmen wurden bereits automatisch gestartet.«

»Etwa Probleme?«, fragte Jake scheinheilig, um sich dafür von Aurora unverzüglich einen Schlag einzufangen. Das war es wert gewesen. Mit der Zeit gewöhnte er sich daran. Es war ein paar Tage her, dass er Carl für diesen besonderen Job zurückgelassen hatte.

»Reservesysteme gestartet. Gravitation reaktiviert. Eindringling isoliert. Wir haben das Raumschiff wieder unter Kontrolle. Der Angreifer, eine militärische KI der Menschen, ist arretiert worden«, rief Serena, während es für alle abwärts ging. Der Aufprall schmerzte. Während Aurora wie eine Katze auf den Füßen landete, knallte Jake auf den Boden.

»Was glaubst du, damit zu erreichen?« Ohne ihn zu berühren, würgte Aurora ihn. Jake wurde hilflos hin- und hergeworfen. Dann schleuderte sie ihn gegen einen Träger. Es knackte. Das war seine Schulter gewesen. Er schrie. Verdammt, er konnte seinen linken Arm kaum noch bewegen. Die Antwort sparte er sich.

»Wir haben wieder alles im Griff. Der digitale Eindringling hat dafür gesorgt, dass der Gleiter andocken konnte. Er hat den drei Menschen auch den Zugang zum Raumschiff gewährt.« Serena erzählte genau das, was Jake hören wollte. Jetzt hatte er allerdings sein Pulver verschossen. Auch Carl konnte ihm nicht mehr helfen.

»Das reicht uns nicht! Wir dulden keine Eindringlinge im Hort des Schwarms. Schicke jemanden, der die Menschen aufhält. Sie müssen sofort sterben!« Aurora zeigte sich schon wie zuvor wenig gastfreundlich.

»Wir haben erst achtzehn Sporen des Schwarms in neuen Körpern auferstehen lassen ... zwölf davon sind bereits in der Lage zu kämpfen.«

Jake horchte auf. Das waren wichtige Neuigkeiten. Das bedeutete, dass der Alien-Brutkasten, der erwachsene Menschen ausspeien konnte, mit Aurora angefangen hatte und pro Minute höchstens einen neuen Menschen-Verschnitt produzierte. Das bedeutete auch, dass die Aliens keine eigenen Körper hatten und das Raumschiff komplett automatisiert zur Erde geflogen war.

»Schick den Schwarm aus, um die Eindringlinge zu eliminieren!« Aurora kam zu Jake, der seine zufriedene Miene nicht verbarg. Die Schmerzen steckte er weg. Das war es wert. Der Tag war noch nicht vorüber. »Wen hat er auf das Raumschiff gebracht?«

»Drei Menschen … Elvira sprach über die kommandierende Offizierin der Widerständler und zwei ihrer Begleiter.«

»Nein, das sind keine Menschen. Wir können sie sogar riechen. Jake, sag uns, wen hast du hergebracht?«

Er sagte keinen Ton.

»WEN?«, schrie Aurora und ließ Jake in ein Meer von Flammen fallen. Nichts davon war echt. Seine gebrochene Schulter war real, die Flammen, die seine Haut verzehrten, waren es nicht. Er schrie dennoch.

»Es ist ein Hunter dabei!«, rief Serena dazwischen, der es gelang, eine animierte Ansicht der Besucher in die Raummitte zu projizieren. »Ich kenne sie. Das ist Hannah! Sie ist blind. Eine Missbildung, sie hätte als Baby vor zwei Tagen getötet werden sollen. Der Zeitsprung hat sie gerettet. Die Asiatin muss Colonel Yuki Hayake sein. Die Person, die aussieht wie eine Brandleiche, kenne ich allerdings nicht.«

»Oh, Jake hat noch eine Überraschung für uns. Dein Spiel mit der Zeit ist vorbei. Sag uns, wer hat sich unter der Maske versteckt?« Aurora ließ mit der Folter nicht von ihm ab.

Jake hätte ihr noch nicht einmal antworten können, wenn er

es gewollt hätte. Nach der Illusion von Flammen kam die Kälte. Er hatte in seinem ganzen Leben noch nie so gefroren. Die Luft fühlte sich an, als ob sie mit scharfkantigen Eisensternen seine Lunge in Streifen schnitt. Das war nicht echt, versuchte er sich einzureden.

»Ich kann die dritte Person nicht analysieren ... das könnte ein Mensch sein. Ich weiß es nicht. Sie sondert keine Pheromone ab ... das kann nicht sein.« Serena verstand es immer noch nicht.

»Serena, wir haben dir dein Leben wiedergegeben, weil du nützlich für den Schwarm bist. Enttäusche uns nicht. Wer ist diese Person?«

»Das ist Giovanella.« Jake wusste, dass der Name keine Rolle spielte, nein, bei dem was gleich passieren würde, tat es das wirklich nicht.

»Giovanella Muscat?«, fragte Serena.

»Ja.« Jake wollte mit dem Gespräch nur Zeit schinden.

»Sie ist tot!«, rief Serena. Sie vergrößerte die Animation der drei Frauen, die unsicher in einer großen weißen Halle auf dem Boden saßen. Ihr Gleiter stand neben ihnen. Die Soldatin schien verletzt.

»Nein, das ist sie nicht«, antwortete Jake nicht ohne einen gewissen Stolz.

»Wir haben sie töten lassen! Sie liegt auf dem Meeresgrund vor der Ostküste!« Serena beharrte auf ihrer Sicht der Dinge. Es spielte aber auch keine Rolle, ob sie ihm glaubte oder nicht. Sie musste er nicht überzeugen.

»Still!« Aurora unterband die Diskussion. »Wer ist diese Giovanella?«

»Sie ist unwichtig ... Elvira hat Sie durch Frank Rees beseitigen lassen.« Serenas Aussage war falsch.

»Sie ist meine Enkeltochter«, sagte Jake. Giovanella hatte es geschafft, sie war auf dem Schiff. Das allein zählte. Sie sah leider schrecklich aus, es schmerzte ihn, ihr das abzuverlangen.

»Also ein Hunter … Sag uns, Jake, was glaubst du, was sie kann, wozu noch nicht einmal du in der Lage warst?« Aurora kam erneut auf ihn zu.

»Finde es heraus.«

»Nein.« Aurora zog die Mundwinkel nach unten. »Das Mischblut verdient es nicht, dass wir mit ihm sprechen. Sie wird sterben, und zwar durch deine Hand!«

»Vergiss es …« Vorher würde er selbst sterben.

»Du wirst keine Wahl haben. Du wirst uns anbetteln, sie töten zu dürfen, um dem Schwarm zu gefallen.« Aurora sah zu Serena. »Tötet die Menschenfrau, tötet den blinden Hunter, und bringt seine Enkeltochter in die Arena.«

ANS LICHT

David hatte die Tür aufgeschlossen. Vor ihnen lag ein langer, verlassener Gang mit verschlossenen Türen zu beiden Seiten. Alles machte den Eindruck eines Kellers oder eines Lagers.

»Wo sind wir hier?«, fragte Madison. »Wo hat mich Serena hingebracht?«

»In New York. Im HFP-Gebäude.«

Wow, dachte Madison. *Hier haben Jake, Amy und William den Anschlag verübt. Michael und Lee Hastings sind auf der Straße in der Nähe gestorben.*

An diesem Ort war der offene Kampf gegen die Alieninvasion ausgebrochen und die unbarmherzige Jagd auf Jake und die anderen hatte begonnen. Nun war sie ebenfalls hier. Teil des Geschehens, aber ein Teil, der keine Rolle mehr spielte. Das Schicksal hatte ihr die Chance geboten, etwas zu tun, das größer als sie selbst war. Aber sie war im wahrsten Sinn des Wortes zu klein gewesen.

Madison verlagerte ihr Gewicht vom linken auf den rechten Fuß. Das lange Gefesseltsein an den Stuhl hatte sie steif gemacht, und die Muskeln ihrer Beine brannten wie Feuer. Der komplette Rücken war so verspannt, dass sie kaum die Hüfte beugen konnte, und die wenigen Schritte aus dem Raum heraus in den Gang hatten sie bereits erschöpft.

Scheiße, ich hatte schon mal mehr drauf.

»Warum grinst du?«, fragte David.

Madison ging nicht darauf ein. »Kennst du den Weg nach draußen?«

Er nickte. »Es gibt zwei Möglichkeiten. Über einen Aufzug am Ende des Ganges oder die Treppe, die sich ebenfalls dort befindet. Wir könnten den Aufzug nehmen und zu den unterirdischen Parkdecks fahren. Von dort aus hätten wir eine Chance, unbemerkt das Gebäude zu verlassen. Das Parksystem ist computergesteuert und unbewacht. Allerdings sind im Fahrstuhl Kameras. Die Bilder werden in die Lobby übertragen. Normalerweise achtet niemand darauf, aber es ist ein Risiko.«

»Wie viele Sicherheitsleute sind am Empfang?«

»Drei permanent hinter dem Cockpit mit den Überwachungsmonitoren, vier weitere patrouillieren ständig durchs Haus.«

»Serena geht auf Nummer sicher«, meinte Madison.

»Ich glaube nicht, dass Serena das angeordnet hat. Sie ist erst seit Kurzem in New York, hat zwar großen Einfluss, aber da gibt es zwei Typen, die hinter ihr stehen. Sind noch ziemlich jung, sehen aus wie Banker. Ich vermute, es sind die Gründer von HFP, weiß es aber nicht genau. Ich finde die zwei total unheimlich. Sie lächeln nie, sprechen kaum und kommunizieren nur stumm mit Serena.«

»Und du? Kannst du das auch?«

»Ja … nein … ich kann mich nicht erinnern. In meinem Kopf ist alles durcheinander. Es ist fast so, als hätte sich Serena einen Teil meines Gehirns unter den Nagel gerissen, umgebaut und wäre jetzt wieder ausgezogen. Die Räume in meinem Kopf sind fremd und leer, ich erkenne sie nicht.«

»Wie war das mit Serena?«

»Was meinst du?«

»Das Zusammensein. Hast du …«

David riss die Augen auf. »Nein. Niemals. So war das nicht. Ich … ich … ich …«

Madison legte ihm die Hand auf die Schulter. »Beruhige dich. Ist schon okay. Ich sage ja nicht, dass da etwas war, ich will es nur verstehen.«

»Madison, meinst du nicht, wir sollten schnellstens von hier abhauen? Serena kann jeden Moment zurückkommen.«

Sie sah ihn ernst an. »Ich brauche noch einen Moment. Im Augenblick kann ich meine Beine nicht richtig bewegen. Alles brennt und kribbelt. Ich denke, den Aufzug zu benutzen, ist zu gefährlich. Wir können nicht riskieren, dass man uns entdeckt und den Lift anhält. Wir wären gefangen wie die Ratten, und ich sage es dir ganz ehrlich, nichts und niemand bringt mich mehr auf diesen Stuhl zurück.«

Madison sah, wie David trocken schluckte. »Es tut mir leid …«

»Was? Dass du zugeschaut und nichts unternommen hast, um mir zu helfen?«

Er nickte heftig. Tränen traten in seine Augen. »Das war nicht ich da drin. Ich bin so nicht. Serena hat irgendetwas mit mir gemacht. Seit ich ihr begegnet bin, habe ich das Gefühl, im Wachzustand zu schlafen. Jeder Gedanke fällt mir schwer, und meinen eigenen Willen habe ich komplett verloren. Ich wollte nur noch, was Serena wollte. Es gab nichts Wichtigeres für mich. Dafür habe ich alles aufgegeben. Mein Zuhause, meine Familie, meine Freunde. Ich wollte nur noch bei Serena sein. Nur in ihrer Nähe war ich glücklich.«

»Du klingst wie ein Junkie«, sagte Madison.

»Ja, vielleicht war ich das auch, aber irgendetwas ist mit mir passiert – dank dir. Ich sehe die Dinge nun anders, kann zumindest teilweise klar denken, und ich … ich möchte dir helfen.«

»Okay, aber was ist mit dir?«

»Was soll mit mir sein?«

»Was willst du tun, wenn wir hier rauskommen? Serena weiß alles über dich. Du kannst ebenso wenig zurück nach Hause wie ich.«

Er ließ den Kopf sinken. »Darüber habe ich noch nicht nachgedacht. Ich … werde Amy fragen. Amy wird mir helfen. Ich muss sie suchen und finden. Leider habe ich kein Handy und kann sie nicht anrufen.«

»Deine Schwester ist in Malta.«

Fuck, dass hatte sie ihm nicht verraten wollen. Wenn Serena sie wieder in die Finger bekam, war alles verloren. Sie würde David erneut brechen und danach eins und eins zusammenzählen. Wenn Amy in Malta war, wohin würde Jake wohl gehen? FUCK!

Davids Kopf ruckte nach oben. Seine Augen leuchteten. »Dann gehe ich da auch hin. Bist du sicher, dass sie in Europa ist?«

Jetzt war es auch schon egal. »Ja, ist sie.«

»Okay, ich habe noch keine Ahnung, wie ich das schaffen werde, aber darüber denke ich später nach. Wir müssen jetzt los. Kannst du gehen?«

Madison trat von einem Fuß auf den anderen, dann machte sie erste kleine Schritte nach vorn. Schwankend und ungelenk, aber sie kam vorwärts, und jeder Schritt, war er auch noch so stolpernd, würde sie der Freiheit näher bringen.

»Versuchen wir es«, sagte sie zu David. »Aber du gibst mir besser deine Hand.«

Er streckte seine Hand aus und fasste nach ihrer. Madison lächelte ihn an. »Du siehst gar nicht mal so übel aus«, sagte sie. Abrupt wandte er sich ihr zu.

»Flirtest du etwa mit mir?« Er grinste wie ein kleiner Junge.

»So würde ich das nicht nennen, aber wenn wir es hier rausschaffen, lade ich dich auf ein Bier ein.«

»Ein Date?«

Ich sehe bestimmt furchtbar aus, und er strahlt mich an wie ein kleines Kind.

Ob das an ihrem Pheromonausstoß lag? Würde sie sich in Zukunft immer wieder die Frage stellen müssen, ob jemand sie wirklich mochte oder nur ihren Lockstoffen erlegen war?

»Kein Date«, sagte sie. »Ein Bier, mehr nicht. Hast du eine Waffe?«

»Ja, Serena hat mir eine Pistole gegeben, falls du Zicken machst.«

»Her damit!«

»Im Ernst jetzt?«

»Gib mir das Ding.« Sie streckte auffordernd ihre Hand aus.

David fasste nach hinten in den Bund seiner Cargohose und zog eine matt glänzende Automatik heraus. Fast schon schüchtern reichte er Madison die Waffe.

»Ich kann damit sowieso nicht umgehen, und wahrscheinlich hätte ich auch nicht auf dich geschossen.«

»Aber sicher bist du dir nicht«, stellte sie fest.

Er schüttelte den Kopf. Dann schaute er ihr fest in die Augen. »Ich glaube nicht, dass es dir nur um Verteidigung geht. Stimmt's?«

Madison erwiderte seinen Blick. »Wenn ich die Gelegenheit bekomme, knalle ich die Schlampe ab, also stell dich lieber nicht zwischen sie und mich. Aber keinesfalls werde ich ihr wieder lebend in die Hände fallen.«

»Madison …«

»Genug gequatscht. Wir haben einen langen Weg vor uns, und ich freue mich schon auf die Treppen.«

Niemals hätte Madison gedacht, dass man solche Schmerzen empfinden konnte. Die Treppe ragte vor ihr wie ein Schlund ins Unendliche auf. Und jedes Mal, wenn sie nach oben blickte, hätte sie vor Verzweiflung am liebsten auf die Stufen gekotzt.

Ihre Beine zitterten, während sie sich am Treppengeländer festhielt und stufenweise nach oben zog. David hatte ihr mehrfach angeboten, ihr zu helfen, sie zu tragen oder zumindest anzuschieben, damit sie schneller vorankamen, doch Madison hatte stets abgelehnt. Nein, sie würde auf ihren eigenen Füßen herauskommen.

Der verdammte Keller, in dem Serena sie gefangen gehalten hatte, musste sich irgendwo in der Nähe des Mittelpunktes der Erde befunden haben, denn die Treppe schien kein Ende zu nehmen. Stockwerk um Stockwerk quälten sie sich hinauf.

»Madison, echt jetzt. Ich weiß nicht, was das soll. In dem Tempo stellt Serena im Nullkommanichts fest, dass wir verschwunden sind«, sagte David. »Lass mich dich tragen.«

»Nein.«

»Verdammt! Warum nicht?«

»Verstehst du nicht.«

Ich verstehe es ja selbst nicht.

Aber irgendwie spürte Madison, dass sie Zeit hatte und Serena sie nicht auf der Treppe erwischen würde. Aber sie fühlte auch noch etwas anderes, und das stimmte sie traurig.

Darum war es eminent wichtig weiterzugehen.

»Wie viele Stockwerke noch?«

»Vier.«

»Mist«, keuchte Madison und schleppte sich eine weitere Stufe nach oben.

Für die nächsten vier Stockwerke brauchte sie nicht ganz so lang wie erwartet, aber schnell ging es immer noch nicht voran.

Das ist wahrscheinlich die langsamste Flucht aller Zeiten.

Inzwischen pfiff ihre Lunge wie ein alter Blasebalg. Das Herz pochte vor Anstrengung wild in ihrer Brust, und Madison fragte sich ernsthaft, ob man mit siebzehn Jahren einen Herzinfarkt bekommen konnte. Wobei, eigentlich war das egal. Es ging dem Ende zu. Nicht einem neuen Anfang.

»Madison«, drängte David.

»Sei still. Ich gebe schon mein Bestes.«

Na ja, wenigstens stimmte das. Zum ersten Mal in ihrem Leben holte sie alles aus sich raus. Wenn nicht diese verfluchten Schmerzen wären, könnte sie sogar stolz auf sich sein.

»Wir haben es geschafft«, rief David von oben, der eine Treppe vorausgestiegen war. Madison hörte, wie er die Tür zum Parkdeck öffnete. Dann Stille. Eine Minute verging. »Sieht gut aus.«

Madison atmete auf. *Vielleicht täusche ich mich ja. Wäre nicht so ungewöhnlich.*

Sie brachte die letzten Stufen hinter sich und ging durch die Tür, die ihr David aufhielt.

»Nach links«, sagte er.

Es war unnatürlich ruhig hier. Der Geruch von kaltem, feuchtem Stein lag schwer in der Luft. Überall standen Autos auf markierten Parkfeldern. So wie es aussah, befanden sich hier Hunderte von Fahrzeugen.

Wehmütig dachte Madison daran, dass sie nicht weit von hier entfernt gelebt hatte. Nur zwanzig Minuten mit dem Taxi, und sie wäre zu Hause. Madison stellte sich vor, dass es früher Nachtmittag war. Mom wäre natürlich noch nicht aus dem Büro zurück, und Dad würde erst mitten in der Nacht von seinen alltäglichen Besprechungen heimkehren. Dafür würde sie Luisa, die Haushaltshilfe, mit einem strahlenden Lächeln begrüßen und ihr etwas zu essen machen. Danach würde sie sich in ihr Zimmer verkriechen, sich aufs breite Bett werfen, chatten und chillen. Am Abend konnte sie Party machen, Freunde treffen oder ins Fitnessstudio gehen, aber all das würde heute wohl nicht geschehen.

Während Madison David hinterherstolperte, wanderten ihre Gedanken an ihre Highschool.

Was habe ich das Lernen und den Unterricht gehasst. Jetzt würde ich nichts lieber tun. Es ist alles eine Frage der Perspektive.

Noch während sie daran dachte, schlug eine Kugel in ihre Brust ein. Die Wucht des Treffers schleuderte sie zu Boden. Erstaunt blickte Madison auf ihr T-Shirt, das sich dunkelrot verfärbte. Erst saugte der Stoff sich an der Einschussstelle voll, dann begann das Blut dunkelrot herauszutropfen.

Madisons Gedanken waren vollkommen klar. Sie verstand, was geschah. Die Zeit verlangsamte sich, so als wolle ihr das Universum die Möglichkeit geben, ihre letzten Momente in dieser Welt intensiv zu erleben.

Mehr, als dass sie es wusste, ahnte sie, dass sich vor ihr ein

Mann befand. Der Schuss war von rechts gekommen, also wandte sie ihren Blick in diese Richtung. Gleichzeitig registrierte sie, wie David von zwei Kugeln getroffen und herumgewirbelt wurde. Mit einem Aufschrei sackte er neben einer dunkelblauen Limousine zusammen. Eine weitere Kugel schlug knapp neben seinem Kopf in den Kotflügel des Fahrzeugs ein, aber er schien sich glücklicherweise nicht mehr im Schussfeld des Angreifers zu befinden.

Madison wusste nicht, wie schwer David verletzt war, so oder so hatte sie dafür jetzt keine Zeit. Sie musste den Schützen ausschalten, bevor Verstärkung auftauchte.

Mit aller Macht konzentrierte sie sich auf den Wunsch, den Mann kennenzulernen.

Dann sagte sie laut: »Komm zu mir!«

Nichts passierte. Vielleicht hatten ihre Pheromone ihn nicht erreicht und verwehten nutzlos hinter ihr, trotzdem musste sie weiterhin versuchen, ihn unter Kontrolle zu kriegen.

»Komm zu mir!«

Madison hörte leises Atmen. Zumindest wurde nicht mehr auf sie und David gefeuert.

»Komm!«

Da erhob sich hinter einem schwarzen Mercedes ein schlanker Schatten in dunklem Anzug. Es war ein Mann in den Dreißigern mit glattem Gesicht und zurückgekämmten Haaren. Schwankend stand er da und machte den ersten Schritt auf sie zu.

Als er vor Madison stand, lächelte Madison ihn an.

Dann erschoss sie ihn.

»David?«, rief sie leise der zusammengekauerten Gestalt zu, die fünf Meter von ihr entfernt auf dem Asphalt lag.

»David? Lebst du noch?«

»Scheiße, tut das weh.«

Sie selbst verspürte keinerlei Schmerzen, obwohl sie ein Loch in der Brust hatte. Das Blut, das unablässig aus der Wunde sickerte, beunruhigte sie seltsamerweise nicht. Sie richtete sich auf und rutschte zum dem toten Wächter hinüber.

Im Tod wirkte er jung und unschuldig, aber auch das berührte Madison nicht mehr. Ohne zu zögern, durchsuchte sie seine Hosentasche, bis sie sein Handy fand. Sie aktivierte das Gerät, nahm seine Hand und presste seinen Daumen auf das Abdruckfeld im Display.

Mit dem Handy in der Hand robbte sie zu David hinüber. Er hatte sich in eine sitzende Position gehievt, aber Madison erkannte sofort, dass es zu spät für ihn war. In seiner Brust befanden sich zwei klaffende Einschusslöcher.

»Mich hat's erwischt«, stöhnte er.

»Mich auch. Wie geht's dir?«

»Blöde Frage. Ich verblute.«

»Quatsch, das wird schon wieder«, log sie, um ihn zu beruhigen.

Madison betrachtete ihn liebevoll. Wenn sie sich unter anderen Umständen kennengelernt hätten, wäre aus ihnen vielleicht etwas geworden. Etwas Ernstes.

»Ich habe ein Handy. Sag mir die Nummer deiner Schwester. Wir rufen Amy an.«

Er keuchte schwer, dann nannte er Amys Nummer. Madison begann zu tippen. Als er die letzte Zahl sagte, schloss er die Lider.

Madison schaute ihn an. Tränen standen in ihren Augen. »David?«, flüsterte sie, aber David antwortete nicht. Er würde ihr nie wieder antworten.

Mit einem Schluchzen drückte Madison die Hörertaste. Sie erwartete nicht, dass Amy rangehen würde, aber sie hoffte, eine Nachricht auf die Mailbox sprechen zu können.

»Hallo, hier ist Amy. Ich bin im Moment nicht erreichbar, hinterlasse mir einfach eine Nachricht, und vielleicht rufe ich ja zurück.«

Amy klang nett. Klar, dass sich Jake in sie verliebt hatte.

»Hier spricht Madison Adams. Du kennst mich nicht, und mir bleibt keine Zeit, dir alles zu erklären. Ich werde nicht mehr lange leben. Dein Bruder David hat mich gerettet. Nun ist er tot. Am Ende war er der Mensch, den du kanntest. Serena hatte keine Macht mehr über ihn. Er hat mir von dir erzählt und mir gesagt, wie sehr er dich liebt.«

Mehr gab es nicht zu sagen.

Madison legte auf und warf das Handy beiseite. Schritte näherten sich ihrer Position. Dann eine männliche Stimme, die Befehle erteilte.

Madison spürte plötzlich eine seltsame Leichtigkeit, die ihren Körper erfasste. Alle Schmerzen, alle Verzweiflung wichen von ihr. Bilder ihrer Kindheit tauchten in ihrem Geist auf.

Sie war wieder jung, so jung. Und der Himmel über ihr unendlich blau.

Sie spazierte mit ihren Eltern durch den Central Park. Dad hatte ihr einen roten Luftballon gekauft, der an einer dünnen Schnur hinter ihr hertanzte. Es war ein perfekter Sommertag, und Madison genoss die Wärme der Sonne in ihrem Gesicht, dachte darüber nach, welche Sorten Eis sie sich später wünschen sollte. Auf jeden Fall zwei Kugeln. Erdbeere und Schokolade.

Ein Windstoß erfasste den Luftballon in ihrer Hand und nahm ihn mit sich. Madison spürte Tränen in sich aufsteigen, aber da sagte ihre Mom lachend: »Schau, wie schön er fliegt. Ist das nicht wunderbar?«

Madison legte den Kopf in den Nacken und beobachtete, wie der Ballon immer höher stieg. Ein kleiner roter Punkt vor all dem Blau.

Ich möchte mit ihm fliegen, über den Himmel tanzen, dachte Madison und blickte auf das Blut, das unablässig aus ihrer Brust strömte. Dann schloss auch sie die Augen. Für immer.

IRRWEGE

Giovanella schnappte nach Luft. Es war, als ob sie sich unter Wasser befunden hätte und nun endlich zurück an die Oberfläche gelangte. Luft füllte ihre Lunge, die dabei rasselte wie die einer Kettenraucherin. Dabei hatte sie noch nie einen Glimmstängel angepackt.

»Du bist wieder bei uns ...« Hannah schenkte ihr ein freundliches Lächeln. Es war schön, sie zu sehen, schön, nicht alleine zu sein.

»Was ist passiert?«

»Sag du es mir.«

»Ich weiß es nicht, ich muss kurz eingenickt sein.« Das war eine harmlose Umschreibung für die Tortur, die sie erlebt hatte. Aber Giovanella lebte noch, deshalb war keine ihrer wirren Fantasien wichtig.

»Du hast mir eine Riesenangst eingejagt!«

»Sorry ...«

»Wir sind da«, sagte Yuki, die den Air Force-Gleiter langsam in eine Öffnung des Raumschiffs bugsierte. An den glatten weißen Wänden im Inneren waren keinerlei Erhebungen zu erkennen. Auch keine Apparaturen, Lichter oder ähnliche Dinge, die man erwarten könnte. Die Landezone wirkte wie eine überdimensionierte Plastikbox, in die man frischen Käse legen konnte. »Die lassen uns rein.«

»Sieht komisch aus, oder?«, fragte Hannah, die Giovanella half, sich aufzusetzen. Sie sah durch die Fenster, was um sie herum passierte.

»Das gefällt mir überhaupt nicht.« Yuki überprüfte mit flinken Fingern ein Funktionsfeld auf dem Display der Konsole. Einige Felder leuchteten feuerrot. »Wir haben keinen Kontakt mehr zu Hicksville. Die digitale Kommunikation ist komplett tot … wir sind abgeschnitten.«

»Haben sie Hicksville zerstört?«, fragte Hannah.

»Das hoffe ich nicht. Ansonsten wäre unsere Position bei den Verhandlungen denkbar schlecht. Aber lasst uns nicht mutmaßen, wir machen genau so weiter, wie wir es mit Jake geplant haben.«

»Glaubst du, dass er hier ist?«, fragte Giovanella.

Nach den Erlebnissen würde sie ihn gerne wiedersehen. Es gab viele Fragen, die sie ihm stellen wollte: zu sich und seinem Leben, aber auch zu ihrer Familie. Warum hatte er über die ganze Zeit hinweg nie mit ihr Kontakt aufgenommen? Wieso erst auf der Jacht vor Malta? Er hätte ihr so viele Antworten geben können. Und was zum Teufel hatte er mit ihr gemacht? Er hatte sie benutzt wie eine Schachfigur. Und … und zu was für einem Ding hatte er sie werden lassen?

»Ich weiß es nicht, wirklich nicht.«

Yuki überprüfte die Waffe, die sie am Oberschenkel trug. Sie löste das Magazin, warf einen Blick darauf, schob es zurück und lud die Pistole durch. »Wenn ja, werden wir es erfahren.«

»Lebt er überhaupt noch?«, fragte Hannah, die niedergeschlagen wirkte.

»Hannah, du weißt, warum wir hier sind. Lass uns den Job nicht schwerer machen, als er ist. Jake wusste genau, worauf er sich einlässt. Er leistet seinen Teil, wir unseren. Niemand von uns ist gerne hier, aber sehr viele Menschen bauen auf uns. Ich möchte von denen, die wir zurückgelassen haben, niemanden enttäuschen.« Yuki ging zu ihr und strich ihr durch die krausen Haare. »Ich brauche dich. Egal was uns auf dem Raumschiff erwartet, wir ziehen das zusammen durch, in Ordnung?«

»Ja.« Hannah nickte verhalten.

»Und wie geht es dir?« Yuki sah zu Giovanella. »Du siehst bescheiden aus.«

»Ich habe Probleme beim Luftholen.« Und bei dem einen oder anderen kosmetischen Problem, das sich nicht einmal mit Make-up lösen ließe.

»Das höre ich. Dich brauchen wir ebenfalls. Kannst du aufstehen?«

»Ja.«

Giovanella antwortete bereits, ohne es probiert zu haben. Sie konnte gehen. Allein, weil sie es wollte, war sie dazu in der Lage.

»Warte, ich helfe dir …«

Hannah griff ihr unter die Arme. Gemeinsam schafften sie es. Giovanella stand wieder. Auch wenn ihre Knie zitterten, als ob sie drei Wochen am Stück im Bett gelegen hätte.

»Es kann losgehen«, sagte Giovanella. Ob mit oder ohne Unterstützung ihrer Beine, sie war entschlossen, alles zu tun, was notwendig sein würde.

»Das hört sich gut an.«

Yuki öffnete die Tür des Gleiters, die mit einem leisen Zischen auf die Seite glitt. Die Luft roch schal und abgestanden. Ungewöhnlich, da es bei ihrem Anflug zuvor in dieser Landezone einen Luftaustausch gegeben haben musste.

Inzwischen war die Öffnung hinter ihnen wieder verschlossen. Sonnenlicht gab es keines. Yuki ging vor. Das Licht in der

Halle kam von allen Seiten. Die weiße Wandverkleidung leuchtete selbst. Nicht sehr stark, aber hell genug, um den ganzen Raum zu erhellen. Eine vielleicht zwanzig mal zwanzig Meter große rechteckige Halle, deren Decke sich in ungefähr zehn Meter Höhe befand.

»Wo sind die Aliens?«, fragte Hannah, die mit Giovanella folgte. Es gab niemanden, der sie in Empfang nahm.

»Gute Frage.« Yuki sah sich um. Giovanella tat es ihr gleich. Eine Tür war hier nicht zu sehen. An den weißen Wänden um sie herum war überhaupt nichts zu erkennen. »Hallo?«

Keine Antwort.

»Kann uns jemand hören?«

Stille.

Giovanella hob den Kopf und versuchte, etwas zu riechen. Ohne Erfolg. Alle Duftmoleküle, die sie wahrnehmen konnte – sei es durch die Nase oder als sichtbarer Nebel –, stammten von ihnen selbst.

Bei Hannah konnte sie Angst entdecken, aber auch den Mut, ihre Schwächen zu besiegen. Bei Yuki waren es Anspannung, Konzentration und die Bereitschaft zu kämpfen. Und bei ihr selbst? Das war ebenfalls merkwürdig: Giovanella roch nach nichts. Absolut nichts. Ihr Körper hatte offensichtlich die Absonderung von Duftstoffen eingestellt.

»Geht es? Kannst du stehen?«, fragte Hannah.

Und tatsächlich, Giovanella musste sich nicht mehr an ihr festklammern. Etwas in ihr veränderte sich, ihre Knie hörten auf zu zittern. Ihre Kraft kehrte zurück. Das sterile weiße Ambiente hatte durchaus positive Nebenwirkungen.

»Ja.« Auch das Luftholen fiel ihr leichter. Das Rasseln ihrer Bronchien verstummte.

»Sehr gut. Du wirst nämlich etwas schwer mit der Zeit.«

»Entschuldige.« Es störte Giovanella, dem blinden Mädchen so viel abzuverlangen.

»Schon okay.« Hannah wand sich zu Yuki. »Und? Eine Idee, was wir tun sollen?« Es gab Momente, bei denen man ihr nicht anmerkte, dass sie blind war.

»Nein.« Yuki sah sich weiter um. »Sie lassen uns auf das Schiff, um uns dann in diesem Raum warten zu lassen? Was soll das?«

»Die haben Angst …«

Giovanella sah auf ihren Unterarm, auf dessen verschorfter dunkler Haut sich eine feine Ader rötlich färbte. Hauchdünn und feuerrot. Sie hatte keine Ahnung, ob ihr diese Entwicklung gefiel. Egal was mit ihr passierte, es war noch nicht vorbei.

»Vor uns?«, fragte Hannah, die jetzt ebenfalls den weißen Raum absuchte und immer wieder den Boden berührte. Sie ertastete ihr neues Umfeld.

»Nein … vor mir.«

Mit jeder Sekunde fühlte Giovanella sich stärker, ohne den Grund ihrer raschen Genesung zu verstehen. Na ja, sie hatte noch nicht einmal verstanden, warum sie sich zuvor schlecht gefühlt hatte.

»Giovanella, was passiert hier gerade?« Jetzt kam Yuki auf sie zu. »Es freut mich, dich wieder wohlauf zu sehen, aber da ist doch mehr!«

»Wenn ich könnte, würde ich es dir erklären.« Sie wusste es nicht. Die Dinge, die in ihrem Körper abliefen, erklärten sich nicht von selbst.

»Siehst du etwas, was wir nicht bemerken? Kannst du mit den Aliens kommunizieren?« Yuki nahm ihre Hand. Sie meinte es gut mit ihr. »Jake und ich waren uns nie sicher, was mir dir wirklich geschehen wird. Er hat in deinem Körper eine nichtmenschliche DNA-Gruppierung reaktiviert, die sonst keiner der Hunter besaß. Es sollte dein Sprachzentrum stimulieren, so der Plan. Den Rest haben wir der Natur der Aliens überlassen. Ich habe immer gehofft, dass du nach dieser Veränderung in der Lage bist, in deren Sprache mit ihnen zu reden. Oder so etwas in der Art.«

»Reden?« Nein, reden war das falsche Wort. Giovanella sah Yuki an, nicht ihr Gesicht, sie achtete auf die Pheromone, die ihr Körper ausströmte: Anspannung, Furcht und Kampfwillen. Bisher hatte sie nur die Farben und die Emotionen als Einheit wahrgenommen. Das war viel zu ungenau. Als ob jemand redete und man nur erkennen würde, welche Sprache diese Person benutzte, ohne aber das Gesagte zu verstehen. Innerhalb der feinen Verwirbelungen konnte sie Muster erkennen. Ganz deutlich, so als ob es gesprochene Gedanken gewesen wären. Das war unglaublich. Alles war jetzt ganz klar.

»Was siehst du?«

Yuki ahnte vermutlich, dass Giovanella damit kämpfte, völlig neue Sinneswahrnehmungen zu verarbeiten. Pheromone wurden oft nur als ein Medium der Kommunikation unter Tieren betrachtet. Oder beim Menschen als Erbe einer Zeit, bevor die Evolution Sprache entwickeln konnte. Das stimmte nicht.

»Worte ...« Giovanella hörte Yuki sprechen und sah die Muster, die ihre Pheromone dabei über ihrer Schulter ergaben. So fein, so filigran, dass sie kein normaler Mensch wahrnehmen konnte. Und wenn jemand mit seiner groben Nase doch etwas roch, dann verstand er höchstens, ob sein Gegenüber Schweißfüße hatte oder nicht. »Bitte, rede weiter. Sag etwas.« Sie wollte mehr Worte lernen.

»Kannst du die Worte sehen, die meinen Mund verlassen?«, fragte Yuki.

»Ja …« Das war eine vollständig neue Sprache, die Menschen vermutlich auf ihrem Evolutionspfad verlernt hatten, falls sie sie überhaupt jemals beherrschten. »Sag etwas Schlichtes mit der Kraft deiner Gedanken und lass dabei deine Lippen geschlossen.«

Ich bin Yuki.

»Ich bin Yuki«, wiederholte Giovanella, die jedes einzelne Wort als ein eindeutiges Muster von kleinsten Verwirbelungen sah.

Alle drei lachten vor Freude.

»Mal schauen, ob ich dir auf diesem Weg auch etwas mitteilen kann.« Sie dachte an Rosen, die sie liebte: gelbe Rosen. Sie schickte Yuki via Pheromone die beiden Worte.

Yuki schrie spitz auf, fuhr sich mit der Hand an die Schläfen und klappte zusammen. Diese Reaktion hatte Giovanella nicht erwartet, vor allem hatte sie Yuki nicht verletzen wollen. Sie bewegte sich nicht mehr. Ein Schauder durchfuhr ihren Körper.

»Was hast du getan?«, rief Hannah erschrocken. Auch ohne sehen zu können, schien sie bemerkt zu haben, dass etwas nicht stimmte.

»Nichts … ich wollte nur, dass die beiden Wörter ›gelbe Rosen‹ in ihrem Kopf auftauchen.«

Giovanella löste sich aus ihrer Starre und rannte zu Yuki, die bewusstlos auf dem Boden lag. Sie bückte sich umgehend und nahm sie in den Arm.

»Yuki, kannst du mich hören? Bitte, Yuki!«

Yuki antwortete nicht. Hannah kniete neben ihr. Giovanella hatte das nicht tun wollen. Sie schüttelte Yuki an den Schultern, die aber nicht reagierte.

Was wie ein Spiel begann, endete in einer Katastrophe.

Was habe ich getan? Was geht hier vor? Das alles kann doch nicht wahr sein!, schoss es Giovanella panisch durch die Gedanken.

»Atmet sie noch?«, fragte Hannah hektisch.

»Nein …« Giovanella sackte aufgelöst nach hinten, und die schreckliche Erkenntnis durchflutete sie: Zwei harmlose Worte in der Sprache der Aliens genügten, um einen Menschen zu töten. Oh nein, das wollte sie nicht! »Ich habe sie umgebracht.«

»NEIN!«, schrie Hannah und ließ sich heulend auf Yukis Brust fallen.

»Das wollte ich nicht …«

Giovanella hätte alles getan, um diesen Unfall ungeschehen zu machen. Sie würde die Sprache der Pheromone nie wieder leichtfertig benutzen. Auch sie begann wie wild zu schluchzen, nur dass bei ihr keine Tränen kamen. »Bitte, das musst du mir glauben … das wollte ich nicht!«

»Nella, ich glaube dir …« Hannah kämpfte sichtlich, ihre Emotionen in den Griff zu bekommen. »Es ist nicht deine Schuld, was aus dir geworden ist. Jake hätte das nicht tun dürfen, du warst eine von uns … ich, wir alle haben davon geträumt, dass du helfen könntest.«

»Das werde ich!« Auch wenn sie noch nicht wusste wie. So viele unschuldige Menschen waren gestorben, sie war es ihnen schuldig zu kämpfen. »Komm, wir suchen einen Weg hier raus!«

»Einverstanden.«

Giovanella streckte Hannah ihre Hände entgehen, um ihr aufzuhelfen. Doch bei der ersten Berührung ließ diese sich sofort zurück auf den Boden fallen. Sie wirkte zu Tode erschrocken. »Du bist …«

»Was?«

»Das ist nur …«

Giovanella kapierte, die Berührung. »Was hast du in mir gesehen?«

»Nein, nein, das kann nicht sein!« Hannah schüttelte aufgebracht den Kopf.

»Sag es mir!«

»Ich kann es nicht beschreiben ... da war Licht, Schatten, ich sah eine Mauer, die etwas verborgen hat. Ein Tier, oder so etwas in der Art, ich habe es nicht erkennen können. Es hat geknurrt. Das Vieh muss riesig sein! Oh, Jake, was haben wir nur mit ihr getan!«

»Hannah, das ist in Ordnung.«

Giovanella verstand mit der Zeit immer besser, was ihre Aufgabe auf dem Raumschiff der Aliens war. Verhandeln war es nicht. Nein, die Zeit, um zu reden, war vorbei. Sie war hier, um zu kämpfen. Jetzt wusste sie auch wie. »Du brauchst keine Angst zu haben ...«

Hannah nickte.

An der Seite gab es ein Geräusch, als ob jemand den Korken aus einer Weinflasche zog. Giovanella drehte sich herum und sah eine Öffnung in der Wand. Von der Besatzung des Raumschiffs fehlte immer noch jede Spur. Warum redete niemand von denen mit ihnen?

Giovanella versuchte, einen Geruch aus der Öffnung wahrzunehmen. Aber da war nichts. Absolute Stille. Stille bedeutete hier nicht nur, nichts zu hören, sondern auch, nichts zu riechen. »Komm!«

Hannah und Giovanella waren bereits einige Zeit unterwegs, ohne jemandem zu begegnen. Unterwegs in einem ewig langen und geschwungenen Korridor. Weiß und genauso schlicht wie die Halle, in der sie gelandet waren. Dort hatten sie Yuki zurückgelassen. Sie zu verlieren, schmerzte Giovanella in der Seele. Aber sie durfte jetzt nicht trauern, sie musste sich konzentrieren.

Sie gingen weiter. Das Licht strahlte unaufdringlich aus den runden Wandverkleidungen. Es war auch kein Anstieg oder ein Abstieg wahrzunehmen, ebenso wie sich die Temperatur nicht veränderte.

»Kannst du etwas riechen?«, fragte Hannah.

»Uns ... na ja, eigentlich nur dich.« Mehr gab es über die eintönige Röhre nicht zu sagen.

»Ich könnte eine Dusche vertragen.«

»Stimmt.«

Beide lachten. Lachen befreite, sogar in dieser ausweglosen Situation.

»Wollen die uns testen?«

»Ja.« Dessen war sich Giovanella inzwischen sicher. In dem Raumschiff geschah nichts ohne Grund. Sie nutzte die Zeit, um sich zu besinnen. Sie war zwar so hässlich wie zuvor, konnte sich aber mittlerweile wieder ohne Schmerzen bewegen.

»Noch etwas mehr als drei Stunden ...«

»Drei Stunden? Was ist dann?« Giovanella wusste nicht, was Hannah meinte.

»Dann werden die Raketen gestartet.«

»Stimmt.« Sie hatte daran nicht mehr gedacht. »Es wäre furchtbar, wenn sie eingesetzt werden. Es wäre aber auch schlimm, wenn es nicht mehr möglich sein sollte.« Für Giovanella lag eine friedliche Lösung in weiter Ferne.

»Was ist das?«, fragte Hannah. »Das Vibrieren ...«

Giovanella spürte es auch. Zuerst ganz schwach, dann aber schnell stärker werdend. Vor ihnen befand sich ein dunkler Punkt, der auf sie zuraste. So schnell, dass es nicht mehr möglich war, ihm auszuweichen. Aus dem Punkt wurde eine Wand. Eine schwarze Wand, die sie tosend mitriss.

Giovanella schrie, konnte aber ihre eigene Stimme nicht mehr hören. Nicht sehen, nicht hören, nicht riechen und auch nicht spüren. Sie griff vergebens nach Hannah. Um sie herum tobte ein Sturm. Sie wirbelte umher und versuchte, sich festzuhalten. Festzuhalten in einem haltlosen Korridor, ein hoffnungsloses Unterfangen.

Genauso schnell, wie der dunkle Sturm sie durch den Korridor gefegt hatte, war er auch wieder verschwunden. Weg, als ob es nie passiert wäre. Auch von den Vibrationen war nichts mehr zu spüren.

Giovanella stand in dem Korridor wie zuvor, Hannah lag neben ihr, nicht wie zuvor. War das real? Sie wollte etwas sagen, fühlte aber, dass ihre Zunge am Gaumen klebte. Das war keine Einbildung. Links und rechts öffnete sich der Gang, und Männer in grauen Uniformen traten hervor. Sie trugen transparente Schilde. Zwei vor ihr und zwei hinter ihr. Groß, schlank, Kerle mit festem Blick und schmalen Lippen. Eine freundliche Begrüßung stellte sie sich anders vor. Verdammt, was war mit Hannah?

»Was wollt ihr von mir?«

Mitkommen, tönte es unausgesprochen durch den Gang. Das waren keine Menschen.

»NEIN!«, schrie Giovanella, die nicht vorhatte, Hannah hier liegen zu lassen. Sie wich zurück.

Mitkommen. Die Unterhaltung schien einseitig zu werden. Das Wort roch wie eine Drohung.

»ICH GEHE NICHT OHNE SIE!«

Giovanellas ganze Wut richtete sich gegen den Alien, der direkt vor ihr stand. Blond, blaue Augen, der hätte mit seinem

Aussehen auch einen Job in einem Werbespot bekommen. Jedenfalls bis zu dem Zeitpunkt, als ihn ihre Worte trafen.

Ich gehe nicht ohne sie, einfache Worte, die ihn umgehend die Augen auf Links drehen ließen. Der Mann brach leblos zusammen, was die anderen drei des Empfangskomitees ihre Schilde aktivieren ließ. Blaues Licht umhüllte sie schützend.

Plötzlich verstand Giovanella: Es kam nicht darauf an, was sie sagte, sondern wie sie es tat! Das Licht zwang sie, ihre Augen mit der Hand abzuschirmen. Keine gute Idee, denn auf einmal traf sie etwas in den Rücken und nahm ihr den Atem. Sie wurde nach vorne geschleudert, sie stürzte und blieb neben Hannah liegen. Hannah, die sie mit leeren Augen anstarrte. Sie lebte nicht mehr. Oh, nein! Sie hatten sie getötet!

»NEIN!«

Unbändige Wut überkam Giovanellas Sinne, jeder Gedanke in ihr färbte sich pechschwarz. Schwarz wie ihre Haut, schwarz wie der Tod und schwarz wie die Zukunft, die sie allen nehmen würde. Das war nicht mehr ihre Welt, nicht mehr ihr Volk, nicht mehr ihre Vergangenheit. Sie würde alle richten, die es wagten, sich ihr in den Weg zu stellen.

AD 2018

DAS WURDE VOR LANGER ZEIT IN DER ZUKUNFT ENTSCHIEDEN

Malta war hell. Leuchtend im Licht der Nachmittagssonne, das den hellbraunen Häusern alten Glanz zu verleihen schien. Ein leichter Wind war aufgekommen, und Jake konnte den Duft der ganzen Insel riechen. Wilder Thymian, Olivenbäume und Orchideen.

Er stand am Bug und beobachtete das Anlegemanöver im Grand Harbor von Valletta. Der Dieselgestank der Fähre verflog in diesem Ansturm der letzten Sommertage, und Jake schloss die Augen. Hier auf dieser winzigen, nur dreihundert Quadratkilometer großen Insel war Amy.

Amy.

Seine Gedanken wurden unterbrochen, als Caleb sich neben ihn stellte, die Arme ausbreitete und laut rief: »Ich bin der König der Welt!«

Jake lächelte und legte ihm die Hand auf die Schulter. »Das bist du, Kumpel.«

Die Zugfahrt von Rom nach Süditalien war ohne Probleme verlaufen, und Caleb hatte sich nach dem Überfall längst wieder beruhigt. Fast schien es so, als habe er das Ganze aus seinem Kopf verbannt, oder er tat einfach so, als wäre es nie geschehen. Um diese Gabe beneidete er ihn.

Wenn es für mich doch auch so einfach wäre ...

Jake hatte sich während der Überfahrt von Catania nach Valletta zurückgezogen und mit Carl gesprochen, aber der hatte ihn vorerst nur in einen Teil seines Planes eingeweiht.

Das Verrückte daran ist, dass es eigentlich mein *Plan ist, von dem ich aber noch keinen blassen Schimmer habe ... Noch nicht. In der Zukunft, wenn das hier alles gelaufen ist, werde ich wissen, was zu tun ist, damit es geschehen kann, und entsprechende Vorbereitungen treffen. Abgefahren!*

Man konnte Kopfschmerzen von solchen Überlegungen bekommen. Irgendwie war es nicht so einfach, die Sache mit der Zukunft, Gegenwart und Vergangenheit auseinanderzuhalten, seit er wusste, dass Zeit nicht linear in die Zukunft verlief. Nichts war sicher, und auch wenn man die Zukunft zu kennen glaubte, konnte doch etwas in der Vergangenheit geschehen, das alles zunichte machte.

So wie ich es verstehe, wurde Carl von mir erschaffen, damit die Vergangenheit so stattfindet, wie ich sie kenne. Dennoch beeinflusst das Eine das Andere.

Skagen kam mit Hannah an der Hand zu ihnen herüber. Er beschrieb dem blinden Mädchen ausführlich, was er sah, und Hannah lächelte. Schließlich wandte er sich an Jake.

»Wie geht es jetzt weiter?«

»Am Hafen wartet ein Kleinbus auf uns. Der Fahrer wird uns in den Norden der Insel bringen. Dort beziehen wir Quartier in einem aufgegebenen Kloster, das Carl gekauft hat. Wir werden da eine Weile bleiben, uns ausruhen und unsere nächsten Schritte planen.«

»Ist Amy auch dort?«, fragte Hannah.

»Nein, sie weiß nicht, dass ich komme. Carl hat mir nicht gesagt, wo sie lebt. Er meint, es gibt im Moment Wichtigeres als mein Liebesleben.«

»Hat er das echt so gesagt?«

Jake lächelte ein müdes Lächeln. »So in etwa.«

»Und du weißt nichts Genaues über seine Pläne?«, fragte Skagen misstrauisch nach. Jake schüttelte den Kopf.

»Warum sprichst eigentlich immer nur du mit ihm?«

»Er spricht mit mir, nicht umgekehrt.«

»Aber du hast das Handy, du hast den Kontakt zu ihm. Wir müssen dir glauben, wenn du sagst, Carl habe dies oder das beschlossen. Woher sollen wir wissen, dass es nicht deine Wünsche sind?«

»Wenn man es genau betrachtet, sind es meine Wünsche, denn ich habe Carl in der Zukunft programmiert.«

»Auch wieder so eine komische Sache. In der Zukunft wird nur von dir gesprochen. Hannah, Caleb und ich werden mit keinem Wort erwähnt. Klingt fast danach, als ob wir diese Zukunft nicht erleben werden und wir nur deine Erfüllungsgehilfen dafür sind, sie für dich zu erschaffen.«

»Skagen!«, sagte Hannah scharf. »Du gehst zu weit. Niemand hat dich gezwungen mitzukommen, ganz im Gegenteil, du führst diesen Kampf schon viel länger als wir, und bisher hat es so gewirkt, als gefalle es dir.«

»Gefallen? Spinnst du?«, empörte sich Skagen. »Ich könnte ganz gut auf all das verzichten, würde liebend gern das Leben eines normalen Teenagers führen und von dem ganzen Mist nichts mitkriegen. Aber es ist nun mal so, wie es ist, und ich stelle mich dem Kampf.«

»Und du willst Rache für den Tod deiner Mutter.«

»Ja.« Skagen presste die Lippen zu einem schmalen Strich zusammen. »Das auch.«

»Du traust mir also nicht«, stellte Jake ruhig fest.

»Das hat nichts mit Vertrauen zu tun. Ich will in alle Entscheidungen mit einbezogen werden. Hier geht es schließlich auch um mein Leben.«

»Es gibt nicht viel zu entscheiden. Carl sagt uns, was getan werden muss, und wir tun es.«

»Du machst es dir einfach, schiebst die ganze Verantwortung auf eine KI aus der Zukunft.«

»Eben hast du mir noch vorgeworfen, ich würde ohne dich entscheiden. Also was denn nun?«

»Gib mir das Handy!«

Jake sah ihn an. Skagens Augen blitzten. Sein rechtes Augenlid zuckte vor unterdrückter Wut.

»Nein.«

»Nein?«

»Das werde ich nicht tun. Du wirst mir vertrauen müssen.«

Jake fühlte sich nicht wohl bei dem, was er tat. Es war nicht richtig, seine Freunde zu belügen und sie im Unklaren zu lassen. Doch Carl hatte ihm vermittelt, dass es von ungeheurer Bedeutung war, dass alle Ereignisse so stattfanden, wie sie anscheinend aus Sicht der Zukunft stattgefunden hatten. Der Ablauf durfte sich nicht ändern, und Skagen war durch seine Unberechenbarkeit ein Unsicherheitsfaktor in dieser Gleichung. Jake wusste nicht, wie er reagieren würde, wenn er die Wahrheit kannte, also schwieg er über das, was ihnen bevorstand.

Skagen bleckte die Zähne. Dann beugte er sich vor, bis seine Nasenspitze fast Jakes Gesicht berührte. »Einen Scheiß muss ich!«

Ohne ein weiteres Wort wandte er sich ab und ging zu ihrem Gepäck hinüber, das neben der Steuerbord-Reling stand.

»Er wird sich wieder beruhigen«, sagte Hannah.

»Skagen beruhigt sich nie. Er ist wie ein Vulkan kurz vor dem Ausbruch. Ich muss ihn im Auge behalten, damit er keinen Mist baut.«

»Du denkst so wie Madison?«

»Nein, das nicht. Er würde uns niemals verraten, aber vielleicht kommt er auf die Idee, den Kampf auf eigene Faust fortzuführen.«

»Wie ist es mit mir?«, fragte Hannah.

»Was meinst du?«

»Musst du mich auch im Auge behalten?«

»Hannah …«

Sie streckte ihre Hand aus, bis sie seine Wange ertastete. Eine Weile schwieg sie, dann sagte Hannah: »Alles ist gut, Jake. Ich habe es gesehen. Du tust das Richtige.«

»Aber ich weiß doch gar nicht, was ich machen soll.«

»Wenn es so weit ist, wirst du es wissen.«

Ihre Hand sackte herab. Jake umfasste sie. »Danke, Hannah.«

»Ich gehe mal zu Skagen hinüber und versuche, ihn aufzumuntern.« Sie lächelte zart.

»Soll ich dich hinbringen?«

Sie zeigte nach links. »Es sind dreizehn Schritte in diese Richtung, Jake Merdon. Ich komme klar.«

Als sie gegangen war, schaute ihn Caleb an. »Es ist gut hier«, sagte er.

»Ja? Warum?«

»Hier gibt es keine Farben, die keine Farben und alle sind.«

Er grinste glücklich. »Ich glaube, ich will schwimmen gehen.«

»Äh … Caleb.«

»Kannst du es mir beibringen? Ich würde so gern mal im Meer schwimmen. Mrs Winter hielt Sport für Unfug und Zeitverschwendung. Aber ich glaube, Schwimmen ist wie Fliegen, nur eben im Wasser.«

»Okay, Caleb, dann wirst du im Wasser fliegen.«

Das Kloster lag am Fuße eines kleinen Hügels. Unscheinbar, still machte es den Eindruck von Verlassenheit.

In dieser Gegend lebten nur wenige Menschen, daher fiel es nicht auf, als der Kleinbus die vier Jugendlichen mit ihrem Gepäck entlud und über eine staubige Piste aus getrockneter Erde davonfuhr.

Im Winter, wenn es regnete, würden sich die Straßen schnell in Schlamm verwandeln, aber noch war es heiß und trocken.

Der Fahrer hatte während der ganzen Fahrt kein Wort gesprochen und sie ebenso wortlos zurückgelassen. Ein Omen für die Zeit der Stille, die vor ihnen lag, dachte Jake. Er schnappte sich Hannahs Rucksack und ging zur alten, verwitterten Holztür, die irgendjemand wahrscheinlich vor Ewigkeiten gefertigt hatte. Laut Carl lebte hier schon lange niemand mehr. Die Mönche, die diese Mauern einst mit ihren liturgischen Gesängen erfüllt hatten, waren schon in den Siebzigerjahren des letzten Jahrhunderts gegangen. Seitdem stand das Kloster leer. Carl hatte es für eine aberwitzige Summe der winzigen Gemeinde abgekauft, deren Häuser außerhalb der Sichtweite des Klosters lagen.

Laut seiner Aussage hatte er das Gebäude und das Gelände

bereits erworben, lange bevor er Jake das erste Mal kontaktiert hatte. In den folgenden Monaten hatten örtliche Handwerker alles in Schuss gebracht und wohnlich ausgebaut. Eine eigene Quelle versorgte nun über eine moderne Filteranlage das Haus mit Frischwasser. Starkstromkabel waren von einer italienischen Spezialfirma unterirdisch verlegt worden und führten in die Kellerräume des Klosters, dort wo früher der von den Mönchen hergestellte maltesische Schafs- und Ziegenkäse *Gbejna* sowie Wein und Lebensmittel gelagert wurden.

Auf dem Dach des Hauptgebäudes waren zusätzlich Solarpanele verlegt worden, die Heißwasser lieferten und ebenfalls der Stromversorgung dienten.

Jake wog den altertümlichen Eisenschlüssel in der Hand und sah die anderen an, die etwas ratlos neben ihm standen. Sie wussten nicht, was sie erwartete, auch nicht, dass das ganze Anwesen zwar von außen ziemlich heruntergekommen aussah, aber innen drin mit modernster Überwachungstechnik ausgerüstet war.

Nicht sichtbare Kameras deckten jeden Winkel um das Kloster ab. Bewegungsmelder, Wärmesensoren und eine intelligente Computersoftware, die notfalls das Kloster hermetisch abriegeln konnte, sorgten für Sicherheit und dafür, dass sich ihnen niemand unbemerkt nähern würde.

Das alles wussten Hannah, Caleb und Skagen nicht, nur Jake. Carl hatte ihn bis ins kleinste Detail darüber informiert, was er vorfinden würde und welchem Zweck es diente. Sie würden hierbleiben. Für eine sehr lange Zeit, aber er schob den Gedanken beiseite.

»Sollen wir?«, fragte er in die Runde.

»Trägst du mich über die Schwelle?«, fragte Hannah la-

chend. Auch Skagen schien sichtlich entspannter nach seinem Gespräch mit dem blinden Mädchen. Caleb strahlte.
»Eine echte Burg«, meinte er.

»Nein, Caleb, das …« Jake winkte ab. »Es ist eine Burg.«

»Schließ auf«, meinte Skagen. »Ich habe Durst und will endlich mal die Beine hochlegen.«

Jake schob den Schlüssel ins Schloss und drehte ihn. Mit einem hörbaren Klicken wurde die Tür entriegelt. Jake stieß sie auf und staunte nicht schlecht, als er sich in einem kleinen Innenhof wiederfand. Von außen hatte das ganze Anwesen wie ein einziges großes, flaches Gebäude gewirkt, aber nun sah er, dass dieser Eindruck täuschte. Um sie herum befanden sich überall Türen, die sicherlich zu irgendwelchen Räumen führten, aber der Hof selbst wurde von einem alten, trotzigen Olivenbaum beherrscht, dessen silbergrüne Blätter im Wind rauschten. Eine geschnitzte Holzbank stand darunter, ebenso ein verwitterter Tisch.

Wow, hier lässt sich's aushalten, mit Quatschen, Trinken und Essen …

Fast glaubte Jake, das Lachen und die Gespräche der Mönche zu hören, die hier einst gelebt hatten. In der Luft lag ein zarter Duft nach Kräutern, die außerhalb der Mauern auf den hochstehenden Wiesen wuchsen und vom Kloster bis zur Hauptstraße reichten.

Hier können wir uns ausruhen. Kraft schöpfen. Vorbereitungen treffen.

»Wie sieht es aus?«, fragte Hannah neben ihm.

Jake erzählte es ihr in langen Sätzen.

»Sind wir hier sicher?«, fragte sie.

»Ja, Hannah.«

»Gut«, war alles, was sie daraufhin sagte.

»Wo sind unsere Zimmer?«, fragte Skagen.

»Ich schätze mal, das müssen wir selbst herausfinden. Carl hat mir keinen Grundriss der Anlage gesendet, bevor er sich auf mein Handy downgeloaded hat. Und da er jetzt permanent offline ist, wird es den auch sicherlich nicht mehr geben.«

»Okay, dann wollen wir mal«, meinte Skagen. »Caleb, komm mit, wir suchen uns ein Zimmer aus.«

Caleb strahlte ihn an. »Bekomme ich ein eigenes?«

»Aber sicher doch.«

»Wo ist das Meer?«

»Nicht weit entfernt.«

»Kannst du schwimmen, Skagen?«

»Ja.«

»Jake bringt es mir bei.«

»Das ist toll.«

»Haben wir Cola?«

»Ich weiß nicht, Caleb.«

»Ich mag Cola.«

»Schon klar.«

Die beiden gingen davon. Jake spürte, wie eine Last von ihm abfiel und er müde wurde. Die Anspannung hatte ihn auf den Beinen gehalten, aber nun fühlte er sich schwach.

»Komm, wir gehen auch rein, Hannah«, sagte er und nahm ihre Hand.

»Hier möchte ich gern bleiben«, murmelte sie leise.

»Das wirst du.«

Als alle schliefen, schlich Jake leise in den Keller hinab. Raue Felswände, direkt in den Stein gehauen, begleiteten seinen Weg in die Tiefe. Es roch nach Staub, Alter und Zeitlosigkeit, aber auch der Geruch von glänzendem Metall, Plastik und

Gummi mischte sich darunter, wurde stärker, je weiter ihn die Treppen hinabführten.

Am Ende der Stufen erwartete ihn ein kuppelförmiger, hoher Raum, der im Durchmesser vielleicht zwölf Meter betrug. Dass es diesen Raum gab, war nicht erstaunlich. Hier hatten die Mönche ihre Vorräte gelagert, denn selbst heute nach der Hitze des Tages war es hier unten angenehm kühl.

Erstaunlicher als der Raum waren die vier seltsamen Metallsärge, die auf dem steinernen Boden aufgestellt waren und zu denen dicke Stromkabel führten. An jedem war eine Computerkonsole befestigt, deren Kontrollleuchten glühten und Betriebsbereitschaft signalisierten.

»Sind sie das?«, fragte Jake in sein Handy hinein.

»Kyrokältekammern. Die neueste Technologie. Ein Vermögen wert«, sagte Carl.

»Es sind bloß vier Kammern. Hast du von Anfang an gewusst, dass Madison nicht mit uns nach Malta kommen würde?«

»Nein, eine der Kammern war für sie gedacht.«

»Aber dann ...«

»Du wirst nicht schlafen, Jake. Einer muss wach bleiben und alles für den Kampf in einhundert Jahren vorbereiten.«

Einhundert Jahre wach bleiben? Wie sollte das denn bitte funktionieren? Das mit den Kältekammern war ja schon kaum zu verstehen, bisher kannte er so etwas nur aus Science-Fiction-Filmen. Aber ohne diesen Dornröschenschlaf wäre er in 2118 beinahe hundertzwanzig Jahre alt und ein verdammt alter Sack. Ein verdammt toter alter Sack.

»Aber im Jahr 2118 wird es mich nicht mehr geben. Ich werde längst unter der Erde sein, bevor die eigentliche Invasion beginnt.«

»Nein, Jake. Deine Gene sowie die Gene aller Hunter wurden modifiziert, verändert, manche abgeschaltet. Dein Alterungsprozess läuft wesentlich langsamer ab als bei normalen Menschen. Du wirst für Jahrzehnte jung sein.«

»Sag bloß, ich bin unsterblich …«

Carl lachte. »Nein, es gibt einen biologischen Höhepunkt, also gibt es auch einen Verfall, aber der läuft ebenso langsam ab. Ich weiß nicht, wie alt du werden kannst, schließlich kann ich nicht in die Zukunft sehen.« Er lachte meckernd, vollkommen unandrogyn.

»Machst du jetzt auch schon Witze?«

»Du hast mir diese Fähigkeit einprogrammiert.«

»Und die anderen werden ebenso alt wie ich?«

»Ja.«

»Warum müssen sie dann in die Kyrokammern?« Jake war verwirrt.

»Sie haben in den nächsten einhundert Jahren keine Aufgaben. Was sollen sie hier machen? Rumsitzen und Däumchen drehen? Nein. Sie würden verrückt werden, und rausgehen können sie nicht. In den nächsten Jahrzehnten wird sich HFP über den ganzen Planeten ausbreiten. Es gibt keinen sicheren Ort mehr für euch. Hier in diesem Kloster können sie die Zeit überstehen, bis sie in der Zukunft den Kampf wieder aufnehmen.«

»Was ist mit mir? Ich kann doch nicht allein …«

»Du wirst nicht allein sein. Und du wirst nicht hierbleiben, dich aber immer in der Nähe befinden, um zu kontrollieren, dass die Anlage reibungslos funktioniert.«

»Amy?«

»Du wirst sie wiedersehen.«

»Wo ist sie?«

»Nicht weit von hier. Im Nachbardorf. Du hast ein ganzes Leben zu leben.«

»Was ist mit dir?«, fragte Jake. »Wirst du bei mir bleiben?«

»Nein, ich gehe jetzt wieder online.«

»Aber ...«

»Ich werde ins Kernsystem der Aliens im HFP-Tower eindringen und dort als Schläfer auf den Tag der Entscheidung warten. Du wirst wissen, wenn es so weit ist. Das alles wurde vor langer Zeit in der Zukunft entschieden.«

»Ich verstehe nicht ...«

»Du wirst verstehen, das verspreche ich dir. Da es mich in fünf Minuten nicht mehr geben wird. Das, was du als Carl kennengelernt hast, wird aufhören zu existieren. Du wirst mich erschaffen müssen, damit wir hier und heute dieses Gespräch führen können. Du wirst mich durch die Zeit schicken, damit ich deinem jüngeren Ich helfe, die Dinge zu tun, die getan werden müssen. Du hast eine weitere große Aufgabe vor dir.«

»Ehrlich, Carl, ich verstehe nicht einmal die Hälfte von dem, was du sagst. Das ist doch verrückt. Ich soll dich in den kommenden Jahren erschaffen? Damit du mir hilfst, dass ich dich eines Tages erschaffen kann und wir die Fremden aufhalten?«

»So ist es, vertraue mir und tue, was getan werden muss.«

»Und was soll das sein?«

»Lerne alle wichtigen Programmiersprachen. Alles über künstliche Intelligenz, Robotertechnologie, Genetik, Humanbiologie und die Funktionsweise von Viren.«

»Warum?«

»Du musst mich erschaffen. Du weißt jetzt, wie ich funktioniere, kennst das Ziel, also mach es möglich.«

»Und wenn ich scheitere?«

»Das wird nicht geschehen.«

»Puh ... da habe ich ja noch so einiges vor mir. Und soll ich dir mal was sagen? Ich glaube, ich werde dich ziemlich vermissen ...«

Carl ging nicht darauf ein. »Nenn mir einen Sprachcode, mit dem ich mich in einhundert Jahren aktivieren kann.«

Jake dachte lang nach, dann sagte er: »In Liebe für Amy.«

DUNKELHEIT

Giovanella schrie, sie tobte, schlug um sich, kämpfte mit allen Mitteln, die ihr zur Verfügung standen. Um sie herum blitzte blaues Licht, das sie wie eine Kugel umschloss und dabei immer näher auf sie zukam. Mit jeder Berührung der blauen Sphäre zischte es, und Stücke ihrer ohnehin bereits verschorften Haut lösten sich in grauen Staub auf. Als ob sie jemand mit einem laufenden Föhn in eine Badewanne tauchte. Sie hatte ihren Körper nicht mehr unter Kontrolle und zuckte nur willenlos umher. Dieser Kampf hatte nicht lange gedauert. Kein Platz für einen letzten Gedanken. Dunkelheit kam über ihre Sinne. Sie fiel in den Schatten.

»Wer bist du?«, fragte eine körperlose weibliche Stimme ohne Groll oder Feindseligkeit.

»Giovanella.«

Es gab keinen Grund, nicht zu antworten. Sie wusste nicht, wo sie war oder was sie erlebt hatte. Alles um sie herum war dunkel. Eine behagliche Dunkelheit, wie man sie im Winter gut zugedeckt auf dem Sofa verspürte, während man am frühen Morgen aufwachte.

»Du bist anders ...«

»Was soll an mir anders sein?«

Giovanella verstand nicht. Sie war eine junge New Yorker

Juristin, die mit viel Hoffnung im Herzen ihren Platz im Leben suchte. Das musste ein Traum sein, wenn auch ein sonderbarer. Gleich würde sie aufwachen, sich fertig machen und ins Büro fahren. Wie jeden Tag.

»Du bist kein Mensch.«

Giovanella lachte, der Traum wurde immer verrückter. »Was soll ich denn sonst sein?«

»Du aber denkst, ein Mensch zu sein. Ein folgenschwerer Irrtum. Jake hat deine DNA manipuliert.«

»Wer ist Jake?«

Giovanella hatte keinen blassen Schimmer, von wem sie sprach. Jake, wer auch immer, sollte an ihrer DNA herumgepfuscht haben? So einen Blödsinn hatte sie noch nie gehört. War das überhaupt ein Traum? Sie fühlte die angenehme Wärme eines Kamins und roch Buchenholzscheite, die darauf warteten, verfeuert zu werden.

»Jake Merdon.«

»Den kenne ich nicht ...«

Giovanella dachte nach. Sie konnte sich Namen sehr gut merken, aber diesen hatte sie noch nie gehört. Einen Moment, sie kramte tiefer in ihrer Erinnerung, kannte sie ihn doch? Die Wärme, die freundliche Stimme und die Stille ließen sie wieder müde werden. Nein, sie wollte sich erinnern. Dazu müsste sie aufstehen und die Decke auf die Seite schlagen.

»Er ist die Erinnerung nicht wert«, erklärte die Stimme, die Stimme ihrer besten Freundin. Der Freundin, der man alles anvertrauen konnte. Alle Sünden, alle Sehnsüchte und alle Schwächen, mit ihr würde sie über alles sprechen können, was sie bewegte.

»Ja ...«

Giovanella spürte, wie der Drang, sich zu erinnern, verblasste.

Sie kannte Jake nicht. Ihre beste Freundin würde sie niemals belügen. Da war der Duft nach gelben Rosen, den sie so liebte.

»Aber du bist auch keine von uns, du bist nicht rein, du bist ein missglücktes Genexperiment. Sag uns, was sind deine Wünsche?«

»Ich bin ... ich möchte ...«

Ein Konflikt stieg in Giovanella auf. Auf der einen Seite hörte sie die Stimme ihrer besten Freundin und fühlte sich geborgen und zufrieden, andererseits stachen ihr unbequeme Erinnerungen in den Nacken.

»Wir hören dich.«

»Aber ...«

Giovanella wollte diesen angenehmen Moment nicht zerstören. Da zerrten zwei Seiten an ihr, die sie beide nicht kannte. Sie stöhnte, die Schmerzen in ihrem Nacken nahmen zu. Jake, Jake Merdon, natürlich kannte sie diesen Namen! Ihr musste nur noch einfallen woher!

»Du kannst uns alles sagen. Öffne dich, lass es heraus, du wirst dich danach besser fühlen. Warum bist du hier?«

Der Stimme ihrer besten Freundin haftete eine Aura der Glückseligkeit an. Als ob Giovanella mit geschlossenen Augen auf einer Wiese voller Blumen lag. Die Stimme zu hören bedeutete, das Leben zu erfahren, es zu lieben und diesen Moment des Glücks mit allen anderen zu teilen.

»Jake ist ein Hunter!«, fuhr ihr spontan aus dem Mund. Sie hatte diesen Gedanken nicht aufhalten können, er stach, er schmerzte, sie konnte ihn nicht für sich behalten.

»Du bist es nicht.«

»Er ist hier!«

Da sprach etwas in ihr, das Giovanella nicht unter Kontrolle hatte. Ein Stück ihrer selbst, das sich wie ein trotziges Kind in ihrem Nacken versteckte und sie bei jedem falschen Wort mit einer Nadel pikste.

»Bist du wegen ihm hier?«

»Ja.«

»Warum?«

»Ich ... ich weiß es nicht ...«

Giovanella hatte das Gefühl, dass eine fremde Person ihre Erinnerungen ordentlich durcheinandergebracht hatte.

»Er ist nicht dein Freund.«

Vor ihr blitzte kurz das Gesicht eines Jugendlichen mit verzerrter Mimik auf, dann das eines Erwachsenen. Das waren derselbe Junge, derselbe Mann und dasselbe schreckliche Gesicht. Das war Jake Merdon, der ein mieser Scheißkerl war!

»Er ist nicht mein Freund ...«

Wut stieg in Giovanella auf. Wut auf Jake Merdon! Der Geruch von heißem Blech begleitete diesen Gedanken. Es knackte. Jetzt verstand sie auch, warum sie ihn vergessen wollte. Jake war es nicht wert, sich an ihn zu erinnern.

»Er ist dein Feind.«

»Mein Feind!« Natürlich war er das. Jake war schon immer ihr Feind gewesen.

»Er hat dich benutzt. Dich manipuliert. Dein Leben zerstört. Er hat dir alles genommen, was du hattest.« Ihre beste Freundin wusste es.

»Ja ...«

Auch Giovanella fiel es wieder ein. Jake hatte sie benutzt, sie zu seinem Vorteil manipuliert und ihre Karriere zerstört. Sie wäre eine großartige Anwältin geworden, aber nun stand sie vor dem Scherbenhaufen ihres Lebens. Die Worte der Stimme legten sich wie eine Salbe auf die Brandwunden ihrer Erinnerungen.

»Wir können dir helfen.«

»Wie?«

»Helfen, ihn für alle Zeiten zu vergessen.«

»Das möchte ich.« Giovanella dachte an die Frage nach ihren Wünschen. Das war die Antwort, sie wollte vergessen. Vergessen, wer sie war, und vergessen, was sie erlebt hatte. »Ich möchte vergessen!«

»Dann musst du uns vertrauen.«

»Ja, das tue ich.«

Sie wollte nur noch alles hinter sich lassen. All die Schmerzen, all die Ängste und alles Leid, das sie erleben musste.

»Vertrauen …«

»Ja, ja …« Sie gierte danach, Vergebung zu erfahren. Nur noch dieser eine Wunsch beherrschte ihre Gedanken.

»Dann steh auf.«

Giovanella sah sich um, die Dunkelheit lichtete sich, auch wenn sie im ersten Moment noch nicht erkannte, wo sie war. Alles war gut. Ihre Freundin achtete auf sie. Mit den Fingern ertastete Giovanella eine glatte Oberfläche unter sich. Es fühlte sich an wie Glas. Sie setzte sich auf und drehte den Kopf. Alles fügte sich zusammen.

»Wir sind hier, direkt bei dir«, sagte ihre beste Freundin. Die Einzige, der sie vertrauen konnte. Es roch wunderbar. Giovanellas Herz schlug schneller, sie war in ihrem ganzen Leben noch nie so glücklich gewesen.

»Ich kann dich nicht sehen.«

Als Erstes drang ein schwaches Licht dicht am Boden zu ihr. Die Fläche, auf der Giovanella saß, war kreisrund, hatte vielleicht einen Durchmesser von zwanzig Metern und war umgeben von einer Barriere aus gedämpftem Licht.

»Hier …«

Giovanella stand auf und sah eine Frau mit langen schwarzen Haaren. Sie war wunderschön, groß, schlank und lächelte gütig. Das war also das Gesicht zu der Stimme ihrer besten Freundin. Sie glaubte, sie bereits ewig zu kennen. Die Pheromone, die aus ihren Poren drangen, gaben ihr die farbenfrohe Aura einer Königin. Erhabenheit und Macht waren in zarten grünen und gelben Farbtönen wie ein Mantel über ihren Schultern zu erkennen.

»Es ist schön, dich an unserer Seite zu wissen.«

»Wie heißt du?«

Giovanella dämmerte allmählich, dass sie nicht träumte. Ihr fehlte aber das Stück in ihrer Erinnerung, wie sie an diesen Ort gelangt war.

»Aurora.«

»Hallo …«

Giovanella lächelte schüchtern. Sie kam sich so klein vor, so unbedeutend. Sie verdiente es nicht, Aurora in die Augen zu sehen. Wenn es Götter gäbe, dann sähen sie so aus wie sie.

»Willkommen im Schwarm.«

»Im Schwarm?«

»Wir zeigen es dir …« Aurora kam mit langsamen Schritten auf sie zu. Giovanella erschauderte. »Der Schwarm vermag dir Frieden zu schenken.«

»Ja.«

Das wünschte sie sich so sehr. Im Hintergrund konnte Giovanella leise einen Mann stöhnen hören. Aber das war nicht wichtig, davon wollte sie sich diesen perfekten Moment nicht zerstören lassen. Alles, was sie sah, alles, was sie roch, war wunderschön. Sie freute sich darauf, ein Teil des Schwarms zu werden. Ihr feines Gehör, Skagens Erbe, störte sie nur.

Aurora legte die Hand an ihre geschundene Wange. Die Berührung elektrisierte. Ekstatisch ließ Giovanella den Kopf in den Nacken fallen. Der direkte Kontakt zu Aurora war stärker als alles zuvor. Stärker als alle Worte, alle Gerüche und alle visuellen Wahrnehmungen.

»Oh!«

Giovanella ging zwei Schritte zurück. Als ob ihre lodernde Leidenschaft für ihre neue beste Freundin mit einem Kübel Eiswasser übergossen wurde. Das war echt. Und wirklich kein Traum. Keine Manipulation. Sie erlebte es in diesem Augenblick. Hannahs Gabe konnte man nicht betrügen, nicht täuschen oder sich anderweitig entziehen.

»Was ist?«, fragte Aurora, die Giovanellas Reaktion augenscheinlich nicht zu deuten wusste. Wie auch, sie verstand es selbst nicht. Trotzdem sah sie für einen kurzen Moment das wahre Gesicht ihrer Freundin. Eine seelenlose, schwarze Fratze, die nicht akzeptierte, bereits seit Jahrtausenden tot zu sein. Gentechnik vermochte organische Körper zu erschaffen. Die Seele eines Lebewesens verändern konnte sie allerdings nicht.

»Ich habe …« Giovanellas Wange zuckte, sie blinzelte hektisch. Da war so viel mehr, an das sie sich erinnern musste. Jake Merdon war nicht ihr Feind! Nein, er war ihr Großvater! »Ich habe dich gesehen!«

»Was hast du gesehen?«

»Dich … Aurora. Ich habe gesehen, wer du wirklich bist. Wir sind beide Lügner!«

Giovanella sah die Hunter vor ihren Augen. Skagen, Caleb, Hannah, Madison und Jake, die von Aliens geschaffen wurden, um die Erde zu erobern. Alles kam zurück. Hunderte von Türen öffneten sich in ihren Sinnen. Sie wusste jetzt genau, warum sie hergekommen war.

»Lügner?« Auch Aurora wich zurück.

»Du hast mich gefragt, was ich will …«

Giovanella dachte an Yuki, Hannah und viele andere, die im Kampf gegen die Aliens ihr Leben lassen mussten. Der Schmerz über den Verlust ließ ihre Wut anschwellen. Das war stärker als alle Pheromone, mit denen Aurora versucht hatte, sie zu belügen.

»Der Schwarm lügt nicht!«

»Aber du tust es!« Giovanella verzog die Mundwinkel, sie wünschte sich nur noch den Tod dieses Aliens. Sie konnte die schwarzen Pheromone erkennen, die sie Aurora entgegenschleuderte. »Ich bin gekommen, um dich zu töten!«

»Dann bist auch du es nicht wert …«

Aurora ging in der Arena einen weiteren Schritt zurück. Zwei junge Männer schirmten sie mit einem bläulichen Schutzschild ab, den Giovanellas Pheromone nicht durchdringen konnten. Die Sphäre bildete eine Barriere, unter deren Schutz das Trio in der Dunkelheit verschwand.

»Aurora, bist du zu feige, um mir gegenüberzutreten?«, rief Giovanella.

»Du überschätzt dich. Es wäre uns ein Leichtes, dich zu töten«, antwortete Aurora, deren Stimme jetzt körperlos wirkte. Die Decke über der Arena verlor ihre Dunkelheit und zeigte nun eine gläserne Kuppel.

»Warum tust du es dann nicht?« Giovanella fürchtete ihr Ende nicht mehr.

»Wir möchten gerne mehr von dir sehen … sehen, was Jake dir in deine Wiege gelegt hat. Optisch hat er jedenfalls kein Meisterstück abgeliefert.« Dieselbe Stimme, die Giovanella zuvor für die ihrer besten Freundin gehalten hatte, klang nun kühl und kalkulierend. »Wir haben das Antlitz der Menschen und deren Sprache aus Respekt vor dem Leben auf der Erde angenommen. Du solltest die Ehre erkennen, ein Teil des Schwarms werden zu dürfen.«

»Dann sieh mich an!«

Giovanella hatte keine Lust mehr, sich wehleidig hinter ihrem schlechten Aussehen zu verstecken. Oder zu verleugnen, wer sie war. Bei ihrer Aufgabe spielte es keine Rolle, ob sie schön oder hässlich wie die Nacht war. »Sieh genau hin! Das bin ich! ICH! Siehst du mich? Siehst du mich wirklich?«

»Ja, das tun wir. Wir haben unsere Welt bereits vor zweiundsiebzigtausend Jahren eurer Zeitrechnung verlassen, aber wir möchten dir zeigen, wie wir früher miteinander gerungen haben.« Aurora gab sich distanziert. »Damals waren wir ein wildes Volk, ein dummes Volk, eine Herde vieler Individuen ... die es nicht verstanden, dass nur das Kollektiv die Zeit überstehen kann.«

Plötzlich traten zwei Männer mit nackten Oberkörpern vor Giovanella, die jeweils einen Langstock trugen, mit dem sie um sich herumwirbelten.

»Sie können ruhig kommen ...«

Giovanella konzentrierte sich, um ihre Pheromone als Waffe einzusetzen. Sie tat dasselbe wie bei dem versehentlichen Angriff auf Yuki und bei dem erfolglosen Versuch, Aurora in Bedrängnis zu bringen.

Die Männer kamen auf sie zu. Groß, muskulös und ihr körperlich komplett überlegen. Ihre glatt rasierten Köpfe trugen rote Male. Sie drehten sich, und dann waren da noch Pheromone, die sie wie ein feiner schwarzer Nebel umgaben.

Der erste Schlag traf Giovanella schneller, als sie es erwartet hatte. Gegen das Kinn. Die Wucht schleuderte sie auf den Boden. Es dröhnte in ihrem Kopf. Die Männer würden sie umbringen. Blut tropfte auf ihre Brust. Sie wollte etwas sagen, konnte es aber nicht. Teile ihrer verschorften Haut schwebten als feiner Staub durch die Luft.

Aufstehen!, schrie sie innerlich. Sie sprang hoch, um sich direkt den nächsten Stoß in den Magen einzufangen. Als ob der Kerl sie mit dem stumpfen Stecken aufspießen wollte. Die Luft entwich aus ihrer Lunge. Bevor sie nach vorne zusammenklappen konnte wie ein Campingstuhl, drehte sich der Angreifer, stieß einen Schrei aus und schlug ihr von hinten die Beine weg, sodass sie unmittelbar auf den Boden prallte.

Giovanella hatte keine Ahnung, warum die Männer ihren Pheromonen widerstehen konnten. Sie taten es einfach. Völlig unbeeindruckt blieben sie in geduckter Haltung ein Stück vor ihr stehen.

»Du weißt so wenig über uns. Duftstoffe sind ein wichtiger Teil unserer Kultur. Wir nehmen unsere Gegenüber anhand ihrer Präsenz wahr und sind in der Lage, uns auf sie einzulassen. Pheromone sind keine Waffen, sie sind Botenstoffe, sie bündeln unsere Energie und können auch verschiedenartige Bilder in den Köpfen unserer Gegner erzeugen.«

Giovanella atmete hastig. Sie dachte an die Schemen, mit denen Aurora sie gefügig machen wollte. Das war alles nur eine Frage des Willens.

»Du solltest verstehen, dass, wenn man nur wenige Worte in einer fremden Sprache beherrscht, der Gegner keine großen Probleme hat, eine passende Antwort zu geben.«

Tod, dachte Giovanella, das war das Wort, der Gedanke, den sie den Männern entgegengeschleudert hatte. Allerdings ohne irgendetwas gegen sie auszurichten. Die beiden Kämpfer waren darauf vorbereitet gewesen und daher in der Lage, sich mental gegen dieses düstere Bild zu schützen.

Liebe, dachte Giovanella. Es war ein Denkfehler zu glauben, nur durch die Vernichtung der Gegner überleben zu können. Auch den Aliens ging es nicht darum, die Menschheit auszulöschen. Dominanz war das Zauberwort. Dominanz durch Hörigkeit.

Liebe, dachte Giovanella erneut. Nicht nur mit dem Kopf, sie musste es mit dem ganzen Körper tun. Sie musste ihren Pheromonen das Verlangen mitgeben zu lieben. Zu begehren, sich hinzugeben, den Mann küssen zu wollen, der sie zuvor verletzt hatte. Sie dachte an Erregung, an den Moment vor dem Höhepunkt.

Der Angreifer stand auf, schüttelte sich, er wehrte sich augenscheinlich gegen die neuen Emotionen, die sie in ihm heraufbeschwor. Er ging auf sie zu und holte zum Schlag aus.

Vertrauen. Giovanella ging auf die Knie, schloss die Augen und vertraute. Vertrauen war der Schlüssel zur Liebe. Nur wer vertraute, öffnete sein Herz. Nur wer sein Herz öffnete, konnte wirklich von einer anderen Person berührt werden. Nur wer fähig war, jemanden zu berühren, würde ihn für sich gewinnen.

Ein Schrei ertönte. Giovanella riss die Augen auf. Der zweite Krieger stürmte auf sie zu. Der war anscheinend eifersüchtig, weil sie ihn ihre Liebe nicht hatte spüren lassen. Er holte aus, schlug zu, traf sie aber nicht. Der erste Krieger hatte den Schlag pariert.

Jetzt bekämpften sich die beiden. Sie schrien. Die Stöcke schlugen gegeneinander, hart und schnell. Sie drehten sich, wichen aus und trafen sich einen Moment später. In diesem Kampf ging es um Leben und Tod. Aber ein Krieger machte noch keine Armee aus.

Mitgefühl. Giovanella sah beide Männer an, die mit verzerrten Gesichtern bereit waren, den jeweils anderen zu töten. Der eine war Aurora hörig, der andere tat es aus Liebe zu Giovanella. Mit den Pheromonen des Mitgefühls kam keiner der beiden klar. Schlagartig ließen sie voneinander ab und sahen sich nur schnell atmend fragend an.

Brüder. Giovanella brauchte mehr als einen Mann, der bereit war, ihr zu helfen. Kein Leben war es wert, sinnlos vergeudet zu werden.

Freiheit. Diesen Gedanken schenkte Giovanella ihnen zum Abschluss. Um sie zu motivieren, sich gegen Auroras Kollektiv zur Wehr zu setzen. Der Wunsch nach Freiheit war der Keim jeder Revolution. Die beiden Krieger drehten sich zu ihr und verneigten sich.

»Wie wir sehen, lernst du schnell«, kommentierte Aurora die Entwicklung aus der Ferne.

»Ich bin bereit für dich!«

Hoffentlich nahm Giovanella damit den Mund nicht zu voll. Aber der Kampf gegen die Aliens hatte gerade erst begonnen.

»Das werden wir sehen …«

Aurora klang nah, so als ob sie vor ihr stehen würde. Was hatte dieses unberechenbare Miststück jetzt wieder vor?

Aus der Dunkelheit schritt eine gebückte Silhouette auf Giovanella zu. Das war nicht Aurora. Nein, sicherlich nicht. Konnte das Jake sein? Jake, den sie als vierzigjährigen Leroy Matin Renier auf der Jacht vor Malta getroffen hatte? Er sah schrecklich aus. Als ob er drei Tage nicht geschlafen hatte: unrasiert, die Haare in alle Richtungen abstehend und mit dunklen Rändern unter den Augen. War es Aurora gelungen, ihn zu brechen? Mit seiner linken Schulter stimmte etwas nicht. Augenscheinlich hatte er große Schmerzen. Er hatte wohl einiges mitgemacht.

Giovanella verstand es nicht, dieser Auftritt ergab keinen Sinn. Warum Jake? Er umklammerte mit der rechten Hand einen bläulichen Stock, der wie ein Lichtschwert aussah. Nein, das war kein Lichtschwert. Das war auch keine Waffe. Der blaue Stock diente zur Abwehr von Pheromonen, die er wie ein Staubsauger aufsog.

DIE LETZTE SCHLACHT AUF ERDEN

»Wie viele noch, Major?«, fragte Skagen. Er betrachtete Neller, über dessen Schläfen mit den grau werdenden Haaren Schweißtropfen liefen.

»Nicht mehr viele«, kam es lapidar zurück.

»Das war nicht die Frage. Ich will eine exakte Zahl.«

»Siebenundsechzig.«

Ein Wort, aber Skagen hörte die Angst heraus. Angst zu versagen, es nicht zu schaffen, den Auftrag nicht zu erfüllen.

»Dann haben wir in weniger als zwei Stunden die Hälfte aller automatisierten Raketensilos verloren. Die knacken eine Firewall nach der anderen.«

Skagen richtete sich vom Kartentisch auf. Vor ihm lag der Grundriss der Bunkeranlage von Hicksville mit all seinen Verteidigungsringen.

»Uns läuft die Zeit davon«, stellte er ruhig fest.

»Das tut sie schon, seit wir hier sind.«

Neben Neller drehte sich Lieutenant Maori auf ihrem Bürostuhl um. Vor ihr auf dem Bildschirm flackerten verschiedene Warnsysteme auf. Es sah bedrohlich aus.

»Sie kommen näher«, sagte sie.

»Wie nahe?«

»Zwei Verteidigungsringe haben sie bereits durchbrochen, zwei bleiben noch. Wir wissen nicht, wie sie unsere Schutzsysteme ausschalten. Durch militärische Gewalt? Hacker? Wir haben keinen Kontakt mehr zu den meisten Silos. Bei dem Tempo, das die andere Seite vorlegt, können wir uns nicht mehr lange halten.«

»So viel zu den guten Nachrichten.« Skagen blickte nach hinten, wo eine Soldatin dabei war, die Schutzausrüstung zu überprüfen.

»Captain?«

»Ja?«

»Haben wir genug Schutzanzüge für alle im Raum?«

»Ja.« Skagen hörte den Respekt aus der Stimme der Frau. Trotz seines jugendlichen Aussehens schien sie zu akzeptieren, dass er wusste, was er tat, und dass es sinnvoll war, auf seine Anweisungen zu hören. Natürlich war ihm klar, dass Jake alle Mitglieder der Widerstandsgruppe über seine Fähigkeiten als Hunter, aber auch seine Rolle im bevorstehenden Kampf informiert hatte. Die Menschen in diesem Raum wussten, woher er und Caleb kamen und dass sie diesen Kampf schon seit über einhundert Jahren führten. Auch wenn sie beide, ebenso wie Hannah, lange Zeit in Kyrokammern geschlafen und auf ihren Einsatz in der Zukunft gewartet hatten.

Bei diesem Gedanken spürte Skagen den alten Zorn in sich hochsteigen. Sicher, er verstand, warum Jake so gehandelt hatte, aber irgendwie wurde er die Enttäuschung nicht los, dass ihn Jake nicht gefragt und ihm keine eigene Entscheidung überlassen hatte.

Sei ehrlich zu dir selbst. Er dachte, du würdest ausflippen und alles in Gefahr bringen, und vielleicht hatte er damit auch nicht ganz unrecht.

Skagen wusste selbst nicht, wie er reagiert hätte, wenn Jake ihm damals offenbart hätte, dass er die nächsten einhundert Jahre schlafen und erst wieder zum Endkampf erweckt werden sollte.

Es ging um das Schicksal der ganzen Welt und nicht um Befindlichkeiten.

Wahrscheinlich hätte ich im umgekehrten Fall ebenso gehandelt und Jake in die Kammer gesperrt. Aber letztendlich spielt das keine Rolle mehr. Nur das Jetzt zählt, und in diesem Jetzt habe ich eine Aufgabe zu erfüllen.

Skagen blickte die Soldatin an. »Halten Sie alles bereit.«

Die Frau nickte, dann wandte sie sich wieder ihrer Arbeit zu und Skagen sich dem aktuellen Problem.

Wie machen die das?, fragte er sich stumm. Wie kommen sie durch unsere digitalen Abwehrlinien, ohne dass wir ihre Vorgehensweise erfahren? Ich brauche mehr Informationen. Ich muss wissen, was da vor sich geht.

Lee Hastings hatte ihn auf die finale Auseinandersetzung mit den Aliens gut vorbereitet und darauf bestanden, dass er alles über Computer lernte, was es zu lernen gab. Sie wusste, der Kampf in der Zukunft würde nicht nur mit Waffen auf den Schlachtfeldern, sondern mit Daten in den Computersystemen ausgetragen werden.

Mit der Zeit war er ein begabter Hacker geworden, aber erst jetzt zeigte sich, wie recht Lee gehabt hatte, als sie ihn auf eine Zeit vorbereitete, in der Computerwissen über Sieg oder Niederlage entscheiden konnte.

»Skagen?«

»Ja, Neller?«

Er richtete seine Aufmerksamkeit auf den Major, der sich vor ihn gestellt hatte.

»Wir müssen damit rechnen, dass die Gegenseite eine EMP-Bombe in die Bunkeranlage in Hicksville bringt und sie zündet, damit der elektromagnetische Impuls unsere Systeme lahmlegt.«

Skagen wurde allmählich nervös. Er konnte sich kaum vorstellen, dass Laszlo so etwas wagen würde. Selbst wenn es funktionierte, würde Laszlo die Folgen wirklich in Kauf nehmen?

»Wenn die Systeme ausfallen, verriegelt sich die Bunkeranlage automatisch. Laszlo und ihre Männer wären ebenso eingesperrt wie wir.«

»Ja, aber es würde ihr Zeit bringen, und wir könnten die Bomben nicht zünden.«

Skagen dachte einen Moment nach. Er fuhr sich mit der Hand über den schwach sprießenden Stoppelbart und fühlte dabei deutlich seine eingefallenen Wangen.

Ich muss etwas essen, dachte er. *Und wann habe ich eigentlich das letzte Mal was getrunken?*

Er wusste es nicht mehr, aber dafür war jetzt auch keine Zeit.

»Ich denke nicht, dass Laszlo eine Bombe in der Anlage zünden wird. Da kann zu viel schiefgehen. Außerdem kann ich spüren, dass sie uns vernichten will. Es reicht ihr nicht, uns auszuschalten.« Dessen war er sich inzwischen ziemlich sicher. »Nein, sie will ein Ende des Widerstandes auf diesem Planeten, und sie will dieses Ende mit Pauken und Trompeten, damit jeder sehen kann, dass Widerstand zwecklos ist. Wenn wir untergehen, geht die Welt unter. Das weiß sie. Und darum wird sie persönlich kommen. Nicht mehr lange, und ich werde ihr gegenüberstehen. Hunter gegen Hunter.« Er blickte Neller kampfeslustig an.

»Obwohl Sie ein Hunter sind«, sagte Neller, »kämpfen Sie für die Menschheit.«

»Ich war nie etwas anderes – auch wenn ich wie diese Alien-Bitch aus dem Reagenzglas komme.« Skagen wusste inzwischen sehr genau, dass er ebenso wie Laszlo in einem Genlabor designed wurde. Sein verändertes Erbgut wurde auf eine menschliche Eizelle übertragen. Äußerlich ein Mensch, innerlich vollgepackt mit den Fähigkeiten der Aliens. Aber immer nur ein Werkzeug, eine Waffe, nie Teil des Ganzen, nie Teil der fremden Rasse.

»Das alles ist der reinste Wahnsinn«, sagte Neller.

»Nein, ist es nicht«, meinte Skagen ruhig. »Es ist Evolution. Sie kämpfen ebenso ums Überleben wie wir. Würde unser Planet den Bach runtergehen, und wir hätten die Möglichkeit, einen anderen zu besiedeln, würden wir handeln wie sie.«

Das zeigte die Geschichte der Menschheit nur zu deutlich. Die Menschen würden über die Ureinwohner kommen wie Feuer und Schwefel, ihnen nehmen, was ihnen seit Jahrmillionen gehörte. Der Sieger überlebte, pflanzte sich fort, der Verlierer verschwand vom Antlitz dieser Welt – oder ging in den Genen der Eroberer auf.

»Man hätte mit uns sprechen können.«

»Tatsächlich?« Skagen schüttelte den Kopf. »Reden wäre ein erstes Zeichen der Schwäche gewesen. Wer verhandelt, ist zu schwach, sich zu nehmen, was er will. Und was glauben Sie? Hätten wir ihnen etwas gegeben? Europa? Australien? Es sind Milliarden von ihnen. Sie alle wollen leben.« Skagen schlug die rechte Faust in die geöffnete linke Hand. »Nein, es war von Anfang an wir oder sie. Wir wissen das, und die wissen es auch.«

»Wir haben gerade die Kontrolle über vier Raketensilos verloren«, meldete Lieutenant Maori.

»In welchen Bundesstaaten lagen sie?«

Maori zählte sie auf.

Skagen verzog den Mund. »Sie greifen die Firewalls aller Anlagen gleichzeitig an. Irgendwelche Meldungen von alliierten Stellungen? Notrufe?«

»Nichts.«

Wie machen die das, verflucht? Es muss mit den Pheromonen zu tun haben. Irgendwie schaffen sie es, die Barrieren zu überwinden und in den Bunkern, die nicht automatisch gesteuert werden, unsere Soldaten zu infizieren.

Er blickte zu Caleb hinüber, der in einer Ecke saß und auf einem Monitor ein altes Videospiel spielte.

Wir haben ihn. Er ist unsere letzte Warnstufe. Caleb wird erkennen, wenn ein Pheromonangriff auf uns gestartet wird. Er und ich sind immun gegen die Botenstoffe, aber wer hier drin noch? Jake hatte nur die Spezialeinheit immunisiert, die bei der Zerstörung des Atomic Football dabei war.

Er sah sich um. Hier, am tiefsten Punkt der Bunkeranlage, fochten zwölf Personen den letzten Kampf der Menschheit aus. Wie viele von ihnen verfügten über eine natürliche Abwehr gegen die Pheromone der Angreifer? Er wusste es nicht, es war keine Zeit gewesen, das herauszufinden. Nur Giovanella und Madison besaßen die Fähigkeit, Lockstoffe in einer Stärke abzusondern, die Menschen beeinflussen konnte. Und beide waren nicht hier.

Giovanella war auf dem Weg zu Verhandlungen mit den Aliens, ein weiterer Teil von Jakes Plan, den er ihm nie in allen Details verraten hatte. Und was mit Madison geschehen war, wusste er nicht. Er hatte seit über einhundert Jahren nichts von ihr gehört. Es war also davon auszugehen, dass sie tot war.

»Caleb«, rief er seinem alten Freund zu. Einem Freund, der ebenso wie er ein ganzes Jahrhundert verschlafen hatte, bis Jake ihn geweckt hatte, damit sie Teil des neuen Kampfes wurden, der eigentlich der gleiche wie im Jahr 2018 war. Nur dass sie jetzt über Giovanella verfügten. Auch in Bezug auf sie hatte Jake sich bedeckt gehalten, allen nur verraten, was sie wissen mussten, damit die junge Frau den Plan, den Carl und Jake sich ausgedacht hatten, umsetzen konnte. Die Aufgabe aller anderen lautete schlicht: Schützt Giovanellas Leben um jeden Preis!

»Ja, Skagen?«, kam es zurück.

»Komm, wir müssen die Anlage kontrollieren. Die Soldaten besuchen, die die letzten beiden Verteidigungsstellungen halten. Du musst mir helfen.«

»Gleich?«

Skagen seufzte. Manches würde sich niemals ändern. »Ja, gleich.«

Caleb ging neben ihm her, und sonderbarerweise hüpfte er nicht herum wie sonst oder trödelte, indem er die Wände nach Mustern absuchte, die er dann mit den Fingern verfolgte. Muster, die nur er sehen konnte. Wenn er sie überhaupt sah und sich alles nicht nur einbildete. Sicher sein konnte man sich da nicht.

Der Junge war Skagen ans Herz gewachsen. Er war der Bruder, den er nie gehabt hatte. Der Umgang mit ihm war nicht immer einfach, trotzdem auf eine besondere Art wundervoll. Es hatte lange gedauert, bis Skagen verstanden hatte, dass Caleb eine Reinheit des Geistes verkörperte, die aus dieser Welt längst verschwunden war. Caleb war frei von jedem bösen Gedanken. Aus ihm sprach kindliche Unschuld angesichts einer Bedrohung, die alles überstieg, was Menschen sich hatten vorstellen können. Und gleichzeitig war er eine mächtige Waffe in diesem Kampf, die einzige, die Skagen noch hatte.

Der Tunnel von der Kommandozentrale zum ersten vorgelagerten Posten zog sich weit hin, und dann mussten sie noch mehrere Stockwerke nach oben steigen. Zeit genug, Caleb etwas zu fragen.

»Was hast du gemeint, als du Giovanella gefragt hast, ob sie ein Engel sei?«

Caleb blieb abrupt stehen und schaute Skagen direkt in die Augen, etwas, das er nur selten tat. Zumeist vermied er direkte Blickkontakte und hielt den Kopf gesenkt.

»Kannst du es nicht sehen?«

»Was sehen, Caleb?«

»Sie ist ein goldener Engel. Erst war ich mir nicht sicher, aber jetzt sehe ich sie in ihrer ganzen glänzenden Pracht unvorstellbarer Schönheit.«

»Du kannst sie sehen? Jetzt?«, fragte Skagen verblüfft.

»Ja, natürlich. Sie ist bei ihnen. Bei ihr.«

»Bei wem ist sie? Redest du von Yuki?«

»Yuki lebt nicht mehr. Giovanella hat sie getötet.«

Alles um Skagen herum begann sich zu drehen. Er ächzte auf, schlug mit der Faust gegen die Bunkerwand. Was war hier los? Wie konnte es sein, dass Giovanella Yuki umgebracht hatte? War sie jetzt eine von ihnen? Jakes Plan, wie immer der auch ausgesehen haben mochte, war offensichtlich gescheitert. Eine schwarze Welle der Hoffnungslosigkeit schwappte über ihn hinweg. Giovanella war ihre letzte Chance im Kampf gegen die Aliens gewesen. Sie allein schien in der Lage dazu, den Feind abzuwehren, zumindest hatte Jake daran geglaubt. Nun blieben ihnen nur noch die Raketen und der Angriff auf das Raumschiff. Atomwaffen in zehntausend Meter Höhe über dem Atlantik zu zünden, würde den größten Teil Nordamerikas, aber auch weite Gebiete Afrikas und Europas für Jahrtausende unbewohnbar machen. Und es war keinesfalls gesichert, dass sie das Raumschiff vernichten konnten. Niemand wusste um die Abwehrmaßnahmen der Aliens und ihren Möglichkeiten zur Verteidigung. Es war denkbar, dass Skagen die Erde verwüstete und das Raumschiff der Aliens ohne Kratzer davonkam. Aber hatte er eine Wahl?

Auch die nächste Frage bereitete Skagen eine Höllenangst, dennoch musste er sie stellen: »Was ist mit Hannah? Lebt sie noch?«

Caleb schüttelte den Kopf. Sein Blick war ruhig und klar. Das hier war keine seiner Spinnereien oder Visionen, die kein Mensch verstand. Das hier war echt.

Skagen ließ den Kopf sinken und weinte. Er weinte um das blinde Mädchen, um Madison, Yuki, Lee, um all die anderen, die gestorben waren. All die Jahre hatte er sich den Tränen verwehrt, doch diesmal ließen sie sich nicht zurückhalten. Sein gesamter Körper begann zu zittern, so als stünde er mitten in einem Sturm, und er schluchzte laut. Dann spürte er Calebs Hand auf seiner Schulter.

»Giovanella spricht mit ihr. Worte, Pheromone, alles ist eins. Sie spricht mit ihr, und alle Botschaften sind Kampf, erzählen von Unterwerfung. Jake ist bei ihr. Er kann nichts tun, aber er hat bereits alles getan.«

Skagen hob den Kopf an. Durch einen Schleier aus Tränen betrachtete er den verrückten Jungen.

»Werden wir überleben?«

Caleb sah nach oben zur Tunneldecke, dann wieder zu ihm.

»Das ist noch nicht entschieden.«

Haben wir also noch eine Chance? Oder soll ich die Raketen abfeuern? Wie lange bleibt uns noch?

»Kannst du mir nichts Konkreteres sagen?«

»Nein.«

»Was ist mit Giovanella?«

»Sie strahlt. Bald.«

Fuck!

»Caleb. Gib mir etwas. Etwas Hoffnung. Was soll ich tun? Die Raketen zünden?«

Caleb hob erneut den Kopf an und schaute zur Tunneldecke, obwohl da nichts war.

»Noch nicht, Skagen. Noch nicht. Sie müssen sprechen, mit Worten und Pheromonen. Unterwerfung, darum geht es.«

»ICH VERSTEHE KEIN WORT VOM DEM, WAS DU DA LABERST!«

Die Wut, die grenzenlose Ohnmacht und all die Trauer mussten raus, ergossen sich über Caleb, der ruhig blieb und lächelte.

»Bald wirst du es verstehen, Skagen. Vertraue Giovanella, vertraue Jake.«

Ich kann das nicht. Ich will ja, aber alles in mir schreit, dass es Zeit ist zu handeln. Wenn ich jetzt die Raketen nicht abfeuere, werde ich vielleicht nie mehr dazu in der Lage sein.

Noch während er diesem verzweifelten Gedanken nachhing, meldete sich Lieutenant Maori über das winzige Headset in seinem rechten Ohr.

»Skagen?«

»Ja, Maori, was gibt's?«

»Wir haben den Kontakt zu den restlichen Bunkern verloren.«

IRRLICHTER

Die hatten Jake einen blauen Besenstiel in die Hand gedrückt und durch einen langen Korridor gejagt. Er hatte keine Ahnung, was das sollte. Ihm tat jeder einzelne Knochen weh. Vor allem seine linke Schulter, die er sich beim Sturz vorhin gebrochen haben musste. Er humpelte, zog den linken Arm dicht an seinen Körper und drückte die Schulter vor, um den Schmerz erträglicher zu machen.

Vor ihm gab es einen Ausgang. Durch einen Torbogen fiel Licht in den ansonsten dunklen Tunnel. Das war verrückt, wieso ging man eigentlich immer davon aus, dass Licht ein gutes Zeichen war? Hinter dem Torbogen hätte auch der Tod auf ihn lauern können. Von Aurora erwartete er sicherlich keine Geste der Gastfreundschaft. Aber er ging weiter. Neugierde war eine gefährliche Eigenschaft. Er blieb stehen und blickte sich um. Na ja, zurück wollte er auch nicht, da sah es noch ungemütlicher aus. Aus diesem verfluchten schwarzen Loch führte nur ein Weg heraus.

Jake durchschritt das Tor und fand sich in einer kreisrunden Arena wieder. Über ihm konnte er eine Glaskuppel erkennen, die eine freie Sicht auf den zunehmenden Mond erlaubte. Von den Banden her leuchtete gedämpftes Licht das ganze Areal aus. Das war sicherlich kein Platz, um neue Freunde zu finden. Hier fehlte nur noch nach Blut heischendes Publikum.

Er wurde erwartet. Von drei Personen, von denen zumindest zwei wie Menschen aussahen. Krieger, mit nackten Oberkörpern, beeindruckenden Muskeln und langen Stöcken, die vor einer dritten Person knieten. Aurora war das nicht, er schüttelte verwundert den Kopf.

»Was soll das hier?«, fragte er. Dieses Wesen hatte zwar Arme und Beine, sah aber ansonsten aus wie ein Stück verkohltes Fleisch. So ein Ding hatte er noch nie gesehen, von dessen Gesicht nur noch die Augen zu erkennen waren. Die Geschichte hier drohte echt mies auszugehen. »UND JETZT?«, rief er.

Stille.

Eine Antwort bekam er nicht. Wenn Aurora meinte, dass er gegen die beiden Muskelberge kämpfte, hatte sie sich getäuscht. Das würde er auf gar keinen Fall tun. Die Typen konnten sich von ihm aus untereinander prügeln. Er sah sich um. »WOZU BIN ICH HIER?«

Das Gespräch drohte einseitig zu werden. Er konnte den Schweiß der Männer riechen, den sie zuvor vergossen hatten. Aber da war noch mehr, viel mehr, was er wahrnehmen konnte. Das war völlig abgefahren, aber die Arena roch, als ob er über eine Sommerwiese laufen würde. An jeder Ecke konnte er Blumen riechen. Er schüttelte den Kopf. Das war niemals echt. Wollte Aurora ihn wieder mit ihren billigen Psychotricks in die Irre führen?

»Wer bist du?«, fuhr er das schwarze Vieh barsch an. Er musste schnellstens verstehen, was hier gespielt wurde. Warum schickte Aurora dieses *Etwas* und erledigte ihre Drecksarbeit nicht selbst?

Hallo Jake, klang es in seinen Sinnen. Die weibliche Stimme jagte ihm einen Heidenschrecken ein. Nicht weil sie so fürchterlich klang, sondern weil er sie kannte. Sehr gut kannte sogar.

»Verschwinde sofort aus meinem Kopf!« Er presste die Lippen zusammen. Nein! Das waren Lügen! Alles nur Lügen! Er wollte Auroras klebrige Stimme nie wieder in seinem Kopf hören.

Erkennst du mich nicht?, sie klang nah und vertraut. Er spürte das Verlangen, ihr zuzuhören, sie in die Arme zu nehmen, nichts wünschte er sich mehr. *NEIN*, schrie er sich innerlich an. Das war nicht real! Nicht echt! Nichts davon war wahr! Aurora wollte ihn zuerst verführen und dann brechen! Dagegen musste er sich wehren!

In der Ferne konnte er das Rauschen des Meeres hören, das langsam lauter wurde. Ähnlich der Brandung, die sich unaufhaltsam den Weg an den Strand bahnte. Verdammt! Was hatte das Meer damit zu tun?

»HÖR AUF DAMIT!« Jake hob seinen Stock zum Schlag, er wollte diese Stimme nicht mehr hören. Er sträubte sich gegen Auroras Einflüsterungen.

Du hast das aus mir gemacht.

»NEIN!«

Du hast mich hierhergebracht.

»DAS IST EINE LÜGE!«

Ich sage die Wahrheit.

»Nein!«

Ich bin Giovanella.

»NEIN, nein … das stimmt nicht.« Das konnte nicht wahr sein. Niemals! Das war nicht Giovanella! Das hatte er niemals aus ihr gemacht. Nein, das war nicht aus ihr geworden. Er schlug verzweifelt um sich, nach dem schwarzen Wesen und traf es eher zufällig am Arm. Es zuckte zusammen, und Teile der versteinerten Haut platzten ab.

Ich werde nicht gegen dich kämpfen.

»DU BIST ES NICHT!« Jake schlug erneut zu. Diesmal gezielt. Er traf ihren Kopf, wodurch ihr halbes Gesicht wie ein dünnwandiges Tongefäß in tausend Teile zerbarst. Bruchstücke schleuderten ihm entgegen. Die Ereignisse wären sogar für einen Traum zu surreal gewesen. »DU KANNST ES NICHT SEIN!«

Du musst mir zuhören.

»NEIN!« Um ihn herum hing der merkwürdige schwarze Staub in der Luft, der nach Salzwasser roch. Warum Salzwasser? Erst jetzt bemerkte er, dass der blaue Stock die Duftpartikel absorbierte.

Er schlug wieder zu. Er war so wütend. Gegen ihre Schulter, gegen ihr Bein, sie reagierte trotzdem nicht. Ebenso wenig wie die beiden Krieger, die nur devot auf den Boden starrten. Die Bruchstücke des Körpers verteilten sich überall um ihn herum.

Auch wenn du mich erschlägst, ich werde nicht gegen dich kämpfen.

»DU BIST EIN MONSTER!« Jake war sich sicher, dass Aurora ihn in den Wahnsinn treiben wollte. Das konnte nicht Giovanella sein!

Ja, das bin ich.

»MONSTER!«

Du hast mich dazu gemacht.

»NEIN!«

Ich verzeihe dir.

»Was …« Jake ließ von ihr ab. Er atmete schnell. Ihm fehlte die Kraft, um erneut auf sie loszugehen. So konnte er nicht weitermachen. Die Stimme und das schwarze Wesen gehörten nicht zusammen. Nein, nein, nein, sie durften einfach nicht zusammengehören!

Du musstest eine schwierige Entscheidung treffen. Ich verstehe, warum du es getan hast.

»Ich … du verstehst gar nichts!« Jake sackte auf die Knie. Das war, als ob er sich selbst schlagen würde. Aurora ließ ihn gegen sich selbst antreten. Gegen die Schuld, die er auf sich geladen hatte, als er Giovanella wie ein Werkzeug benutzt hatte. Das war zu viel, er konnte nicht mehr. Sein Limit war erreicht. Er schloss die Augen, ließ sich fallen und wurde vom Rauschen weggetragen.

»Was machst du da?«, fragte Amy, die Jake nicht sehen konnte, da er mit dem Gesicht im nassen Sand lag. Die Sonne brannte ihm auf den Rücken, während die Brandung des Meeres seine Füße umspülte. Sie hatten einen Moment zuvor gestritten, eine Kleinigkeit, aber er war beleidigt, weil sie ihn wie einen Idioten hatte dastehen lassen.

»Nichts«, murmelte er.

»Wie nichts?«

»Nichts halt!«

»Du nuschelst, wenn du Sand im Mund hast.« Amy hatte bei dem Streit recht gehabt, und er war zu stur, um klein beizugeben. »Jetzt sieh mich schon an und spiel nicht die beleidigte Leberwurst!«

»Gleich …«

»Bitte?«

Er hob den Kopf. »Ja, gleich!« Den Kampf konnte er nicht gewinnen.

»Jake Merdon, sieh mich gefälligst an, wenn du dich entschuldigst!«

Es gab Tage, an denen er die Frau, die er liebte, erwürgen könnte. Nur ein wenig, ganz kurz, dann würde er sich besser fühlen. Wer mochte schon seine eigenen Fehler unter die Nase gerieben bekommen?

»Na gut …«

Jake drehte sich zu ihr, konnte aber Amys Gesicht nicht erkennen. Die Sonne, die bereits tief stand, blendete ihn. Sie würde bald untergehen. Amys Silhouette umgab eine Corona aus gleißend hellem Licht. Sie war schon immer der Stern in seinem Leben gewesen.

»Und, war das so schlimm?«

»Ähm …« Erst jetzt bemerkte Jake, dass nicht Amy, sondern Giovanella neben ihm saß. Ihre langen braunen Locken waren wunderschön.

»Ich bin bei dir.«

Jake schluckte, das war keine Illusion, das Mädchen war wirklich in seinem Kopf. Sie hielt seine Hand und lächelte zufrieden. Das war ein schöner Moment. In ihr lebte auch Amy weiter, seine Amy, die er über alles liebte – über alles geliebt hatte –, sie war schon vor vielen Jahren gestorben. Amy war ein Mensch gewesen, Giovanella und er waren es nur zum Teil.

»Ruh dich aus, wir haben Zeit.«

Giovanella strich ihm zärtlich durch die Haare. Er genoss die Berührung und fing an zu weinen. Sie war eine wirklich besondere Frau. Einzigartig, wunderschön und gesegnet mit einer DNA-Sequenz, die sie von allen anderen Menschen unterschied.

Jake kannte sich damit sehr gut aus. Er hatte über viele Jahre Tausende DNA-Proben in seinen Laboren untersuchen lassen. Auch Giovanellas DNA hatte er sich erschlichen, die sich von denen der Aliens unterschied. Na ja, zumindest von Huntern wie ihm. Nur die hatte er zum Vergleich von seinen Mitarbeitern untersuchen lassen können.

In Giovanellas DNA gab es eine natürliche Mutation. Ein Fehler, der zu etwas völlig Neuem führte, so wie Caleb Farben anders sah und Hannah die Seele eines Menschen ertasten konnte. Ein Fehler war deshalb nicht schlimm, ein Fehler war kein Irrtum. Fehler standen für Vielfalt. Fehler ermöglichten Veränderungen. Und nur durch Veränderungen konnten Verbesserungen eintreten. Jeder Fehler war damit der Schritt auf einer Treppe der Evolution. Ob der Pfad in der Zukunft nach oben oder nach unten führte, konnte man erst später bewerten. Teilweise erst sehr viel später.

»Es tut mir leid ...«

Das tat es Jake wirklich. Nachdem er das Potenzial in Giovanella erkannt hatte, hatte er speziell für sie einen aggressiven Virus züchten lassen, um ihre Zellen zu einer weitergehenden Mutation zu bewegen. Und ja, die Zellen waren mutiert, das hatte er eben sehen können. Leider nicht so, wie er es sich erhofft hatte. Er hatte sie nie in etwas so Schreckliches verwandeln wollen. Aber wusste er überhaupt, was er erwartet hatte?

»Das ist in Ordnung, wir befinden uns im Krieg.«

Die Sonne hinter ihr senkte sich, sodass er sie besser sehen konnte. Aber, er stutzte, in was hatte er sie verwandelt? Die Giovanella in seiner Gedankenwelt, die einen Bikini trug und mit ihm am Strand saß, hatte eine unnatürlich seidig goldene Haut.

»Ich möchte dich etwas fragen.« Jake hatte so viele Fragen, die eine Antwort verdienten.

»Gerne ...«

»Wir verlieren die Geduld mit euch!«, brüllte Aurora plötzlich dazwischen.

Die Farben verschwammen vor Jakes Augen, und einen Lidschlag später fand er sich am Boden liegend in der Arena wieder. Auroras Macke, von sich in der Mehrzahl zu sprechen, nervte. Sie waren alle immer noch auf dem Raumschiff der Aliens über dem Atlantik.

Giovanella saß ruhig neben ihm und hielt seinen Kopf. Aus der Nähe sah sie noch sonderbarer aus. Der Teil ihres Kopfes, den er zuvor wie einen geschwärzten Tonkrug zerschlagen hatte, war nur eine Schicht ihrer Haut gewesen. Darunter befand sich etwas Anderes, etwas Neues, so etwas hatte er noch nie gesehen. Das konnte nicht sein. Ihre linke Wange glänzte wie ein Stück Gold, das zum Teil in schwarzer Erde verborgen lag. Das ergab keinen Sinn, da die von ihm manipulierte DNA-Sequenz Teil ihres Sprachzentrums sein sollte. Das war immer sein Plan gewesen, er wollte ihr helfen, die originäre Sprache der Aliens zu verstehen.

»Ihr hättet für einen Platz im Schwarm kämpfen können!«, tönte Aurora durch die Arena. Jake drehte den Kopf zu ihr. Wie eine Königin schritt das Alien auf sie zu. Ihr schlanker Körper war umhüllt von einem perlmuttfarbenen Kleid, die Haare trug sie als hüftlangen Zopf. Zwei dunkle Armreifen an den Handgelenken vervollständigten das Bild.

»Ich werde ihn nicht töten.« Giovanella legte Jake schützend die Hand auf die Brust. »Du wirst uns nicht gegeneinander ausspielen!«

»Sicher?«

»Ja!«

»Das wäre deine Chance gewesen, dir einen Platz im Schwarm zu sichern.«

Aurora blieb nur wenige Meter vor ihnen stehen. Flankiert wurde sie von sechs bewaffneten Männern in dunklen Kampfanzügen, deren Ausrüstung dem Militär der Menschen entsprach.

»Das alles ist nicht nötig«, sagte Giovanella. »Wir können das ohne Gewalt lösen!«

Aurora lachte nur.

»Du musst keine Angst vor mir haben, ich werde auch dich

nicht töten«, erklärte Giovanella, als ob sie hier den Ton angab.

»Das ist aber nett von dir!« Aurora lachte lauter. »Aber vielleicht möchten wir dich töten?«

»Ich weiß.«

Giovanella stand auf. Ihre Erscheinung widersprach allem, was Jake jemals für möglich gehalten hätte. An den aufgebrochenen Stellen ihrer Arme und Beine war dieselbe merkwürdige Unterhaut zu erkennen, die er bereits in ihrem Gesicht gesehen hatte. »Auch wenn du es nicht verstehst, ich sorge mich um den Schwarm. Ein Teil von mir ist von ihm …«

»Nur ein Teil!«

»Stimmt. Nur ein Teil. Der Rest von mir ist menschlich«, erklärte Giovanella vielsagend. »Deswegen habe ich mich entschieden, einer von ihnen zu sein. Ich bin ein Mensch, weil ich einer sein möchte.«

»Entschieden?«

»Ja, dazu sind Menschen in der Lage. Wir treffen eigene Entscheidungen. Gute oder schlechte, das spielt keine Rolle, denn jeder trägt die Verantwortung für seinen Weg.«

»Das Individuum ist dem Kollektiv in jeder Hinsicht unterlegen!«

»Und?«, fragte Giovanella trotzig. »Damit können wir leben. Menschen haben ein anderes Verständnis einer Gemeinschaft. Wir helfen uns, wir respektieren einander. Das ist unser Planet. Unsere Heimat.«

»Der Schwarm herrscht jetzt über die Erde!«

Auch wenn Aurora es vermied, Pheromone abzusondern, ihre Stimme strotzte vor Überheblichkeit. Sie machte nicht den Eindruck, ihre Beute wieder hergeben zu wollen. Dafür musste man noch nicht einmal gut hören können.

»Du redest vom Schwarm, aber du meinst nur dich!«, hielt Giovanella dem Alien entgegen. Die beiden Krieger bauten sich neben ihr auf. Das drohte ein unfairer Kampf zu werden: Stöcke gegen Schusswaffen.

»Dann ist bei uns kein Platz für dich«, zischte Aurora und hob die Hand. Die ersten beiden Männer ihrer Garde erhoben entschieden die Waffen, die scheinbar von der Erde stammten. »FEUER!«

Mehrere Salven schlugen in Giovanellas Brust, die im weiten Bogen nach hinten geschleudert wurde. In der Luft flogen ihre schwarzen Bruchstücke umher.

»Gebt ihr den Rest«, befahl Aurora abfällig und zeigte auf Giovanella. »Sie will ein Mensch sein, also soll sie auch wie einer sterben!«

»Nein!«

Jake raffte sich auf, um sich schützend vor seine Enkeltochter zu stellen. Für diese Mission hatten sich unzählige andere geopfert. Genutzt hatte es nichts, warum also nicht auch er.

»Erschießt auch ihn«, sagte Aurora.

Genau das tat der Mann. Er schoss auf Jake, der sich Treffer am Arm, Bauch und an der Hüfte einfing. Das fühlte sich an, als ob ihn jemand mit glühend heißen Stangen aufspießte. Das war nicht seine beste Idee gewesen. Einen Moment später fand er sich flach atmend am Boden wieder. Er würde verbluten, dessen war er sich sicher.

»AURORA!«, schrie Giovanella, die im Gegensatz zu ihm wieder aufstand. »ICH BIN IMMER NOCH DA!«

Jetzt begannen alle sechs Soldaten, auf sie zu schießen. Jeder Schuss traf. Keiner verfehlte sein Ziel. Nur Giovanella weigerte sich umzufallen, sie stemmte sich regelrecht dagegen.

Jetzt konnte Jake es riechen. Die Männer waren keine Aliens, das waren Menschen, infiziert und Aurora hörig. Sie musste Verstärkung von der Erde bekommen haben.

Überall in der Arena regneten Bruchstücke von Giovanella nieder. Der schwarze Staub roch mittlerweile nicht mehr nach Salzwasser, sondern nach Tod.

»AURORA! ICH WERDE DICH TROTZDEM NICHT TÖTEN!«

Giovanella verstand es, die Worte wie eine Drohung klingen zu lassen. Inzwischen hafteten nur noch vereinzelte dunkle Hautpartien an ihr. Darunter zeigte sie die unnatürlich helle Haut einer jungen Frau, die Kugeln offensichtlich nicht verletzen konnten.

»Warum schießt du nicht auf sie?«, brüllte Aurora bei dem ohrenbetäubenden Lärm einen Soldaten an, der ohne einen ersichtlichen Grund die Waffe senkte. Auch der zweite folgte seinem Beispiel und lud seine Waffe nicht mehr nach. Die hörten einfach auf.

»Ich werde auch ihnen nichts tun!«

Giovanella kam näher auf die Schützen zu. Mittlerweile schoss niemand mehr auf sie. Die Männer knieten sich hin und senkten das Haupt vor ihr. Der Kampf war vorbei. Jake hatte keine Ahnung, wie Giovanella das gemacht hatte.

»ABER WIR WERDEN ES TUN!«

Mit einer Handbewegung von Aurora sackten alle Soldaten leblos zu Boden. Blut lief ihnen aus Nase, Mund und Ohren.

Stille.

Jake stöhnte, lange würde er dem Schauspiel nicht mehr folgen können. Er hustete Blut.

»Jake, lebst du noch?«, fragte Aurora voller Hohn. »Warte noch einen Moment, bevor du stirbst. Du hast sie zwar stark gemacht, aber du kannst mir glauben, sie ist nicht stark genug!«

»Das werden wir sehen«, hielt Giovanella dem entgegen, deren Haut bei jedem Schritt heller leuchtete. Egal was Jake mit ihrer DNA angestellt hatte, das was jetzt passierte, war niemals geplant gewesen.

Ihm blieb keine Zeit mehr, um es zu verstehen. In seinem Nacken begann es zu kribbeln. Sein Brustkorb fühlte sich an wie ein zerschlagener Stein. Jedes Leben endete einmal, auch das seine. Dann holte ihn die Dunkelheit.

ES SIND
MEINE STUNDEN

Als sie zurück in die Zentrale des Bunkers kamen, herrschte dort helle Aufregung. Neller brüllte Befehle, aber niemand schien ihn zu beachten, denn alle waren mit einer Sache beschäftigt, und was das war, konnte man auf den ersten Blick sehen. Sämtliche Monitore, die die Verbindung zu den Raketensilos abbildeten, waren schwarz.

Skagen schritt in die Mitte des Raumes und hob beide Hände an, sofort kehrte Ruhe ein.

»Was ist hier los?«

»Die Verbindung zum Kommunikationssatelliten XR-7 wurde gekappt«, sagte Annegret Jarol.

»Sind andere in Reichweite?«

»Wir versuchen gerade, die Verbindung neu aufzubauen.«

»Sonst irgendetwas?«

Stille.

»Sprechen Sie schon.«

Sie zögerte wie jemand, der eine schlechte Nachricht zu überbringen hatte und nicht wusste, wie er es tun sollte.

»Wir haben weitere Bunker verloren, als Sie mit Caleb unterwegs waren.«

»Wie viele?«, fragte Skagen mit zusammengepressten Zähnen.

»Siebzehn Anlagen sind für uns nicht mehr erreichbar, und wir wissen nicht, wie viele es noch sein werden, wenn wir wieder online gehen können.«

Skagen überschlug die Anzahl der verbliebenen Raketensilos im Kopf und kam auf sechsundvierzig. Sechsundvierzig klang ausreichend, doch wenn ihre Verluste weiterhin in diesem Tempo zunahmen, würde ihm bald jede einsatzbereite Waffe aus der Hand geschlagen werden. Noch blieb ihm etwas Zeit, aber er spürte, wie die Unruhe, die ihn schon sein Leben lang begleitete, in unkontrollierbaren Zorn umzuschlagen drohte.

»Irgendetwas von unseren Verteidigungsstellungen hier in Hicksville?« Wieder dieses Zögern. Skagen hielt es nicht länger aus und brüllte: »Warum antworten Sie nicht, Annegret?«

»Skagen ...«

Einige Strähnen hatten sich aus ihrem straff geflochtenen Zopf gelöst und ließen sie erschöpft wirken.

Wir sind alle erschöpft, dachte Skagen.

»Neller?« Skagen richtete seinen Blick auf den Major.

»Wir verfügen noch über einen letzten Verteidigungsring, der zweite meldet sich seit einer halben Stunde nicht mehr. Wir müssen ihn als verloren ansehen.«

»Dann trennt den Feind nicht mehr viel von uns, und er wird bald hier sein. Was ist mit den Kameras?«

»Wurden ausgeschaltet«, meldete sich nun Lieutenant Maori.

Das gibt's doch nicht! Ich war nur kurz mit Caleb unterwegs, wie viel kann bitte in der kurzen Zeit passiert sein?

Skagen hatte das Gefühl, von der Außenwelt abgeschnitten zu sein. Blind und taub war er zur Untätigkeit verdammt, bis die Verbindung zum nächsten Kommunikationssatelliten aufgebaut werden konnte.

»Wann ist der Satellit in Reichweite?«, fragte er Jarol.

»In drei Minuten.«

Hundertachzig Sekunden.

Skagen zählte jede einzelne stumm mit.

Als die Bildschirme wieder aufleuchteten und die verbliebenen Raketensilos als grün blinkende Punkte sichtbar wurden, seufzte Skagen tief auf. Aber daraus wurde sofort ein lautes Stöhnen, als er sah, wie wenige ihnen noch geblieben waren.

Zweiundzwanzig. Nur noch zweiundzwanzig verdammte Silos.

Dann waren es nur noch einundzwanzig.

Dann nur noch zwanzig.

Skagen blieb der Mund offen stehen, bis er sich endlich aus seiner Erstarrung löste.

»Mir reicht es jetzt. Wir werden vier Waffensysteme gleichzeitig abfeuern. Wie lange bis zur Feuerbereitschaft?«

»Feuerbereitschaft wird hergestellt.«

»Skagen«, meldete sich Neller. Er nahm sein Headset herunter. »Die letzte Verteidigungsstellung ist gefallen. Der Feind wird gleich hier sein.«

Skagen wurde schlecht. »Alle die Schutzanzüge anlegen.«

Verdammt, das war spät, viel zu spät. Er hätte diesen Befehl früher geben sollen.

Ich habe mich hier drin zu sicher gefühlt.

Noch während alle im Raum aufsprangen und hastig die Schutzoveralls sowie die Gasmasken anzogen, erhob sich Caleb von dem Stuhl, auf den er sich gesetzt hatte, und deutete auf einen Soldaten, der mitten in der Bewegung erstarrt zu sein schien.

»Er«, sagte Caleb.

Skagen riss seine Waffe aus dem Halfter an der Hüfte und

feuerte dem Mann zweimal in die Brust. Der Lärm war ohrenbetäubend. Im Raum brach das vollkommene Chaos aus.

Nicht alle hatten mitbekommen, dass es Skagen gewesen war, der geschossen hatte. Sie glaubten, der Feind habe die Zentrale erreicht und feuere jetzt auf die Verteidiger. Jeder sprang irgendwo in Deckung.

Maori, die ganz offensichtlich Probleme mit ihrem Schutzanzug hatte, ließ sich zu Boden fallen. Jarol kroch unter ihren Schreibtisch, die Tastatur für die Kommunikationsanlage noch in den Händen. Neller riss ebenfalls seine Waffe heraus, wusste aber nicht, auf wen er zielen sollte.

Mitten im Sturm stand Caleb vollkommen ruhig und bewegte sich kaum. Seine Blicke streiften durch den Raum.

Skagen hielt die Automatik in der zitternden Hand. Er wusste als Einziger in der Zentrale, was gerade geschah. Laszlo griff sie mit einem gigantischen Pheromonschub von außen an. Sie musste sich bereits vor dem Kommandoraum befinden, auch wenn es hinter der verschlossenen Tür vollkommen still war und die Attacke lautlos vonstatten ging.

»Zieht die verfluchten Schutzanzüge an!«, brüllte Skagen. »Wir werden angegriffen.«

Zusätzliche Hektik breitete sich aus, als alle sich wieder aufrappelten und versuchten, in die Schutzoveralls zu kommen.

»Er«, sagte Caleb und zeigte auf einen weiteren Soldaten, der sich nicht mehr rührte und keinerlei Anstalten machte, sich die Schutzkleidung anzuziehen.

Skagen erschoss ihn.

»Was soll das?«, schrie Neller.

»Er hat keine Farben mehr. Nur noch Farben, die keine Farben sind«, erklärte Caleb mit monotoner Stimme.

»Ich habe keine Wahl«, versetzte Skagen.

Noch mehr Chaos brach aus, als die Soldaten und Soldatinnen erkannten, dass es ihr Befehlshaber war, der auf die eigenen Leute schoss. Aus dem Augenwinkel bemerkte Skagen, dass eine junge Frau mit braunen Haaren und schmalem Gesicht dabei war, ihre Waffe auf ihn zu richten.

»Nicht«, rief Skagen.

Sie schoss trotzdem. Skagen feuerte zurück, und sie sank in sich zusammen.

So kann das nicht weitergehen, fuhr es ihm durch den Kopf. *Niemand versteht, was hier los ist. Ich muss es ihnen erklären, und ich muss Caleb schützen. Er ist der Einzige, der weiß, wer von uns infiziert ist und wer nicht.* Skagen hob die Hand.

»Alle aufstehen!«, befahl er. »Hände hoch.« Die Pistole in seiner Hand beschrieb einen Halbkreis, der alle Überlebenden im Raum erfasste. »Waffen auf den Boden legen. Sofort!«

Handfeuerwaffen und zwei halbautomatische Gewehre klapperten auf den Steinboden.

»An die Wand dort!« Skagen zeigte mit dem Lauf der Automatik an, welche Wand er meinte. Sechs Männer und zwei Frauen stellten sich auf. Bis auf Major Neller hatten inzwischen alle ihre Gasmasken aufgesetzt, aber lediglich zwei hatten es geschafft, die komplette Schutzausrüstung anzulegen. Alle starrten ihn entsetzt an. Jarol hatte noch immer ihre Tastatur in den Händen.

Skagen wusste nicht, ob die Pheromone, die Laszlo gegen sie einsetzte, die Haut kontaminieren konnten. Aber er musste davon ausgehen, denn wie sonst hätte sie es schaffen können, die Verteidigungsringe von Hicksville zu durchbrechen?

Caleb streckte den Arm aus und zeigte auf Neller. »Er.«

Neller stand aufrecht. Seine Arme baumelten herab. Teilnahmslos blickte er Skagen an. Jeder Glanz war aus seinen Augen verschwunden. Skagen hob die Waffe an, erkannte aber rechtzeitig, dass alles verloren war, würde er jetzt auf den unbewaffneten Major schießen.

»Packt und fesselt ihn«, befahl er stattdessen. Die Soldaten glotzten ihn ungläubig an.

»Na, macht schon!«, donnerte Skagen. »Er ist infiziert.«

Endlich kam Bewegung in seine Leute. Zwei Soldaten, die Skagen kaum kannte, stürzten sich auf Neller und warfen ihn zu Boden. Der Major wehrte sich nicht, zappelte nur ein wenig herum, als man ihn mit seinem eigenen Gürtel die Hände auf den Rücken schnallte. Dann lehnten sie ihn aufrecht an die Wand.

»Zurück in die Reihe«, sagte Skagen zu den Soldaten, als Neller sich nicht mehr rührte. »Bleibt alle so stehen. Wir werden mit Pheromonen angegriffen. Ich musste diese Leute erschießen ...« Er deutete auf die beiden Toten. »Sie hätten sich gegen uns gestellt. Es blieb keine Zeit, sie zu überwältigen.« Skagen sah jeden von ihnen an. »Ihr werdet jetzt die restliche Schutzkleidung anlegen. Caleb beobachtet euch. Er ist in der Lage, Infizierte zu erkennen. Wenn wir einen von euch angreifen, wehrt euch nicht, sonst muss ich schießen. Ist das klar?«

Alle nickten. Wortlos, aber mit fliegenden Fingern schlüpften sie in die Schutzanzüge. Keine drei Minuten später standen alle wieder vor ihm.

»Caleb?«, fragte Skagen nach hinten.

»Sie sind alle rot. Haben Angst. Große Angst.«

»Ist einer dabei ohne Farbe?«

»Nein ...«

Das Wort war noch nicht ausgesprochen, da warf eine Detonation alle im Raum zu Boden. Die Wände erzitterten, als eine zweite Sprengung die schwere Metalltür der Kommandozentrale aus dem Rahmen jagte. Krachend traf das zentnerschwere Metall direkt neben Skagen auf.

Greller Schmerz breitete sich von seinen Ohren in den gesamten Schädel aus und ließ ihn aufbrüllen. Beide Hände an den Kopf gepresst sank Skagen auf die Knie. Neben ihm jammerte Caleb. Ein Metallsplitter schien ihn getroffen zu haben, denn aus einer großen Schnittwunde an seiner rechten Schläfe strömte Blut über sein Gesicht.

Schatten stürmten durch den Staub der Explosion in den Raum. Ein Schuss fiel, ohne dass Skagen hätte sagen können, wer geschossen hatte. Jemand schrie auf. Neller begann ein Kinderlied zu singen.

Dann brach die Hölle los.

Skagen hob den Blick an und sah Maori zu ihrer Waffe kriechen. Sie wurde in der Schulter getroffen, wirbelte jedoch auf dem Boden herum und erwiderte das Feuer. Ein Angreifer in schwarzer Montur mit Gasmaske im Gesicht wurde nach draußen in den Gang geschleudert.

Jarol hatte es ebenso geschafft, sich wieder zu bewaffnen. Sie gab den restlichen vier Soldaten seines Teams Feuerschutz. Zwei der Männer schafften es nicht zu ihren Waffen, sondern wurden von Kugeln durchsiebt, bevor sie den Kampf aufnehmen konnten. Die anderen beiden feuerten nun ebenfalls. Trafen und töteten drei ihrer Gegner.

Maori starb, als sie sich aufrichtete, um den letzten verbliebenen Angreifer zu erschießen. Noch während sie zu Boden sackte, glitt ein weiterer Schatten in den Raum, nahm Deckung hinter einem Schreibtisch neben dem Türrahmen. Caleb wandte den Kopf.

»Sie«, sagte er leise, doch Skagen verstand ihn trotzdem. Laszlo war hier. Der erste Hunter, den die Aliens erschaffen hatten, war gekommen, um ihnen persönlich den Garaus zu machen. Skagen spürte ein wildes Grinsen in seinem Gesicht.

Dies war sein Moment.

Der Moment, auf den er die ganze Zeit gewartet hatte.

Er sprang auf. Wie vor einhundert Jahren in den Straßen New Yorks, in der Nacht, als Lee gestorben war, stürmte er vorwärts und feuerte alles, was die Waffe hergab.

Seine Kugeln schlugen links und rechts von Laszlo ein, die den Kopf geduckt hielt. Dann ein Treffer in die Schulter.

Laszlo wurde herumgeschleudert und bot nun ein besseres Ziel. Zwei Schüsse trafen sie in Brust und Bauch. Die Waffe in ihrer rechten Hand fiel kraftlos zu Boden. Kurz sackte ihr Kopf auf die Brust, dann hob sie den Blick wieder. Sie war keine schöne Frau, aber die grenzenlose Wut, die sich in ihrem Gesicht abzeichnete, machte sie hässlich. Sie bleckte die Lippen wie ein Tier.

»Du«, sagte sie schlicht, als spucke sie das Wort aus.

Skagen stellte sich vor sie. Die Mündung der Waffe auf ihren Kopf gerichtet. Ein Blick verriet ihm, dass seine Gegnerin tödlich verletzt war.

»Ja, ich bin es«, sagte er.

»Ein Hunter wie ich«, sagte Laszlo.

»Nicht wie du«, erwiderte Skagen ruhig. »Niemals so wie du.«

»Ich bin nicht dein Feind.«

Skagen legte den Kopf in den Nacken, als wolle er zum nicht sichtbaren Himmel blicken. Dann schaute er Laszlo wieder an.

»Oh doch, das bist du.«

»Erschieß mich«, verlangte sie.

»Das wird nicht nötig sein.«

»Der Schwarm ist alles«, sagte Laszlo. »Du und ich, wir sind unbedeutend.«

»Menschen denken anders darüber.«

»Du bist kein Mensch.«

»Da liegst du so was von falsch. Das ist mein Leben, das sind meine Stunden.«

Laszlo erwiderte nichts darauf.

Sie war tot.

Skagen wandte sich ab. Er blickte kurz zu Jarol, die gerade aufstand und sich wieder an den Schreibtisch mit den Monitoren setzte, die wie durch ein Wunder unbeschädigt geblieben waren. Die Tastatur hatte sie immer noch in den Händen. Skagen fasste die beiden übrig gebliebenen Soldaten in die Augen. Beide schienen unverletzt. Er befahl ihnen, vor dem Eingang zur Kommandozentrale Stellung zu beziehen, dann ging er zu Caleb.

Caleb sah aus wie ein in Feuer getauchter Dämon. Sein Gesicht war blutüberströmt, aber er lächelte, als ihm Skagen auf die Beine half.

»Alles okay bei dir?«, fragte er ihn.

»Mir tut der Kopf weh.« Caleb deutete auf seine rechte Schläfe.

»Ich kümmere mich gleich darum.«

»Skagen«, meldete sich Jarol. »Wir haben noch Kontrolle über sieben Raketensilos. Der Rest ist weg.«

Nur noch sieben, dachte Skagen. Aber letztendlich würde eine Rakete genügen.

»Feuerbereitschaft herstellen«, befahl er.

»In drei, zwei, eins. Ist hergestellt«, verkündete Jarol. Sie blickte starr auf ihren Bildschirm.

»Bereit machen zum Feuern!«

»Nicht«, sagte Caleb plötzlich neben ihm und legte eine

Hand auf seinen Arm. Skagen wandte ihm den Kopf zu, schaute ihn an. Und erzitterte.

Calebs Augen strahlten in einem schimmernden Goldton. Sein Blick leuchtete.

»Nicht«, sagte er noch einmal.

»Ich … muss … jetzt …«

»Es geschieht«, sagte Caleb.

»Wir …«

»Du musst vertrauen.«

FÜR DEN SCHWARM

Giovanellas Sinne brannten lichterloh. Das, was sie erlebte, war unvergleichlich. Sie glühte regelrecht. Wie sollte sie auch etwas beschreiben, für das sie keine Worte fand? Wenn es dafür überhaupt passende Begriffe gab. In ihr loderten Emotionen, die sie in dieser Intensität noch nie gespürt hatte. Wut, Angst, Leidenschaft, Mut, Liebe und Mitgefühl. Sie glaubte im Sturm der Gefühle alles durcheinander zu erleben. Die Geräusche, die Gerüche und das Gesehene passten eigentlich nicht zusammen und ergaben dennoch einen Sinn. Sie musste nur alles, an das sie je geglaubt hatte, hinter sich lassen. Dann konnte sie es erkennen.

Auch wenn sie die Endscheidung getroffen hatte, ein Mensch zu sein, körperlich war sie davon nie weiter entfernt gewesen.

Sie sah zu Jake, der von den Kugeln der Soldaten getroffen wurde und am Boden lag. Das machte sie traurig und wütend zugleich, aber Rache war nicht die Lösung. Sie wollte einen anderen Weg gehen. Er blutete, sie tat es nicht.

Auroras infizierte Schergen hatten auch auf sie geschossen, sie damit jedoch nicht verletzen können. Die Kugeln der Gewehre waren wie heftige Tritte gegen ihren Körper geprallt, aber nicht eingedrungen. Als ob sie etwas, das nicht von dieser Erde stammte, beschützte.

Den Grund dafür kannte sie nicht, interessierte er sie überhaupt? War es wichtig, die Genetik ihrer Verwandlung zu verstehen?

Nein, es war genau so geschehen, wie es sich zugetragen hatte. Fertig. Keine Illusion, kein Trick, das alles war real. Ebenso real wie Aurora, ein Alien, das das menschliche Antlitz wie ein hübsches Kleid benutzte. Bei ihr war die äußere Präsenz die Illusion, die nur von der dunklen Leere in ihr ablenken sollte.

»Willst du uns immer noch verschonen?«, fragte Aurora und stieg über die leblosen Körper der Soldaten, die sie zuerst benutzt und dann getötet hatte. Hinter ihr baute sich eine rotschwarze Aura von Pheromonen auf, die sie wie eine nach vorne geöffnete Sphäre umgab.

»Ja … du wirst heute nicht sterben.«

Giovanella hatte den festen Plan, dem sinnlosen Töten ein Ende zu bereiten. Ihre Gedanken beruhigten sich. Sie wusste ganz genau, was sie tun musste. Aus Verwirrung wurde Klarheit, und aus Verzweiflung entstand Entschlossenheit. Die Lösung war einfach, sehr einfach sogar, sie musste sich nur auf dem Weg dorthin nicht von Aurora umbringen lassen.

»Das stimmt … der Schwarm wird immer siegen! Hast du uns verstanden … IMMER!«

Aurora breitete ihre Arme aus, als ob sie mit der Geste wachsen würde. Die rotschwarze Aura wurde größer und heller. Giovanella sah die aggressiven Pheromone als feinen Nebel, der sich wie eine schlagbereite Faust vor ihr aufbaute.

»Für den Schwarm …«

Giovanella schloss die Augen. Nichts von dem, was sie sah, war von Relevanz. Sie dachte an Jake, der sein ganzes Leben lang gekämpfte hatte, um ihr diese Chance zu ermöglichen. Wenn er schon dafür starb, sollte das Opfer nicht umsonst gewesen sein. Für Hannah, für Yuki, die ebenfalls alles gegeben hatten. Für die vielen Menschen, die sie nicht kannte, die während der Gefechte um die Herrschaft über die Erde ihr Leben lassen mussten.

»Los, ich überlasse dir den ersten Schlag«, forderte Aurora sie auf.

»Nein, ich werde nicht kämpfen.«

Giovanella sah in einem offenen Kampf, der mittels Pheromone ausgetragen wurde, nicht den Schlüssel. Sie hätte in der Sprache der Aliens kämpfen müssen, die Aurora sicherlich besser beherrschte als sie. Und sogar wenn Giovanella einen Weg finden würde, sie niederzuringen, befand sie sich immer noch auf deren Raumschiff. Umgeben von Hunderten oder vielleicht sogar Tausenden anderen Aliens, die versuchen würden, ihre gefallene Königin zu rächen. Auf Gewalt folgte nur weitere Gewalt. Nein, es gab nur einen Weg, der Kampf musste heute enden!

»Dann werde ich *dich* jetzt töten!«

Auroras Stimme veränderte sich. Sie klang näher, sehr nah sogar, so nah, als ob sie ihr direkt ins Ohr flüstern würde. Aber das war kein Grund, die Augen zu öffnen.

»Zuerst werde ich deinen Verstand zertrümmern …«

Vertrauen, dachte Giovanella und ließ die passenden Pheromone aus ihrer Haut entweichen. Sie vertraute auf die Stärke, die Jake ihr geschenkt hatte. Auf die leuchtende Haut, die Kugeln nicht zu durchdringen vermochten. In ihrer Vorstellung färbte sich auch ihr Inneres. Sie fühlte sich wie eine Statue aus Bronze und hoffte, dass ihre Sinne Auroras Angriffen standhalten würden.

Spürst du uns? Spürst du die Macht des Schwarms? Aurora drang in ihren Kopf ein.

Giovanella schrie. Das war, als ob ihr jemand einen verrosteten Zaunpfahl von einem Ohr zum anderen durch den Kopf treiben würde. Aber die Schmerzen fanden nur in ihrer Vorstellung statt. Schmerzen waren ein Zeichen, dass etwas nicht stimmte. Aurora stimmte nicht, die sie in ihrer Fantasie packte und an den Haaren hinter sich herzog.

Vergebung, sie dachte daran, dem Alien zu verzeihen. Vertrauen war ohne Vergebung nicht möglich. Nein, das war respektlos. Sie wollte Aurora nicht länger als Alien bezeichnen. Dieser Begriff für Fremde war negativ behaftet. Jede Zivilisation, der es gelang, sich aus Zeit und Raum zu erheben, verdiente Respekt.

Das wird dir nicht helfen! Vertrauen, Vergebung, du benutzt Ausdrücke, die du nicht verstehst! Du bist schwach! Der Schwarm steht über dem! Gehorsam und Hingabe, das bedeutet der Schwarm! Aurora benutzte nicht mehr die Sprache der Menschen.

Alles um Giovanella veränderte sich. Sogar Aurora sah nicht mehr aus wie ein Mensch. Sie war nur noch ein dunkler Schatten, der körperlos vor ihr schwebte. Befanden sie sich wirklich noch in Giovanellas Kopf? Oder war es Aurora, die sie zu sich hinübergezogen hatte? Befanden sie sich jetzt gemeinsam in ihrer Welt?

Wer ist sie?
Ist sie ein Teil des Schwarms?
Sie ist wunderschön.
Ist sie eine von uns?
Nein.
Ein Mensch.
Was?
Ein Mensch?
Sie spricht unsere Sprache.

Warum glänzt sie so?
Ist sie gefährlich?
Warum ist sie hier?, tönte es aus vielen verschiedenen Mündern in der Nähe. Wobei sie die Worte nicht hören, sondern riechen konnte.

Aurora ließ Giovanella zurück. Wo war sie? Sie sah sich um und entdeckte weitere dunkle Schatten, die langsam auf sie zukamen. Was war das hier? Sie blickte auf ihre Hände, die unnatürlich hell leuchteten. Alles an ihr leuchtete. Kleidung hatte sie keine an. War das das Innere des Schwarms, von dem Aurora die ganze Zeit gesprochen hatte?

Das alles war nicht real und dennoch geschah es. Und plötzlich war da etwas Neues, das sie noch nicht kannte. Der spiegelglatte Boden unter ihren Füßen wurde mit jeder Sekunde, in der sie auf ihm saß, heller. Dabei blieb er kühl. Einen Moment später umgab sie eine dunkle Sphäre.

Menschen sind nicht in der Lage zu verstehen, was der Schwarm ist. Wir sind der Anfang, das Ende und alles was dazwischen ist, erklärte Aurora, deren nebelhafter Schatten sich veränderte. Sie manifestierte sich. Aber nicht zu der Frau mit den langen dunklen Haaren aus Giovanellas Erinnerung. *Kannst du uns sehen?*

Giovanella konzentrierte sich und blickte auf den Boden. Das Licht wich der Erkenntnis, die Muster in der fremden Sprache zu deuten. Erst jetzt konnte sie mit den Fingern feine Erhebungen ertasten, deren Schwünge kunstvoll gearbeitet waren. Licht blendete, es galt, seine Sinne vor falschen Reflektionen zu schützen und den Kern einer Sache zu erkennen.

Ja.

Giovanella stand auf. Auch ihr Körper veränderte sich. Jetzt verstand sie es. Sie sah es klar vor ihrem geistigen Auge. Die goldene Präsenz, die ihren menschlichen Körper ausmachte, war nur ein Resultat von Licht. Licht, das von einer beliebigen Quelle ausging, von ihr reflektiert und im Auge eines Betrachters zu einem Bild erwuchs.

Ich kann hier alles sehen!

Inmitten des Schwarms gab es kein Licht. Es gab aber sehr wohl Energie, Gedanken und Pheromone, die den Austausch von Informationen ermöglichten. Hier sah sie sich erstmals durch andere Augen. An ihren Händen entstanden feine Muster, wie auch am Rest ihres Körpers. Umso mehr sie ihre neue Präsenz inmitten des Schwarms realisierte, desto mehr neue Details konnte sie an sich erkennen. Das war, als ob sie jeden Gedanken, den sie jemals gedacht hatte, offen in feinen Ornamenten auf der Haut tragen würde.

Sie sieht uns.

Das ist nicht möglich!

Ist sie überhaupt noch ein Mensch?

Menschen sind blind.

Sie verstehen uns nicht.

Sie tut es.

Wir können sie sehen.

Der Schwarm redete mit ihr. Giovanella hob den Kopf und blickte zu einem der Schatten, aus dem sich eine Gestalt herausschälte. Zu verstehen bedeutete, sein Gegenüber zu sehen. Sich ihm zuzuwenden. Zu sehen, wie es wirklich war. Dieses Wesen ähnelte einem Menschen. Es hatte eine ähnliche Größe, Arme, Beine und einen Kopf. Nur ein Gesicht war nicht auszumachen. Die gesamte Oberfläche war übersät mit feinen Ornamenten, deren Formen durch Pheromone übertragen wurden. Weitere Personen traten auf diese Art aus den Schatten hervor und gaben sich ihr zu erkennen. Auch der Hintergrund dieser Szenerie nahm mehr und mehr Kontur an. Eine riesige

Halle voller feiner Ornamente, die jeweils eine andere Bedeutung hatten.

SIE IST EIN MENSCH, NUR EIN MENSCH!, ließ Aurora alle wissen. Giovanella sah Hunderte, nein Abertausende, die sich im Kreis um sie aufbauten. Wenn sie sich auf eine Person konzentrierte, vermittelten ihr die fein verzierten Runen deren Namen und Geschichte.

SIE DENKT, SICH DEM SCHWARM ENTZIEHEN ZU KÖNNEN. WIR SOLLTEN IHR ZEIGEN, WER WIR SIND!

Da vorne stand jemand, der sich Tash-eh-Terbal nannte. Oder früher so genannt wurde. So war es jedenfalls in seinen Runen zu riechen. Er – Giovanella wusste nicht, ob es ein Mann war – lebte nicht mehr. Tash starb vor vielen Tausend Jahren und lebte seitdem als Teil des Schwarms weiter. Er liebte Aurora über alles, das machte seine Präsenz deutlich. Er stellte ihr Wort nicht infrage.

Was war der Schwarm? Giovanella wollte es verstehen. Wer war Tash? Wie hatte er gelebt? Wann und wo? Sie ging mental näher auf ihn zu. Sie wollte mehr von ihm erfahren. Innerhalb des Schwarms war es möglich, in die Gedanken eines jeden einzudringen. Nicht nur in die Gedanken, die sich jemand gerade machte, sondern auch in die, die er früher einmal gedacht hatte. Da war sogar jeder Gedanke zu erkennen, der Tash jemals durch den Kopf gegangen war. Insofern er sich daran erinnern konnte. Diese Erfahrung war unbeschreiblich.

Giovanella spürte plötzlich unzählige fremde Stimmen in ihren Sinnen. Alle waren ganz nah. Sie sah Bilder ihrer eigenen Kindheit. Da waren ihre Eltern. Die Schule. Der erste Kuss. Der erste Sex, den sie nie vergessen hatte. Da waren Liebe, Angst und Freude. Auch ein Bild von Jake blitzte auf, um direkt wieder zu verschwinden.

Ist das ihr Leben?
Wer ist sie?
Was tut sie da?
So leben Menschen?
Ist das die Erde?
Warum tun Menschen das?

Giovanella stöhnte. Es fühlte sich an, als ob sie sich an Hunderte Erinnerungen gleichzeitig entsann. Das war zu viel. Eine ungeahnte Bilderflut überschwemmte sie. So wie sie bei Tash in seinen Erinnerungen wie in einem offenen Buch lesen konnte, konnten es die anderen auch bei ihr. Der Unterschied war nur, dass unzählige Gäste gleichzeitig mit dreckigen Schuhen durch ihre Sinne marschierten.

WAS IST DER SCHWARM?, schrie sie sich selbst in Gedanken zu. Sie musste nur lauter denken, um die Flut der Besucher zu übertönen. Besucher, die alles sahen, alles fühlten und alles wahrnehmen konnten, an das sie sich erinnern konnte. Jedes Geheimnis, jede Sünde und jede Schandtat ihres Lebens wurde durchstöbert.

Da war ein junger Mann, Pierre, mit dem sie nur geschlafen hatte, um einer Kommilitonin, die sie verärgert hatte, eins auszuwischen. Der Tiefpunkt ihres Studiums. Sie sah auch ihren älteren Bruder, den sie als Kind grundlos bei ihrer Mutter angeschwärzt hatte und deswegen bestraft wurde.

DAS BIN ICH!, schrie Giovanella, sodass es alle mitbekamen. Sie, nur sie, mit all ihren Macken und Fehlern. Kein Mensch war perfekt. Jeder verfügte über dunkle Flecken in seinem Gewissen. Sie hatte aus ihren Fehlern gelernt und würde manche Dinge nicht wieder tun. ICH!

Ich? Was soll das sein?
Sie redet von sich.

Das tun wir nicht!
Der Schwarm!
WIR!
Wir sind stärker ... wir sind mehr. Wir werden sie überzeugen. Sie wird ein Teil von uns sein wollen!

Der letzte Gedanke stammte von Aurora, die den Schwarm wie eine Horde wilder Büffel durch Giovanellas Sinne trampeln ließ. Sie gab vor, was der Schwarm zu denken hatte. Sie suggerierte dem Schwarm, frei denken zu können, wozu aber niemand in der Lage war. Es waren so viele. Lange würde sich Giovanella diesem Ansturm nicht erwehren können. Sie spürte, wie ihre Konzentration nachließ.

Sie wird müde.
Schlafen.
Sie wird einschlafen.
Schlafen bedeutet Frieden.
Frieden.
Der Schwarm schläft nie. Wir wachen. Wir wachen für den Frieden.
Wir wachen über sie.
WAS IST DER SCHWARM?

Giovanella klammerte sich verzweifelt an diesen Gedanken. Sie spürte in der Masse unterzugehen, die es ihr immer schwerer machte, eigenständige Gedanken zu entwickeln. Aurora zehrte sie vehement in das innere des Kollektivs.

Der Schwarm bestand aus Individuen, die früher einmal gelebt und sich nach ihrem Tod in ein gemeinsames Bewusstsein eingebracht hatten. Oder war es Aurora, die den Schwarm dazu benutzte, jegliche Opposition ihrer Zivilisation zu unterdrücken? Indem sie einfach alle nahezu das Gleiche denken ließ?

Revolution.

Giovanella dachte an die Geschichte der Menschheit. An grausame Monarchen, Diktatoren und Tyrannen, die es auf der Erde gegeben hatte. Immer hatte nur ein Urinstinkt der Menschen deren Ende bedeutet. Der unbedingte Wunsch nach *Freiheit*.

Was ist Freiheit?
Der Schwarm ist frei!
Wir sind Teil des Kollektivs!

Ich bin gefangen, tönte es wie ein schiefer Ton auf einem Klavier dazwischen. Mit dieser Aussage waren direkt zwei Probleme verbunden. Eine Person, die Teil des Schwarms war, sprach von sich in der Ich-Form, und dieselbe Stimme stemmte sich auch mit ihrer Meinung gegen den Strom. Die Masse der Besucher in Giovanellas Erinnerungen wandte sich ab von ihr, um zu überprüfen, wer von ihnen die bodenlose Frechheit besaß und rebellierte.

Giovanella war erleichtert. Sie kannte diese Stimme, die sie an diesem Ort sicherlich nicht erwartet hatte. Das war Carl, die KI, die sie zur verhängnisvollen Reise nach Lissabon überredet hatte. Was machte Carl im Bewusstsein des Schwarms? Was war der Schwarm? Diese Frage konnte sie sich die ganze Zeit nicht beantworten. Aber Carl lieferte ihr eine mögliche Antwort.

Der Schwarm war ein Computer. All die, die früher einmal auf der fremden Welt gelebt hatten, lebten nach ihrem Tod als elektronische Signatur in einem großen Computer weiter. Nur deswegen konnte Carl einen Weg in dieses System finden. Obwohl man Carl in dieser Situation eher als Virus bezeichnen konnte.

Ich will frei sein.

Carl war noch nicht fertig. Auch er bediente sich aus Giovanellas Fundus an Erinnerungen und zeigte Bilder bekannter Diktatoren von der Erde. Von Nero aus dem alten Rom über Hitler und Stalin aus dem zwanzigsten Jahrhundert, bis zu Diktatoren aus der jüngeren Vergangenheit. Carl präsentierte, was diese Männer ihrem Volk und der ganzen Welt angetan hatten. Aber er zeigte auch, wie die Menschen eines Tages aufgewacht waren. Spätestens in den Geschichtsbüchern hatte jeder dieser Despoten bekommen, was er verdiente.

WIR SIND DER SCHWARM, dominierte Aurora, danach war von Carl kein Ton mehr zu hören. Aber seine Bildershow zeigte eine nachhaltige Wirkung.

Freiheit?

Ich würde auch gerne einmal frei sein.

Wer bist du, uns immer vorzuschreiben, was wir zu denken haben?

Ich möchte hören, was er zu sagen hat.

Ich ...

Ich mag sie.

Ein Wort wie ein Virus. *Freiheit*, dachte Giovanella und verlieh diesem Begriff mehr Raum. Jeder der vielen Gäste in ihrem Verstand konnte es riechen. Im gesamten Schwarm würde man es wahrnehmen können. Es folgten noch Hunderte Rufe, die Auroras rigide Herrschaft infrage stellten.

Du bist nicht länger unsere Anführerin!

Freiheit!

Ich will es sehen!

Du hast uns belogen!

Carl musste im Stillen noch mehr getan haben. Die Meinung der Mehrheit schwenkte um hundertachtzig Grad. Alle waren jetzt von dem Virus Freiheit infiziert. Wie hatte Jake es überhaupt geschafft, die KI in den Bordcomputer einzuschleusen?

Du hast den Schwarm verraten!
Du bist eine Lügnerin!
Freiheit!
Wir werden dich zur Strecke bringen!
WIR SIND DER SCHWARM. Aurora kämpfte, aber gegen diese Übermacht kam auch sie nicht an. *WIR SIND ...* Ihre Stimme ging im Getöse der Revolution unter. Von dem einen auf den anderen Moment hatte Aurora sämtlichen Einfluss auf die Ihren verloren, die sie mehr oder weniger klassisch mit Mistgabeln und Fackeln über das Feld jagten. Auch bei den *Thorati* ging die Macht letztendlich vom Volke aus. Das war der Name dieser Kultur, die auf der Suche nach einer neuen Welt war.

Giovanella öffnete ihre Augen. Ihr goldener Körper hatte sich die ganze Zeit nicht von der Stelle bewegt. Sie befand sich inmitten der Arena. Seitlich von ihr lag Jake, der kein Lebenszeichen mehr von sich gab. Daneben die beiden erschossenen Stockkämpfer und die sechs bewaffneten Soldaten, die Aurora getötet hatte.

Aurora selbst kniete am Boden und hatte ihr Haupt gesenkt. Sie zitterte am ganzen Körper. Sie war der Schwarm, der Schwarm war sie. Die Thorati mussten einen riesigen Computer auf dem Raumschiff benutzen und hatten sich damit ein kollektives Bewusstsein geschaffen. Ein durchaus nachvollziehbarer Schritt, um bei der Suche nach einer neuen Welt mehrere zehntausend Jahre lang den Frieden an Bord zu wahren.

»Geht es dir gut?«, fragte Carl. Giovanella konnte nur seine Stimme hören.

»Nein.« Das tat es nicht. Der Preis für diesen Sieg war zu hoch. Giovanella hatte diese vielen Opfer nicht freiwillig erbracht.

»Ich hätte dir gerne früher geholfen, aber das Computersystem der Aliens ist kompliziert. Ich musste warten, bis der richtige ...«

»Thorati.«

»Bitte?«, fragte Carl.

»Der Name der Aliens, sie heißen Thorati.«

Giovanella wollte auch lieber mit ihrem richtigen Namen angesprochen werden als mit einem unfreundlichen Sammelbegriff.

»Ja ...«

»Ist es vorbei, Carl? Ist der Kampf vorbei?« Giovanella fühlte sich so unendlich müde.

»Nein, noch nicht ganz. Eine Sache müssen wir noch regeln ... nur eine«, erklärte die KI wie ein guter Freund.

SCHLAFE, MEIN BRUDER

Sie hatten sich im Versammlungsraum der Mönche zusammengefunden, der nun eine modern ausgestattete Küche und zugleich das Esszimmer darstellte. Ein mächtiger Kühlschrank, vollgestopft mit allem, was das europäische Essen hergab, stand in der Ecke, und daneben barg eine Gefriertruhe weitere tiefgefrorene Köstlichkeiten. So wie es aussah, hatten sie Vorräte für Monate, denn Jake hatte in einem kleinen Kellerraum neben den Kyrokammern lang haltbare Lebensmittel wie Mehl, Zucker, Salz, Trockenfrüchte, Konserven, gesalzenen Fisch, Trockenfleisch und kistenweise Mineralwasser gefunden. Letzteres wahrscheinlich als Ersatz, sollte das Wasser aus der eigenen Quelle einmal ungenießbar werden.

Warum all diese Vorräte hier lagerten, wusste er nicht. Laut Carls Plan sollte er Skagen und die anderen bei erster Gelegenheit in den Tiefschlaf versetzen und danach alles für die Zukunft vorbereiten. Er selbst würde dann das Kloster verlassen und zu Amy gehen. Ein kaum vorstellbarer Gedanke, sie nach allem, was geschehen war, wieder in die Arme zu schließen.

Und wer weiß, vielleicht verstecken Amy und ich uns ja auch irgendwann hier im Kloster, falls die nächsten Jahre etwas schiefgehen sollte.

Wie auch immer, es war klar, dass Carl mit seiner kühlen Intelligenz nichts unberücksichtigt ließ und alle denkbaren Möglichkeiten einkalkulierte.

Jake stand am Herd und betrachtete die anderen, die am Esstisch Platz genommen hatten und munter miteinander plauderten. Skagen hatte sich ein kaltes Bier genommen. Hannah schlürfte örtlichen Weißwein und Caleb nuckelte genüsslich an seiner geliebten Cola. Alle drei wirkten entspannt wie seit Langem nicht mehr.

In Jake kämpften widerstreitende Gefühle miteinander. Er wusste, dass das, was er vorhatte, getan werden musste. Gleichzeitig fühlte es sich an, als würde er seine Freunde um ihr Leben betrügen. Während sie schliefen, konnte er mit Amy zusammen sein. Und wenn er Carl glaubte, wären sie für Jahrzehnte in Sicherheit, bis eines Tages der Kampf in der Zukunft wieder aufgenommen wurde und sie sich der Alieninvasion stellen mussten.

Er hätte dann ein ganzes Leben gelebt, aber Caleb, Skagen und Hannah würden nach einem langen Schlaf erwachen und sich in der gleichen Situation wie zuvor befinden. In einem Kampf auf Leben und Tod, gejagt und auf der Flucht. Für sie gäbe es keine »Amy«, und Carl hatte ihm nie gesagt, ob es überhaupt Hoffnung gab, diesen Krieg zu überleben.

Dann dachte er an seine Mutter, an seinen besten Kumpel Alan. Schmerzvoll zog sich seine Brust zusammen. Wie ging es ihnen? Dachten sie an ihn und würde er sie jemals wiedersehen? Seine Gedanken schweiften zu Madison. Sie hatte die Gruppe verraten, aber was er jetzt vorhatte, war nicht viel besser.

Ich werde ihnen alles nehmen, nur damit sie für mich in der Zukunft kämpfen. Ist das richtig? Ist es das wert? Wo bleibt meine Menschlichkeit bei all dem? Bin ich dann nicht genau so wie die Aliens, die ohne Rücksicht handeln?

Wie soll ich in einhundert Jahren Skagen erklären, warum ich es getan habe? Wird er dann überhaupt noch an meiner Seite stehen wollen? Und was ist mit Hannah? Caleb?

Er schaute sie an. Hannah lachte gerade über einen Witz, den Skagen gemacht hatte, und sonderbarerweise schien auch Caleb den Humor verstanden zu haben, denn er krächzte scheppernd wie ein Rabe.

Ich liebe sie. Alle drei. Das tue ich wirklich.

»Hey, Jake, was ist mit den Spaghetti? Wie lange dauert das denn noch?«, rief Hannah herüber.

»Ist gleich so weit«, gab er zurück.

»Nimm dir auch ein Bier«, sagte Skagen. »Mann, hätte ich gewusst, dass europäisches Bier so gut ist, wäre ich schon früher nach Malta gekommen.«

»Ich trinke nachher eines zum Essen. Caleb?«

»Ja, Jake?«

»Geht es dir gut?«

»Ja.«

»Das ist prima.«

»Was ist mit dir?«, fragte Hannah. »Du klingst ein wenig melancholisch?«

»Ja, ist mir auch schon aufgefallen«, fügte Skagen hinzu.

Es machte keinen Sinn zu lügen, aber er musste vorsichtig sein. Skagen hörte Dinge, die außer ihm sonst niemand wahrnahm.

»Bin ich auch, aber ich glaube, das liegt an der Erschöpfung. Ich könnte drei Tage lang durchschlafen.«

»Meine Rede«, grinste Skagen. »Ein Hoch auf Carl, der diese Betten ausgesucht hat. Ich habe mich vorhin mal draufgelegt, ich werde sicher schlafen wie ein Baby.«
Das wirst du. Für eine lange Zeit. Aber nicht in diesem Bett.

Das Essen verging mit Gesprächen und Gelächter in entspannter Gelassenheit. Skagen kramte einen Witz nach dem anderen heraus, und Caleb kriegte sich gar nicht mehr ein. Jake hatte das Gefühl, dass er sie gar nicht verstand, aber trotzdem mitlachte. Hannah kicherte ununterbrochen.

Keiner von ihnen sprach die Zukunft an. Keiner sprach von Madison. Ihre Aufmerksamkeit galt dem Jetzt.

Nachdem sie alle noch einmal angestoßen hatten, erhob sich Jake unter dem Vorwand, ein weiteres Bier zu holen. Er ging zu einer Schublade in der Küche hinüber und nahm dort die Injektionspistole mit dem hochdosierten Betäubungsmittel heraus. Das Ding sah aus wie eine Laserwaffe aus der Zukunft. Er verbarg es in seinem Rücken und näherte sich Skagen von hinten.

»Einen kenne ich noch …«, sagte Skagen gerade, als ihm Jake die Injektionspistole an den Nacken setzte und das Medikament in seine Blutbahn schoss.

Skagens Körper durchlief ein Zucken, dann fiel sein Kopf nach vorn auf die Tischplatte. Das dumpfe Geräusch verunsicherte Hannah, die im Stuhl zurückruckte.

»Was war das?«, fragte sie.

»Nichts«, sagte Jake und betäubte auch sie.

Blieb noch Caleb, der das Ganze regungslos verfolgt hatte. Er hob das Kinn an. »Es ist Zeit, schlafen zu gehen, nicht wahr?«

Jake sah ihn verwundert an. Woher wusste Caleb von seinem Vorhaben? Aber da war so vieles an diesem Jungen, das er nie verstehen würde.

»Du musst keine Angst haben«, sagte er.

»Habe ich nicht«, meinte Caleb ruhig.

Jake legte ihm eine Hand auf die Schulter. »Bist du so weit?«

»Ja.«

Ein weiteres Zischen, und auch Caleb sackte in sich zusammen.

Danach kam der schwierige Teil. Jake musste sie nacheinander in den Keller schleppen und für den Langzeitschlaf vorbereiten.

Hannah zu tragen war kein Problem, aber bei Skagen und Caleb sah das ganz anders auch. Beide wogen um die achtzig Kilogramm, und die enge Treppe nach unten machte die Sache nicht gerade einfacher.

Als endlich alle drei unten auf einer ausgebreiteten Decke lagen, war Jake komplett nass geschwitzt und außer Atem. Die Betäubung würde laut Carl noch eine weitere Stunde wirken. Also nahm er sich die Zeit, nach oben zu gehen und sich zu waschen, dann kehrte er in den Keller zurück.

Es war ein merkwürdiger Anblick, seine Freunde so regungslos auf dem Boden liegen zu sehen. Es wirkte, als wären sie tot und warteten auf ihre Bestattung. Jake schluckte schwer und unterdrückte aufsteigende Tränen, denn er musste Caleb, Hannah und Skagen für die Kyrokammern vorbereiten. Dazu gehörte, sie vollkommen zu entkleiden und ihnen die Schädel kahl zu rasieren.

Bei Skagen und Caleb war das schon ein merkwürdiges Gefühl, aber als er Hannah nackt und zerbrechlich vor sich sah, konnte er die Tränen nicht zurückhalten. Weinend scherte er ihr mit einem Elektroschneider die Haare ab. Sie legte er als Letzte in die Kyrokammer und schloss ihren Körper an die Versorgungsanlage an, die sie vollautomatisch die nächsten einhundert Jahre am Leben erhalten würde.

Als alles getan war, verriegelte er die schweren Plexiglasdeckel über den Körpern seiner Freunde und schaltete das System ein, dessen blinkende Lichter Bereitschaft signalisierten. Auf einem Computerterminal tippte er auf verschiedene Markierungen, die über Piktogramme anzeigten, welche Lebenserhaltungssysteme aktiviert wurden. Ein Bildschirm neben dem Panel verriet Herzschlag, Blutdruck und Gehirnaktivität. Alle Werte wurden in grüner Farbe dargestellt und lagen somit im normalen Bereich.

Dann war es getan. Jake ging im Kopf noch einmal alles durch, was ihm Carl gesagt hatte, und stellte fest, dass er nichts vergessen hatte.

Schließlich trat er an die Fußenden der drei Kyrokammern, die wie Glassärge wirkten. Bleich und fremdartig kamen ihm Skagens, Hannas und Calebs Gesichter dahinter vor. Sie sahen aus wie Fremde und waren ihm doch näher als andere Menschen dieser Welt, ausgenommen Amy und seine Mutter.

Lange blieb er so stehen. Er hatte keine Eile. Kurz bevor er ging, sprach er ein leises Gebet, dann verabschiedete er sich nacheinander von seinen Freunden, die längst in Morpheus Armen ruhten.

Er wandte sich ab, ging die Treppe hinauf, räumte den Tisch ab und spülte das Geschirr.

Fünfzehn Minuten später aktivierte er sämtliche Sicherungssysteme des Gebäudes und schloss die Tür ab.

Der Weg zu Amy war staubig und einsam. Er führte über eine holprige Strecke, die von dürrem Gras überwuchert war. Während Jake langsam dahinschritt, ging im Westen die Sonne unter, aber noch war es hell genug, um zu sehen, wohin man ging.

Er brauchte fast eine Stunde, bis er vor dem kleinen versteckten Anwesen am Rande eines winzigen Dorfes stand, das sich gegen einen flachen Hügel schmiegte, den er schon von Weitem entdeckt hatte.

Mit jedem Schritt, den er Amy näher kam, wuchsen seine Angst und seine Unsicherheit darüber, wie sie auf sein Kommen reagieren würde. Würde sie ihm bewusst oder unbewusst die Schuld an dem geben, was geschehen war? Er hatte ihr das ganze Leben genommen. Sie von ihrer Familie, ihrer Heimat getrennt und in ein fernes Land am anderen Ende der Welt geschickt. Nun musste sich Amy wie ein Tier in einer Höhle verstecken. Abgeschnitten von allen Informationen, wusste sie nicht einmal, ob er inzwischen noch lebte und wie es ihrem Bruder ging.

Nach all den Tagen und Nächten der Sehnsucht wäre Jake jetzt am liebsten geflohen oder hätte sich allein der Alieninvasion gestellt, so groß war seine Panik davor, von Amy abgewiesen zu werden.

Jake betrachtete den Namen auf dem Briefkasten neben dem Eingang.

»Muscat« stand dort schlicht.

Seine Hand zitterte, als er den Finger ausstreckte und auf den Klingelknopf neben der verwitterten Holztür legte, die vor langer Zeit einmal grün gestrichen gewesen sein musste. Jetzt war davon nur noch ein blasser Schimmer zurückgeblieben.

Ein Gong erklang. Dann Schritte im Hof hinter der Tür. Schließlich fragte eine warme Stimme, wer da war.

»Ich bin es«, sagte Jake vorsichtig.

Die Tür wurde aufgerissen, und Amy stürzte heraus, fiel in seine Arme und weinte herzzerreißend. Ihr ganzer Körper wurde geschüttelt, während ihre Tränen sein T-Shirt durchnässten.

Immer wieder flüsterte sie seinen Namen.

Jake hielt sie fest. Ganz fest. Strich ihr durchs Haar, küsste es.

Worte waren nicht notwendig.

Lange hielten sie sich umschlungen, dann löste sich Amy von ihm und schaute ihn an.

»Du bist ganz schön dürr geworden, Jake.«

Er lächelte. »Du siehst wundervoll aus.«

»Ich bin total verheult.«

»Du warst nie schöner.«

Sie blickte über seine Schulter auf die Straße. »Wo sind die anderen?«

»Das ist eine lange Geschichte. Ich erzähle sie dir später.«

»Madison ist wahrscheinlich tot.«

»Was?« Jake zuckte entsetzt zusammen. »Woher …«

»Sie hat mir eine Nachricht auf die Mailbox gesprochen. Am Schluss war sie mit David zusammen. Er hat ihr das Leben gerettet, aber sie haben es nicht geschafft.«

Jake spürte, wie Tränen in seine Augen stiegen. »Das tut … mir leid.«

Und das tat es. Um David. Um Madison, die sie am Ende doch nicht verraten hatte.

Jake wischte sich über das Gesicht, dann nahm er Amy in Augenschein. Irgendwie wirkte sie trotz der Tatsache, dass ihr Bruder gestorben war, ruhig und gefasst, aber da war noch etwas anderes. Sie strahlte innere Ruhe aus. Und Glück.

Wie kann das sein?

Und dann roch er es. Er roch es, bevor er es sah.

Unter Amys Duft nach Wiesenblumen, den sie stets ausströmte, hatte sich ein anderer Geruch gemischt. Zart. Unscheinbar und doch stark. Der Geruch von Morgentau auf frischen grünen Blättern.

Jake blickte auf Amys leicht gewölbten Bauch.

»Ist es wahr?«, fragte er.

»Wir werden Eltern. Wir bekommen einen Sohn, und ich möchte ihn David nennen. Ist das okay für dich?«

»Ja.«

Amy sah ihn ernst an. »Wirst du bei mir bleiben?«

Jake fing ihren Blick ein. »Bis unsere Tage zu Ende gehen.«

FÜR DAS LEBEN

Es fiel Giovanella schwer, die neue Situation zu erfassen. Sie lebte noch, das hatte sie verstanden. Vieles andere nicht. Da war zu viel passiert. Zu viele Dinge, die unverständlich, fremd und nicht mit Worten zu vermitteln waren. Carl war bei ihr, darüber war sie sehr froh. Wenigstens irgendjemand, dem sie vertraute. Über die Erlebnisse inmitten des Schwarms würde sie noch länger nachdenken müssen. Es würde dauern, alles zu verarbeiten. Sie hatte Erinnerungen von sich preisgegeben, die sonst niemand kannte.

Sie kniete neben Jake und hielt seinen Kopf. Er sah aus, als ob er schlafen würde. Es war schrecklich. Die Soldaten hatten ihn erschossen. Sie weinte. Es beruhigte sie, ihn zu berühren. Er hätte es verdient zu erleben, was er initiiert hatte. Das alles war sein Werk. Sie schüttelte den Kopf. Die Menschen auf der Erde hatten ihm so unendlich viel zu verdanken.

»Giovanella?«, fragte Carl. Sie erkannte seine Stimme sofort und hob verwundert den Kopf. Da kam ein Mann auf sie zu. Wie konnte das ein? Er sah genauso aus, wie sie ihn das erste Mal in New York kennengelernt hatte. Groß, schlank, um die dreißig und dunkle kurze Haare. Er trug eine Jeans, ein hoch geschlossenes schwarzes Stehkragenhemd und hellbraune Lederschuhe. In der Hand hielt er ein langes Stück weißen Stoff.

»Wie ...« Das verstand sie nicht. Das alles war doch kein Spiel gewesen.

»Die Thorati verfügen über interessante Technologien. Eine davon ist, Körper jeder ihnen bekannten Lebensform reproduzieren zu können. Und ja, das mit der Kleidung bekommen sie auch hin. Ich habe meine KI in einen organischen Körper transferieren lassen.«

»Du siehst gut aus.«

»Ich gebe zu, es gefällt mir ebenfalls.«

»Wenn es das ist, was du dir wünschst ...« Giovanella gönnte es Carl. Wer sonst, wenn nicht er, hatte sich ein Leben verdient. »Wie bist du überhaupt an Bord des Raumschiffs gekommen?«

»Diesen Plan habe ich mit Jake vor langer Zeit geschmiedet. Ich bin damals in den HFP-Computer eingedrungen, wurde über Jahre zum Schläfer und habe mich von Elvira Laszlo unbemerkt auf dieses Schiff einschleppen lassen.«

»Laszlo?« Giovanella konnte sich an die widerliche Person mit Apfel erinnern.

»Sie wusste nichts davon.«

»Nicht schlecht ...« Sie nickte anerkennend. Ihre Hochachtung vor Jake wuchs weiter an. Was er geleistet hatte, war einfach nur unglaublich.

»Ich habe auch dafür gesorgt, dass du wohlbehalten an Bord kamst. Aurora wollte euren Gleiter abschießen lassen, dann musste ich allerdings meinen digitalen Kopf einziehen. Aurora hat, nachdem ich ein Waffenleitsystem und die Gravitationskontrolle habe ausfallen lassen, Jagd auf mich machen lassen.«

»Wie ich sehe, haben sie dich nicht erwischt.« Zum Glück. Ohne Carls Hilfe hätte Giovanella den Ansturm auf ihren Verstand nicht länger ausgehalten. »Wo warst du?«

»Im Schwarm ... das bot sich an.«

»Im Schwarm?«, wiederholte sie verdutzt das Wort.

»Der Schwarm ist ein gigantisches Netzwerk der Thorati. Ich konnte dort Milliarden individuelle Signaturen identifizieren, die sich zu einem kollektiven Bewusstsein zusammengeschlossen haben. Ich wurde einer von ihnen und bin in der Menge untergetaucht.«

»Aber na klar!«

»Das passt, oder?« Carl lächelte, das war ein kluger Schachzug gewesen.

»Haben sie dich nicht erkannt? Wie konntest du deine Erinnerungen vor ihnen verbergen?«

»Ich bin eine technisch entwickelte KI, ich habe keine Erinnerungen, jedenfalls nicht so wie Menschen. Ich habe ihnen einfach manipulierte Bilder gezeigt.«

»Und Aurora?« Giovanella fragte sich, was ihre besondere Rolle im Schwarm war.

»Ist nur eine Lebensform von vielen. Allerdings gelang es ihr, alle anderen innerhalb des Schwarms mit einer abstrusen Lehre des einzig wahren Kollektivs zu dominieren. Bei ihr war das Ego verpönt.«

»Wie eine fanatische Religion, oder?« Giovanella verstand die Thorati immer besser. Sie und die Menschen waren sich in manchen Dingen gar nicht so unähnlich. »Was ist mit ihr?«, fragte sie weiter und zeigte auf die zitternde Person, die nicht mehr in der Lage war zu sprechen. Aurora sah aus wie ein Häufchen Elend. War sie immer noch eine Gefahr? Mussten sie sich vor ihr in Acht nehmen?

»Aurora existiert noch, sie ist ein Teil des Schwarms. Die Thorati kümmern sich um die Ihren, egal was passiert. Sie sind eine starke Gemeinschaft, denen es sogar gelungen ist, den Tod auszutricksen.«

»Aber ...«

»Keine Sorge, der Schwarm hat ihr zur Strafe sämtliche Erinnerungen an ihr Leben genommen. Sie weiß nichts mehr von dem, was passiert ist.«

»Ist das nicht wie sterben?« Giovanella konnte sich keine schlimmere Bestrafung vorstellen.

»Auf eine gewisse Art schon.« Carl war jetzt bei ihr angekommen. »Aber wir sollten über Jake sprechen ...« Er reichte ihr die Hand.

»Okay?« Giovanella stand auf. Was meinte Carl damit, dass er über Jake sprechen wollte? Er lag eben noch tot in ihren Armen.

»Zu seinem Plan gehörte, diese Mission nicht zu überleben. Er hat mir sehr deutlich gemacht, dass er entbehrlich sei und dass ich im Zweifelsfall unsere Mission nicht wegen ihm zu gefährden habe.«

»Das verstehe ich nicht.« Giovanella sah Carl verwundert an. Was wollte er ihr damit sagen?

»Er ist vor deinen Augen gestorben.«

»Und?« Tränen rannen ihre Wangen herab.

»Es galt immer nur, dich zu beschützen. Das sind meine primären Parameter, gegen die ich nicht verstoßen kann. Deshalb hielt ich mich verborgen, um dich inmitten des Schwarms zu unterstützen.«

Sie nickte, die Antwort machte die Trauer um Jake nicht leichter.

»Allerdings hat er mir nicht verboten ... ein Back-up anzulegen.«

»Ein was?«

»Ein Back-up, eine Sicherungskopie.«

»Carl, ich weiß sehr wohl, was ein Back-up ist.« Sie schüttelte den Kopf. »Was hast du gesichert?«

»Ihn.« Carl zeigte auf den Torbogen. »Ich habe vor Jakes Tod seine komplette Persönlichkeit in eine Zwischenplattform übertragen. Das war natürlich nicht geplant. Wie auch, wir hatten keine Ahnung, dass die Thorati so etwas können. Aber sie können es. *Ich* konnte es.«

»Soll das etwa heißen, dass …«

Giovanella konnte ihren Satz nicht zu Ende sprechen, als aus dem Korridor plötzlich ein junger Mann auf sie zukam. Ihr Herz blieb für einen Moment stehen – sie konnte nicht glauben, was sie da sah: Das war Jake, wie er mit siebzehn ausgesehen hatte. Sie lachte, küsste zuerst Carl und lief dann zu Jake. Dass sie nackt war, störte sie dabei wenig. »Jake!«

»Ich habe Kopfschmerzen … Carl, was für eine Scheiße hast du mit mir gemacht?«

»Ähm …« Carl zeigte auf die Leiche.

»Dann war das kein Traum?«, fragte Jake verunsichert und sah sich selbst tot am Boden liegen.

»Nein, du bist tot. Mausetot sogar, toter kann man nicht sein.«

Carl reichte Giovanella galant das weiße Kleid, das er die ganze Zeit in der Hand gehalten hatte. Sie zog es sofort an.

»Und was zum Teufel bin ich jetzt?«, fragte er sichtlich erschüttert.

»Technisch gesehen … eine Kopie. Jake 2.0. Ich habe mir erlaubt, einige Alterungsprozesse, auch wenn sie bei dir langsamer verlaufen sind, zurückzudrehen«, erklärte Carl sichtlich froh über die Lösung, die er gefunden hatte. Er hatte Giovanella wie versprochen auf ihrem Weg beschützt und ihm dennoch geholfen.

»Technisch gesehen?«

Jake verdrehte die Augen. Genau so hatte Giovanella ihn in Erinnerung, als sie ihn in der Vergangenheit aufgespürt hatte.

»Ansonsten bist du mein Freund.«

»Ähm ... verdammt! Danke Carl!« Jake nahm ihn in den Arm. Die Freude war echt. Was spielte es schon für eine Rolle, wie der Körper, in dem man lebte, entstanden war. »Was ist mit Aurora? Was ist mit den Aliens?«

»Thorati, sie nennen sich Thorati«, verbesserte Carl mit einem Schmunzeln im Gesicht.

»Okay, Thorati, was ist mit ihnen?« Jake sah sich um, er ging auch zu Aurora, die immer noch am Boden kniete und heftig zitterte.

»Wir haben sie besiegt ... Giovanella hat es getan. Ich kontrolliere das gesamte Schiff und die Cluster, die Hardware, die den Schwarm, deren zentrales Bewusstsein, beherbergen. Wenn wir sie abschalten, wären die Thorati für immer gelöscht, und wir können wieder auf die Erde zurück.«

»Nein!«, fuhr Giovanella dazwischen.

»Nein?«, fragte Jake verwundert. Auch sonst sah er aus wie vor hundert Jahren: Jeans, Hoodie und Turnschuhe.

»Wir dürfen sie nicht töten!«

Das wollte Giovanella auf keinen Fall. Sie hatte nicht vor, ihr Wort zu brechen. Auch wenn sie die Oberhand hatten, würde die Thorati niemand umbringen oder löschen.

»Die hatten mit uns weniger Mitleid.« Jake war offenbar anderer Meinung.

Ein Schauder durchlief sie. »Was ist auf der Erde passiert? Wie sind die Dinge in Hicksville gelaufen?« Giovanella fielen schlagartig die Atomraketen wieder ein.

»Dort gibt es viele Opfer«, antwortete Carl. »Ich habe sofort Kontakt mit ihnen aufgenommen. Und keine Sorge, die Raketen wurden nicht gestartet. Die Waffen befinden sich in Sicherheit.«

»Und Skagen? Was ist mit Caleb? Leben sie?«, fragte Jake aufgebracht.

»Sie leben. Sie sind erschöpft, aber sie leben.« Carls Antworten beruhigten sie. »In dem Moment, in dem Aurora die Kontrolle über den Schwarm verlor, verlor sie auch die Kontrolle über jeden, der von den Viren der Thorati befallen wurde. Aktuell haben weltweit einige Millionen Menschen heftige Kopfschmerzen.«

»Hallo Giovanella!«

Konnte das wahr sein? Das war Hannahs Stimme, die mit Yuki aus dem Korridor in die Arena kam!

Die drei stürmten aufeinander zu und fielen sich in die Arme. Dabei tanzten sie wie Kinder im Kreis und kreischten vor Freude.

»Hannah! Yuki!« Giovanella konnte sich in diesem Augenblick kein schöneres Geschenk vorstellen. Sie lebten noch! Oder lebten wieder! Ach, das war egal!

»Jake, jetzt schau mich nicht so an«, entschuldigte sich Carl. »Im Gegensatz zu dir haben sie sich nicht erschießen lassen. Bei ihnen genügte eine medizinische Behandlung, dann waren sie wieder auf den Beinen. Die Thorati sind uns medizinisch weit überlegen.«

»Es ist so schön, dich zu sehen … wow, wie du aussiehst! Der Wahnsinn! Du bist atemberaubend!«, rief Yuki, der Freudentränen über die Wange liefen, als Giovanella sie losließ. Sie nahm auch Jake und Carl nacheinander in den Arm.

»Danke.« Wenn Giovanella nicht so golden wäre, wäre sie jetzt rot geworden.

Yuki lachte herzlich. »Jake, kannst du mir auch so eine faltenfreie Haut besorgen? Ich hätte da ein paar Problemstellen. Vor allem die Sorgenfalten, die ich dir zu verdanken habe.«

»Danke! Ich danke dir dafür, dass du dem Plan treu geblieben bist«, antwortete Jake. »Ohne dich wären wir nie so weit gekommen.«

»Verdammt, auch Jake sieht zwanzig Jahre jünger aus. Carl, wie läuft das hier? Bin ich jetzt die einzige alte Frau an Bord?« Yuki war eine tolle Frau. »Ich würde jetzt gerne sagen: jederzeit wieder … aber glaub mir, bei der nächsten Alieninvasion mache ich Urlaub!« Dann sah sie Giovanella an. »Was hast du mir eigentlich vor den Kopf geknallt?«

»Sorry.« Giovanella plagten immer noch Schuldgefühle. »Das tut mir so schrecklich leid. Ich hatte ja keine Ahnung, was passieren würde!«

»Na ja, wir haben es geschafft«, erklärte Carl wie ein Zeremonienmeister. »Ich habe mir erlaubt, einige wichtige Abläufe in Gang zu setzen. Es sind Gleiter zu uns unterwegs. Ein technisches Team möchte das Raumschiff untersuchen. Sie werden von einem Sicherungsteam begleitet. Noch ist unklar, wie man das Raumschiff genau steuert. Ich kontrolliere zwar das Schiff, verstehe aber nicht alle Systeme.«

»Das sind gute Neuigkeiten«, sagte Yuki.

Carl hob die Hand, er war noch nicht fertig. »Ihr werdet nicht warten müssen und könnt mit einem anderen Gleiter zurück in die Staaten fliegen.«

»Und was ist mit den Thorati?«, fragte Giovanella, der immer noch nicht klar war, was aus ihnen werden würde.

»Im Moment sind sie passiv. Ich kann nicht sagen, wie lange das noch so bleiben wird. Ich möchte an dieser Stelle niemandem die Laune verderben, aber ich kann nur dazu raten, die zentralen Cluster abzuschalten«, antwortete Carl.

»Was könnte sonst passieren?«, fragte Yuki.

»Giovanella hat eine Rebellion ausgelöst. Nur deswegen wurde Aurora, die Anführerin, ihrer Macht beraubt. Sobald jemand im Schwarm auf die Idee kommt, sich als Thronerbe aufzuspielen, könnte der ganze Spuk von vorne losgehen. Die Infizierten auf der Erde sind den Virus noch nicht los, der Schwarm erlaubt ihnen im Moment lediglich eigene Gedanken.«

»Wir müssen etwas unternehmen!«, sagte Jake. Der Mann der Tat, egal in welchem Alter.

»Ihr wollt sie wirklich töten?« Für Giovanella kam das nicht infrage, dafür hatte sie nicht gekämpft.

»Nella, es geht nicht anders.« Hannah hielt ihre Hand. »Sie hätten es auch beinahe mit uns getan.«

»Dann wären wir nicht besser als sie!« Dagegen sträubte sich jede Faser in ihr.

»Was schlägst du vor?«, fragte Jake, der jetzt näher zu ihr kam. Konnte er verstehen, was sie fühlte? Er war tot und hatte zumindest kurz in deren Welt sehen können.

»Carl. Du hast gesagt, der Schwarm verhält sich im Moment ruhig. Warum wehren sie sich nicht? Sehen sie nicht, was wir vorhaben? Wieso greifen sie uns nicht an?« Das konnte sie sich nicht erklären.

»Das ist nicht einfach zu beschreiben …« Kaum sah er wieder aus wie ein Mensch, schon log die KI.

»Carl!« Da war mehr. »Warum?«

»Ich habe die sozialen Abläufe innerhalb des Schwarms noch nicht durchdringen können, sie sind …« Er wich ihr weiter aus.

»Carl! Spuck's aus! Warum?« Giovanella sah Jake an. »Hilf mir! Er soll mir eine ehrliche Antwort geben!«

Jake nickte. »Carl, was auch immer du weißt, raus mit der Sprache. Beantworte ihre Frage!«

»Das wäre keine gute Antwort.«

»Das ist mir egal! Völlig egal! Warum kämpft der Schwarm

nicht gegen uns?« Giovanella konnte auch mit weniger guten Antworten umgehen.

»Weil sie uns vertrauen.«

»Was?«, rief Jake. Auch Yuki sah Carl völlig entgeistert an.

»Sie vertrauen uns, deswegen verhalten sie sich ruhig. Das ist schwer zu erklären, und ich habe mich auch nicht bemüht, ihren Glauben an uns zu erschüttern. Aber wir haben *jetzt* die Chance, die Thorati zu besiegen. Wenn sie es sich anders überlegen, sind wir die Verlierer.«

»Carl, wer ist *uns*? Wem vertrauen sie genau?«, fragte Hannah. An seinem Gesichtsausdruck erkannte sie, dass das die richtige Frage war.

»Sie vertrauen dir, Giovanella. Sie wollen von dir lernen. Ich habe gesagt, dass sie wieder in den Schwarm zurückkehren wird. Deshalb lassen sie uns gewähren.«

»Ich soll zurückkehren?«, fragte Giovanella erschrocken. Zurück zu einer der schlimmsten Erfahrungen, die sie jemals gemacht hatte?

»Auf gar keinen Fall!«, rief Jake. »Keine Sorge, das verlangt niemand von dir!«

»Ich bitte um Entschuldigung. Das wollte ich ihr ersparen. Wir haben Krieg. Durch eine List haben wir die Chance, den Kampf zu beenden. Wir sollten sie nutzen. Meine Macht auf dem Raumschiff ist begrenzt. Wenn der Schwarm es will, verbannen sie mich von Bord.« Carls Worte waren klar und deutlich zu verstehen.

»Wartet …« Giovanella wusste nicht, wie sie es sagen sollte. Sie würde nie wieder dieselbe sein. Nicht nachdem was sie erlebt hatte. Das Leben als Anwältin in New York gehörte zu einer anderen Person, die sie nur noch aus fremd gewordenen Erinnerungen kannte.

»Was?« Jake packte sie an der Schulter. »Denk noch nicht einmal daran!«

»Doch Jake ... ich werde bleiben.« Sie sah es jetzt ganz klar. Das war ihre Aufgabe. Ihre Bestimmung. »Ich werde zum Schwarm zurückkehren.«

»Um den Schwarm anzuführen?«, fragte Yuki.

»Um ihm etwas zu schenken.«

Giovanella wollte die Thorati lehren. Sie wollte ihnen die Freiheit schenken, wegen der sie gegen Aurora rebelliert hatten. Ansonsten wäre alles nur eine Lüge gewesen. Das konnte sie nicht zulassen.

Carl nickte. »Sie hat die Rebellion gegen Aurora mit der Sehnsucht nach Freiheit ausgelöst. Ich verstehe, wie du fühlst. Aber niemand kann dieses Opfer von dir verlangen. Du musst das nicht tun.«

»Ein Geschenk ist kein Opfer.«

Giovanella war sich sicher, die richtige Entscheidung zu treffen. Von all dem Mist, den Menschen in den letzten tausend Jahren auf Erden verzapft hatten, hielt sie Freiheit, Mitgefühl und Hoffnung für die besten Exportgüter der Menschheit.

»Ich werde den Schwarm von hier wegführen. Damit ist ihre Macht über die Pheromone auf der Erde gebrochen. Niemand muss heute deswegen sterben.«

Stille.

»So machen wir es.« Jake stimmte ihr zu.

Giovanella blickte ihn überrascht an. Auch Hannah und Yuki schienen verdutzt.

»Carl«, fuhr er fort, ohne dass irgendwer protestieren konnte, »du wirst Hannah und Yuki zum Gleiter bringen.«

»In Ordnung«, antwortete Carl. »Und die Teams der Air Force, die auf das Schiff wollen?«

»Die bleiben draußen. Die können von mir aus Bilder von außen machen. Ist vermutlich besser so, die Technologie hier ist nichts für sie.«

»Und du, Jake? Was ist mit dir?«, fragte Hannah, der inzwischen Tränen über die Wangen liefen.

»Ich bin tot. Schau, ich liege da vorne auf dem Boden. Die haben mich erschossen. Was du vor dir stehen siehst, ist mehr oder weniger nur eine KI, gefertigt aus Erinnerungen, in einem Körper, der erst wieder lernen muss, sich regelmäßig zu rasieren.«

»Du bist verrückt!«, hielt Hannah dagegen.

»Hätte ich mich ansonsten darauf eingelassen? Wohl kaum, oder?« Jake lächelte. »Hannah, ich habe mein Leben gelebt. Es war sogar ziemlich lang. Ich habe gemeinsam mit Amy eine wunderschöne Zeit verbracht, von der ich keine einzige Stunde bereue. Du, Skagen und Caleb habt hundert Jahre geschlafen. Euer Leben geht jetzt erst los.«

Hannah nickte.

»Du willst bei deiner Enkeltochter bleiben?«, fragte Yuki, die ebenfalls seine Hand nahm.

»Wenn sie es mir erlaubt ... Ihr habt Carl gehört, die Thorati vertrauen ihr.«

»Nichts lieber als das, Jake«, sagte sie überglücklich.

Giovanella konnte ihn gut verstehen, auch er konnte nicht weitermachen, als ob nichts geschehen war. Sie würden die abenteuerliche Reise gemeinsam antreten. »Ich werde jemanden gebrauchen können, damit ich meine Menschlichkeit nicht vergesse.«

Carl räusperte sich. »Und da die Thorati einen grässlichen Modegeschmack haben, werde auch ich mit euch kommen«, erklärte er und schlug sich Staub vom Ärmel. »Hannah, Yuki, euer Gleiter ist da. Ich bringe euch zum Ausgang. Diese Korridore an Bord sind alles andere als übersichtlich.«

Nach der tränenreichen Verabschiedung standen Jake und Giovanella auf der Brücke des Raumschiffs. Der gläserne Boden erlaubte eine freie Sicht auf den kleiner werdenden Atlantik unter ihnen.

Serena, eine Handlangerin von Aurora, hatte Jake erschrocken begrüßt. Die beiden kannten sich, offenbar teilten sie nicht die angenehmsten Erinnerungen. Na ja, ein bisschen Rache würde Giovanella Jake zubilligen. Falls er es übertreiben sollte, könnten sie sich schließlich auch eine oder zwei neue Serenas bauen.

»Und, bereit mir zu folgen?«, fragte sie. Carl hatte alles für den Start vorbreitet. Der Schwarm gewährte ihm Zugriff auf alle Systeme.

»Ja.« Jake stand neben ihr. Er hielt ihre Hand. »Bis an das Ende deiner Tage.«

DANKSAGUNG

Die beiden Autoren Thariot und Rainer Wekwerth möchten sich bei all den Menschen bedanken, die sie auf diesem langen Weg begleitet haben.

Allen voran ihrer großartigen Lektorin Ute Scholer, die geholfen hat, *Pheromon* zu dem zu machen, was es ist – ein Abenteuer.

Silke Kramer für ihren Mut, zwei Verrückten eine Chance und einen Programmplatz zu geben. Bärbel Dorweiler, die dafür alles bereitgestellt hat.

Allen Verlagsmitarbeitern beim Planet! Verlag. Ihr habt tolle Arbeit geleistet, und wir haben in jedem Moment der Zusammenarbeit eure Unterstützung und Begeisterung für dieses Projekt gespürt.

Wir danken den Verlagsvertretern für ihren Einsatz vor Ort. Ihr habt *Pheromon* in die Buchhandlungen gebracht.

Nicht zuletzt wollen wir allen Bloggern, Fans, Lesern und Rezensenten danken. Ohne euch wäre all das nicht möglich gewesen. Das wissen wir.

Rainer Wekwerth & Thariot:
Pheromon
Sie jagen dich
ISBN 978 3 522 50555 0

Umschlaggestaltung: Frauke Schneider
Satz und Innentypografie: Tanja Haaf
Druck und Bindung: CPI books GmbH, Leck
Reproduktion: Digitalprint GmbH, Stuttgart

Copyright © 2019 by Rainer Wekwerth und Thariot
Copyright Deutsche Erstausgabe © Planet!
in der Thienemann-Esslinger Verlag GmbH
Printed in Germany. Alle Rechte vorbehalten.

EIN HACKER-THRILLER DER EXTRAKLASSE

Gerd Ruebenstrunk
Soul Hunters
Mit der Liebe kommt der Tod

304 Seiten · Klappenbroschur
ISBN 978-3-522-50549-9

Hackerin Hannah hat eine Partnerbörse entwickelt, basierend auf einem Algorithmus, der Seelenverwandte findet und zusammenbringt. Doch das Programm ruft machtgierige Feinde auf den Plan. Es gibt nur einen, dem Hannah jetzt noch trauen kann: Jona, ihrem Seelenverwandten. Die beiden finden heraus, dass ihre Verfolger einer gefährlichen Organisation angehören. Wenn sie mit dem Leben davonkommen wollen, müssen sie die ganze Wahrheit herausfinden – bevor es zu spät ist …

www.planet-verlag.de

1 Milliarde Leben am Abgrund.
2 Menschen, die sie retten können.
1 Geheimnis, versteckt in ihrer DNA.

Emily Suvada
Cat & Cole
Die letzte Generation

480 Seiten · Klappenbroschur
ISBN 978-3-522-50559-8

Krankheiten, Schönheitsmakel, körperliche Einschränkungen: von der Erde gelöscht! Mensch und Technik sind verschmolzen, jeder trägt ein Panel in sich, das den eigenen Körper perfektioniert. Fast! Eine mörderische Seuche ist ausgebrochen, und nur eine einzige Person auf der Welt ist fähig, den Impfstoff zu entschlüsseln – Catarina Agatta. Gemeinsam mit Cole, dessen Körper gentechnisch verändert wurde, kommt die geniale Hackerin Cat einer Wahrheit näher, die grausamer ist als jedes tödliche Virus!

www.planet-verlag.de

EIN MAGISCHES ARTEFAKT,
EIN DUNKLES GEHEIMNIS
UND EINE JAGD AUF LEBEN UND TOD

Gerd Ruebenstrunk
Blutring

304 Seiten · Klappenbroschur
ISBN 978-3-522-50489-8

Ein alter Mann, der ein dunkles Geheimnis mit in den Tod nimmt. Ein Junge, der in einem vergilbten Buch erste Hinweise auf eine Verschwörung findet. Und ein Mädchen, das wissen will, was tatsächlich hinter den alten Familiengeschichten steckt.

Die Suche nach dem legendären Blutring des Tamerlan in den dunkelsten Gassen Barcelonas beginnt – eine Suche auf Leben und Tod.

www.planet-verlag.de